한국문화사 서설

나남
nanam

한국문화사 서설

趙芝薰 전집 7

나남
nanam

일러두기

1. 장(章)의 제목 및 분류는 기간서(旣刊書)의 것을 그대로 따랐다.

2. 구두점은 기간서대로 따랐으며, 표기는 한글 전용을 원칙으로 하되, 주요 개념이나 한자 어휘 그리고 인명 및 지명의 경우에는 한자를 괄호 안에 넣었다.

3. 독자의 이해를 돕기 위해 보충 설명이 필요하다고 판단되는 부분은 간략한 편집자 주를 붙였다.

4. 기간서에 없는 사진(서낭당, 솟대, 우현리 고분 벽화, 부여 5층 석탑)을 독자의 이해를 돕기 위해 새로 넣었다.

5. 이 책에서 사용한 문양은 '백제 금동 용봉 봉래산 향로'(百濟 金銅 龍鳳 蓬萊山 香爐)에 있는 봉황의 형상이다.

조지훈 전집 서문

　지훈(芝薰) 조동탁(趙東卓, 1920~1968)은 소월(素月)과 영랑(永郎)에서 비롯하여 서정주(徐廷柱)와 유치환(柳致環)을 거쳐 청록파(靑鹿派)에 이르는 한국 현대시의 주류를 완성함으로써 20세기의 전반기와 후반기를 연결해 준 큰 시인이다. 한국 현대문학사에서 지훈이 차지하는 위치는 어느 누구도 훼손하지 못할 만큼 확고부동하다.

　문학사에서 지훈의 평가가 나날이 높아가는 것을 지켜보며 기뻐해 마지 않으면서도, 아직도 한국 근대정신사에 마땅히 마련되어야 할 지훈의 위치는 그 자리를 바로 찾지 못하고 있는 것이나 아닌가 하는 걱정이 없지 않다. 매천(梅泉) 황현(黃玹)과 만해(萬海) 한용운(韓龍雲)을 이어 지훈은 지조를 목숨처럼 중히 여기는 지사의 전형을 보여 주었다. 서대문 감옥에서 옥사한 일송(一松) 김동삼(金東三)의 시신을 만해가 거두어 장례를 치를 때 심우장(尋牛莊)에 참례(參禮)한 것이 열일곱(1937년)이었으니 지훈이 뜻을 세운 시기가 얼마나 일렀던가를 알 수 있다.

　지훈은 민속학과 역사학을 두 기둥으로 하는 한국문화사를 스스로 자신의 전공이라고 여기었다. 우리는 한국학의 토대를 마련한 지훈의 학문을 정확하게 인식해야 한다. 조부 조인석(趙寅錫)과 부친 조헌영(趙憲泳)으로부터 한학과 절의(節義)를 배워 체득하였고, 혜화전문과 월정사에서 익힌 불경과 참선 또한 평생토록 연찬하였다. 여기에 조선어학회의 큰사전 원고를 정리하면서 자연스럽게 익힌 국어학 지식이 더해져서 형성된 지훈의 학문적 바탕은 현대교육만 받은 사람들로서는 감히 짐작하기조차 어려울 만큼 넓고 깊었다.

지훈은 6·25 동란중에 조부가 스스로 목숨을 끊고 부친과 매부가 납북되고 아우가 세상을 뜨는 비극을 겪었다. 《지조론》에 나타나는 추상 같은 질책은 민족 전체의 생존을 위해 도저히 참을 수 없어 터뜨린 장렬한 양심의 절규였다. 일찍이 오대산 월정사 외전강사(外典講師) 시절 지훈은 일제가 싱가포르 함락을 축하하는 행렬을 주지에게 강요한다는 말을 듣고 종일 통음하다 피를 토한 적도 있었다. 자유당의 독재와 공화당의 찬탈에 아부하는 지식인의 세태는 지훈을 한 시대의 가장 격렬한 비판자로 만들고 말았다. 이 나라 지식인 사회를 모독한 박정희 대통령의 진해 발언에 대해 이는 학자와 학생과 기자를 버리고 정치를 하려 드는 어리석은 짓이라고 비판한 지훈은 그로 인해 정치교수로 몰렸고 늘 사직서를 지니고 다녔다. 지훈은 언제고 진리와 허위, 정의와 불의를 준엄하게 판별하였고 나아갈 때와 물러날 때를 엄격하게 구별하여 과감하게 행동하였다.

지훈은 근면하면서 여유 있고 정직하면서 관대하고 근엄하면서 소탈한 현대의 선비였다. 매천이 절명(絶命)의 순간에도 '창공을 비추는 촛불'(輝輝風燭照蒼天)로 자신의 죽음을 표현하였듯이 지훈은 나라 잃은 시대에도 "태초에 멋이 있었다"는 신념을 지니고 초연한 기품을 잃지 않았다. 지훈에게 멋은 저항과 죽음의 자리에서도 지녀야 할 삶의 척도이었다. 호탕한 멋과 준엄한 원칙 위에 재능과 교양과 인품이 조화를 이룬 대인을 우리는 아마 다시 보지 못할지도 모른다. 이른바 근대교육에는 사람을 왜소하게 만드는 면이 있기 때문이다. 지훈의 기백은 산악을 무너뜨릴 만했고 지훈의 변론은 강물을 터놓을 만했다. 역사를 논하는 지훈의 시각은 통찰력과 비판력을 두루 갖추고 있었다. 다정하고 자상한 스승이었기에 지훈은 불의에 맞서 학생들이 일어서면 누구보다도 앞에 나아가 학생들을 격려하였다. 지훈은 제자들과 함께 술을 마시고 서로 속마음을 털어놓기도 했고 손을 맞잡고 한숨을 쉬기도 했다. 위기와 동요의 시대인 20세기 후반기에 소용돌이치는 역사의 상처를 지훈은 자신의 상처로 겪어냈다.

지훈은 항상 현실을 토대로 하여 사물을 구체적으로 파악하려 하였고 멋을 척도로 하여 인간을 전체적으로 포착하려 하였다. 지훈은 전체가 부분의 집합보다 큰 인물이었다. 지훈의 면모를 알기 위해서는 그의 전체상을 살펴볼 필요가 있다. 한국의 현대사를 연구하려는 사람은 반드시 먼저 한국현대정신사의 지형을 이해해야 한다. 우리는 지훈의 전집이 한국현대정신사의 지도를 완성하는 데 기여하리라고 확신하고, 지훈이 걸은 자취를 따르려는 사람들뿐 아니라 지훈을 비판하고 극복하려는 사람들에게도 지훈의 전모를 객관적으로 인식할 수 있게 해야 한다고 생각하여 오래 전에 절판된 지훈의 전집을 새롭게 편찬하기로 하였다. 이 전집은 세대를 넘어 오래 읽히도록 편집에 공을 들이었고, 연구자의 자료가 되도록 판본들을 일일이 대조하여 결정본을 확정하였고 1973년판 전집에 누락된 논설들과 한시들을 찾아 수록하였다.

　전집 출판의 어려운 일을 맡아 주신 나남출판 조상호 사장의 특별
한 뜻에 충심으로 경의를 표하며 1973년판 전집의 판권을 선선히 넘
겨주신 일지사 김성재 사장의 후의에 감사드린다.　교정에 수고하신
나남출판 편집부 여러분의 노고에 깊은 사의를 표하는 바이다.

1996년 2월

편 집 위 원

趙
芝
薫 전집
7

한국문화사 서설

차 례

I. 한국문화사 서설

序

한국의 종교와 철학과 예술을 중심한 정신사 방면에 관심을 둔 것은 24, 5년 내의 일이다. 그동안 틈틈이 문헌을 섭렵하고 자료를 수집하고 선배학자의 연구를 비판취사(批判取捨)하여 윤곽과 관점만은 잡았으나, 한 권의 저서를 기필(起筆)할 용기와 겨를은 가지지 못하였다.

그러나, 때로 나에게 요청된 강연과 강좌 또는 논총(論叢), 사전(辭典) 원고 등에 이 방면의 것을 수시 수응(酬應)하다 보니 이 관계 논고(論稿)가 수십 편을 헤아리게 되었다.

이번 탐구당 출판사의 요청으로 그 중에서 18편을 뽑아《한국문화사 서설》이라 이름지어 상재(上梓)할 것을 수락한 것은, 아직 이 방면의 저술이 태무(殆無)한 실정이므로 한국문화(韓國文化)를 공부하려는 젊은 학도들과 외국인사에게 아쉬운 대로 약간의 도움이 되었으면 하는 뜻에서이다. 이 18편의 논고는 각기 분리 독립된 논문이지만 그것들은 서로 관련을 가진 것일 뿐 아니라 목차에서 보이는 바와 같이 그 선택된 항목이 한국문화 특히 정신사 체계화의 안목을 요약한 것임을 알 수 있을 것이다.

이 책은 상·하편에 나뉘어져 있다. 상편은 한국정신사를 논구(論究)한 논문들이요, 하편은 이와 관련된 평론들이다. 특히 상편에 수록된 1, 2, 3부의 논고 9편은 1947년에 있었던 학생들 상대의 문화강좌의 강의 초고인 바 고 이인수(李仁秀) 교수의 영역(英譯)을 위하여 정리했던 것이나, 이 교수의 횡사(橫死)로 좌절된 것과 6·25 당시 원고 일부가 산락(散落)되는 바람에 인덱스를 잃어서 인용 논문의 출처를 못 밝힌 곳이 몇 곳 있음을 부언(附言)해 둔다.

이들 논고의 대부분은 그 동안 《思潮》와 《한국사상》지, 《현대인 강좌》, 《철학대사전》 등에 분재(分載)된 바 있다. 발표할 때마다 많은 증보(增補) 개산(改刪)이 있었지만 대체로 초고(草稿)대로이기 때문에 1950년대 이후의 학계 자료 섭렵에 누락된 부분이 간혹 있는 것은 이러한 내정을 이해해 주기 바란다.

거창한 문제를 감당하지 못한 저자의 학적 노력은 부끄러운 바이나 개중에는 미개지(未開地)의 개척과 체계화의 선구와 비교비판(比較批判)의 방법에 있어 약간의 공이 아주 없는 것도 아니라고 자위(自慰)해 본다. 동학 동호 제현의 질정을 바라며 붓을 놓는다.

1964년 4월 25일 城北 枕雨堂에서

著 者 識

芝 薰

I. 한국문화사 서설

1. 한국문화의 성격
― 풍토 · 민족성 · 민족문화

우리는 민족성(民族性)을 고구(考究)하는 방법으로 두 가지 상반된 견해를 가지고 있다. 그 하나는 민족성을 존재(存在)의 측면에서 보려는 견해요, 다른 하나는 민족성을 생성(生成)의 측면에서 보려는 견해이다. 역사를 존재의 측면에서 보는 이들은 한 민족이나 문화의 특성을 역사적으로 항구 불변하며 사회적으로 절대 보편된 고정적 · 개체적 성격 존재로 보고 그것을 설명하려 한다. 이러한 견해에 좇으면 민족성이나 민족문화의 가변성(可變性)을 처리할 수 없으며, 더구나 이미 추출 설정한 것이 정반대되는 성격의 발현을 설명할 수 없게 된다. 왜 그러냐 하면 이러한 관념적 존재론은 어느 의미에서 자연적 · 인과율적 입지와 통하기 때문이다.

그러나, 다른 하나의 방법인 생성(生成)의 측면에서 보는 이들은 한 민족이나 문화의 특성을 단순히 시대적인 것으로만 보고 생성 전변(轉變)의 유동태(流動態)로서 그것을 설명하려 한다. 이와 같은 견해에 좇으면 그 생성과 전변의 주체, 곧 '무엇'이 변하고 흐르는가에 대해서는 아무 해명도 줄 수는 없다. 이러한 감각적 인식론도 또한 다른 의

20

미의 인과율적·기계론적 함정을 회피할 수 없게 된다.[1] 왜 그러냐 하
면 민족성은 물론 역사적임에는 틀림이 없지만 그 역사적인 움직임 곧
생성 전변은 항상 민족적인 '그 무엇', 다시 말하면 주체적인 것의 움직
임이 아닐 수 없기 때문이다. 만일 민족성이 단순히 일시적인 것이라
면 그것은 민족성이란 이름에 값하지 못할 것이요, 이는 참된 민족성
의 개념으로서는 무의미하다고 볼 수 있으니, 민족성은 일시적 성향이
아니고 통시적인 영항성향(永恒性向)이기 때문이다. 그 시간과 공간
안의 생활 주체인 인간, 곧 민족을 빼어 버리고서 민족성을 생각할 수
는 없다.

　그러므로, 민족성은 역사적으로 생성되지만 그것은 다시 역사의 주
체로서의 고유소(固有素), 곧 기본소(基本素)를 지님으로써 역사를 움
직이는 법이다. 바꿔 말하면, 민족성은 생성과 존재의 어느 한 측면에
서가 아니라 그것들의 통일에서 체득되고 파악되어야 한다는 말이다.

　우리는 민족성이란 변하는 것임을 알 수 있지만, 따라서 민족성에는
잘 변하는 부분과 잘 변하지 않는 부분이 있음을 아울러 알 수 있다.
이것은 곧 민족성이 기본적인 것과 파생적인 것 두 가지로 성립된다는
것을 의미한다. 기본적인 것은 사람의 자율 능력으로는 어쩔 수 없는
자연적 성격을 띠고 쉽게 변하지 않지만, 파생적인 것은 사람의 초극
력(超克力)이 환경과의 조화를 통하여 얻는 문화적 속성을 띠고 시대
와 환경에 따라서 변화하고 있다. 이로써 우리는 민족성의 기본소가
자연적 환경에서 오는 것임을 알 수 있고, 그것이 정치적 환경·문화
적 환경을 제약하는 것임을 알 수 있다. 다만, 제약이란 말과 산출이
란 말을 혼동해서는 안 된다. 민족성이란 일종의 심리적인 것인데, 생
리 작용이 심리 작용을 제약하는 것이 명백한 사실이라 하여, 혈액 순
환이나 호흡 변화와 같은 생리 작용이 도덕적 고민을 산출한다고 볼
수 없는 것과 마찬가지로, 민족성과 자연환경과의 관계도 이와 같이

---

1) 高裕燮, "조선 미술문화의 몇낱 성격,"《조선일보》, 1940. 7. 26~27.

어디까지나 제약일 따름이다.

이상으로써 우리는 민족성 문제에 대한 태도에 대해서 살펴보았다. 그러면, 우리의 민족성은 어떻게 해명되어야 하는가? 민족성의 추출 또는 인식은 어떠한 방법으로 가능할 것인가. 우리는 사실 이에 대해서 아직 과학적인 해답을 가지지는 못하였다. 그러면서도 우리가 민족성의 고구(考究), 아니 체득에 관심을 갖는 것은 민족성이 바로 민족문화(民族文化)를 형성하는 주체이기 때문이다. 그러므로, 우리는 여기서 다시 민족문화의 관계를 밝힘으로써 민족성의 구성요소가 민족문화의 형성에 어떠한 제약과 활력을 주느냐에 대해서 미리 알아둘 필요가 있다.

문화를 인간성 일반의 표현이라 한다면, 민족문화는 그 일반성 속에서 각 민족의 특수한 개성이 표현됨을 이름이니, 민족문화의 다양성은 곧 민족성의 상이에서 비롯된다. 그러므로, 민족성이란 말은 민족적 성격, 민족적 개성이란 말과 동의어임을 알 수 있다. 인류 일반문화의 민족적 개성의 표현이 민족문화요, 민족문화의 다양성의 종합이 곧 세계문화의 내용이란 말이다. 다시 말하면, 민족문화는 민족성 곧 민족 각자의 개성이 같은 풍토적 환경에서 같은 역사적 발전과정에서 공동의 집단생활을 영위하는 동안에 저절로 이루어지는 생활과 사고 방식에 대한 공동한 마음 바탕이라 할 수 있다.[2]

이 세계는 풍토로나 역사적 경과로나 사회 발달 상태로나 등질적 공간이 아니요 이질적 공간이기 때문에 그 속에서 생성되는 민족 성격이 개성의 차이를 지닐 것은 자명한 일이 아닐 수 없다. 따라서, 민족성의 제약을 받는 민족문화가 서로 다른 양상을 띠는 것도 자못 당연한 바가 있다. 이런 의미에서 우리는 문화를 인간성의 민족적 표현 내지 인류 생활의 민족적 방식이라고 인정하지 않는 문화의 개념이란 공허한 것이라고 말할 수 있다.

2) 拙稿, "민족문화의 당면 과제," 《문화》, 제 1 집 (1947. 8).

22

　민족성은 인간성 전반의 표현이 아니라 그 민족 집단이 뚜렷하게 지닌 인간성의 몇 개의 특수한 성격이며, 인간성 전반의 표현은 오히려 민족성을 초월한 모든 개인성(個人性) 속에 들어 있는 것이기 때문이다. 이런 의미에서 문화의 창조 단위는 민족성보다는 개인성이 그 내포가 크다고 할 수 있다. 이 말은 바꿔 말하면 인간성과 개인성이 서로 결부되고 민족성과 세계성이 서로 결부되어 있음을 보여주고 있다.

　민족성과 민족문화와 민족문물은 상생(相生) 관계에 있다. 민족성이 민족문화를 낳고 민족문화가 민족문물을 낳는다면, 우리는 민족이 만든 바 문물제도에서 그 민족문화를, 그 민족문화에서 그 민족성을 추출할 수 있으니, 그 3자는 상호 생성과 제약의 관계에 있는 까닭이다. 그러므로, 우리는 문물제도의 변혁을 통하여 민족문화의 마음을 변성(變成)시킬 수 있으며, 민족문화의 노력으로써 민족성의 개조에 거슬러 올라갈 수 있다는 것이다. 민족성과 민족문화와 민족문물의 관계를 이해하기 위하여 쉬운 비유 하나를 들기로 한다.

　우리의 음식에 다식(茶食)이란 것이 있다. 나무에 붕어나 국화 같은 것을 음각으로 새긴 것, 곧 다식판에다가 송화(松花) 가루나 미숫가루나 깨를, 꿀 혹은 조청(造淸)에 반죽한 것을 그 조각에 눌러서 박아내는 것이 다식이다. 다식판을 민족성이라 하고, 조각을 민족문화라 하고, 거기에다 박아낸 다식을 민족문물이라고 생각하면 크게 틀리지 않을 것이다. 다시 말하면, 민족문물의 원형은 민족문화요, 민족문화의 바탕은 민족성이란 말이다.[3] 다식을 보고 그 다식판의 조각의 여하를 알 수 있고, 그 조각의 여하는 다식판의 목재와 조각과 조각자의 의장(意匠)에 매인 것이란 말이다.

　그러므로, 민족성은 그 형성의 요소를 해명할 수 있을지언정 그것들을 시비하는 것, 곧 가치론의 대상으로 삼을 수는 없다. 민족성은 그 주체인 민족과 마찬가지로 가치 형성의 주체이긴 하지만, 가치 평가의

---

3) 拙稿, 앞의 논문.

대상이 되는 것은 그들로 말미암아 형성된 문화, 즉 그 문화가 낳은 문물이요, 그 민족이나 그 민족성 자체는 아니다. 민족과 민족성은 그 문화 형성의 주체자로서의 책임은 질지언정 가치 평가의 대상이 될 수는 없다. 민족성은 그가 형성한 문화나 문물에 대하여 비난과 칭찬을 받을 수는 있지만, 숙명적으로 비난과 칭예(稱譽)를 받을 민족과 민족성이 따로 있는 것은 아니다.[4] 왜 그러냐 하면, 문화는 인간의 초극력이 환경의 제약 속에서 그 제약을 극복하고 조화를 얻을 때 낳아지는 것이요, 환경과 요소도 문화의 가치 평가의 대상으로 삼을 수 없기 때문이다. 여기에 문화 가치의 비정률적(非定律的)이요 비인과율적이요 비기계적인 본질이 있다.

이런 의미에서 우리는 우리 민족과 민족성이 인간의 자율 능력으로는 어쩔 수 없는 불행한 환경에 제약된다 하여 근심할 필요도 없으며, 또 그러한 결정적인 자연환경의 혜택에 대하여 자랑할 필요도 없으니, 요는 어떻게 하면 그 불행을 최대한으로 초극(超克)하고 그 혜택을 빛나게 향수(享受)함으로써 조화를 이루느냐 하는 곳에만 우리의 성력(誠力)이 기울어져야 한다는 것이다.

우리는 앞에서 민족성의 기본 구성요소가 그 민족이 생활하는 지역의 자연적 환경의 제약에서 형성된다는 사실을 밝힌 바 있다. 그 민족성을 형성하는 근간족(根幹族)의 과거의 성향이 그 국토에 옮겨짐으로써 어떻게 변성되고 어떻게 조화되었느냐를 살피는 것이 민족성 구조 이해의 단서가 된다는 말이다.

우리 민족성의 기본 구성요소를 찾기 위하여 우리 국토의 자연 지리에 대한 요점을 여기서 다시 살피기로 한다. 인간에게는 자연적 환경에 매이지 않는 정신의 자유성이 있고 그것이 새로운 문화를 창조하는 원동력이 된다고 하더라도, 인간이 대자연의 일부로서 자연의 영향을 받고 있는 이상 그 창조는 환경을 완전히 부인할 수 없는 것이다. 같

---

4) 高裕燮, 앞의 논문.

은 민족이면서도 그 성격에 지방적 차이가 있는 것이 사실이요, 그 차이의 원인은 물론 여러 가지 사정을 들 수 있으나, 자연환경이 그 가장 중요한 원인이 된다는 데 대해서도 우리는 이의(異議)할 수 없다. 민족문화가 세계문화의 정신적 한 전형(典型) 또는 지방적 단위가 되는 소이연(所以然)이 여기에 있다.

이제 우리의 풍토(風土)를 돌아보기로 하자.

첫째, 우리가 사는 땅은 동반구(東半球)의 동쪽에 자리잡아 대륙에서 돌출한 반도와 여러 작은 섬으로 이루어졌다. 대륙에 붙은 점에서는 대륙적이지만 산이 많고 큰 호소(湖沼)와 일망무제(一望無際)의 평야가 적은 점에서 그 대륙성은 산악적 특성을 지닌다. 바다 가운데 돌출한 반도로서 해안선의 연장이 17,580킬로미터에 달하는 만큼 매우 해양적이어서 섬나라 같은 밝고 아담한 경치와 대륙적인 소조삭막(蕭條索漠)의 풍치가 어울리어 그 해양성은 심미적이다.

둘째, 우리 나라의 위치는 위도상으로 보아 온대에 처해 있으므로 대체로 온화하다 할 수 있으나 해류 관계로 같은 지방보다 저온이다. 낮과 밤의 변화가 많고 여름과 겨울이 길며 더위와 추위의 차이가 심해서 이른바 대륙성 기후를 띠고 있으니, 연평균 기온은 남부가 14도, 중부가 10도 내외, 북부는 2도로 내린다. 우리의 기후는 아열대적·온대적·한대적 것의 교대로써 사철의 순환과 추이가 명료하며, 따라서 우리 기후의 성격은 온화하면서도 자극적인 데가 있다. 여름은 남북의 더위가 별차 없으나 특히 겨울의 기후는 대륙에서 불어오는 서북 계절풍으로 말미암아 같은 위도의 다른 지방에 비하여 매우 낮으니, 1월의 평균 기온을 비슷한 위도의 다른 지방과 비교하면 다음과 같다.

지 명	위 도	기 온
서 울	37.34	영하 4도 6분
후쿠시마 (福島)	37.45	0도 5분
샌프란시스코 (桑港)	37.48	9도 9분
아테네	37.58	8도 8분

셋째, 근해를 흐르는 한난(寒暖)의 해류는 수산자원을 풍부히 할 뿐 아니라, 지질은 만주나 북중국과 흡사하여 풍부한 광물자원을 함유하고, 토양도 식물의 양료(養料)를 제공하는 주요 성분으로 보아, 대개 중위(中位) 이상 혹은 우량(優良)이라고 하며, 기후의 변화, 지세의 복잡은 물론 연 총량 5백 밀리 내지 1천 5백 밀리로 만주의 약 2배, 일본의 약 2분의 1에 상당하는 강우량은 Flora(植物區)와 Fauna(動物區)의 풍성을 가져왔으니, 인생 동물학의 견지에서도 천혜의 호조건을 지녔음을 알 수 있다.

이상으로써 우리는 우리 나라의 지세와 기후와 천연 산물에 대해서 간단하게 요점을 지적하였다. 우선 이 정도로써 우리의 자연환경이 제약한 바 민족성의 기본 구조를 추출하기로 하자.

일언이폐지(一言以蔽之)하면, 한국의 자연환경이 주는 기본 성격은 양면성이다. 다시 말하면, 해양적이면서 대륙적인, 반도적 성격이다. 이 지리적 환경은 정치적 환경과 문화적 환경에 근본적인 제약을 주는 것으로서, 거기에는 좋은 점도 있고 나쁜 점도 있으나, 이의 전적(全的) 변개(變改)는 인력으로써는 불가능한 것이다. 우리 반도가 지정학에 이르는 바 성장첨단(成長尖端)으로 육교적(陸橋的) 역할을 하는 것은 정치적으로 수다한 불운을 재래(齎來)했으나, 반도적 산천의 풍치와 청명한 기후는 아름다운 예술문화를 낳았으며, 천연 산물의 풍부와 문화의 정류지(停溜池)로서의 이 국토는 상고(上古)의 우리 민족을 흡인하기도 하였고, 동양문화 일방의 집고(集庫)를 이루기도 하였다. 이로써 선진국가의 침략의 구미를 돋우어 주었으며, 근대 문명의 주변에서 최근세까지 은자(隱者) 노릇을 하기도 하였다. 대륙적이고 해양적인 반도적 성격은 한국사(韓國史)를 제약하는 근본적 원인이 되었다 한다. 첫째, 한국의 위치가 아시아 대륙의 일방에 부착한 반도가 아니고 대륙의 중앙 위치에 있었더라면 이처럼 가냘프고 슬프게 이어온 한국적 역사가 이루어지지 않았을 것이라는 점이다. 언제나, 융성과 쇠미(衰微)의 대척적(對蹠的)인 두 길의 중간을 걸어온 가느다란 선과

26

같은 것이 우리 역사의 성격이다.

해양적이고 대륙적인 지리적 특질은 정치적 환경에 두 가지 특질을 주었다. 그것은 곧 다린(多隣)적이면서 고립적이라는 것이다.[5] 만 (滿), 몽(蒙), 노(露)의 일부와 접경하고 일위대수(一葦帶水)의 해양을 격하여 동서에 일본과 중국에 이웃하고 다시 최근세부터 구미 세력의 접근을 보았으니, 항상 강력한 인국(隣國)을 많이 가지고 그들 두 개 이상의 세력 각축장이 아니면 일국의 압도적 지배를 받지 않으면 안 되도록 고립적이라는 것이다.

또 이러한 해양적이면서 대륙적이며, 다린적이면서 고립적인 특질은 문화적 환경에다가 '주변적'과 '중심적'이라는 특질을 주었다.[6] 대륙 일 방에 붙어 있기 때문에 대륙의 문화는 끊임없이 흘러들어 최후의 정류지(停溜池)를 이루었으니, 주변지이기 때문에 문화의 말초지(末梢地)이지만, 그러나 모든 문화는 그 중심에서 파급되어 오면 이를 받아들여 무르익히고 재건하여 학문적으로는 도리어 중심적인 양상을 지닌다. 원효(元曉)·의상(義湘)의 불학(佛學)이, 퇴계(退溪)·율곡(栗谷)의 유학(儒學)이 그러했으며, 세종대왕과 정다산(茶山 丁若鏞) 또는 최수운(水雲 崔濟愚) 등이 모두 다 이 주변적이면서 중심적인 한국적 문화 환경이 낳은 전형들이다. 미술, 음악, 천문학, 의학 등 거개가 그러하다.

지리적 환경의 특질로서 예거한 해양성과 대륙성은 우리 민족에게 '평화성'(平和性)과 '격정성'(激情性)이라는 두 가지 기본 구성요소를 주었다. 이 국토의 지세·기후·경황(景況)·산물은 하나의 인력이 되어 원시의 우리 선민(先民)을 맞아들여 본래 대륙적이요, 정한(精悍)하던 선민을 이 풍토의 해양성이 평화적으로 변성시켰다. 그러나 나일강 유역에서, 황하 유역에서 선진 민족이 정착한 때에, 수렵과 유목으로 일

---

5) 三品彰英, 《조선사 개설》.
6) 三品彰英, 위의 책.

삼던 우리 선민들의 강한(强悍)한 습성은 그 평화성 안에 잠세(潛勢)로서 들어 있었다. 이 실례가 고구려적 성격이요, 뒤의 변성(變成)된 성격의 전형이 신라적 성격이다. 항상 평화를 갈구하면서도 정치적 환경은 격정의 지배를 받도록 마련되어서 그것은 주기적으로 폭발하였다. 우리는 이것을 '계절풍적 격정성'이라고 부르고자 한다. 의병, 3·1운동, 6·10만세, 반탁운동 등도 이 성격의 발현이다. 요컨대 격정성(激情性)은 대륙적 웅혼성(雄渾性)의 이 풍토적 변성이다.

이 평화성과 격정성이라는 민족성의 두 기본 구성요소는 우리의 문화에 '낙천성' 또는 '향락성'과 '감상성'으로 각기 표현되었다. 우리 문화의 고전시대인 통일신라의 문화는 해양성적인 '명상성'(瞑想性)과 대륙성적인 '웅혼성'을 조화하여 우리 문화의 조화기를 시현하였으니, 화랑도·석굴암 같은 것이 그 실례다.

그러나, 그 꿈과 힘의 조화가 깨뜨려짐으로써 명상성은 낙천성으로, 웅혼성은 감상성으로 변성되었다. 통일신라 후기부터 고려에 걸친 시대가 그 시기이다. 우리의 예술에 나타난 이 두 가지 성격은 '꿈'과 '슬픔'이라고 각기 명명(命名)한다. '슬픔'은 구경(究竟) '힘'의 결여에서 오는 성격이었다. 그러나, 우리의 '슬픔'은 퇴폐의 슬픔이 아니요, 꿈과 결부된 희구(希求)의 슬픔이었다.[7]

정치적 환경의 특질로서 예거한 다린성(多隣性)과 고립성은 우리 민족성에 적응성과 보수성이라는 두 가지 대조적인 특질을 주었다. 적응성은 평화성과 표리를 이루는 것으로, 이 국토에 이주하기 전부터 우리의 선민들은 환경에 대한 적응성이 강하였다. 이 특질은 동북아계인(東北亞系人)의 공통된 성질이다. 사대주의(事大主義)와 이족영합(異族迎合)의 성향도 이 성격의 한 양상이다. 보수성은 격정성의 소극적인 표현으로 반발성 내지 비타협성에 통한다.

이 적응성과 보수성은 민족문화에서 기동성(機動性)과 강인성(强靭

---

7) 拙稿, "한국예술의 원형,"《예술조선》, 제1집(1948).

性)으로 나타난다. 때와 자리에 따라 기민하게 움직이면서 어떠한 역
경에서도 주체를 완전히 해소하지 않는 성질, 이와 같은 기동성과 강
인성이 우리 예술에 나타날 때에는 '멋'과 '끈기'가 되는 것이다.

  문화적 환경의 특질로서 예거한 주변성과 중심성은 민족성에 난숙성
(爛熟性)을 주었다. 수용성은 적응성과, 난숙성은 보수성과 각각 표리
(表裏)가 되는 것으로, 우리 민족의 새로운 것에 대한 관심의 깊이와
받아들인 것을 동화하고 개조하는 성질이 여기에 표현된다. 또 이것들
은 문화에서는 감수성과 조형성(造型性)으로 나타난다. 이것이 예술에
나타나는 것을 우리는 '은근'과 '맵짬'이라는 이름으로 부르고자 한다.
이상과 같은 견해를 일괄하여 도시하면 아래와 같다.

  나는 이로써 우리 민족성의 기본 구성요소를 평화성, 격정성, 적응
성, 보수성, 수용성, 난숙성의 6종을 들었고, 그것이 어떻게 영향하였
는가를 약술하였다. 열대지방에서 보는 태타(怠惰)와 환상이 없고, 한
대 지방에서 보는 위축과 심각도 없으나, 상상력의 조화와 의지력의
준열도 잃지는 않았다고 볼 수 있다. 우리 민족성에서 쇠퇴한 것은 독
창성이요, 민족문화에서 모자라는 점은 심원성(深遠性)이요, 민족예술
에서 아쉬운 것은 힘[情熱], 분방[深刻性]이라는 것을 알 수 있다. 그
러나 이것들은 노력으로 개조해 갈 수 있을 뿐 아니라, 그 싹을 난숙
성과 격정성과 보수성에서 찾을 수 있다. 요컨대 해양적 성격의 우세
한 현황을 그 잠세(潛勢)인 대륙적 성격의 깊이와 무게로써 조화해야
겠다는 점을 지적할 수 있다. 이런 점으로 보아 격정성에 비하여 평화

자 연	해양성 → 낙천성 → 명상성 → (반도성 → 평화성 → 격정성) → 대륙성 → 웅혼성 → 감상성 →	(꿈) (슬픔) (힘)
역 사	다린성 → 적응성 → 기동성 → 고립성 → 보수성 → 강인성 →	(멋) (끈기)
문 화	주변성 → 수용성 → 감각성 → 중심성 → 난숙성 → 조형성 →	(은근) (맵짬)

성은 압도적이며, 잔인성이라는 것은 그 격정성의 한 변모에 지나지 않는다고 할 것이다.

그리고, 가장 중요한 한 가지는 우리의 민족성은 그 강력한 양면성을 지양하고 조화해야만 정상적인 발전을 할 수 있지, 외곬으로만 붙여놓으면 열성(劣性)으로 된다는 사실이다. 예를 들면, 평화성과 적응성을 합하면 부화성(附和性)〔外化主義〕이 나오고, 격정성과 보수성을 합치면 은둔성〔退守主義〕이 나오며, 적응성과 수용성을 어우르면 획일성〔公式主義〕이 되고, 보수성과 난숙성을 어우르면 정체성(停滯性)이 되며, 수용성과 평화성을 합하면 초연성(超然性)〔機會主義〕이 나오는 법이다. 그러므로 우리의 민족성은 주어진 바 기본소(基本素)의 모순된 양면성을 초극하고 조화함으로써만 민족이상(民族理想)의 지표를 삼을 수 있다는 말이다.

2. 한국문화의 위치
— 한국문화의 계통과 세계문화에서의 위치

우리는 앞에서 우리의 풍토적 환경과 민족성에 대한 간단한 고찰을 시(試)하였다. 이제, 우리의 역사적 환경과 민족문화에 대해서 몇 가지 고찰하기로 한다. 다시 말하면, 이는 한정된 동일 지역에서 유래하는 성격의 탐구가 아니요, 광범위한 이문화(異文化)와의 접촉에서 유래하는 성격의 탐구이다. 문화는 이동함으로써 생명을 유지하고 복합함으로써 발전되는 만큼, 제 민족만의 순수한 고유문화는 사실상 존재할 수도 없을 뿐만 아니라, 민족문화의 지향이 여기에 집착하는 한 그 문화는 이내 쇠망하고 말 운명에 봉착하는 것임은 새삼스러이 주의할 필요조차 없는 것이다. 그러므로, 문화 자체가 복합적 성격을 지니는 이상 한국문화도 하나의 복합문화일 뿐 아니라, 앞서 말한 반도성(半島性) 때문에 상당히 다채로운 복합을 거듭하였던 것이다.

인간의 공동 생활 속에 이루어지는 문화는 절로 동일생활권을 이루어 문화의 지리적 단위를 형성하고 있으므로, 우리는 지리적 연환(連環)으로서 문화의 유사성을 찾을 수 있는 동시에 문화의 어떠한 권(圈)을 예상하게 된다. 문화권(文化圈)이란 문화접촉권을 뜻하는 것이므로, 문화 복합에 대한 구명은 문화권에 대한 고찰부터 시작하지 않으면 안 되는 것이다. 그러므로, 한국문화의 위치 문제는 곧 한국문화는 어떤 문화권에서 발상(發祥)하였으며, 어떤 문화권과 접촉하였고, 어느 문화를 어떻게 수용하여서 제 문화를 발전시켰는가 하는 문제가 아니면 안 된다.

문화권에는 대소의 관계(Subaltern opposition)가 있으니, 한국문화는 중국・일본 문화에 대립되지만, 이 세 문화는 같은 동양문화권에 속하여 서양문화권에 대립하는 것이다. 서양문화가 그리스 문화와 히브리 문화의 종합 통일된 문화권이라면, 동양문화는 중국문화와 인도문화가 교직(交織)된 문화권이다. 그러나, 동양문화권은 서양문화권에 비하여 통일된 실제로서의 의의는 희박한 것이 사실이다. 다시 말하면, 동양의 2대 고전문화인 중국문화와 인도문화는 서로 영향하면서 병립한 채로 문화말초지(文化末梢地)를 향하여 흘러왔다는 말이다. 그러면, 하나 아닌 동양의 문화권은 몇 개가 있는가? 동양문화의 다수한 특성을 빚어낸 기초 문화는 미세한 종차(種差)을 사상(捨象)하고 나면 대개 북동아문화권, 중국문화권, 인도문화권의 세 가지를 들 수 있다. 그러면, 한국문화는 이 셋 중 어디에서 비롯되었을까? 이때까지 한국의 문화는 중국문화의 연장 또는 그 속성처럼 오인되었고, 또 고의로 강조되었던 것이다. 일부 옛 사람의 모화사상(慕華思想)이 이를 자처하였고, 일본 학자의 지배사상이 이에 대한 과학적 논증(?)을 가장(假裝)하였었다.

동양의 민족으로서 문명의 서광을 받은 백성은 적어도 중국이라든지 인도의 영향을 받지 않음이 거의 없음은 말할 것도 없으나, 우리가 세밀한 학적(學的) 관심을 가지고 관찰한다면, 한국문화의 독자성을 명료히 인정할 수 있으며, 그는 동방 최고의 문화권인 시베리아 문화권 곧 북동아 문화권에서 발상하였음을 알 것이다.

첫째, 어떠한 복합 문화도 그 근간(根幹)의 문화가 하나 있으니, 우리의 고유 복합 문화를 형성하는 근간 문화를 시베리아 문화권에서 찾는 것은 대개 어떠한 민족문화든 그 민족 구성의 근간이 되는 인종이 가지는 바 문화가 항상 주체적 지위를 가지는 것인데, 한국민족의 구성은 복합임에는 틀림없으나 일본처럼 혼혈의 도가 심하지 않은 단일민족이며, 그 구성의 근간족(根幹族)인 원조선인(原朝鮮人)은 동양의 고문헌에 예맥(濊貊)이란 이름으로 나타난 동이계(東夷系)의 일파요, 그것은 시베리아 문화권에 속하기 때문이다. 또, 한국문화가 중국문화의 연장이라 말하나, 간단한 예를 평안도에 있는 한(漢) 치하(治下)의 낙랑군(樂浪郡) 유적에서 발굴되는 출토품을 든다고 하더라도, 그것은 중국 본토에서 발굴되는 한대(漢代) 유물과 많은 차이가 있다. 그 유물에 숨은 우리 민족의 문화의 제약과 외래 문화를 받아들이는 데 벌써 하나의 새로운 세계가 이루어졌다는 것을 알 수 있는 것이다.

우리 문화의 제 2 성격은 동북아시아성(東北亞細亞性)이다. 이제, 우리 문화의 주체적 위치를 밝히기 위하여 먼저 시베리아 문화권에 대해서 고찰하기로 하자.

1) 시베리아 문화권

이 문화권은 동양문명 최고의 원초적 기반을 형성한 일대문화권(一大文化圈)이다. 이제, 인류 문화를 지역적으로 양분하여 동아문화(東亞文化)와 서구문화(西歐文化)로 나눈다면, 이 문화권은 물론 동양문화권에 들 것이요, 또 종족・언어 기타로 편의상 튜란(Turan)[1] 문화와 아리안(Aryan)[2] 문화로 나눈다면, 이는 튜란 문화의 한 지파(支派)이다. 중앙아시아 튜란 평원에서 발상하여 알타이 지방을 요람으로 북동아시아에 이르러 시베리아를 중심하여 사방에 파급된 문화권이다. 튜란 민족이란 인류학에서 말하는 몽고 인종, 언어학자가 말하는 부착어족(附着語族), 또는 우랄알타이 어족이요, 역사학에서 북방아시아 민족이라 일컬어지는 것을 총칭하는 의미이다.

튜란 문화의 첫 개화는 수메르 제국(帝國)이라 한다. 함족이 세운 이집트 문화와 함께 세계 최고 문화의 하나인 메소포타미아의 수메르 문명은 유태 또는 아리아 인의 조상이 세운 것이 아니요, 그들은 원시 수메르 문화의 방계(傍系) 계승자일 뿐 그 혈통적 직계 상속자는 동양 인종이요, 부착어족인 우랄알타이족이라 한다.[3] 기원전 3천년경 이

---

1) 편집자 주 : 중앙아시아의 고원 이름. Turanian은 우랄알타이語를 사용하는 종족을 일컫는 말.
2) 편집자 주 : 인도・유럽語를 사용하는 종족을 일컫는 말.
3) 高楠順次郎, "スメル族の動き,"《사상》, 제 245 호(1942).

메소포타미아 지방을 침식하기 시작한 아프리카 민족인 셈족에 의하여 튜란족은 그와 동화되거나 민족 이동을 개시하여 인도로, 시베리아로 원정의 길에 올랐던 것이라고 생각된다. 수메르족의 발상지는 인종 이동의 발원지인 중앙아시아 달단(韃靼)[4] 고원지방이요, 그 제1 이주지(移住地)는 기원전 5천 년경의 소아시아 이주이며, 제2의 이주지는 기원전 2천 년경의 인도 이주라고 하는 바, 특히 인도 전면에는 수메르족의 흔적이 퍼져 있다고 한다. 수메르란 이름은 구약전서에서는 '시나루'라는 인종명으로 나타나고, 남전불교(南傳佛敎)에는 '시네루'라는 산이름으로 나타나는 바 불경에 나오는 수미산(須彌山)이 그것이다.[5]

웰즈의 《세계문화사》에 의하면, 인종의 몽고계 분화를 갈색민족의 분파라 보았고, 또 스메리아어는 음절을 거듭하는 것으로, 현대의 어느 아메리카 인디언의 언어와 비슷하다고 한다. 아메리카에 이르는 원시문화의 이동은 시베리아 선을 경유하여 알래스카를 관류하는 북방문화 이동선이다. 셈족의 침입으로 수메르 제국이 붕괴되기 전후에 투르키스탄[6]을 북동향하여 남부 시베리아 예니세이 하(河) 유역을 거쳐 아메리카 대륙에까지 이동한 것이 이 시베리아 문화권이다. 고립어족(孤立語族)인 한족(漢族)이 들어오기 전 상고(上古)의 중국문화도 사실상 이 문화권에 드는 것이니, 중국 상고문화의 북방아시아 문화적 고찰은 상당히 풍부한 문제를 지니고 있는 것이다.

이제, 먼저 이 튜란 문화의 한 지파인 시베리아 문화권의 범위를 종족적·영역적 분포로써 대분(大分)하면,

(가) 북부 시베리아계(현 시베리아 일대)

(나) 중앙 만주계(현 만주 일대)

(다) 중앙 몽고계(현 몽고 일대)

---

4) 편집자 주 : 韃靼은 Tatar의 음역으로 원래 지명이었으나 몽고의 한 부족을 가리키는 말이었다가 나중에 몽고족 전체를 가리키는 말로 확대됨.

5) 高楠, 앞의 논문.

6) 편집자 주 : Turkistan, 중앙아시아의 한 지방.

34

(라) 서부 황하계(현 山東直隸 일대)

(마) 남부 조선계(현 한국 일대 및 古倭島)

의 다섯으로 보는 것이 보통이다. 인류학적으로 이들은 모두 유몽고종(類蒙古種, Mongoloid)이라 부르는 바, 서북향한 피노·우구리아계라든지, 그 다음 떠난 터키·타타르계가 대체로 인류 및 문화적으로 서구화한 데 비하여, 몽고계는 알타이 지방의 고토(古土)에 접양(接壤)하고 사방에 퍼진 공통 연결선에서 최후에 떠났기 때문에, 전체적으로 봐서 튜란 민족의 가장 전형적인 족속으로 보인다. 튜란족을 우랄계·알타이계 양계로 나눈다면 시베리아 문화권은 대개 알타이계에 속하는 것으로, 퉁구스·몽고·터키·한국이 그 중요한 자(者)요, 피노·우구리아(芬, 에스토니아, 洪)와 사모예드(에니세이 오스티야크)는 우랄계에 속한 것이다.

이제, 다시 이 문화권을 구성하는 요소로서 공통된 특징을 들면, 대개 가장 중요한 것으로는 체질, 원주지, 언어, 습관의 네 가지로 살필 수 있다.

(1) 체질적 특징

이미 이상에서 이 문화권 구성의 인종적 특질을 통괄하여 인류학적으로 몽고종이라 부른다 함은 말하였거니와, 이에 이족(異族)과의 혼혈 또는 변성한 동족 상호간의 혼혈로 여러 가지 특이점이 있더라도 확연히 구별되는 체질적 특징이 있다. 직상(直狀)의 검은 머리털, 넓고 편평(扁平)한 안면, 낮은 이마, 소형의 경사(傾斜)진 검은 눈, 높은 광대뼈, 넓고 낮은 코, 두꺼운 입술, 암황색(暗黃色) 살빛, 드물고 가는 수염, 단두저신(短頭低身)이 그것이다.

원래 인류란 구름같이 흩어지고 다시 모이는 것이기 때문에 그 혼혈이 매우 잦고 깊다지만, 이 특점은 언제나 몽골로이드의 기본적 특징이라 할 것이다. 초생아의 궁둥이에 있는 몽고반(蒙古斑)과 이 계통족의 혈액에 B형이 많음을 지적하는 학자도 있다.

(2) 원주지(原住地) 공통

튜란 평원에서 나누어진 유파가 우랄 산맥계와 알타이 산맥계로 양분되었음은 이미 설(說)한 바이므로 여기서는 생략한다.

(3) 언어적 특징

이 문화 계통 민족의 특질은 무엇보다도 그 언어학적 특징에 있다 할 것이다. 언어학적으로 우랄알타이 어족이라 부르는 것은 이미 말했거니와, 그들의 언어는 명백히 굴절어(屈折語)인 인도, 유럽 또는 셈어와 단철어(單綴語)인 중국어에 비교하여 아주 다른 부착어 형태의 전형적인 것이다. 무변화 어근(語根)은 접미사와 결합하는 바, 부착어미(語尾)의 모음은 언제나 어근의 모음과 동화하는 이른바 모음조화 법칙이 있으니, 오스만리·터키어에서 '한다' 하는 뜻의 어미는 mak인 바, Yaz-mak(쓴다)는 Sev-mek(사랑한다)에서는 mek가 된다. 헝가리 말의 nak는 '의' 또는 '에'의 뜻의 어미인 바 allatnak(동물의)는 ember-nek(사람의)에서는 nek가 된다. 우리말에서도 모음 'ㅏ', 'ㅗ'와 'ㅓ', 'ㅜ'의 조화 현상은 현저한 바 있다.

첫소리에 탁음을 피하고 'r'음을 피하며 둘 이상의 자음이 어두에 오지 않는 것이 이 어족의 원칙적 특징이며, 문장의 구성으로 첫째, 그것이 교착어(膠着語)의 성질을 가졌고, 둘째, 주어가 처음 오고 객어가 다음에 오고 술어가 맨 뒤에 있으며, 셋째, 한정의 어구는 한정받을 만한 어구 위에 놓이는 것과, 관사와 성별과 관계대명사가 없는 것은 모두 이 우랄알타이 어족의 특질이다.

(4) 습속의 공통

먼저 이 문화권의 습속의 공통점은 그 신앙에 있으니, 시베리아 문화 전체를 한 말로 말하면 외연(外延)은 수렵적(狩獵的)이요, 내포(內包)는 살만적(薩滿的)이었다고 할 수 있다. 그 외연의 변화에 비하여 사상적 내포로서의 그 신앙은 지금까지도 샤머니즘의 흐름이 강하게 전해내려 왔다 할 것이다. 원칙적으로 이 문화권은 샤머니즘 문화권이요, 그 속의 모든 민족은 다 샤머니스트였으니, 불교·기독교·회교 등 발달된 종교로 인하여 현재는 괴멸 또는 잠복하고 있으나, 우리가 자세히 문화권의 신앙 심리를 살펴보면 대개가 그 발달된 종교의 수용에서 자기네 전통적 신앙에 동화시켰음을 볼 수 있다. 엄밀히 말하면, 이교(異敎)의 샤머나이즈란 말이다. 이는 샤머니즘이 가진 다령적(多靈的) 포용성에 기인하는 것일 것이다. 샤머니즘은 말하자면 마법승(魔法僧) 샤먼(무당: 터키 말은 Kam)의 신비력에 대한 신앙을 특색으로 한다. 이 샤먼을 통하여 초자연적 제령(諸靈)의 가호를 요구하는 것이니, 선령(善靈)에 대한 적극적 기원으로 악령(惡靈)을 구축(驅逐)하고 복을 비는 한편 악령의 침입을 두려워하여 그를 위무하는 심리로 이루어진 신앙인 바, 곧 승려와 의사의 원시적 결합인 샤먼의 magic으로써 악령을 정복하며 기원과 희생으로 자기를 도와주는 최고의 신을 신앙하는 것이다.[7]

샤머니즘의 특질은 선조 숭배이다. 생자와 사자는 연락할 수 있다고 보고, 조상과 교령(交靈)할 수 있는 사람은 샤먼이 될 수 있다는 것이다. 부락의 촌장이 샤먼을 겸한다는 것은 결국 가족 샤먼의 발전인 것이며, 무(巫)의 혈통적 계승과 추장의 혈통적 세습은 중대한 관련이 있다 할 것이다. 아직 만몽(滿蒙)에 가장 많이 이의 신앙이 있고, 그 다음이 한국이며, 터키·일본에서도 이의 신앙을 찾을 수 있는 것이다. 그러므로, 우리는 샤머니즘인 고대 신교(神敎)를 오리지네이티비즘[8]으로 삼고, 불교·유교·기독교는 한 엑소티시즘[9]으로 규정할 수 있다.

또 하나 이 튜란 민족문화권의 특징은 그 신화의 공통성 내지 유사성이니, 그들은 모두가 자기들의 선조를 태양의 신 또는 태양의 여신

---

7) 拙稿, "한국 종교의 배경"(이 책에 수록).
8) 편집자 주 : originativism, 고유 신앙.
9) 편집자 주 : exoticism, 이국적 외래 신앙.

에서 발생했다는 천손족(天孫族) 설화를 가진 것이다. 그렇기 때문에, 그들의 건국신화는 대개가 천신을 조류(鳥類)로 상징한 난생(卵生) 설화인 것이다.[10] 또는 그 전설의 유사와 샤먼의 무구(巫具)인 거울·북·방울로써 선조 숭배의 보물을 삼는 것과 도검(刀劍) 숭배·혈맹의 풍습이 모두 공통된 습속이다. 우리의 원시 종교와 신화가 이와 공통함은 물론, 우리의 고선민(古先民)이 칼을 숭상하고, 궁시(弓矢)의 발달이 교묘하며, 머리에 상투를 짜고 구슬·패물을 차고, 긴 소매 넓은 바지의 옷을 입고 가죽신을 신으며, 환도(環刀)를 차며, 활에 새털을 달고 화살에 명적(鳴鏑)을 붙인 풍속은 모두가 대륙 특유의 형식으로 아시아 동북방의 고풍임을 볼 때, 우리 원시문화의 계통은 요연(瞭然)한 바 있다.

이상으로 튜란 문화권 또는 시베리아 문화권을 설(說)함으로써 한국 고유문화의 기초를 대강 밝혔다. 여기서 우리가 명기할 것은, 이 문화 자체가 가장 고대 문화적이기 때문에 현대 문명의 수준으로 볼 때 자기 본래의 문화를 잃거나 희박해진 민족을 제하고는 원시적 면목을 가장 많이 보유한 자는 실로 한국으로 첫손을 꼽지 않을 수 없는 사실이다. 튜란 민족이 유목 문명에서 출발하여 알타이 지방의 원주지를 유랑하는 동안, 한족(漢族) 또는 아리아족·셈족은 이미 고대 세계의 경지(耕地)의 임자가 되었기 때문에 그들은 기경지(旣耕地)를 벗어나 불모의 토지를 방황하지 않을 수 없었던 것이다. 그러므로, 이 유목적 관습은 부동(浮動)하는 집단이기 때문에 정주농업(定住農業)처럼 정치 조직의 통일적 결합의 발달이 더디었던 것이다. 그러므로, 고대사회에서 허다한 침략사를 남긴 강한용맹(强悍勇猛)이 이들 민족의 공통된 성질이거니와 한국의 고대사에서도 이를 볼 수 있는 것이다.

다시 말하면, 시베리아 문화는 의욕적이요 예술적 문화라 할 것이다. 이 모순된 두 성격은 그들의 이상이 도의적인 조화에 있으면서도

---

10) 拙稿, "한국신화의 유형"(이 책에 수록).

현실 생활은 언제나 격정의 지배를 받았기 때문이다. 그리고, 우리가 생각할 것은 시베리아 문화권이 우리에게 준 공헌과 영향이다. 다시 말하면 고대의 동양문화를 지배한 가장 중요한 자는 '샤머니즘 문화'와 '궁전(弓箭) 문화'이니, 중국 고대문화에서 추거(推擧) 11) · 선양(禪讓) 12) · 혁명의 민주적 정치사상과 선조 숭배 · 도의 관념의 원시 유교사상은 모두 이에서 영향받은 것이다. 중국의 고대사 및 고대사상과 그 문화에 나타난 동이적(東夷的) 요소는 허다한 문헌에 산견된다. 드라비다족을 통하여 들어간 원시 종교는 석가 때까지 인도 정신을 지배한 것이니, 후일 불교와 유교가 우리 문화를 지배한 것도 이와 같은 공동기반 위에 역수입된 것이기 때문에 더욱 용이했던 것이다.

2) 중국 문화권

이 문화권은 인도문화와 함께 동양문화의 2대 원천일 뿐 아니라 동양의 대표적 문화라 할 수 있으니, 동양문화권에서 문명의 단계로 발전하는 민족은 문화적으로 거의 중국화되었다고 볼 이만큼 지대한 영향을 준 문화권이다. 그러므로, 한국문화 형성에서도 가장 밀접한 문화임을 누구나 아는 사실이다. 중국은 지역적으로도 유럽의 전역에 필적할 영역을 가지고 역사적으로도 다수한 민족의 교대 또는 병행(竝行) 쟁패(爭覇)한 하나의 천하요 하나의 세계를 지닌 거대한 문화권이니, 이 문화의 지배적 주인은 한민족(漢民族)이다. 그러나, 중국의 상고의 문화는 시베리아 문화권에 드는 것으로, 그 계통을 따져 올라가면 시베리아 문화와 동원(同源)이 될 것이요, 실제로도 중국의 상고사는 시베리아 문화사와 상통한다. 요(堯), 순(舜), 우(禹), 탕(湯) 시대까지에 보이는 동이(東夷) 전설과 건국신화에서 보는 공통성은 그

---

11) 편집자 주 : 어느 방면에 적합한 인재를 추천하는 일.
12) 편집자 주 : 임금이 德과 지도력을 갖춘 이에게 왕위를 물려주는 일.

동이계, 곧 동북계 민족의 영향을 말하는 것이다.

중국문화는 고대의 중아(中亞) 문화가 천산남로(天山南路)·타클라마칸 사막을 거쳐 곤륜(崑崙) 산맥을 넘어 황하 유역을 향하여 진출하고 다시 동남북으로 파급된 것이다. 역사상 한족(漢族)의 대두는 기원전 1500년경에 싹튼 주대(周代)로 비롯삼을 것이요, 고립어족으로서의 그 문화의 중심지는 섬서성(陝西省) 일대라 할 수 있다. 그러므로, 고립어족인 한족이 들어오기 전 상고의 중국문화도 사실상 북방적 요소가 짙었던 것이다. 곤륜족이라는 것은 수메르족이니 곤륜고원의 구류주(俱留洲)에 사는 구루족도 수메르족으로서 '구루'는 수메르어로 '나라'의 뜻이라 한다. [13] 곤륜산을 타클라마칸 사막 쪽으로 내려가면 유명한 고단 지방인 바 "옥은 곤륜산에서 나온다"(玉出崑崗)라는 천자문의 말도 고단 사막을 잠류(潛流)하는 예옥천(鷖玉川)·백옥천의 산옥(産玉)을 입증한다는 것이다.

인도문화가 신비적·사변적인 종교 문화요, 시베리아 문화가 심미적·의욕적인 예술적 문화라면, 이 문화의 특질은 현실적·주지적인 정치적 문화라 할 수 있다. 동양문화에 끼친 그 가장 위대한 점은 기록과 문자의 시초인 한자와 실천적 윤리인 유교와 정치제도를 들 수 있다. 이 문화는 한국문화 형성에 가장 일찍 영향주기 시작하여 가장 오랫동안 지도적 위치를 지녔던 문화이다.

3) 인도 문화권

이 문화권은 고대에서 지금까지 중국문화와 함께 동아문화의 양대 원천으로서 동방의 주축을 이룬 거대한 문화권이다. 인종적으로는 튜란과 아리안의 혼합 문화이다. 대략 튜란족의 시베리아 이동과 비슷한 연대에 남하한 부착어족인 드라비다족에 의하여 상당한 고도의 문명이

---

13) 高楠, 앞의 논문.

이루어진 곳에 햄셈 문화가 서점(西漸)하여 이루어진 아리안 문화가 굴절어족에 의하여 기원전 1500년경 남동향하여 이란·아프가니스탄·페루치스탄을 거쳐 인도에 들어와 완성된 것이다. 그러므로, 아리안 문화의 초기는 선래(先來)의 드라비다 문명에 영향받은 바 컸음은 물론, 인도 문화는 마침내 로마의 뒤를 받은 게르만 문화와, 한(漢)문화·드라비다 문화와 합하여 이루어진 인도지나 문화의 양대 문화를 낳았으니, 서쪽으로 페르시아 문화가 되고 남으로 태평양 제도(諸島)의 문화가 되어, 다시 북동향하여 중국 연안과 조선반도에 영향준 문화권이다.

아리아족이 인도에 들어와 인더스 강 지방에서 간디스 강 상류 지방에 이르러 자연 숭배 본위의 바라문교(婆羅門敎)를 중심으로 한 네 가지 카스트의 사회 계급을 형성한 것은 기원전 800년경이라 하는 바, 인도 문화가 중국문화 및 동양문화에 강대한 영향을 준 것은 이 바라문교에서 선탈(蟬脫)14)한 불교를 통하여서이다. 인도 문화의 특질은 주정적(主情的)이요 종교적인 데 있으니, 사변적(思辨的) 성격으로 세계에 자랑되는 2대 민족으로서 그리스 문화에 대비되는 점도 실로 이 점에 있는 것이다. 그리스 문화가 신화적 사유를 벗어나 이성적 철학을 형성하였음에 반하여 인도 문화는 끝까지 종교적 사유를 벗어나지 못했던 것이다. 다시 말하면, 그리스 문화는 철학에서 예술로 최대 유산을 남겼지만, 인도 문화는 종교로서 철학의 귀한 유산을 남긴 것이다. 이와 같이 인도 문화가 철학적 종교를 이루었으므로 불교는 반이성적 기독교와는 달리 이성적·사변적 성격을 갖춘 것이다. 같은 아리안 문화로 인도와 그리스의, 사변하는 데 있어서의 두 가지 성격은 곧 지적·이성적 아리안 문화가 정적인 인도의 자연환경과 윤리적·종교적인 동방 인종권에서 제약받은 특색이라 할 수 있다. 어쨌든 인도 문화권이 동아문화에 준 두 가지 공헌은 불교의 무한구상력(無限構想力)

---

14) 편집자 주 : 매미가 허물을 벗듯 낡은 껍질을 벗고 새로워지는 것.

의 신비적 성격과 정주(定住) 집단 농업의 기초요 경제적 생활 혁명을
일으킨 벼농사 기술이라 할 것이다.

이상으로써 우리는 동양문화를 이룩하는 3대 기초문화에 대한 고찰
을 통하여 동양문화의 윤곽과 한국문화의 유래와 그 독자적 성격을 대
강 살펴보았다.

다시 말하면, 한국문화는 시베리아 문화에서 요람기를 보내고, 한
(漢) 문화권에서 배우고, 인도 문화권에서 성숙한 셈이 된다. 그러므
로, 이제 역사상 한국문화의 시대적 유형 파악을 시험한다면, 북부에
있어서 부여를 거쳐 고구려 문화까지는 '시베리아 문화+한(漢) 문화'
형이요, 남부의 삼한을 거쳐 신라 문화까지는 '시베리아 문화+인도문
화'형이요, 백제문화는 '한문화+인도문화'형이었고, 고려 문화는 불교

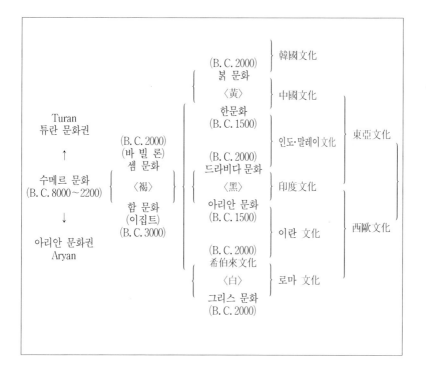

42

문화형, 근세 조선문화는 유교문화형이라 할 수 있다. 이와 같이 시베리아 문화권은 고대에서 내려올수록 소멸되고 마침내 동방문화는 한(漢)문화와 인도 문화밖에 남지 않은 듯이 보이나, 시베리아적 문화전통을 지니고 현대 문명의 단계에 오른 대표적인 문화는 한국문화요, 한국문화는 장차 새로운 전개자로서 설 수 있을 것이다.

우리는 이상에서 살핀 바 한국문화를 형성한 문화 접촉권(接觸圈)과 그 기본 구성요소로써 한국문화의 세계 문화사상 위치를 설정할 수 있을 것이다. 이제, 이것을 도시하면 앞쪽과 같다.

앞쪽의 도표로써 한국문화의 연원을 거슬러 올라간다면, 붉(Bark) 문화 → 튜란(Turan) 문화 → 수메르(Sumer) 문화의 순으로 귀정(歸定)됨을 알 수 있다. 본문에서 서술한 시베리아 문화(Siberic culture)·중국문화(Sinotic culture)·인도 문화(Indic culture)는 시베리아 문화 곧 동북아문화가 한국문화의 근간이요, 붉 문화 ← 튜란 문화 ← 수메르 문화의 원줄기임에 비해서, 중국문화는 한(漢)문화 ← 곤륜(崑崙) 문화 ← 수메르 문화이며, 인도 문화는 아리안 문화 ← 드리비다 문화 ← 수메르 문화의 계통이다. 이 두 계통의 문화가 시베리아 문화에 복합된 것이 한국문화란 말이다. 수메르 문화는 부착어족의 문화인데, 중국문화는 고립어족의 문화요, 인도문화는 굴절어족의 문화임에 비하여 한국문화는 부착어족의 문화이기 때문이다. 중국의 고대사, 특히 주진족(周秦族)이 대두하기 이전의 하은족(夏殷族)은 동이적(東夷的) 요소 곧 붉 문화적 요소가 많고, 그 활동지반이던 황하 이북, 특히 산동 직예성(直隷省) 일대의 언어에는 부착어적 특색이 보인다고 한다. 인도의 아리안 문화가 선래(先來)의 드라비다 문화에 힘입은 바 많다는 것을 역사가 가르쳐 주고 있다. 특히 수미산 전륜성왕(轉輪聖王)15) 만(卍)자 등은 불교문화·아리안 문화가 아닌 드라비다 ← 수메르계가 아닌가 하는 회의를 주는 바 있다. 석가두발(釋迦頭髮)의 권모(捲毛)라든지

---

15) 편집자 주 : 正法을 가지고 와 온 세계의 악을 물리치고 천하를 다스릴 것이라는 인도 고래의 신화적 이상의 왕.

열반시에 아난타(阿難陀)[16]가 장법(葬法)을 물었을 때 전륜성왕의 장법을 쓰라고 명령한 것은 석가가 구루족 곧 수메르족 출신임을 엿보이게 한다. 전륜성왕은 수메르족 황제의 뜻, 전륜(轉輪)은 윤보(輪寶)[17]라는 특수 무기로서 즉위할 때 이것을 공중에 던지면 7일 동안 공중을 돌다가 내려온다는데, 그 윤보가 돌고 온 국토는 그 영역에 든다는 것이다.[18] 불타의 법륜(法輪) 사상이 여기서 온 것이라고 나는 본다. 전륜성왕 사상은 수메르계 소아시아에 행해지던 구세주 사상이다.

붉 문화의 붉이 우리말에 광명과 불[火]과 국토[벌]의 뜻임은 주지하는 사실이다. 최남선은 이 '붉' 또는 '불칸'을 '白' 또는 '불함(不咸)'이라 하여 불함문화권(不咸文化圈)이라는 거대한 문화권을 설정한 바 있거니와,[19] 발칸 반도에서 우리 나라에까지 이르는 이 광대한 문화권은 허황하고 견강(牽强)의 혐(嫌)을 받을 우려가 있으나 그것이 아주 근거가 없는 것이 아닐 뿐 아니라 수메르족의 이동분포사와 암합(暗合)하는 것을 볼 수 있다.

수메르 말의 '팔'(pal), '발'(bal)은 '빛난다', '비친다'는 뜻이다. 또 수메르 말 '팔'과 '바라'에는 신궁(神宮), 왕성(王城)의 뜻이 있다. 우리말의 '붉'이 박[朴·赫]·벌[伐·原·國]·불[火]의 세 가지 뜻으로 분화된 것도 이와 같다.[20] 은(殷)나라 서울 박(亳)이 촌락(村落) 동산(東山)의 뜻이요,[21] 유구(琉球) 말 피루[태양], 일본어의 히루(ㅌル, 晝)와 하라(ハラ, 原)가 모두 동계의 어휘이다.[22]

---

16) 편집자 주 : 석가의 10대 제자로 석가가 말씀하신 것을 거의 정확히 외우고 있어 석가 열반 후에 經을 엮는 데 큰 공을 세움.

17) 편집자 주 : 수레바퀴 비슷한 轉輪聖王의 七寶 가운데 하나로, 스스로 돌며 세상의 악을 물리친다는 것.

18) 高楠, 앞의 논문.

19) 崔南善, "不咸文化論,"《朝鮮及朝鮮民族》, 제 1 집.

20) 拙稿, "新羅國號 研究論考,"《高大 50주년 기념논문집》; 拙稿, "累石壇 神樹 堂집 信仰研究,"《高大 文理論集》, 제 6 집.

21) 拙稿, "新羅國號 研究論考"; 小川琢治, "支那 歷史地理 研究報告."

44

이상으로써 필자는 붉 문화를 수메르-튜란 문화의 선(線)이라고 단정한다. 최남선은 이에까지는 언급하지 않았으나, 수메르 문화 연구를 통한 알타이계 중아(中亞) 문화 연구는 많은 과제를 지니고 있는 것이다. 붉 문화를 형성하기까지의 문화이동선, 문화권 형성에 대해서는 다음 장 〈한국문화의 전개〉를 참조하기 바란다.

---

22) 拙稿, "한국종교의 배경," 《현대인 강좌》, 제 4 권.

3. 한국문화의 전개

── 한국문화 생성의 이동선과 문화권

우리는 앞에서 민족문화의 연구는 먼저 그 민족 개성의 성장을 발견하는 데 있다고 보고, 한국문화의 기본 성격을 그 풍토적 자연에서 찾아 반도적 성격이란 것을 약설(略說)하였다. 그러나, 한국 반도에서 생장한 문화가 우연한 돌발적인 것이 아니고 역사적으로 연속된 것이며, 또 어떠한 민족이든 같은 풍토에서는 전연 같은 문화를 이룬다고는 할 수 없다는 데서 한국문화를 형성한 인종의 장구한 역사적 전통을 찾기 위하여 한국문화의 또 하나의 기본 성격인 북동아적(北東亞的) 성격을 약설하였다. 그러나 문화는 상관성과 연대성을 지닌다. 그러므로 한국 문화학(文化學) 각 분과에서 광범한 이문화소(異文化素)가 발견된다면, 우리는 인종은 문화를 동반한다는 인종학상 일대 원칙을 응용하여 이문화(異文化)는 그 인종과의 직접 간접의 교섭을 의미한다고 보지 않을 수 없으며, 따라서 한국문화의 기본 성격으로 세계적 성격을 간과할 수 없는 것이다.

대체 한국문화를 형성하는 주체인 한국 민족의 성립은 역사적으로 어떠한 시기에 출현하였는가? 한국 반도 안에서는 아직까지 구석기시대 유물은 발견되지 않았다. 간혹 발견되는 정교한 타제석기(打製石器)도 신석기 시대의 유물임이 판명되는 이상 — 앞으로 구석기 시대 유물의 발견이 영 기대되지 않는 것은 아니다 — 지금까지의 결과로서 우리들은 한국 민족이 이 반도 이외의 곳에서 구석기 시대를 경과하고 왔다는 설에 일치되지 않을 수 없는 것이다. 한국 반도 이외의 곳에서 구석기 시대를 경과했다면 시베리아, 지나(支那) 등에서 속속 구석기시대 유물이 발견되므로 한국 민족이 이들 어느 곳에서 구석기 시대를 경과했으리라는 것은 거의 의심할 수 없는 일이다. 한국 민족이 어느 때부터 신석기 시대에 들었는지 그 상한은 아직 명확하지 않으나, 기원전 5천 년보다 늦었을 것은 사실이다. 이 민족의 건국신화인 단군전설은 이 방향에 대하여 많은 시사를 지닌다. 이 신화에 대해서 상설(詳説)할 수는 없으나 우리는 다음 몇 가지를 지적할 수 있다. 첫째, 그것이 태양신화・천손신화(天孫神話)・농업신화인 것으로, 이 민족이 가지는 인간관・국가관 등 정신사(精神史)의 기점이 되었을 뿐 아니라 사회・경제사의 기점이 되는 것, 둘째, 그 연대가 대략 기원전 2천 2백 년경인 바 이때는 중국이 발달된 신석기 시대에 들어 있기 때문인 것, 셋째, 비교신화학(神話學)상 그 신화는 중국의 우신화(禹神話), 또 고대 아시아 인종(Paleoasiatic) 또는 원시북인(原始北人, Proto-nordics)이라고 불리는 아이누의 신화,[1] 그리스의 아르카디아의 Arcas 왕 신화와 유연(類縁)을 가지는 웅녀(熊女) 신화인 점이다.[2] 같은 한국 민족의 구비(口碑)에서 우리는 기원전 3천 년 전후에는 이미 신석기 시대에 들었던 것과, 기원전 2천 년경에는 원시농업 공산사회(共産社會) 붕괴 과정에 들었던 것과, 문화적으로 이미 서방과 교섭이 깊었던 것을 찾을 수 있다. 이로써 한국문화의 원시적 발상은 대략 이집트 12왕조 전후에서 헤브라이 추장 아브라함의 팔레스티나 이주 무렵 사이에 싹텄다고 말할 수 있다. 그러나 우리는 이와 같은 전사(傳史)에 대해서 많은 참고적 요소를 찾을 뿐 일체의 단언(斷言)을 피하지 않을 수 없다.

그러나 우리의 원시와 고대사회의 중심 영역은 만주를 중심으로 한국의 대동강 유역에까지 미치는 북방사회에 기반이 놓여 있었던 만큼, 이미 기원전 1500년경에는 신석기 시대를 완전히 벗어난 중국의 영향

---

1) 편집자 주 : Paloasiatic, 즉 古아시아 인종은 알타이족이 남하하기 이전에 연해주와 시베리아 일대에 살던 종족으로 지금도 시베리아에 살고 있는 에벤키, 길약족이 이들의 후손이며 이들은 샤머니즘을 신앙으로 하고 있으며, 특히 길약의 언어 가운데 우리말과 비슷한 것이 많음.

2) 拙稿, "한국신화의 유형"(이 책에 수록).

을 받았으니, 강대한 진(秦)제국 뒤를 이은 한(漢)나라가 발흥하면서 그 확장 정책에 지배되었고(B.C. 195~A.D. 40), 그로 말미암아 기원전 2세기경에는 신석기 시대에서 비약하여 철기 시대에 들어갔음은 고고학적으로 증명되는 바이며, 그 지배에 의한 기술문화의 발달은 민족의 자각을 자극하여 마침내 그들의 부족동맹은 한 민족 세력을 몰아내기 시작하고, 여기서부터 한국 민족의 역사적 발전의 시초인 삼국시대의 기반이 닦아지기 시작했던 것은 또 역사학이 밝혀 주는 사실이다. 그러므로 한국문화를 형성하는 주체인 한국 민족은 기원전 2세기경에 그 윤곽이 잡히고 기원 7세기경에는 신라의 삼국통일(668년)에 의하여 그 근간이 섰으며, 기원 10세기에는 북방의 만주족과 한국이 연립한 국가 발해(渤海)가 망하므로(926년) 그 유민이 고려에 내투(來投)하여 여기에 한국 민족 형성은 끝나 Korean이 탄생되는 것이다. 요컨대, 한국의 민족과 문화는 기원전 2세기부터 출발하는 것이 여러 가지 학적(學的) 각도에서 타당한 견해라 할 것이다.

그러면, 한국의 문화를 이루는 외래문화소(外來文化素)는 어떠한 경로로 한국에 이르렀는가. 여기서 문화이동선(文化移動線) 연구가 요청되고, 따라서 고대의 교통선과 한국의 인종적 구조가 해명을 기다릴 것이다.

우리는 한국에 이르는 문화선(文化線)의 가장 중요한 자로 먼저 중앙문화선, 곧 중국문화선을 들지 않을 수 없다. 이 선(線)은 요동반도를 집중말단(集中末端)으로 하여 한반도에 연결되는 선이니, 중국문화와 서역문화는 이 선으로 들어온다. 산동반도에서 서해안으로 들어오는 해로도 여기 포함된다. 기원전 3세기부터 기원 1세기 사이는 한민족(漢民族)의 인종적·문화적 확세(擴勢)가 그 중앙부에서 사린(四隣)에 파급될 때이니, 이때는 중국 주위의 제민족이 석기문화에서 금속문화의 여명기에 들어가는 동아문명사상 일대 전기를 지을 때이다. 이때부터 중국문화는 이 선을 통하여 끊임없이 한국에 밀려왔다. 남만주에서 한반도로, 다시 일본에까지 파급하는 동안 그 중심에서 멀리 갈수

48

록 다소 시기가 늦어지고 질적 변화를 가지는 것은 당연하다. 그러므로, 한국은 서북부에서 기원전 2세기에는 이미 고도의 철기 시대에 들어가서 기원전 1세기경에는 이 두 문화의 조화에서 찬란한 낙랑문화를 이루었지만, 동남부 지방은 고적 발굴에 의하여 서북부와 비슷한 때에 얼마간 한(漢) 문화와 교섭이 있은 자취가 보이나(金海貝塚에서 周代의 錢貨가 발견되었다), 민중의 생활상 전반으로는 서북부보다 많이 뒤떨어졌던 것을 알 수 있다. 기원 1세기까지 석기시대 또는 철기시대 초기에서 머뭇거린 듯하다. 이 뒤로도 끊임없이 지적(知的), 기술적 방면을 이 중국문화가 육성시켰다.

다음 이 선(線)을 타고 오는 중요한 문화로 서방아시아 문화를 들수 있으니, 주로 인도에서 중앙아시아를 거쳐 오는 불교와 미술상의 간다라(Gandhara) 미술의 조류가 이 선을 타고 왔다. 기원 372년에 고구려에 처음 들어온 불교는 한국에서 많은 발전을 보았으며, 삼국시대의 불상 조각에서 오늘도 간다라 미술의 풍모를 찾을 수 있는 것이니, 헬레니즘의 한 경지는 풍부한 천연 석재(石材)와 풍부한 예술적 재능을 가진 이 반도의 민족에서 찬연한 예술을 개화시킨 것이다. 또 중앙아시아 사막을 횡단하는 한 줄기에 흑요석(黑耀石)으로 된 세석기(細石器)라는 예리한 석기가 발굴되었는데,[3] 고비 사막, 북만주, 한국의 북부까지에 와 있다. 이집트의 구석기 시대 아프리카 사막에도 이 세석기 문화가 있었던 모양인데 주목할 만한 것이겠다. 중국문화와 중국을 통한 외래 문화가 혼성된 기원 5, 6세기에는 한반도 남단에까지 완전히 광피(光被)되었다.

다음으로 북방 문화선(文化線) — 시베리아 문화선을 들 수 있으니, 이는 석기 시대로부터 북방만을 흘러온 선이다. 한국문화가 중국문화의 영향을 뚜렷이 받기 전에 이 북방문화의 요소에 뿌리를 두었다는 것은 앞서 말한 바와 같거니와, 덴마크에서 발틱 해를 끼고 노르웨이,

3) 藤田亮策談, "北方文化圈を語る,"《國民文學》, 1943?

핀란드, 북러시아, 남시베리아, 연해주, 만주 동북부에서 한국으로 들어오는 선이니, 즐목문토기(櫛目文土器, Kammkeramik)[4]만 가지고 보더라도 덴마크에서 한국까지 같은 계통이다. 그러나, 이 계통 토기는 만주 중부라든지 중국에는 아직 잘 보이지 않는다. 다만, 연해주와 동부 시베리아는 조사 불충분이다. 그러나, 이와 같은 것이 북아메리카에도 좀 나온다고 하니, 우리는 이 북방문화선이 중앙아시아에서 시베리아, 알래스카를 거쳐 북아메리카에 이르는 반원(半圓)의 민족 이동 간선(幹線)에서 갈리어 나온 것인 줄 안다. 예니세이 강 부근에서 우랄산을 넘어오는 북구선과 합쳐 오다가 알래스카 선과 갈라지고, 다시 흑룡강을 돌아 연해주로 내려오다가 북화태(北樺太)로 들어가는 아이누 선과 갈라져서 간도 지방으로 들어온 것은 아닐까. 여기 고대 민족 이동과 문화 이동에 대한 좋은 단서가 숨겨져 있다.

그리고, 같은 아시아 문화로서 우리의 이목에 익은 것은 스키타이 (Scythian) 문화이다. 이 계통의 문화는 지식이라든지 종교, 이런 방면보다는 장신구 같은 세속적인 유물에 많이 남은 것이다. 스키타이 문화가 낳은 거울, 동검(銅劍) 따위가 신라[경북], 낙랑[평남]의 유적에서 발견되고, 같은 것이 노령(露領) 니콜리크스에서 보이는 것이다. 저 신라 고분에서나 고구려 벽화에 보이는 아름다운 황금보관은 남로(南露) 알렉산드로플에도 보이며, 예니세이의 샤먼 교도의 관(冠)에도 그 예가 있어[5] 이로써 알타이 지방 민족과의 밀접한 관계는 의심할 여지가 없다. 비록 5, 6세기경의 중국에도 이 문화의 영향이 있었으나, 여기 말한 보관이라든지 거울은 중국에서는 출토되지 않는데, 한반도의 동남부에서까지 그 현저한 특색을 보는 것은 흥미깊은 일이다.

끝으로 우리는 해양문화선(海洋文化線)이란 광범한 하나의 선을 찾는다. 삼면이 바다로 둘린 만큼 앞에 말한 여러 가지 문화도 이 넓은

4) 편집자 주 : 빗살무늬토기로 우리 나라에서 신석기를 대표하는 유물.
5) 濱田耕作.

해양문화선을 통하여 들어올 수 있었을 것이며, 돌멘(Dolmen) 같은 것도 한국에는 광범한 분포를 가졌는데, 서울을 관류하는 한강을 경계선으로 하여 남북의 그 상태가 상이한 점으로 봐서 남북 두 방면으로 들어왔다고 보고, 그 하나는 해양선을 통한 것이라고 생각된다. 반도 남단에 있던 가락국이나 신라의 신화 전설에 인도 또는 남방과의 관련이 보이는 것,[6] 역사상 외인(外人)의 표착(漂着)이 남단에 많았던 것, 제주도의 민속에 남양적 성격이 있고, 난류와 열대 과실의 표착 등으로 미루어 보아 이 해류가 원시적 교통을 제약하였음을 알 것이니,[7] 우리는 원시조선의 인종적 요소 속에 말레요 폴리네시안, 인도네시안, 인도지나인의 해양을 통한 교섭을 상정하는 것은 아무 무리도 없을 것이다. 한국문화에서 남북문화의 연구는 장차 학계에 흥미있는 재료를 제공할 것이다. 그리고 이 해양선은 오랜 선사시대에서부터 흘러온 것이면서도 우리 문화에 뚜렷한 무엇을 준 것은 없었으나, 19세기에서부터 이때까지의 문화와는 전혀 새로운 문화 — 서구문화를 싣고 오는 선이 되어, 이제 이 넓은 해양선은 가장 복잡하고 밀접한 문화선이 되었다.

이상에서 고찰한 생활문화로서 북방문화, 지성문화로서 중국문화, 종교문화로서 인도문화, 예술문화로서 서구문화가 혼융(混融)된 것이 한국의 문화이다.

이상으로 우리 문화의 성장에 대한 외래 문화의 수용에 대해서 대략 논했으므로, 이제 그것을 받아들이고 소화하는 일방, 동으로 일본에 전파 혹은 매개함에 수고를 아끼지 않았음을 부기하고자 한다. 대륙문화의 광대성이 저 도국(島國)문화의 간결성에 어울리기까지는 실로 그 매개자인 한국문화를 거쳐 비로소 그들에게 쾌적할 수 있었던 것임을 알아야 한다. 고대의 동양문화의 중심 조류는 중국에서 한국을 거쳐

---

6) 拙稿, 앞의 논문.
7) 그 대표적인 예는 효종 4년에 표착(漂着)한 화란인 Hamel 외 2명이다. 제주도의 물 길어서 지고 다니는 구덕은 인도네시아계 풍속이요, 제주도에는 남방계인 이로리[圍爐]도 있다.

일본에 동류(東流)하였고, 근대의 서구문화는 일본을 거쳐 한국과 중국에로 서점(西漸)하였던 것을 알 수 있다. 한국의 문화가 일본문화의 형성에 기여를 준 것은 선사 시대부터 17, 8세기까지 사뭇 계속되었지만, 그 중에도 가장 많은 공헌이 있은 것은 삼국 시대였다.

　삼국 중에도 백제는 일본문화와 가장 밀접했으므로 정치상으로도 우호 관계가 깊었던 것이다. 백제와 일본과의 문화적 교섭은 백제의 전성 시대인 근초고왕(近肖古王, A.D. 346~375) 때부터 시작되었다. 양자 사이에 친선 사절이 교환되었던 것은 말할 것도 없고, 그 중 백제의 사자(使者) 아직기(阿直岐, アチキシ)·왕인(王仁, ワニキシ)이 일본에 한문과 유학을 전수하여, 일본 국민으로 하여금 비로소 문화를 자각시키고 정치, 법률의 지식을 배양하게 하였던 것은, 그들의 고사(古史)에 보임으로써 그 의의를 알고 남음이 있다. 그 아들 근구수왕(近仇首王, A.D. 375~384) 때에도 일본의 청에 의하여 왕손 지종(智宗)을 보내어 유교를 밝혔고, 앞서 간 아직기·왕인의 자손은 일본에 귀화하여 대대로 기록을 맡는 사(史, フヒト)가 되었으니 フヒト는 문인의 뜻이다. 이밖에 백제에서는 도(陶)[8]·안(鞍)[9]·획(劃)[10]·직(織)[11]·의(醫)[12] 등 많은 공인이 갔으나, 이들은 수인(手人, テヒト)[13]이라 불리어 일본의 기술 문명에 많은 공헌이 있었다. 백제문화의 동류(東流)는 결수(決水)의 세(勢)와 같아 학예 방면만으로도 석학(박사)을 갈아 보내기를 수회에 거듭하였다. 더구나 백제 성왕(聖王) 30년에 노리사치계(怒利斯致契)란 이를 시켜 불상과 경권을 보내어 불교를 홍포한 것은 실로 일본 불교의 시작이 될 뿐 아니라 일본 문명의 일대 전기를

---

8) 편집자 주 : 도자기 굽는 陶工.
9) 편집자 주 : 馬具를 만드는 사람.
10) 편집자 주 : 도자기 등에 칼로 그림을 파는 사람.
11) 편집자 주 : 옷감을 짜는 사람.
12) 편집자 주 : 병을 고치는 사람.
13) 편집자 주 : 어떤 전문일을 하거나 기술에 관계된 일을 하는 사람.

짓게 하였다.

우리는 일본으로 건너간 많은 학자와 전문 기술자의 이름을 일일이 들 겨를이 없다. 이와 같이 유교·불교를 비롯하여 미술·공예·음악·의학·천문지리에 대한 전문가·서적·기구(器具)의 동류는 일본 정신과 물질문명에 얼마나 많은 이바지를 하였는가 하면, 일본의 아스카 시대(飛鳥時代)[14] 문명은 전혀 백제인의 사물(賜物, gift)이요 백제문화의 연장이라 할 수 있다는 말로써 짐작할 수 있을 것이다. 일례를 들면, 아스카 시대의 미술을 대표하는 법륭사(法隆寺)의 건축·조각·회화의 대부분이 우리 한국인의 손끝에서 된 것은 소소(昭昭)한 바이다. 법륭사 금당(金堂)에 안치되었던 목조불상 백제관음(百濟觀音)은 일본미술의 정화(精華)로 서구학자의 찬탄의 나머지 백림 인종박물관에 그 실물대모조(實物大模造)까지 되어 있지만, 이는 백제에서 전래한 때문에 생긴 이름일 것이요, 유명한 금당의 벽화는 고구려의 승(僧) 담징(曇徵)의 원도(原圖)에 의한 것이라 전한다.

고대 일본불교의 주권은 우리 한국인의 손에 있었으니, 삼론종(三論宗)[15]의 시조 혜관(慧觀)[16]은 고구려 승(僧)이요, 성실종(成實宗)[17]의 도장(道藏),[18] 법상종(法相宗)[19]의 지봉(智鳳),[20] 화엄종(華嚴

---

14) 편집자 주: 당시 수도인 일본 아스카를 중심으로 쇼토쿠 태자가 다스린 6~7세기 백 년 간 한국불교의 영향을 받아 불교문화의 꽃을 피운 시기.

15) 편집자 주: 空思想을 중심으로 한 중론, 백론, 십이문론을 주요 경전으로 하는 불교의 한 종파.

16) 편집자 주: 고구려의 승려로 隋나라에서 삼론종을 배우고 와 625년 왕명으로 일본에 가 일본에 삼론종을 전파하여 그 시조가 됨.

17) 편집자 주: 하리발마가 지은 《성실론》을 근본 성전으로 삼는 종지로 인간 주체뿐만 아니라 세계 자체를 空하다고 논정하고 8성도에 의하여 열반에 이르려는 종파.

18) 편집자 주: 백제 스님으로, 675년경 일본에 가 《성실론》 16권을 써서 전했다함.

19) 편집자 주: 무착, 천칙이 세운 종지. 온갖 만유는 마음이 변해서 이루어진 것에 불과하므로 세계의 본체보다도 현상을 세밀히 분류, 설명한다는 면에서 법

宗)[21]의 심상(瀋詳)[22]은 모두 일본 불교의 기반을 닦아놓은 이로서, 그를 위하여 만장의 기염을 토하였다. 일본불교는 백제·신라·고구려에 많은 유학생을 파견했던 것이다. 상대의 일본음악에 삼국음악이 중요한 자리를 점했음은 문무천황(文武天皇) 때 제정된 대보율명(大寶律令)[23]에서 삼국악(三國樂) 인원 규정이 있음으로써 알 것이며, 신라의 조선술(造船術, 應神天皇)과 축제술(築堤術, 仁德天皇)의 전수도 그 문화에 끼친 중요한 공적이 아닐 수 없을 것이다. 일본 고대문화에 끼친 우리 한국문화의 공적, 이것도 흥미깊은 연구의 대상이다.

우리는 이 이상 더 한국문화의 일반론에 대하여 쓸 용기가 없다. 많은 주석과 논증이 필요함에도 불구하고 제한된 지면에서 이는 불가능하므로 쓰면 쓸수록 추상적 요설(饒舌)에 떨어질 우려가 있을 뿐 아니라, 이러한 광범한 문제의 확대는 우리의 천식(淺識)이 감당할 바가 아니기 때문이다.

이제 이상에 논한 바를 종합하여 한국문화를 형성한 근간문화의 이동(A 圖)과 역사상 중요한 문화권(B 圖)을 도시하면 다음과 같다. 이는 인류학, 민족학, 역사학, 고고학의 각 분야의 현재까지의 연구를 종합하여 세운 가설로서, 앞으로 이 방면의 연구가 더욱 개척되고 무엇보다 고고학적 발굴이 병행됨으로써 증명될 성질의 것이다.

상종이라 하고, 마음 외에 세계가 따로 존재하는 것이 아니라며 세계를 이루는 인식의 단계를 분석하는 데 주력한다는 면에서는 유식론이라고 함.

20) 편집자 주 : 신라 스님으로, 705년경 일본에 법상종을 전함.

21) 편집자 주 : 두순을 시조로 하는 宗旨. 세계는 서로 연기되어 있어 하나가 전체이고 전체가 하나이니 모든 장애를 아우르는 인식의 경지에 이를 것을 주창한 종파.

22) 편집자 주 : 신라 스님으로 당에서 화엄을 배우고 와 729~740년 사이 일본에 가서 화엄경을 강의함.

23) 편집자 주 : 대보는 문무천황의 연호로 이때 문무천황이 내린 여러 律令을 말함.

〈A 圖〉

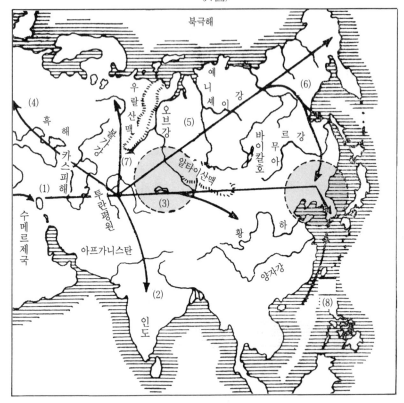

〈A 圖 설명〉

(1) 아프리카족의 침입. 이 선의 역코스는 토이기족(土耳基)족의 이동선이다.

(2) 인도·아리아족의 남하.

(3) 고대중국족의 이동. 이 직선 코스는 몽고족, 퉁구스족, 원조선족의 이동선이다. 한족은 뒤에 이보다 서남쪽에서 이동하였다.

(4) 라틴·아리아족의 이동.

(5) 토이기족, 퉁구스족, 아메리카 인디언족의 이동선이다. 알래스카를 관류하는 반원의 간선(幹線).

(6) 아이누족, 퉁구스족, 원조선족[濊貊]의 이동이다.

(7) 우랄계족의 북상이동선. 튜튼족의 남하도 이 선을 타고 이동했다.

(8) 해양족의 이동. 말레요 폴리네시아족, 네그리토족이 이 선을 타고 왔다.

* 점선 원은 우리 문화의 원류인 '알타이 문화권'과 '요하(遼河) 문화권·대동문화권·한강문화권·낙동강문화권·금강문화권'을 합친 조선문화권을 표시한 것이다.

〈B 圖〉

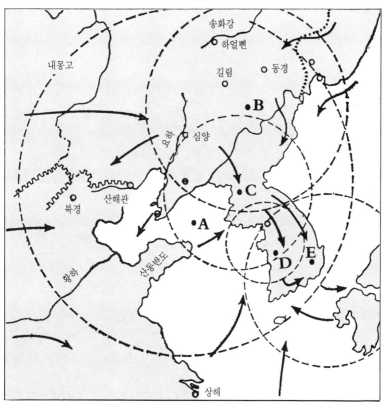

〈B 圖 설명〉

A 고대 동북아문화권. 산동반도-요동반도-한반도를 주축으로 한 상고문화권. 주
   (周) 시대 이전의 중국문화도 이 권내에 든다(東震문화권). 편의상 그린 원이
   요, 실제로는 서북쪽으로 더 확대되는 원이다.

B 고조선문화권. 요하(遼河)-압록(鴨綠)-도문(圖們)을 주축으로 한 원조선문화
   권. 만주문화도 이 권내에 든다(濊貊문화권).

C 고구려문화권. 압록-대동강을 주축으로 한 문화권. 낙랑문화도 여기에 든다
   (扶餘문화권)

D 백제문화권. 한강-금강을 주축으로 한 문화권. 남북문화의 혼성권(馬韓문화
   권).

E 신라문화권. 낙동강-형산강을 주축으로 한 문화권. 가락(駕洛) 문화도 여기에
   든다(弁辰문화권).

II. 한국사상사의 기저

1. 한국신화의 유형
― 건국신화의 비교연구, 그 계통 및 해석

신화는 신의 이야기다. 따라서, 신화의 주인공은 신이요, 신화는 신의 세계를 풀이한 것이지만, 그 신은 실상 인간의 영웅을 신화화한 것이요, 인간의 생활을 신화화한 것이므로, 신화는 곧 원시인의 생활과 지식과 꿈[이상]의 반영인 것이다. 그러므로, 신화는 신의 이야기가 아니라 도리어 인간이 터득하고 만든 원초의 인간 이야기인 것이다. 그렇기 때문에, 신화는 인간이 발견한 정치와 사회와 과학과 문학과 역사의 원형으로서의 의의를 지닌다.

신화에는 여러 가지 종류가 있다. 다시 말하면, 관점과 각도에 따라 여러 가지 분류 방법이 있다는 말이다. 그러나, 모든 신화는 신화라는 공통된 본질의 민족적 표현과 민족적 변성과 민족적 소장(消長)에 지나지 않는다. 그러므로, 우리는 신화로써 원시인의 심리와 민족적 사고방식의 원형을 찾을 수 있고, 고대의 사회적 구조와 문화권의 접촉 및 그 유연성을 찾을 수 있으며 한 민족의 역사적 풍토와 민족문화의 성격 내지 이념의 방향을 추출할 수가 있는 것이다. 이것이 곧 민족신

화문제가 제기되는 계기와 소이연이 되는 것이다. [1]

우리는 고대의 신화유산을 많이 지니지 못하고 있다. 여기서 말하는 신화의 빈곤이란 것은 곧 문헌상 신화기록의 빈곤과 그에 기인한 문학작품상의 영향의 빈곤을 뜻한다. 이렇게 된 이유의 거의 전부는 유교사상의 실리주의의 소치라고 해도 과언은 아닐 것이다. 샤머니즘이 바탕이 된 우리 선민의 문화는 공상적인 신화를 산출하는 데 그렇게 옹색하지 않았으리라는 것은 신라시대의 신화전설의 일반을 보여주는 《삼국유사》로써 추측할 수가 있고, 또 민간에 전승되는 구비설화로도 짐작할 수가 있는 것이다.

본디는 풍부했을 이들 신화가 입에서 입으로 전해오는 사이에 문자상 정착을 보지 못하여 차츰 소멸되고 축변되고 말았다고 하지 않을 수 없다. 다시 말하면, 이들 신화가 문자상에 기록되어 정착되어야 할 시기에 문자기술을 담당할 능력을 갖추고 그것을 맡은 사람들이 유학자였기 때문에, 신화의 본질과 그 원형의 의의를 몰각(沒覺)한 그들은 신화를 그저 황당무계한 소리로 여김으로써 거들떠보지도 않았거나 유교의 합리주의적 사고로 신화를 개산(改刪)하여 수록했기 때문에, [2] 수많은 신화는 아깝게도 절멸(絶滅)되고 변질되고 하였던 것이다.

이와 같은 연유로 해서 문헌상에 잔존한 한국의 신화는 대개가 발달된 후기 신화에 속하고 저급 신화로서의 원형은 찾아보기에 힘들게 되었다. 그러므로, 한국의 신화는 창세신화 또는 개벽신화와 홍수신화가 결여되어 있으며, 영웅신화나 전쟁신화도 완전한 것은 없고, 그것들은 오히려 무가(巫家)나 민간전승의 구비(口碑)설화에 잔영을 남기고 있을 따름이다.

우주나 지구가 어떻게 생성되었느냐에 대한 신화의 사고방식은 대개

---

1) 拙稿, "민족신화의 문제,"《고대신문》, 1963. 8. 23.
2) 《삼국사기》에서 단군신화를 제외한 김부식이나 《箕子志》를 지은 이율곡이나 "檀君之事 皆 荒誕不經"이라 한 安鼎福을 비롯한 수많은 학자의 태도가 거의 다 이러하였다.

두 가지 유형으로 나뉘어진다. 그 하나는 유대 민족의 신앙에 나타난 유일 절대신 여호와가 우주만물을 창조하였다는 설화로[3] 대표되는 우주창조형이요, 다른 하나는 태초의 혼돈에서 차츰 질서가 잡혀 만물이 생겨 나왔다는 그리스의 신화로[4] 대표되는 천지개벽설화가 그것이다.

한국의 신화에는 이와 같은 국토 생성에 대한 창세신화도 개벽신화도 없다. 가장 오랜 신화인 단군신화에도 이미 만들어진 국토 — 삼위태백(三危太伯)에 천제자(天帝子)가 하강한 것으로 되었고, 국토 창성에 대한 설화는 이미 소멸되어 있다.[5] 이와 같이 문헌상의 신화에는 소멸된 창세신화가 민간설화에는 그 잔영을 머무르고 있으니, "'선문데 할망'이라는 거인 여신이 치마폭에다 흙을 싸서 담아다 쏟아부은 것이 한라산이 되었고, 치마폭의 뚫어진 구멍들에서 쏟아진 흙들이 도내(島內)에 산재한 작은 산들이 되었다"[6]는 전설과 "단군보다도 훨씬 이전에 한 거인[男神]이 있었는데, 먹을 것이 없어서 들판의 흙을 퍼먹

---

3) 《창세기》에 의하면, 신이 천지를 창조할 때 첫날에 빛이 있게 해서 밤과 낮을 가리고, 둘째 날에 궁창(穹蒼, 하늘)을 이루고, 셋째 날에 뭍을 이루어서 초목이 생기게 하고, 넷째 날에 해와 달과 별을 만들고, 다섯째 날에 물고기와 새들을 만들고, 여섯째 날에 짐승들과 흙을 빚어 자기를 닮은 사람을 만들고, 일곱째 날은 쉬었다고 한다.

4) 그리스 신화에는 처음에 밤(Nyx)과 낮과 그 형제인 암흑(Erebos)이 있었는데, 이것은 천상의 밤과 지하의 암흑이었다. 이 두 가지가 공허(Chaos) 속에 함께 있었다. 이 공허는 세계의 모태로서, '無'라는 뜻의 공허가 아니고 질서화되지 않은 힘이 넘치는 상태이므로 혼돈이라고 번역된다. 밤과 암흑이 카오스 속에서 분리되어 암흑은 내려앉고 밤은 광대한 공[球]이 되었다. 이 공이 두 조각으로 나뉘어 하나는 하늘이 되고 하나는 대지가 된다. 이로부터 초대의 두 신이 나오게 되는 바, 우라노스(Uranos)라는 하늘 신과 가이아(Gaia)라는 땅의 신이 그것이다. 사랑(Eros)이 탄생되어 정신적인 힘으로 우주의 통일성을 유지한다는 것이다.

5) "삼위태백을 내려다보니 인간을 널리 이롭게할 만하므로 … 가서 다스리게 하였다"(下視三危太伯 可以弘益人間 … 遣往理之), 《삼국유사》.

6) 張籌根, 《한국의 신화》, 6면. 氏는 제주도 설화 중에서 이 종류의 12종 설화를 채집 수록하였다. 이는 그 여섯째 예이다.

고 목이 마르니 바닷물을 들이켰다가 배탈이 나서 배설한 것이 백두산을 비롯한 산줄기와 압록강·두만강 등의 강이 되었다"는 전설[7]이 그것이다.

이 민간설화에 보이는 우리의 국토창성신화는 남녀신의 차는 있어도 거인(巨人)신화인 점에서는 같다. 전자는 의식적인 창조이기 때문에 우주창조형에 가깝고, 후자는 절로 그렇게 되었기 때문에 천지개벽형에 가깝다고 할 수 있다. 그러나, 이 두 가지 신화는 중국 반고(盤固)신화의 개벽신화형[8]이나 일본 고사기(古事記)신화의 교구(交媾) 창세신화형[9]과도 다른 별취의 소박한 설화임을 알 수 있다. 그러나, 거인신이 국토를 개벽했다는 전승도 널리 분포된 유형으로서, 반고신화도 일종의 거인신화요, 일본의 대태(大太) 법사, 오키나와(沖繩)의 아만추(방언으로 大始祖神, 하늘사람)는 모두 거인개벽설화인 것이다. 북구의 거신 Ymir, 그리스의 거신족 Titans, 인도의 Purusa, 남양미개인(南洋未開人)들 거신설화가 모두 천지개벽신화와 관련되는 것을 보면, 우리 민간설화상의 국토창성설화가 사라진 창세개벽신화의 잔영임을 알 것이다.

홍수신화, 노아의 신화같은 인류절멸신화도 우리의 문헌상의 신화에

---

7) 鄭寅燮의《우리 古談》(영문판)에서 1925년 방정환의 구술을 채집하여《온돌설화》에 실었던 것이다(장주근, 앞의 책, 10면 참조).

8) 태초의 혼돈 속에서 청양(淸陽)한 것은 하루에 일장(一丈)씩 올라가서 하늘이 되고 탁음(濁陰)한 것은 하루에 일장씩 두꺼워지고 그 사이에 반고(盤固) 씨가 탄생했다. 하늘 오르기와 땅 두꺼워지기와 반고 씨의 키 자라기는 각기 하루에 일 장씩 더하여 1만 8천 년을 거듭하였다. 반고 씨는 그 뒤에도 다시 1만 8천 년 간 땅 위를 정돈하고 죽는다. 반고 씨의 두부(頭部)는 사악(四岳)이 되고 두 눈은 일월이 되고 그 지고(肢膏)는 홍해가 되고 모발은 초목이 됐다는 것이다.

9) 女神 이사나미노미코도와 男神 이사나기노미코도가 서로 만나 여신은 제 몸이 되고 되다가 덜 아문 곳이 있다 하고, 남신은 제 몸이 되고 되다가 남은 곳이 한 곳 있다고 해서 그 모자라는 곳에 남는 것을 맞추어 국토를 만들어내자고 하여 이 두 남녀신의 교구(交媾)로 국토가 생성되었다는 것이다.

는 없다. 그러나, 민간설화에 전승된 남매혼구(男妹婚媾) 설화는 분명
히 홍수설화의 변태이다. 홍수가 져서 모두 다 물에 빠져 죽고 높은
산 위에 올라가서 단둘이만 살아 남은 남매가 혼인하여 다시 인종을
퍼뜨리기 전에, 남매간에 차마 교구를 할 수 없어서 남매는 각각 모닥
불을 피워 봐서 그 연기가 올라가 공중에서 어울려 감기면 같이 살고
따로 갈라져 올라가면 혼인을 하지 말자고 약속하고 모닥불을 피우니
연기가 감기었기 때문에 교구해서 자녀를 낳았다는 설화다. 영웅신화
는 도적 퇴치・괴물 퇴치[10]의 민간설화와 몇 가지 국조신화에 잔영을
남겼고, 전쟁신화도 무술경쟁설화[11]에 편린을 남겼을 뿐 대규모의 것
은 거의 없는 형편이다.

　건국신화는 한국의 신화 중에 가장 중요한 위치를 점한다. 그것들은
창세개벽신화와 홍수신화・결혼신화・영웅신화・전쟁신화 등의 혼합,
변태, 축약으로서의 특수한 국조(國祖)신화를 낳았다. 한국사상에 전
승된 국조신화의 중요한 자는 신시(神市)시대의 단군신화, 고구려의
주몽신화, 신라의 혁거세신화, 석탈해신화, 김알지신화, 가락의 김수
로신화, 고려의 왕건신화 등 7종이다. [12]

---

10) 머리 일곱 달린 도적이나 대사(大蛇), 또는 괴물퇴치설화는 전래동화에 상당
　　한 수가 있다. 《삼국유사》의 거타지(居陀知) 전설이나 고려 시조 설화의 제5
　　대 작제건(作帝建)의 해중 무용담이 그 일례다.
11) 해모수와 하백, 고주몽과 송양, 석탈해와 김수로의 경시(競試), 경무(競武)
　　도 이 유형에 속한다.
12) 이밖에도 북부여의 해부루신화가 천손설화(天孫說話)요, 동부여의 금와신화
　　가 난생설화의 변태며, 백제의 온조전설, 후백제 견훤의 구인생(蚯蚓生) 설화
　　가 있으나, 해부루・금와는 부여계 설화로 주몽신화의 변태이고, 온조전도 주
　　몽의 서자 이주 전설이므로 부여계 설화의 대표로 주몽신화 하나만 들었고,
　　견훤의 구인설화는 동물 감이 설화인 점에는 같으나 한국 국조 신화의 일반
　　형식인 웅(熊)・호(虎)・계(鷄)・사(蛇)・마(馬)・구(龜) 설화와는 별개이
　　므로 논외에 두었다.

62

1) 단군 신화

"천제 환인(桓因)의 서자 환웅(桓雄)이 천하를 다스릴 뜻이 있음을 안 환인은 하계를 내려다보니 삼위태백이 가히 홍익인간(弘益人間)할 만한 땅이므로 천부인(天符印) 삼개(三箇)를 주어 내려가 다스리게 하였다. 환웅은 무리 3천을 거느리고 태백산정(太伯山頂) 신단수(神壇樹) 아래 내려와 나라를 열고 신시(神市)라 하였다. 바람, 비, 구름을 부려서 곡식과 목숨과 병과 형벌과 선악 등 인간의 360여 사(事)를 주관하여 세상을 다스렸다. 때에 곰과 호랑이가 한 굴에 살고 있었는데, 항상 환웅에게 빌기를 사람이 되게 하여 줍시사 하였다. 환웅이 그들에게 쑥 한 줌과 마늘 스무 알을 주면서 너희들이 이것을 먹고 백 일 동안 일광을 보지 않으면 사람이 되리라 하였다. 곰과 호랑이는 이를 받아 먹었는데, 곰은 37일을 기(忌)하여 여자가 되었으나 호랑이는 기하지 못하여 사람이 되지 못하였다. 여자가 된 곰은 혼인할 짝이 없으므로 매양 신단수 아래서 잉태하기를 빌므로, 환웅이 거짓 화해서 이와 교혼하여 아들을 낳으니 이름하여 단군왕검(壇君王儉)이라 하였다. 당고(唐高 즉 堯) 즉위 50년 경인(庚寅)에 평양성에 도읍하고 비로소 조선이라 일컬었다. … 1,500년 동안 다스리다가 … 단군은 뒤에 아사달산에 들어가 산신이 되었다."[13] (《삼국유사》 "紀異 一" 고조선조 참조)

---

13) 《삼국유사》와 비슷한 시기에 저술된 이승휴의 《제왕운기》에도 단군신화가 실려 있는 바, 《삼국유사》의 것과 다른 점은 단군을 '檀君'이라고 쓴 것과 환웅을 '檀雄'이라 한 것과, 곰과 호랑이 얘기가 나오지 않고 단웅이 그 손녀에게 약을 먹여 사람이 되게 한 다음 단수신(檀樹神)과 혼인을 시켜 단군을 낳은 것과, 단군이 나라 다스린 연수를 1,038년이라 한 것이 다르다(拙稿, "단군신화," 학원사 《철학대사전》, 195면).

2) 주몽 신화 (동명왕 신화)

"고구려는 곧 졸본부여(卒本夫餘)이니 ⋯ 시조는 동명성제 주몽(東明
聖帝 朱蒙)이다. 앞서 북부여왕 해부루(解夫婁)가 (天帝의 命으로) 동부
여로 옮겼더니, 부루가 죽은 뒤 그 양자 금와(金蛙)가 위(位)를 이었
다. 태백산 남쪽 우발수(優渤水)에서 한 여자를 얻으니, 저는 하백(河
伯)의 딸 유화(柳花)이온데 여러 누이들과 더불어 나가 놀다가 천제자
(天帝子) 해모수(解慕漱)라고 말하는 남자의 꾀인 바 되어 웅신산(熊神
山) 아래 압록강 가에서 가까이 한 다음 그 남자는 가서 돌아오지 않으
므로, 부모가 허락 없이 시집간 것을 꾸짖어 이곳에 귀양 보낸 것이라
고 말하였다. 금와가 이상히 여겨 방안에 가두어 두었더니, 일광이 유
화를 비추는데 몸을 피해도 자꾸 좇아다니며 비추더니 마침내 잉태하여
닷 되들이만한 큰 알을 낳았다. 왕이 이를 개·돼지에게 던져 주어도
먹지 않고 길가에 버려도 소와 말이 피해 가매, 들에 버리니 새·짐승
이 와서 품어 주었다. 왕이 그 알을 쪼개고자 해도 쪼갤 수가 없으므로
그 어미에게 돌려주니 어미가 그 알을 싸서 따뜻한 곳에 두었다. 얼마
뒤 한 아이가 그 알의 껍질을 뚫고 나오니 모양이 매우 영특하였다. 나
이 일곱 살에 스스로 활을 만들어 쏘니 백발백중하였다. 나라 풍속에
활 잘 쏘는 사람을 주몽이라 하므로 이로써 이름을 삼았다. 금와는 칠
자(七子)가 있는데, 모두 재주가 주몽을 따르지 못하였다. 그 맏아들
대소(帶素)가 왕께 아뢰기를 주몽은 사람이 낳은 바 아니오니 일찍이
처치하지 않으면 후환이 있을까 두렵다 하였으나, 왕이 듣지 않고 말
먹이는 일을 맡겼다. 주몽이 그 중 가장 좋은 준마(駿馬)를 골라 덜 먹
이어 파리하게 하고 나쁜 말을 잘 먹여 살지게 하니, 왕은 살진 말을 타
고 여원 말은 주몽에게 주었다. 왕의 여러 아들이 제신(諸臣)과 더불어
장차 주몽을 모해하려 하매 주몽의 어머니가 이를 알고 그 아들에게 이
르기를 나랏사람이 너를 해치려 하니 너의 재주와 꾀로 어디를 가면 못
살겠는가 빨리 떠나라 하였다. 이에 주몽이 오이(烏伊) 등 삼인을 벗으

로 하여 엄수(淹水)에 이르러 물을 보고 이르기를, 나는 천제의 아들이
요 하백의 손자라 오늘 여기까지 도망하여 왔는데 추병(追兵)이 쫓아오
니 어쩌느냐 하매, 어별(魚鼈, 물고기와 자라)이 다리를 놓아 주몽이 건
너자 곧 다리가 풀리어 추기(追騎, 추격하는 기마병)가 못 건너게 하였
다. 졸본주(卒本州)에 이르러 도읍하고 국호를 고구려라 하였다."14)
(《삼국유사》 "紀異 一" 북부여·동부여·고구려조 참조)

3) 혁거세 신화

"전한(前漢) 지절(地節) 원년 임자 삼월 삭(朔)에 육부의 조(祖)가 각
기 자제를 데리고 알천(閼川) 기슭에 함께 모여 의논하기를, 우리가 위
에 임금이 없어 백성을 다스리지 못하므로 백성이 모두 방일(放逸)하여
제 마음대로 하니, 유덕한 사람을 찾아 임금을 삼고 나라를 세워 도읍
을 정하자 하였다. 이에 높은 곳에 올라가 남쪽을 바라보니, 양산하(楊
山下) 나정(蘿井) 옆에 번갯불 같은 이상한 기운이 땅에 드리웠는데 백

14) 이규보의 《동국이상국집》에도 주몽신화가 있는데, 《삼국유사》의 것보다 자세
할 뿐 줄거리는 거의 같다. 해모수가 유화를 유인한 신혼처(神婚處) 웅신산
(熊神山)이 웅심연(熊心淵)으로 되어 있는 것과, 하백과 해모수의 경시(競
試) 이야기가 더 붙은 것과, 주몽의 탈출 의사가 자의에서 나왔고 준마를 어
머니가 골라 준 것으로 되어 《삼국유사》와 바뀌어졌으며, 오이(烏伊)·마리
(摩離)·합부(陜父) 등 삼인 종자 이름이 다 밝혀졌고, 유화가 주몽에게 오
곡 종자를 준 이야기와, 주몽과 비류왕(沸流王)·송양(松讓)의 경시와 송양
왕도 정복 이야기·왕궁공사 신조(神造) 이야기가 더 붙어 있다. 주몽왕의 원
자 유리(類利, 琉璃王)의 왕위 계승 설화도 붙어 있다.
　또 《삼국유사》에는 《주림전》(珠琳傳) 21권을 인용하여 품리왕(稟離王) 시
비(侍婢)가 아이를 배매 상(相) 보는 이가 점쳐 말하기를 귀하여 마땅히 왕이
되리라 하니, 왕이 듣고 내 아들이 아니니 죽이리라 한대, 비(婢)가 말하기를
한 기운이 하늘로부터 내려와 아이를 배어 준 것이라 하였다. 아이가 나매 내
어버렸더니 말이 젖을 먹여 죽지 않고 자라서 뒤에 졸본부여의 임금이 되었다
는 별태(別態)의 설화를 붙이고 있다. 일연은 이 품리왕을 부루왕의 이칭이라
하였다(《삼국유사》, 고구려조).

마가 꿇어앉아 절하는 모양이 보이는지라, 찾아가 살펴보니 자색의 알 하나가 있고 말은 사람을 보자 길게 울부짖으며 하늘로 올라갔었다. 그 알을 쪼개어 사내아이 하나를 얻으니 모습이 아름다운지라 이상함에 놀 랐다. 동천에 목욕을 시키니 몸에 광채가 나고 새·짐승이 모여와 춤을 추며 천지가 진동하고 일월이 청명하였다. 인하여 혁거세왕이라 이름하 니 나라말에 붉은뉘[弗矩內]라, 광명으로 세상을 다스린다는 뜻이었다. 위호(位號)를 거슬한(居瑟邯)이라 하였다. 사람들이 다투어 하례하고 이제 천자가 탄강(誕降)하시니 덕 있는 아가씨를 구하여 배필로 삼음이 마땅하다 하였다. 이날 사량리(沙梁里) 알영정(閼英井)가에 계룡(鷄龍) 이 나타나 왼쪽 옆구리로 동녀(童女)를 낳으니 자용이 아주 고왔다. 그 러나 입술이 닭의 부리 같았는데 월성(月城) 북천(北川)에 목욕시키니 그 부리가 떨어졌으므로 그 내 이름을 발천(撥川)이라 하였다. 남산(南 山) 서록에 궁을 짓고 두 성아(聖兒)를 봉양하니 사내아이는 난생이라 알이 박(瓠) 같으니 사람들이 박으로써 박(朴)이라 성을 붙이고, 계집 아이는 나타난 우물 이름을 따서 알영이라 하였다. 이성(二聖)의 나이 열셋에 이른 오봉(五鳳) 원년 갑자에 사내로 임금을 삼고 여인으로 왕 후를 삼아 국호를 서라벌(徐羅伐)이라 하였다. 나라를 다스린 지 61년 에 왕이 승천하니 7일 후 유체가 흩어져 땅에 떨어졌다. 왕후가 또한 죽 었다고 하는지라 국인(國人)이 합장하려 했더니 큰 뱀이 있어 막으니 오체(五體)를 따로 묻어 오릉(五陵)이라 하였다. 또한 사릉(蛇陵)이라 고도 한다. (《삼국유사》, "紀異 一," 신라시조 혁거세왕조 참조)

4) 석탈해 신화

"남해왕(南解王) 때에 가락국 해중에 어떤 배가 와서 대니, 그 나라 수로왕(首露王)이 신민과 더불어 북을 치며 마중하고 머물러 두려 했더 니 배는 나는 듯이 달아나 계림(鷄林) 동쪽 하서지촌(下西知村) 아진포 (阿珍浦)에 이르렀다. 그때 냇가에 한 할머니가 있었으니 이름이 아진

66

의선(阿珍義先)이었다. 이 바다 가운데 원래 돌바위가 없는데 어째서 까치가 저렇게 모여서 우짖을까 하고 배를 저어 찾아가 보니, 까치들이 어떤 배 위에 모여 있고 배 가운데는 한 궤짝이 있는데 길이가 20척이요 너비가 13척이나 되었다. 그 배를 끌어다 수풀 아래 두고 하늘을 우러러 맹세한 다음 열어 보니, 단정한 남자와 칠보(七寶)와 노비가 그 안에 가득히 실려 있었다. 그가 말하기를, 나는 본디 용성국(龍城國, 琓夏國, 花夏國) 사람인데 나의 부왕 함달파(含達婆)는 적녀국(積女國) 왕녀를 비로 맞았으나 늦도록 아들이 없어 기도를 드렸더니 7년 후에 큰 알 한 개를 낳았으므로, 대왕은 군신을 모아 놓고, 사람이 알을 낳는 것은 고금에 없는 일이니 길상(吉祥)이 아니라 하여 큰 궤 속에 나를 넣고 칠보와 노비를 함께 실어 바다에 띄우고 빌기를, 인연 있는 땅에 이르러 나라를 세우라 하니, 문득 적룡(赤龍)이 배를 호위하여 이에 이르렀노라 하였다. 말을 마치고 그 동자는 두 종을 데리고 토함산에 올라 석총(石塚)을 만들고 머무르기를 7일을 한 뒤에 성중에 가히 살 만한 땅을 찾아 내려오니 호공댁(瓠公宅)이었다. 궤계(詭計)를 써서 그 집 옆에 숫돌과 숯을 묻어 놓고 다음날 아침 주인을 찾아 말하기를, 이 집은 나의 조상의 집이라 하니, 호공이 듣지 않는지라 쟁송관(爭訟官)에 고하였다. 관에서 묻기를, 무엇으로써 그대의 집임을 증거할 수 있느냐 하였다. 동자는 말하기를, 나는 본디 대장장이인데 잠깐 이웃 마을에 나간 사이에 이 사람들이 들어와 산 것이라 하였다. 청컨대 땅을 파서 살펴보라 하매 그 말대로 좇으니 과연 숫돌과 숯이 나오는지라 그 집을 뺏어서 살았다. 이 때 남해왕(南解王)이 탈해의 슬기로움을 알고 장공주(長公主)로써 그 아내를 삼게 하니 이가 곧 아니부인(阿尼夫人)이다. 노례왕(弩禮王)[15]이 죽은 뒤를 이어 광호(光虎[武])제 중원 2년 정사 6월에 왕위에 오르니, 옛날에 내 집이란 말로 남의 집을 취하였다 하여 성을 석(昔)씨라 하고, 혹은 까치로 인연하여 궤짝을 열었다 해서 까치 작(鵲)자의 조(鳥)자를 떼고 석씨라 하였다고도 한다. 궤짝을 풀고 알 속에서 뛰어

15) 편집자 주 : 신라 3대 임금인 儒理 이사금을 가리킴. 25~57년 즉위.

나왔다 해서 이름을 탈해(脫解)라 하였다."[16] (《삼국유사》, "紀異 一," 제
4 탈해왕조 참조)

5) 김알지 신화

"영평(永平) 3년 경신(庚申) 8월 4일에 호공(瓠公)이 밤에 월성 서리
(西里)를 지나다가 시림(始林) 숲속에 큰 광명이 뻗침을 보았는데, 자
색 구름이 하늘로부터 땅에 드리워지고 구름 속에 황금궤가 있어 나뭇
가지에 걸려 있고 빛이 그 금궤로부터 나오고 있었다. 또 흰 닭이 나무
아래서 울고 있었다. 이 일을 왕께 아뢰어 왕이 친히 그 숲에 나가서 그
금궤를 여니 동남(童男)이 그 안에 누워 있다가 곧 일어남이 마치 혁거
세의 고사와 같았다. 그 말을 좇아 이름을 알지(閼智)라 하였다. 알지
는 나랏말에 소아(小兒)를 이름이다. 그 아이를 안아 싣고 대궐로 돌아
오니 새·짐승이 서로 따르며 즐기었다. 임금이 길일을 가려 태자로 책
봉하였다. 뒤에 파사(婆娑)[17]에게 사양하고 왕위에 오르지 않았다. 금
궤 속에서 나왔다 하여 성을 김(金)씨라 하였다. 알지가 열한(熱漢)을
낳고, 열한이 아도(阿都)를 낳고 아도가 수류(首留)를 낳고 수류가 욱
부(郁部)를 낳고 욱부가 구도(俱道)를 낳고 구도가 미추(未鄒)[18]를 낳
고 미추가 왕위에 오르니 신라의 김씨는 알지로부터 비롯되었다."(《삼
국유사》, "紀異 一," 김알지 탈해왕대조 참조)

---

16) 《삼국유사》에 인용된 "가락국기"에는 석탈해와 김수로가 경술(競術)을 하여
    탈해가 졌다는 설화가 자세하게 실려 있다.
17) 편집자 주: 신라 5대 임금인 파사이사금을 뜻함. 80~112년 즉위.
18) 편집자 주: 신라 13대 임금으로 김알지의 7대손으로서 임금에 올라 김씨 왕조
    의 시조가 됨. 262~284년 즉위.

6) 김수로 신화

"후한(後漢) 세조(世祖) 광정제(光正帝) 건정(建正) 18년 임인 3월 계욕일(禊浴日) 19)에 북구지봉(北龜旨峰)에 이상한 소리로 부르는 이 있어 백성 2, 3백 인이 이에 모였다. 사람소리 같은 것이 들리는데 그 형체는 보이지 않고 '게 누구 있느냐'는 소리만 나므로 구간(九干) 20)들이 대답하기를 저희들이 여기 있다고 하였다. 여기가 어디냐고 물으므로 구지봉이라고 대답하니, 황천(皇天)이 나에게 명령하기를 이곳에 새로이 나라를 세우고 그 임금이 되라 하기에 내가 이곳에 내려왔으니 너희들이 봉정(峰頂)의 흙을 파서 뿌리며 '거북아 거북아 머리를 나타내라. 만일 안 나타나면 구워서 먹으리라'고 노래하며 춤을 추라 하였다. 구간들이 그 말대로 가무를 한 다음 얼마 뒤에 쳐다보니, 자색 동앗줄이 하늘로부터 내려오는데 그 줄 아래는 붉은 보에 금합자(金合子)를 싼 것이 달려 있었다. 그것을 열고 보니 그 안에는 황금알이 여섯 개 있는데 해와 같이 둥글었다. 뭇사람이 기뻐하여 절하면서 그 보자기를 싸 가지고 돌아와 구간의 하나인 아도간(我刀干)의 집에 져다 탑상(榻上, 평상위)에 모셔두고 군중은 흩어졌다. 뒤에 백성들이 다시 몰려와 함을 열고 보니 그 여섯 알은 동자로 화해 있었다. 얼굴이 잘났을 뿐 아니라 곧 일어나 상 위에 앉는지라, 백성들은 하례하고 공경하여 마지 않았다. 나날이 커서 한 열흘을 지나니 신장이 구척이라 받들어 왕위에 오르니 처음 나타났다 하여 이름을 수로(首露) 또는 수릉(首陵)이라 하고 나라 이름을 대가락(大駕洛)이라 하였다."21) (《삼국유사》, 卷二, 가락국기 참조)

---

19) 편집자 주 : 음력 3월 3일을 가리킴. 이날 禍를 쫓고 福을 구하는 연중행사를 함.

20) 편집자 주 : 왕이 있기 전 가야땅에 있던 아홉 추장.

21) 越有 我刀干 汝刀干 … 第九干者是酋長 … 有黃金卵六 圓如日者 … 尋還裏著衰拘持 … 而歸我刀家(《삼국유사》, "가락국기").

7) 왕건 신화

"옛날 백두산에 호경(虎景, 일명 聖骨 장군)이란 이가 있어, 유력(遊歷)하여 개성 부소산(扶蘇山)의 산신과의 사이에 강충(康忠)이란 일자(一子)를 낳았다. 강충은 그 자손에 왕자를 내리려고 지사(地師)의 말을 좇아 개성에 소나무를 많이 심었다. 그의 자 보육(寶育)은 두 딸이 있었는데, 어떤 날 밤 맏딸은 지상에 일대 선류(旋流)가 넘치는 꿈을 꾸어 그 아우 진의(辰義)에게 이야기했더니, 진의는 자기의 비단옷을 주고 그 꿈을 샀다. 때마침 당의 숙종(肅宗, 혹은 宣宗이라고도 함)이 동궁에 있을 때 동유(東遊)하다가 송악군(松嶽郡)에 이르러 보육의 집에 월여(月餘)를 머무르는 동안 진의와의 사이에 작제건(作帝建)을 낳게 되었다. 작제건은 자라매 재조(才操)가 있어 문예에 통할 뿐 아니라 특히 활쏘기에 묘를 얻어 신궁(神弓)이라는 별명이 있었다. 그는 부친을 찾아 당에 가는 도중 신궁으로 용왕을 도와주어 그 딸과 결혼하게 되었고, 그 사이에서 왕륭(王隆)을 낳으니 이가 곧 왕건의 아버지요, 그의 아들 왕건의 탄생은 명승 도선(道詵)[22]이 송악의 지상(地相)을 보아 주어 그 지덕(地德)으로 왕자가 출생할 것을 예언하였던 것이다."(《고려사》世系 ― 金寬毅 編年通錄).

이와 같은 한국의 여러 가지 개국신화, 곧 국조전설을 학적으로 분석하고 비교하고 해석하는 것은 의의 있고 흥미도 있는 일이나, 그것만으로도 방대한 일이기 때문에, 여기서는 이들 개국신화의 유형을 나누어 보는 것과 그 여러 가지 유형의 밑바닥에 깔려 있는 공통된 모티브를 추출해 보는 것으로 그치려 한다.

우리 나라 건국신화의 기본 특질을 요약하면 '천손강림(天孫降臨)의 개국설화'와 '신혼감이(神婚感異)의 국조설화'의 복합이라 할 수 있다.

---

22) 편집자 주 : 827~893년. 신라 말기의 승려로 풍수지리설과 음양도참설을 종합한 《도선비기》를 만들어 고려조의 정치와 사회에 지대한 영향을 미침.

이 두 가지는 불가분의 상호 관계에 있는 것으로, 그 근본 모티브는 우세족의 열세족에 대한, 지배자의 피지배자에 대한 자가(自家)의 혈통적 권위의 과장에 있다.

우리 나라 개국신화에 나타난 천손강림설화에는 세 가지 유형이 있다. ① 이주개국(移住開國)형과 ② 추대즉위(推戴卽位)형과 ③ 외래사위(外來嗣位)형이 그것이다.

① 이주개국(移住開國)형

이 형은 개국의 시조왕이 다른 곳에서 이주해 와서 나라를 세우고 왕위에 오르는 것으로, 개척국가·정복국가의 의취(意趣)가 반영되어 있다. 천제[桓因]의 아들이 강림하여 개국한 신시계(神市系)의 환웅-단군 설화와 부여계의 해모수-주몽 설화와 백제계의 동명-온조 설화가 이 유형 안에 든다. 단군신화와 주몽신화는 동계(同系)요, 온조전설도 온조가 주몽의 서자이므로 계보적으로 부여계에 속한다. 그러므로, 이 이주개국형은 북방부여계 개국설화의 전형이라 할 수 있다. 따라서, 북방계의 개국신화가 개척국가·정복국가적 성격을 띠는 것은 수렵유목민족으로서의 부여족의 강한(强悍)한 성격을 잘 나타내었다고 보겠다.

② 추대즉위(推戴卽位)형

이 형은 개국의 시조 또는 왕조의 시조가 추대와 선양(禪讓)으로 왕위에 오르는 것이다. 비록 표면상의 형식은 추대즉위로 나타났으나 이면에는 그 부족의 세력 팽창의 결과라는 의취(意趣)가 반영되어 있다. 육촌회의(六村會議)를 영도한 사량부(沙梁部, 突山 高墟村)의 소벌공(蘇伐公)23)이 추대한 서라벌(사로국 사량부—신라)의 '소벌도리(蘇伐都

---

23) "高墟村長 蘇伐公望楊山麓 蘿井傍林間 有馬跪而嘶 則往觀之 忽不見馬 只有 大卵 剖之有嬰兒出焉 … 及年十餘歲 … 至是 立爲君焉"(《삼국사기》, "신라

利)-혁거세 설화'와 뒤의 '김알지-미추 설화'와 가락계의 '아도간-수로 설화'가 이 유형 안에 든다. 이 추대즉위형은 남방 변진계(弁辰系) 개국설화의 전형이다. 따라서, 남방계의 개국설화가 이러한 점진적·회의적(會議的) 성격을 띠는 것은 남방의 어렵(漁獵)·농경민족으로서의 온건유화의 성격의 표현이라 하겠다. 이주개국형이 귀족국가의 선진성이 있음에 비하여 이 추대즉위형은 원시공화제의 후진성의 경향이 짙다고 할 수도 있다.

③ 외래사위(外來嗣位) 형

이 형은 개국의 시조, 또는 왕조의 시조가 다른 곳에서 와서 왕위를 계승하는 것으로, 지모와 회유의 의취가 반영되어 있다. 용성국 왕자로서 신라에 와서 지모와 궤계로 호공의 주택을 빼앗고 남해왕의 사위가 되어 뒤에 왕위에 오른 '함달파(含達婆)-석탈해 설화'와, 신라말 태봉국(泰封國) 궁예의 부하로 왕위에 올라 후백제의 견훤을 무찌르고 신라왕 경순왕을 사위로 삼아 후삼국을 통일한 고려왕조의 '왕륭-왕건 신화'가 이 유형에 든다. 이 형은 이주개국형의 정복과 추대즉위의 지덕(智德)을 아우른 중간형이라 할 수 있다.

우리 나라의 국조(國祖) 신화에 나타난 신혼감이설화(神婚感異說話)에도 세 가지 유형이 있다. ① 웅녀(熊女) 설화형과 ② 난생(卵生) 설화형과 ③ 용녀(龍女) 설화형이 그것이다.

① 웅녀(熊女) 설화형

이 형은 천제의 아들과 웅녀의 신혼(神婚)으로 국조가 탄생한다는 것으로, 천제 환인의 아들 환웅이 웅녀와 교혼하여 단군을 낳았다는 단군신화가 이 유형에 든다. 이 웅녀설화는 동서의 여러 민족에 유연

본기"). 拙稿, "신라 국호 연구 논고," 《高大 50주년 기념논문집》 참조.

신화(類緣神話)가 분포되어 있지만 웅녀설화로는 가장 전형적인 것이
다. 천신과 웅녀 사이에 부족적 영웅이 탄생하였다는 신화를 살펴보
면, 그 중요한 것은 다음과 같다.

㉠ 그리스 Arcas 신화

Artemis는 천공신(天空神) Zeus를 아버지로 한 수변녀(水邊女) Leto
의 딸로 Apollo(태양신)의 누이인데 월신·목신·식물신이요, 이
Artemis 또한 웅형(熊型)의 여신이다. 아르테미스의 별태(別態)인 아
르카디아의 수정(水精)으로 웅녀인 Callisto는 천신 Zeus와 신혼하여
부족의 영웅 ― 아르카디아 왕 Arcas를 낳았다.

이로써 목신 아르테미스와 같은 웅녀의 아들인 단군이 단목(檀木)의
정령(精靈)의 아들이라는 것(《帝王韻記》)도 신화적으로는 동일 계통이
요, 원시사회의 농업기원이 모성적인 것으로 보아서 여신[熊]이 목신
·식물신인 것도 합리적인 설화다.

㉡ 중국 우신화(禹神話)

중국의 전사상(傳史上) 9년치수(九年治水)24)로 이름 있는 우왕도 황
웅(黃熊)인 곤(鯀)에게서 났고 곤은 하신(河神)이었다. 우왕의 치수전
설은 하신의 혈통에 힘입음을 말해 주는 것이다. 단군은 천제 아들 환
웅과 웅녀 사이에 출생되었으나, 우왕은 순임금이 축융(祝融)25)을 명
하여 곤을 죽이니 곤의 뱃속에서 나왔다고 한다["帝令祝融 鯀于羽郊 鯀
復生禹"(《山海經》郭氏傳)].

그러므로, 곤은 마땅히 우의 모(母)로 볼 수밖에 없고, 그 곤이 나
중에 황웅(黃熊)이 되었으니 곤도 분명한 웅녀이다["鯀之羽山 化爲黃
熊"(《史記》正義)].

그러나, 이 우신화에는 웅녀 곤의 배우(配偶)인 천신이 보이지 않는
다. 필자는 곤을 귀양 보낸 지명(地名) 우산(羽山)26)과 곤을 죽인 축

---

24) 편집자 주 : 중국 전설상의 禹王이 물이 가는 대로 물길을 뚫어 9년 간 물을
   잘 다스렸던 것을 말함.
25) 편집자 주 : 여름神, 또는 불의 神이나 남해바다神.

융에 주의한다. 다시 말하면, 천신은 조류로 나타나는 것이 보통이기 때문에 이 우산이란 지명이 천신 곧 조류를 상징하고 있다고 본다. 또, 천신은 태양신·화신(火神)과 통하는데 축융은 화신이다.

이와 같은 신화상의 배우신(配偶神) 일방의 결여는 그 출생처 또는 신혼처(神婚處)의 지명의 암시에서 유추할 수 있다. 주몽신화에는 단군신화의 환웅에 해당하는 해모수란 천제자만 나타나 있고 웅녀가 보이지 않으나, 하백녀 유화가 웅녀님을 그 천제자와의 신혼처인 웅신산(熊神山, 또는 熊心淵)이란 지명으로 암시한 것은 우신화의 우산 또는 화신 축융 등장의 수법과 같다. 곤과 유화가 웅녀요 하신임을 미루어 보아 단군신화의 웅녀가 또한 하신(河神)임을 알 수 있다.

㉢ Ainu 시조신화

아주 옛날 한 부부가 살고 있었는데 자식이 없었다. 남편이 병들어 죽은 뒤 그 과부가 혼자 살고 있는 오막살이에 어떤 사람이 검은 옷을 입고 나타나 말하기를 "나는 이 산을 지배하는 산신(곰)인데 이렇게 사람으로 화하여 나타난 것은 너의 남편이 죽은 뒤 네가 너무 외로울 것 같아서 너에게 아들을 하나 점지해 주려 왔다"고 하고, 그 아이가 자라면 부자가 되고 훌륭한 사람이 될 것이라 하였다. 그 뒤 과연 한 사내 아이를 낳았는데, 자라서 돈이 많고 말 잘하는 훌륭한 사냥꾼이 되었다. 그 아이는 커서 많은 아기의 아버지가 되었는데, 이 산속에 사는 아이누들은 모두 다 곰의 자손이라고 스스로 말한다. 그들은 웅녀족에 속하는 것이다.[27]

이 아이누 시조설화는 웅(熊)토템 설화이다. 이로써 미루어 단군신화·주몽신화·우신화·Arcas 신화가 또한 웅 토템 설화임을 알 수 있다. 웅 토테미즘에는 웅제행사(熊祭行事)가 있는데, 축융이 곤을 죽일

---

26) 殛鯀于羽山(《서경》, 舜典).
   殛鯀于羽山 以變東夷(《사기》, 五帝本紀).
27) 金載元, "단군신화의 신연구," 58면(바절러 저, *The Ainu and Their Folklore*, London, 1901을 인용한 문헌 초역).

때 오도(吳刀)로 곤의 배를 가르니 우가 나왔다는 설화로 봐서 곤은 처형이 아니라 전통적 웅제의(熊祭儀)인 것이다. 아이누족은 웅제 때 곰을 특수한 우리에 넣어 기르다가 일정한 예식 아래 그 곰을 죽이는 것이다.[28] 퉁구스족도 곰을 숭배하여 죽은 곰을 집에 가져오면 '쿡'이라는 큰 잔치를 열고 곰의 염통과 간을 잘게 썰어 버터에 구워 열석(列席)한 사람들은 그 구운 고기를 입에 넣는다. 이럴 때에 그를 죽인 것을 사죄하는 듯이 죽은 곰 앞에 고개를 숙인다.[29]

② 난생(卵生) 설화형

이 형은 천신의 상징으로서의 조류, 또는 수신으로서의 용의 혈통을 꾸미기 위한 원시인의 심리에서 발생한 것이다. 주몽신화・혁거세신화・석탈해신화・김알지신화・김수로신화가 이 유형 안에 든다. 이 다섯 신화는 웅(주몽)・백마(혁거세)・백계(白鷄, 김알지)・작(鵲, 석탈해)・구(龜, 김수로) 등 각기 신성 동물의 상징이 다르기는 하나, 그 공통된 모티브는 모두 다 난생이란 점이요, 또 일광(日光, 주몽)・전광수지(電光垂地 : 번갯불이 땅에 드리움, 혁거세)・작집강상(鵲集舡上 : 까마귀가 배 위에 모여듦, 탈해)・자운종천수지(紫雲從天垂地 : 붉은 구름이 하늘로부터 땅에 드리움, 알지)・자승자천수이착지(紫繩自天垂而著地 : 붉은 동앗줄이 하늘로부터 땅에 내려옴, 수로)와 같은 이기(異氣)가 천상에서 땅에 내려왔다는 점에서 완전히 같다.

㉠ 주몽 신화

천제자 해모수와 하백녀 유화의 신혼(神婚)으로 주몽이 탄생한 것은 환웅과 웅녀의 교혼으로 단군을 낳은 것과 같은 형식이다. 그러므로, 주몽신화는 난생설화이지만 단군신화의 변태로 웅녀설화적 성격을 함께 지니고 있다. 이는 주몽신화가 단군신화의 발전된 것임을 말해 준

---

28) 니오라체 著, 李弘稙 譯, 《시베리아 제민족의 샤먼교》, 52면 참조.
29) 李弘稙 譯, 위의 책 참조.

다. 금서룡(今西龍) 같은 학자는 단군신화가 주몽신화에서 나온 후세
창작이라고 뒤집어 보았지만[30] 웅녀가 나타나지 않고 바로 하백녀 유
화라는 인신(人身)으로 등장하는 더 발달된 후기 신화에서 곰이라는
동물이 직접 나오는 더 원시적인 저급 신화가 나왔다는 것은 분명한
선후도착이다. 바로 말하면 주몽신화는 웅녀신화인 우신화와 동일계
신화에서 난생설화인 은신화(殷神話)와 동일계 신화에로 넘어가면서
이 두 계통의 신화가 복합되었기 때문에 웅녀난생의 양태(兩態)가 결
합된 것이라고 보는 것이 타당한 것이다.

ⓒ 혁거세 신화

번갯불 같은 이상한 기운이 하늘에서 드리워진 곳에 백마가 울고 간
다음 자란(紫卵)이 있었다는 것은, 하늘 기운은 천신의 상징이요 백마
는 하신의 상징이다. 켈트족의 수정(水精) 케르피와 영령(英領) 스코
틀랜드의 수정 슈퍼루티는 모두 마형(馬形)으로 나타났으니 백마도 수
정 곧 하신(河神)임을 알 수 있거니와, 우리 고대에는 웅과 용과 마
(馬)를 모두 '곰'이라고 통칭했던 것이다.

웅진(熊津) 〔고마ㄴㄹ〕(《용비어천가》)
龍山縣 本古麻山縣 (《삼국사기》 지리지 4)
馬邑縣 本百濟古馬旀知縣(《삼국사기》 지리지 3)

부여 백마강도 '고마ㄴㄹ'의 아역(雅譯, 세련된 언어로 번역함)에 지나
지 않는다. 백마강은 웅진(곰나루)·금강(곰내)과 같은 신강(神江)의
뜻이다.[31]

---

30) 今西龍.
31) 전몽수(田蒙秀) 씨는 웅진을 곰〔後〕나루, 임진(臨津)을 님〔前〕나루로 보았
   으나, 곰나루는 웅진이요, 백제에 웅신 숭배가 있었음은 백제의 고속(古俗)
   교천(郊天, 임금이 하늘과 땅에 제사 지내던 의식)이란 것이 바로 하신(河
   神) 웅을 제(祭) 지내는 것임으로써 알 것이다.
     夏后氏禘黃帝而郊鯀 (《通典》 郊天조)

白馬江 在縣四五里 良丹浦及 金剛川與 公州錦江合流爲此江

(《동국여지승람》 18 부여)

소정방(蘇定方)이 백마를 미끼로 용을 낚았다는 것은 후인의 부회(附會)일 것이요, 그 백마가 곧 하신(곰)으로서 용 또는 웅과 동일 신격에 해당하기 때문이다. 하신에게 제를 지냈다는 전설이 조룡(釣龍)으로 변형했을 것이다.

이와 같이 다른 동물의 훈(訓)이 상통되는 실례는 다른 나라에도 있다. 《일본서기》의 웅성봉(熊成峰)을 クマナリ 또는 ワニナリ의 양양(兩樣)으로 훈독하는 것은 クマ(熊)와 ワニ(鰐)가 하신으로 상통되기 때문이다. 《山海經海內經 郭氏傳註》에는 곤을 화위황룡(化爲黃龍)이라 하였으니, 여기서도 용과 웅(熊)의 상통을 볼 수 있다.

이로써 우리는 혁거세신화의 백마 심벌을 하신으로서 웅과 용과 동격으로 보고자 한다. 신화상 수신으로 나타난 주요한 동물은 웅·용·구(龜)·악(鰐)·록(鹿)·마 등인데, 대개 웅·록·마는 서북방계 신화에, 용·구·악은 남방계 신화에 많이 보인다. 혁거세신화의 백마상징은 북방계요 혁거세의 성이 박[붉]인 점을 봐서 신라의 건국 주도 세력이 문화적으로 선진족인 신래(新來)의 북방족계가 아닌가 의심함 직하다. 다만, 혁거세신화에는 그 부인인 알영이 용녀로서[32] 남방계 수신과 결합되어 있음을 본다. 계룡이란 특수 동물은 곧 천신의 상징 계취(鷄嘴, 닭의 부리)와 수신의 상징 용신의 결합으로 창조된 새 상징이라 하겠다.

ⓒ 석탈해 신화

해양족계의 외래족으로 그 나라가 용성국이요 이십팔 용왕이 인태

백제의 교천은 물론 곤이 아니라 주몽의 모 유화 같은 하백의 딸을 제(祭) 지냈을 것이다.

32) 알영 부인의 탄생이 일설에는 용이 나타나 죽었는데 그 배를 가르니 알영이 나왔다는 것은 우신화(禹神話)를 방불케 하여 나정(蘿井)의 천연용(泉淵龍) 토템임을 보여준다(《삼국유사》, 혁거세조 註 참조).

(人胎)로 좇아 나왔다는 그 선대 이야기는 남방계 용 토템족임을 말한다. 그가 타고 온 배도 적룡(赤龍)이 호위했다. 천신의 상징은 그가 담겨 온 금궤와 까치로 표현되었다.

ⓔ 김알지 신화

천신의 혈통은 하늘로부터 드리워진 자운과 황금궤와 백계(白鷄)로 상징되고 수신(水神)은 보이지 않는다. 또, 난생이란 설화도 없이 금궤 속에 동자가 들어앉아 내려왔으나 다른 신화와의 비교 또는 백계 상징으로 보아서 난생설화의 별태(別態)임을 알 수 있다.

ⓜ 김수로 신화

천신계 혈통은 하늘에서 내려온 자승과 금란(金卵)으로 상징되고 수신은 남방계의 거북으로 표현되었다.

위에서 살펴본 바를 비교 종합하면, 주몽신화는 북방계 난생설화의 대표적인 전형이요, 수로신화는 남방계 난생설화의 전형이며, 혁거세 신화는 그 중간형, 감알지신화는 그 약화형(略化型), 석탈해신화는 그 별형이다.

이러한 난생설화도 웅녀설화와 마찬가지로 다른 민족에게도 있다. 특히 우리의 인근족인 만주족의 건국신화가 난생설화이니, 불고륜(佛古倫)이란 여자가 목욕하다가 붉은 까치가 떨어뜨린 과일을 삼키고 잉태하여 애친각라(愛親覺羅)를 낳았다는 것이다. 목욕이란 행위가 유화(柳花)의 경우와 마찬가지로 불고륜이 하백녀임을 상징하는 것이고, 신작(神鵲)은 석탈해의 경우와 같은 천조의 상징이며, 탄과유신(吞果有身, 과일을 삼키고 임신함)은 난생설화와 같은 모티브인 것이다. 또, 은(殷)의 성탕신화(成湯神話)[33]가 난생설화이다. 간적(簡狄)이란 여자가 행욕(行浴)하다가 현조(玄鳥, 제비)가 떨어뜨린 알을 받아서 상탕(商湯)을 낳았다는 것이다.

---

33) 편집자 주 : 夏나라의 걸왕을 쳐서 내쫓고 殷나라를 세운 탕왕을 가리킴.

③ 용녀설화형(龍女說話型)

이 형은 산신의 혈통을 받은 사람과 용왕의 딸과의 사이에 국조가 탄생했다는 것으로, 왕건신화가 이 유형에 든다. 혁거세신화의 알영, 석탈해신화, 김수로의 허황후설화가 이 유형과 관련된다.

왕건신화는 그 성립이 가장 후기에 속하고 또 인지가 어느 정도 깨어난 뒤의 일이지만, 일개무인(一介武人)으로 반도의 주권을 잡게 되니 그 가계를 수식할 필요가 있었기 때문에 역대 설화를 집대성한 감이 있다. 호경(虎景)을 성골(聖骨) 장군이라 하여 신라왕족 관계를 꾸몄고, 부소산신과 사이에 강충을 낳아 산신의 혈통을 세웠으며, 진의의 꿈 사는 이야기는 김유신의 자매의 얘기와 방불하고, 작제건의 신궁은 《삼국유사》에 보이는 거타지(居陀知)설화에 통하는 것으로 주몽의 전설에도 통하고, 작제건이 용녀에게 장가들어 왕건의 아버지 왕릉을 낳았으니 하신의 혈통까지 이었음을 과시하였다. 이러한 해양성 설화는 왕건의 선대가 무인이요 또 항해 무역을 하던 호족이었음을 생각케 하는 바 있다.

이상으로써 우리는 우리의 개국설화를 분류·분석하여 보았다. 우리가 이에서 도출할 수 있는 종합적 결론은 다음과 같을 것이다.

(1) 모든 건국신화는 그 발생 당시의 사회 상태와 개척 정복, 일씨족·일부족의 세력 팽창, 지모회유(智謀懷柔) 정책 등 왕조 개창의 방법을 보여준다.

(2) 이들 개국신화는 토템·터부·매직·페티시 34)·마나 35)·마세바 등의 종교적 자료와 부족회의·계욕(禊浴)·왕통 체질(遞迭) 원리·왕위 획득·원시공화제의 혁명 등 사회학·정치학·민법학상의 기본 문제를 내포하고 있다.

---

34) 편집자 주 : fetish, 物神 또는 미개인이 물신을 섬기는 행위.
35) 편집자 주 : mana, 미개인이 초자연적인 신비한 힘의 존재를 믿는 것.

(3) 모든 건국신화는 그 나라의 계통을 상징하고 있고, 인류와 문화의 혼합 교류·우세족과 열세족의 관계·부족 상호간의 씨족 관계를 암시하고 있다.

(4) 모든 건국신화의 공통된 근본 모티브는 그 혈통이 천신과 수신의 신혼(神婚)에 의한 결합으로, 고대에서의 치자(治者)로서의 지위와 권력을 과시하고 있다.

특히 이 천신과 수신의 신혼(神婚)으로서의 결합은 다음과 같은 관념공식 또는 심리에서 연유함을 유추할 수 있을 것이다.

자(雌)—모(母)—지(地)—하(河)—월(月)—하백녀—웅(龍·龜·馬)
웅(雄)—부(父)—천(天)—공(空)—일(日)—천제자—조(鷄·鵲·燕)

이 양계(兩系) 선을 부모로 하여 그 사이에서 태어난 인간은 곧 그 양친의 혈통적 합성으로서의 신격의 인(人)이기 때문이요, 그 신인이라야만 능히 군장으로서 원시사회에 군림하는 Rainmaker Medicine Man[36] 등의 역할을 하는 것이다. 그 기능은 모두 이 신혼에 의한 혈통 속에서 받는 것이다. 우왕의 치수, 주몽 탈출시의 어별성교(魚鼈成橋, 물고기와 자라가 모여 다리를 이룸)는 모두 부모의 가호를 입은 데 불외(不外)한다. 《고사기》서문에 보이는 신무천황(神武天皇)의 화웅출조(化熊出爪, 或云水)[37] 라든지 금치설화(金鵄說話)는 그가 또한 천신[金鵄象徵]과 수신[化熊]의 혈통을 이었음을 알 수 있다.

우리 건국신화에 나오는 신성동물 중에 가장 오래되고 원형적인 것은 곰[熊]이다. 그것은 가장 오래된 건국신화인 단군신화의 모체일 뿐 아니라 모든 신의 통칭인 김[神-검]이란 말이 이 곰에서 나왔기 때문

36) 편집자 주: 원래는 아메리카 인디언의 주술사를 가리키는 말로 비를 내리게 하고 사람의 병을 치유하는 등의 능력을 지닌 주술사, 샤먼을 뜻함.
37) 三品彰英, "久麻那利考,"《청구학총》, 19호.

이다. 이 곰은 웅·마·용이 수신으로서 곰이라 공칭되었고, 해모·개
마(蓋馬)·건마(乾馬)·금마·검·금(今)·혹(黑) 등의 차자(借字)로
써 곰과 곰(神)이 기사(記寫)되었던 것이다. 다시 말하면, 곰이 곧 신
이었기 때문에 신이라는 말이 곰에서 비롯된 것이니, 검(곰)의 어원이
곰이요 곰과 검은 동격이었다는 말이다.38)

이 '곰'과 '곰'의 어원 관계를 뒤집어서 양주동 씨는 단군의 웅녀탄생
설이 곰과 곰의 유음(類音) 관계에서 생긴 것이라고까지 보았다.39) 다
시 말하면, 신이란 말이 곰이요, 그 곰이란 말이 곰과 음이 비슷해서
웅녀설화가 나왔다는 뜻이니, 신녀란 말이 웅녀가 되었다는 말이 된
다. 그러나, 웅녀설화는 우리 민족에만 있는 것이 아니요 웅과 신이란
말의 동원(同源)이 또한 나른 나라 말에도 있는 이상 양주동 씨의 이
설은 억설에 지나지 않는다. 이 웅녀설화 곰 기원설은 마땅히 곰 어원
웅신화기원설로 수정되어야 될 것이다.

곰이 곰신화에서 발생된 것은 동물의 모성명사(母性名詞)가 그 전체
를 대표하듯이 여신(女神) 곧 '곰'이 신의 통칭으로 굳어진 것이다.
곰[熊] → 검[神], 암[雌] → 엄[母]의 관계에는 토템 신앙과 그 신화
및 모권제(母權制) 사회의 작용이 컸던 것 같다.

곰[雌·母]의 배우자 환웅은 웅(雄) 곧 '수'이다. 그러므로, 환웅은
웅신 곧 '곰수-神雄'이요, 환웅과 동격인 해모수도 신웅 곧 '곰수'다(解
의 古音은 ㄱ요, 漱는 수). 주몽신화는 그 계도상(系圖上)으로나 음의
상(音義上)으로나 단군신화와 완전동격으로 부합된다.40)

---

38) 아이누어(語)에서도 신과 웅은 Kamui라 하여 동일어를 쓴다. 곰이 그들의
토템이기 때문이다. 火神을 Abe-Kamui, 海神을 Repun-Kamui라 해서 신의
뜻인 Kamui 위에 火 또는 海란 말을 관(冠)한 것이다. 곰은 그냥 Kamui라
한다. 일본어의 カミ(카미·신)-クマ(쿠마·웅)의 관계와 우리말의 검(신)-
곰(웅)의 관계도 이와 유사하다.

39) 梁柱東, 《고가연구》, 8면.

40) 梁柱東 씨는 단군신화의 고조선 세계(世系)와 주몽신화의 부여 세계(世系)를
다음과 같이 비교하여, 부여에는 단군에 해당하는 일대(一代)가 결(缺)했다

《삼국유사》 왕력(王曆)에는 주몽을 단군지자(檀君之子) 라고 했으나
천제자 환웅과 동격인 천제자 해모수의 아들인 주몽은 단군과 동격이
요, 주몽 또한 단군이다. 단군 아들에도 부루(夫婁, 夏禹氏 塗山會에
갔다는 전설이 있다) 가 있고, 해모수 아들에는 해부루(解夫婁) 가 있고,
주몽의 아들에도 비류(沸流, 미추홀王 온조兄) 가 있으니, 부루는 이 부
여족에 흔한 이름인 듯하다. 이상에서 논구한 바 우리 건국신화의 양
대 유형인 웅녀신화와 난생신화와 신화학상 유연 계보관계를 종합하여
그 체계를 도시하면 다음 표와 같다.[41]

熊 女 說 話	
天 — Kamui(熊神) 河 — 寡婦 ┐—Ainu	天 — (祝融)(羽山) 河 — 鯀(化爲黃熊) ┐—禹
天 — 金鵄 河 — (化熊) ┐神武 (化熊出爪)	天 — Zeus(天神) 河 — Kallisto(熊女) ┐—Arcas
天 — 桓雄(天帝子) 河 — 熊(熊女) ┐—檀君	
* 天 — Apollo(太陽神 Zeus의 子) 　河 — Artemis(鹿·熊, 月神·水邊女 Leto의 女)	

고 하였다(《고가연구》, 698면).
　　환인 — 환웅 — 단군 — 부루
　　천 — 해모수 ┬ 해부루
　　　　　　　　└ 동 명
이는 북부여와 동부여의 세계만 봤기 때문이다. 마땅히 주몽을 한 대(代)
를 올려서 다음과 같이 꾸며야 할 것이다.
　　환인 — 환웅 — 환검 — 부루
　　천 — 해모수 — 고주몽 — 비류

41) 拙稿, "곰과 곰 — 東方開國說話考"(1943《춘추》"산유화가와 서리리탄(黍離
離嘆) ·기타" Ⅲ 참조).

卵 生 說 話	
天 — 神鵲(集啼) 河 — 赤龍(護舡) ┐ 脫解	天 — 紫雲垂地(金櫃) 河 — 白鷄(始林) ┐ 金閼智
天 — 紫繩天垂(金卵) 河 — 龜旨峰(禊浴) ┐ 首露	天 — 電光垂地(紫卵) 河 — 白馬(蘿井) ┐ 赫居世
天 — 解慕漱(天帝子) 河伯 — 柳花(熊女) ┐ 朱蒙	天 — 天氣(鷄子) 河 — 索離侍婢(呑卵有娠) ┐ 東明王
天 — 解夫婁(解慕漱子) 河 — 大石相對挾流(鯤淵) ┐ 金蛙	天 — 神鵲(墮果) 河 — 佛古倫(行浴) ┐ 愛親覺羅 (淸太祖)
天 — 玄鳥(墮卵) 河 — 簡狄(行浴) ┐ 殷契	

* 天 — 蒼狼　　　┐ 巴塔赤罕
　　河 — 白鹿　　　┘ (蒙古始祖)

2. 한국 종교의 배경
— 한국적 신앙의 기반에 대한 비교학적 고찰

한국인의 종교적 신앙을 분류하면 대개 ① 샤머니즘〔薩滿敎·무교·민간신앙〕② 불교 ③ 도교 ④ 유교 ⑤ 예수교〔천주교·기독교〕⑥ 신흥종교(천도교·大倧敎·유사 종교) 등 여섯 가지 계통으로 크게 나눌 수 있다. 이제, 이들 여섯 계통의 신앙의 형성과 전래와 습합(習合) 또는 잔존 형태의 특질을 종합하고 유추하여 한국적인 신앙의 원형을 찾아보고자 한다.

1) 샤머니즘 (Shamanism)

샤머니즘은 이 민족의 신앙의 기반과 핵심을 이루는 원시종교로서, 지금까지 민간신앙에 그대로 전승되어 있는 원시고유신앙의 유물(Survivals)이다. 이는 문명의 단계에서는 민중의 저층에 잔존해 있는 만큼 계통적 체계와 조직을 가진 것은 아니나, 아직도 많은 민중에게 살아 있는 신앙이요 사상이다. 발달된 모든 종교도 그 근원을 캐면 그 민족의 원시종교를 바탕으로 하여 형성된 것이듯이, 우리 민족의 신앙에 있어서 샤머니즘도 신앙심리와 사고방식에 깊은 뿌리를 내리고 있어서, 외래종교의 수용에 자가적(自家的) 동화습합(同化習合)의 경향이 현저하고 한국적 형성에도 크게 작용하였다.[1]

인류학이나 문화 사상에서 아시아 종교 또는 아시아 문화라면 얼핏 그 대표되는 것으로 생각되는 것이 샤머니즘이거니와, 특히 동북아시아의 여러 종족 사이에 널리 퍼져 있고, 문명의 단계에 오른 민족 중

[1] 拙稿, "샤머니즘," 학원사 《철학대사전》.

에 이 샤머니즘이 발달되어 각종 신흥종교의 바탕을 이룬 것은 한국이 그 대표가 될 것이다.

'샤먼'(shaman)의 어원은 밴자로프 씨에 의하면 만주어로 '흥분하는 자', '자극하는 자', '도발하는 자'라는 의미가 있다고 하는데, 퉁구스어의 '샤먼'도 같은 뜻을 가졌다 한다. 이 신앙의 신을 섬기는 법이 대개 도무(跳舞)와 주가(呪歌)로써 주를 삼는 까닭에 생긴 말일 것이다. 한자로 살만(薩滿)·찰만(札蠻)·살만(撒蠻)·산만(珊蠻)이 모두 이 '샤먼'의 음역이다. Pali어(語) Samana, Sanskrit의 Sramana 즉 사문(沙門)에서 나왔다는 설도 있고 Persia어로 우상이나 사(祠)를 의미하는 Schemen에서 나왔다는 설도 있다. 우리말에 있어 '샤먼'은 '무당'이란 이름으로 불리는 것이 보통이고, 중부 이남의 방언에는 '당굴' 또는 '단골'이라 부르기도 한다. '무당'은 한자로 무당(巫黨)에서 왔을 것이니, 한자의 '무'(巫)가 곧 샤먼이기 때문이다. 《설문》(說文)에 "巫 能事無形 以舞 降神者也"라는 것이 그 증거이다. 그러므로, '무'(巫)자는 춤추는 모습을 상형하여 巫로 썼고, 고문에 巫, 巫 또는 巫로 썼던 것이다. 노래와 춤이 주가 되기 때문에 입과 손이 들어가는 것이다.

샤먼의 직능이 대개 사제(Priest)·예언자·의무(醫巫, Medicine man)의 세 가지 면을 가지는 것은 한국의 무당도 마찬가지다. 의약이 무당의 맡은 일이었다는 것은 의(醫)의 고자(古字)가 毉였다는 것으로도 알 수 있거니와 질병의 양제(禳除)는 오늘에 있어서도 샤먼의 중요한 구실이다. 무당을 '당굴' 또는 '단골'이라 하는 것은 당굴이 'Tengri'의 음역으로서 그 원의가 '하늘' 또는 '제천자'라 함은 이미 정설이다. '단군'(壇君)이 제천자로서 'Tengri', 곧 '단골'의 음사(音寫)라고 한 것은 육당(六堂)의 탁견이다. [2]

한국의 '샤먼'은 거의 다 직업적 무(Professional Shaman)이다. 촌가의 늙은 주부가 가신(家神)·산신(産神)에게 주언(Word Magic)을 하

---

2) 崔南善, "不咸文化論," 《朝鮮及朝鮮民族》, 제 1 집.

거나, 소위 '객귀(客鬼) 들렸다'고 하는 식상감위(食傷感胃)3)에 식도(食刀)와 미역국 바가지로 주술 풀이를 하는 정도의 가족무(Family Shaman)의 잔영을 남기고, 거개가 직업적 무에 의존하는 바, 무당의 호칭 '단골'이란 말은 늘 거래하는 상인에 대하여 '단골 가게'니 '단골 술집'이니 하는 식으로 어의가 전용되기도 하였다. 샤머니즘은 말하자면 마법승(魔法僧) '샤먼'의 신비력에 대한 신앙을 특색으로 한다. 한국의 '샤먼', 곧 무당은 대개 여성이요, 또 그것은 모계 세습의 경우가 많다. 남성 무당[覡]은 '박수'[博士]라 하고, 여무(女巫)의 남편은 '화랑이'라 하는데, '박수'는 만주의 '파크시', 몽고의 '바크시'와 같고 '화랑이'는 아마 '화랑'에 어원이 있는 듯하다. '화랑이'는 대개 무락(巫樂)의 반주자 노릇을 한다. 남·여무를 막론하고 무당의 입무(入巫) 과정은 '무병'(巫病)이란 독특한 병을 앓아 접신(接神)4)하고, 그 접신한 신을 안치하고 받들면 무병은 씻은 듯이 낫고 그때부터 무사(巫事)를 행하게 된다. 샤머니즘은 곧 이 '샤먼'을 통하여 초자연적인 제령(諸靈)의 가호를 기구하고, 그 힘에 의하여 악귀를 쫓으며, 한편으로는 악령을 두려워하여 이를 위무(慰撫)하는 심리로 이루어진 이원적 신앙이다. 그러므로, 적극적인(Positive) 마술(Magic)과 소극적(Negative)인 '터부'(Taboo)가 결합된 것이 오늘날 한국에 있는 샤머니즘의 대체적인 모습이다.

　샤머니즘은 원래 선악이원론(善惡二元論)의 형식으로 이루어진 것인데, 그들의 영계(靈界)에는 선신(善神)과 악신(惡神)이 있어 선신은 사람에게 행복을 주고 악신은 재앙을 준다고 믿는다. 그러나, 선·악이라는 윤리적 표준이 막연하므로, 그들의 생각하는 바에 의하면 보호적(Protective)인 것은 선령(Good Spirit)이요 파괴적(Destructive)인 것은 악령(Evil Spirit)이라고 간단히 믿는다. 선신을 섬기는 파를 '백(白)

---

3) 편집자 주 : 소화불량으로 인한 복통과 감기.
4) 편집자 주 : 신이 몸에 내려 지피는 일.

88

샤먼', 악신을 섬기는 파를 '흑(黑) 샤먼'이라 부른다. '백 샤먼'은 도무
(跳舞), 곧 방울이나 북을 흔들고 두드리며 미친 듯이 춤을 추어 접신
하며, 화곡(禾穀)의 풍양(豊穰), 질병의 양제(禳除)와 혼인 등 선사
(善事)・길사(吉事)를 주로 하고, '흑 샤먼'은 신에게 희생을 바치고 미
래를 예언하며 정령(精靈)을 호출하고 영계(靈界)를 살피게 하여 견문
을 이야기하며, 흉례(凶禮)와 악사(惡事)를 주로 하는 자이다. 또 '백
샤먼'은 흰 '망토'를 입고 흰 말을 타며, '흑 샤먼'은 흑 '망토'를 입고 검
을 말을 탄다고 한다. 선신은 흰 빛으로, 악신은 검은 빛으로 상징되
기 때문이다. 5)

　한국의 샤머니즘은 이 '백・흑 샤먼'의 두 계통이 다 들어와 있으나
'백 샤먼'계가 더 우세했던 것 같다. 백산[白山, 붉뫼] 숭배, 백의호상
(白衣好尙), 태양(광명신) 숭배, 웅계주술(雄鷄呪術) 6) 등으로, 그 주
신이 태양 곧 '붉'이었음을 알 수 있기 때문이다. '붉'은 우리말로 태양
이란 고대어였던 것 같다. 이 '붉'의 'ㄱ'이 탈락되어 볼(불)이 되고 이
것이 유규어(琉球語) 피루(태양)가 되고 그것이 또 일본어 히루(ヒル,
낮)가 된 것 같다. 박달나무[檀]는 백산(白山), 곧 천산(天山) 나무의
뜻이요, 단군을 고산식물인 박달나무의 정령이라 보는 것은 환웅의 태
백산 단수(壇樹) 밑에 내려온 신화와 관련된다. 결국 단목(壇木)은 우
리 선민(先民)의 이 국토에서의 이주시의 신목(神木)으로 일신목(日神
木)의 뜻이 된다. 배달겨레는 '붉달'겨레의 음전이요, 그것은 해달[日
月]겨레의 뜻이다. 우리 부여족[붉族]과 난생설화로나 천명사상 등 공
통점이 많은 은족(殷族)의 탕왕이 신영백묘(身嬰白茆) 7)하고 상림(桑
林)의 들에 나아가 기우(祈雨)를 한 것도 '백 샤먼' 제의(祭儀)의 일종

5) 崔南善, "薩滿教箚記,"《계명》 19호.
6) 편집자 주 : 김알지신화에서 흰 닭이 금궤 있는 곳에서 울어 금궤의 위치를 사
　람들에게 알린 것을 가리킴.
7) 편집자 주 : 나라에 큰 가뭄이 있자 탕왕이 머리와 손톱을 깎고 흰 말을 타고
　흰 옷을 입고 기우제를 지낸 것을 이름.

이라 볼 수 있다.

무당의 일종으로 '태주'(胎主)란 것이 있다. 아이 죽은 혼을 부려서 영계를 시찰하고 돌아와 이야기하게 하는 무술이기 때문에 '태주'라 하고, 그것이 벽에 걸어놓은 수건을 앉아서 새처럼 조잘거리기 때문에 '공중이'[空中]라고도 부르고, 혹은 명도(明道·明圖)라고 하는 것이다. 이 '태주'는 '복화술'(腹話術)을 써서 정령이 말하는 것처럼 이상한 발음을 한다. 그러나, 내용은 불가사의의 부합(符合)이 있다. 또, 소수이지만 한국의 무당도 '주술'(Witchcraft)을 행하기도 한다. 미워하는 사람을 병들어 죽게 하기 위하여 그 인형을 만들고 인형 속에는 대개 그 원수의 신체의 일부분 — 머리칼이나 손톱 같은 것을 넣는다. 거기에 못을 쳐서 두는 악주술(惡呪術)인 바, 시앗 싸움에 이런 예를 가끔 볼 수 있다. 이 두 가지는 분명히 '흑 샤먼'계의 것이다.

또, 우리 나라 도처에 있는 부락수호신으로서의 '서낭당'의 숭배 대상을 전설로나 문헌으로 보면 부락이나 국가의 수호와 선치(善治)에 공적이 있는 사람을 섬기기도 하지만, 경순왕·단종·최영 등 불우하고 원통하게 죽은 사람이 더 많다. 흑·백 샤먼의 공존 형태의 하나이거니와, 이 신앙 심리를 엿보면 선신에 대한 경배에 못지않게 악령에 대한 두려움이 큰 것을 알 수 있다. 그러한 원귀들이 이 세상을 떠돌아 다니며 우환질고(憂患疾苦)를 준다고 믿기 때문이다. 처녀로 죽은 영을 위로하기 위해서 총각으로 죽은 사람과 사후혼인을 시켜 합장하던 민속이 모두 이러한 신앙심리에서 유래한다. 또, '서낭당' 같은 돌무더기[石磧·累石]를 지날 때 돌을 얹고 절하거나 침을 뱉고 발을 구르는 두 가지를 행하는데, 돌을 얹고 절하는 것은 숭앙의 심리이지만 침을 뱉고 발을 구르는 것은 위압하는 주술로 보지 않을 수 없다. 특히 변소에 들어갈 때 침을 뱉고 발을 구르는 데서 측신(厠神, 뒷간 신)을 경계하는 것을 보면 더욱 그러하다.

이와 같이 우리의 민간신앙에는 백 '샤먼'계와 흑 '샤먼'계가 공존하고 있지만, 선령에 대한 기원이 강한 것은 선령을 우위에 두어 그 힘으로 악령을 제압 구축하려는 신앙심리를 말한 것이다. 어떤 학자는 시골에서 흰 돌과 검은 돌 한쌍의 제단을 보았는데, 검은 돌은 새끼로 결박되어 있고 흰 돌 앞에는 공물이 놓여 있었다는 흥미있는 보고를 하였다.[8]

'샤먼'의 무구(巫具)는 대개 '방울'과 '북'과 '거울'이다. 이 세 가지를 선신은 좋아하고 악신은 두려워한다는 것이다. 일본황실의 삼종신기(三種神器)란 것은 결국 무구에 지나지 않고, 단군신화의 천부인(天符印) 삼개란 것도 이 삼종무구를 성물화한 것일 것이다. 《위지》동이전의 삼한(三韓) 기사에 "立大木 以懸鈴鼓 事鬼神"이라는 제천의식에도 이 무구가 보인다. 한국의 무당은 이밖에 무구로서 부채·장도를 가지고 쾌자[戰服]와 전립(戰笠)을 착용한다. 빨간 갓에 새의 깃털을 꽂은 것을 쓰기도 한다.

한국 '샤먼'의 대다수는 점(Divination)을 업으로 삼지만, 주로 맹인들이 하는 '접신점'(接神占, 신을 내려서 치는 점)과 불교·도교의 경을 낭독하여 축귀(逐鬼)를 전문으로 하는 '독경(讀經)쟁이'가 따로 있다. 이러한 직업적 '샤먼'의 직능과 방법 외에 일반 신앙으로 널리 민중에 침투되어 내려오는 신앙 전승에 대해서도 간단히 쓰기로 한다.

현존하는 민간신앙은 주로 다음의 네 가지로 대별할 수 있다. 이것은 샤머니즘계 신앙으로서, 무당이 사제자(司祭者)로 초빙되기도 하고 가족 '샤먼'의 유습 또는 일반에게 신앙생활화된 민속이기도 하다.

첫째, 일정한 돌무더기[石磧·累石]나, 큰 나무나 작은 집을 지어 신앙의 대상으로 삼는 것이니, 이를 당산(堂山), 당(堂)나무, 당(堂)집이라 부른다. 이 삼자는 단독으로, 또는 합쳐서 있기도 한다. 이 세 가지의 형태의 이름은 지방에 따라 일치하지 않고, 산신당(山神堂)·국사당(國師堂)·할미당[老姑堂]·서낭당[仙王堂·先王堂·城隍堂] 등 여러 가지 이명이 있으나 그 분포가 가장 대표적인 것은 서낭당이다.[9]

8) 赤松智城·秋葉隆, 《朝鮮巫俗研究》.

그러나, 이것들은 이름은 달라도 신앙의 내용은 같은 산신, 또는 부락 수호신이요, 그 신은 원래는 여성이기 때문에 '할미당' 또는 '성모사' (聖母祠)의 이름이 있다. 호랑이를 탄 수염 난 노인의 화상을 건 곳도 있지만, 이것은 후세에 유교식으로 부회윤색된 것이다. 이와 같이 그들이 숭배하는 대상이 거주할 곳을 만들고, 그 속에 깃들인 정령을 숭배한다. 이 계통의 신앙으로 당집을 기와집으로 버젓이 짓고, 성황당 (城隍堂)이란 현판까지 건 곳도 많으나, 성황당도 민중들은 서낭당이라 부르지 성황당이라곤 하지 않는다. '성황'은 송나라 성지(城池)의 신으로, 그 수호신적 의의가 '서낭당'과 상통되어 후세에 부회전와(附會轉訛)되었을 따름이다. 서낭당에는 신앙 대상이 막연한 것도 있지만 역사상 유명한 인물로 이름이 밝혀진 것도 있다. 그러나, 그 원형은 역시 단군신화 이래의 산신이다.

둘째, 입간(立竿, 장대를 세워 신앙화함) · 목우(木偶) · 입석(立石)을 숭배 대상으로 하는 것이다. 입간민속 또한 상당히 복잡한 형태와 여러 가지 이름이 있으니, 영등대〔風神〕· 볏가릿대〔禾穀神〕· 수살(水殺) 막이 · 수구(水口) 막이 · 솟대 · 화주(華柱)대 등이 그 중요한 것이요, 이 입간민속의 대표되는 것은 '솟대'이다. 솟대는 장대 끝에 조형(鳥形)의 목조를 붙여 세우는 것으로, '솔대' · '화주대' 등의 이칭이 있다. 이는 삼한의 소도(蘇塗) 유속으로, '높이 솟았다'는 몽고어 '소로'(Soro)에서 온 것이다. 소로대-솔대-솓대-솟대의 순으로 전와된 것이다.[10] 몽고의 '색륜간'(索倫竿), 만주의 '소륜간(素倫竿)'과 형태에서나 명칭에서 완전히 같은 것이다. 또, 이 솟대는 조선시대에 와서 과거에 급제한 사람의 서사(筮仕)의 자랑으로 세워지기도 하고, '솟대 광대'라는 흥행곡예사를 낳기도 하였다. 《위지》 동이전에 보이는 소도 유속(遺俗)으로 "立大木 以懸鈴鼓 事鬼神"이라는 것을 보면 이 신앙은

---

9) 拙稿, "累石壇 · 堂집 · 堂나무 신앙 연구," 《高大文理論集》, 6집.

10) 拙稿, "新羅國號研究論攷,"《高大 50주년 기념논문집》.

서낭당 — 변산반도 바닷가 모항에서

지리산의 솟대

오랜 연원을 가진다. 목우는 이른바 '장승'으로, 나무에 무서운 인형을 조각해서 채색하고 '천하대장군' 또는 '지하여장군'이라 새겨서 동구나 사원 입구에 세우는 것으로, 이것도 여러 가지 이명이 있는데, 그 이칭은 다른 누석이나 입간민속 이름과 혼용되기도 한다. 이 목우 장승도 '고등신'(高登神)이란 이름 아래 이미 삼한과 고구려의 민속신앙으로 《위지》 동이전에 수록되어 있다. 거석문화(巨石文化, Megalithic Culture)의 유물인 '입석'(Menhir)은 우리말로 '선돌'이라 하고 '지석'(Dolmen)은 '고인돌'이라 한다. 선돌에는 저절로 선 거석도 있고, 이 '멘히르'에 외형적 가공을 함으로써 비석이 된 것도 있고 불상이 된 것도 있다. 광개토왕비나 은진미륵(恩津彌勒)이 그 예가 된다.

앞에서 말한 서낭당은 몽고의 악박(鄂博, Obo)과 형태가 흡사하고 숫대[鳥杆]·장승[木偶]은 '꼴디'·'오로치'·'오스치약' 등 그 광범한 분포를 지금도 볼 수 있으므로, 퉁구스족·핀족·몽고족 사이에 공통한 원시의 민속신앙이란 것이 근래 학자들의 답사에 의하여 밝혀졌다.[11] 이들 민속은 그 형태·장소·기능이 같고, 석적(石積)·조간(鳥杆)·목우(木偶)의 복합 형식도 아주 유사한 것을 볼 수 있다. 또, 이러한 한국의 민속이 이미 《위지》 같은 고대 중국의 한국에 관한 기록에 올라 있음을 보면, 이것이 원시조선에서부터 전승된 오랜 역사를 지닌 것임을 알 수 있다.

셋째, 독·단지·고리짝을 신체(神體)로 삼는, 주로 가신계(家神系)의 '업'·'터주'·'성주'·'삼신'이다. 독이나 단지에는 신곡(新穀)을 넣어 가신(家神)·재신(財神)·농신(農神)을 섬기고, 고리짝에는 옷을 넣어 '삼신' 곧 산신(産神)을 섬긴다. 삼신은 '삼신'(三神)이라 쓰기도 하나, 여기서는 삼신 곧 태신(胎神)이다. 우리말에 아기의 태를 절단하는 것을 '삼 간다'고 하기 때문이다. 아기를 낳으면 세이레[三七]와 돌 때 이 삼신 고리 앞에 미역국·쌀밥을 떠 놓고 비손[祝手]을 한다.

---

11) 赤松·秋葉, 《滿蒙巫俗研究》.

넷째, 산악·하천·약수·온천에 대한 신앙이다. 이 계통의 신앙에는 자연숭배·동물숭배의 잔영이 가장 많이 남아 있다. 고산(高山), 거대한 암석, 고목에 기자(祈子) 또는 자손의 수명장고(壽命長固)를 비는 것이 보통이니, 아이들 이름을 '바우'니 '돌'이니 하는 따위나 몸 약한 아이를 나무나 바위에 판다고 해서 그 나무나 바위의 양자로 삼는 민속이 여기서 유래한다. 약수나 온천신의 신체(神體)는 뱀인 것이 보통이다. 부정탄다 해서 월경중의 여자가 약수나 온천에 가면 벌을 받는다고 생각한다. 그리고, 이러한 동물신의 잔영으로 호랑이를 산신 또는 산신의 사자(使者), 산신의 승용(乘用) 말로 외경하였다. 그리고, 이러한 동물신으로 곰도 섬겼다. 곰은 하신이었다. 이것은 '토템'의 유흔이다. 기지신(基地神)으로서 배암이나, 재신으로서의 족제비는 '업' 또는 '지킴이'란 이름으로 보호된다. '업'은 복을 가져온다는 뜻으로, 개구멍받이 기아(棄兒)를 업이 들어왔다 하여 '업동'이라 이름짓는 것이 모두 이것이다. '지킴이'는 지킨다는 뜻이다. 업은 몽고의 'Obo'와 어원이 같고, 우리 나라에서는 가신(家神)의 일종으로 '업왕가리'란 것이 있다. 업왕가리의 왕은 '왕'(王), 가리는 '적'(積)의 뜻이다.

생식기 숭배의 잔영은 아직도 남아 있다. 애 못 낳는 여자가 남자 생식기 모양의 돌에 치마를 걸고 음부를 문지르면 아기를 밴다는 주술은 지금도 행해진다. 지리산의 산신당 성모사(聖母詞)의 제의(祭儀)에 나무로 만든 대형의 남근(男根)을 수십 명이 메고 가서 공물로 바친다는 것은 이미 학계에 보고되었다.[12] 또, 기록에 남아 있는 것으로 부군당(府君堂·附根堂)이란 것이 생식기 숭배였다. 거기에는 남녀 생식기를 만들어 두었는데, 남근은 방망이요, 여음(女陰)은 미투리짝으로 상징되었다.

이와 같은 샤머니즘과 민간신앙은 먼저 모든 것에 생명이 있다고 믿는 유생관(有生觀, Animatism)에서 비롯되었다. 산악·하천·수림·암

---

12) 金映遂, "지리산 聖母詞에 就하여,"《진단학보》, 제 11 권.

석 등 자연물에 대한 외경 그대로의 신앙이 차츰 발달하여 모든 물체
에는 정령이 잠재한다는 '유령관·정령관(Animism)'이 되었다. 다시
말하면, 처음에는 수목이나 암석이 활물(活物)로서 그대로 신체(神體)
이던 것이 나중에는 그 수목이나 암석이 신체가 아니라 정령의 거주로
서 신앙되었다는 말이다. 동물태신(動物態神)에서 반인간태신(半人間
態神)으로, 다시 인태신(人態神)으로 발달된 것은 단군신화를 분석해
봐도 그 예를 알 수 있다. 또, 단군을 단목(檀木)의 정령이라 하는 일
설도 식물태신·반인반식물태신의 견지에서 수긍할 수 있다. 그러므
로, '단군'은 이미 앞에서 말한 바와 같이 '텡그리'(Tengri)의 음역 '당
굴-단골'의 전와(轉訛)이거니와, 그 한자 표기가 단군(檀君)과 단군(壇
君) 두 가지로 나타나는 것은 단목이 신목이란 점과 단군이 단목의 정
령이라는 설로 수긍이 되고, 또 그 신단(神壇)은 신목과 누석으로 된
단(壇)이기 때문에, 우리 민속신앙의 전통에서 본다면 檀·壇 두 자는
어느 것이나 다 해석이 가능하다. 그러므로 '檀'과 '壇'은 어느 것이 옳
다 그르다는 시비가 있을 수 없는 것이다.

한국의 고유신앙은 유령관(有靈觀, Animism)의 단계에서 유신관(有
神觀, Theism)으로의 진화 과정에 있었다고 보는 것이 타당하겠다. 이
러한 진화는 외래종교의 자극으로 일신교(一神敎)를 세우고 있으나,
우리는 한국의 고유종교가 일신교냐 다신교냐 하는 데 대해서도 좀 생
각하지 않으면 안 된다. 한국의 고유신앙은 유령관이 바탕이 된 만큼
그것은 다원적이다. 원래 '샤먼'은 많은 정령에 접할수록 능력이 과시
될 뿐 아니라 무당 자신이 스스로 '만신'(萬神)이라 부르는 것을 보아
도 다신적이다. 그러나, 한국의 고유신앙은 '하느님'이라는 최고의 신
을 믿는다. 이 점으로 보아서는 일신적이다. 더구나, 그 '하느님'이 우
연히 우리말의 수사(數詞) '하나'와 통하기 때문에 더욱 그렇게 느껴지
기 쉽다. 그러나 '하느님'은 '하늘님', 곧 하늘님(天主)이요, 하늘(天)
이란 말의 어원은 '한붉[大光明] — 한불 — 한올 — 하늘'의 순으로 음전
되었다는 것은 양주동 씨의 탁견이거니와, 13) 태백산(백두산)은 '한붉

뫼’ 곧 천산(天山)의 뜻이요, 한붉은 구경(究竟) 태양이니, 이로써 보면 한국 고유종교가 부르는 하느님의 정체는 광명신·농업신으로서의 태양신을 인격화한 것에 지나지 않는다.

여기에 한국 고유종교의 단원(單元) 다원(多元)의 문제가 제기된다. 앞에서 지적한 바와 같이 유령론적이면서 유신론적이라는 중간 성격 때문에 한국의 고유신앙은 독특한 면이 있다. 헐버트 씨는 한국의 순수한 종교관념은 외국에서 수입한 종교적 숭배와는 전연 관계없이 하나님은 우주 최고의 지배자며 잡다(雜多)의 귀신을 초월한 신으로 ‘여호와’와 일치한다고 보고, 한국인은 엄밀한 일신교도(Monotheist)라는 원시적인 일신교(一神敎)설을 세웠다. 그러나, 이는 가치 판단을 왜곡한 억설이 아닐 수 없다. 다음으로 언더우드 씨는 다신 가운데 존재하는 일지상신(一至上神)으로서 다신을 통제하는 주신(主神)으로서의 하나님 숭배라는 설을 세워 헐버트설을 좀 완화하여 원시적 일신교의 개연성을 말했으나, 그는 단일신교(Monotheism)의 원의를 오인했다는 지적을 받는다. 아카마쓰(赤松智城) 씨는 막스 뮐러(Max Müller)의 단일신교에서 얻은 바 어떤 종류의 일신을 교체하여 최고 신으로 신앙한다는 교체적 일신교설을 세웠다.[14]

그러나 한국의 원시종교는 유일신도 아니요, 다신을 통솔하는 단일신도 아니며, 각종 신을 교체하는 교체신도 아니다. 어느 설이나 다 일견하여 그런 면이 간취될 수도 있으나, 자세히 살펴보면 한국 원시종교의 신은 일이다신(一而多神, 하나이면서 동시에 여럿인 신)이다. 다시 말하면, 다신은 일신이 분화되는 다신이요, 일신의 교체가 아니라 일신의 만화(萬化)인 것이다. 자리와 곳을 따라 이름이 다를 뿐이요, 이 다신의 이름을 통해서 일신으로 귀납된다. 즉, 신앙자·기원자의 수요에 따라 변화하는 신으로, 부르는 명칭에 따라 그 직능을 나타내

---

13) 梁柱東, “조선고가연구,”《하늘의 原義項》.
14) 아카마쓰(赤松智城) 박사는 한국의 원시종교에 대하여《조선무속연구》에서 헐버트說, 언더우드說을 인용 비판하고 自說 교체적 一神敎설을 주장하였다.

는 것이다. 같은 제단에 같은 신앙 대상을 두고 장마 때는 일신(日神)에게 기원하고, 가물 때는 우신(雨神)에게 기원한다. 그러므로, 신앙 심리에 의하여 신앙 대상의 성격이 규정되고 이름이 바뀌어질 따름이다. 한국의 신앙은 신의 사자(使者)와 신의 화현(化現)이 전혀 동일시되는 데 특색이 있다. 비·바람·구름신이 모두 천신의 사자인 동시에 천신의 화현이다. 호랑이는 산신의 말이기도 하고 산신의 사자의 지시에 따르는 영물이라 믿어지기도 하며, 호랑이가 바로 산신의 화현이라 믿기도 하는, 이 민족의 신앙 심리가 바로 한국 고유종교의 신이 일이다(一而多), 다이일(多而一)이라는 증거가 된다. 샤머니즘의 주신은 인사에 간섭이 없고, 그 부하신으로 하여금 그를 장리(掌理, 일을 맡아 처리함)하게 한다고 믿는다 하는데, 한국의 민간신앙을 연구하면 이 의의를 수긍할 수 있을 것이다.

한국인의 신에 대한 관념은 '샤머니즘'의 다신적(多神的)인 점에서 범신론적이 되고 무신론적 방향을 육성하기도 하였으며, 화현적(化現的)인 면에서 교체신, 단일신적 성격을 띠어 차츰 일신교로 변하고 있다 할 수 있다. 한국신앙의 주신은 유일신적이기도 하나 다신(多神)을 초월한 유일신이 아니요 다신 가운데 있는 일신(一神)이며, 일지상신적(一至上神的)이기도 하나 다신을 통솔하는 일신이 아니요 다신에 분화된 일신이며, 다신이 교체되는 일신이 아니요 일신이 변화하는 다신이란 것이다.

2) 불 교

한국 고유신앙의 바탕 위에 최초로 들어온 외래종교는 불교이다. 그러므로, 한국의 일반 민중신앙에 가장 강력한 영향을 준 것이 불교요, 고유신앙과 가장 두드러지게 습합(褶合)하여 새로운 국민신앙을 이룬 것도 불교며, 우리 민족 고유의 신앙과 사고방식으로 전체 불상(佛像) 교리사상의 빛나는 발전을 성취한 것도 불교이다.

한국에 불교가 처음 들어온 것은 삼국시대이니, 고구려 소수림왕(小獸林王) 2년(불기 1398 · A. D. 372)에 전진왕(前秦王) 부견(符堅)이 중 순도(順道)와 불상 · 경권(經卷)을 고구려에 보냄으로써 비롯되지만, 이것은 국가간의 외교를 매개로 하여 정식 홍통(弘通)하기 시작한 것이요, 소수의 신도는 그 전에 이미 있었으리라는 것이 일반 불교사가의 통설이다. 백제에는 침류왕(枕流王) 원년(384년)에 진(晉)으로부터 중 마라난타(摩羅難陀)가 불교를 전했고, 신라는 눌지왕(訥祇王) 원년(417년)에 묵호자(墨胡子)가 고구려로부터 옴으로써 비롯되지만, 불교가 우리 나라에서 정식으로 꽃피기 시작한 것은 신라 법흥왕(法興王) 15년(518년)부터라고 할 수 있다. 처음에는 고유신앙과의 사이에 알력이 있었으나, 법흥왕 때 이차돈(異次頓)의 순교에 나타난 이적(異蹟)으로 조야를 감동시켜 국법으로 신불(信佛)을 허락하여 홍통하게 함으로써 불교는 성세를 만났던 것이다.

불교가 고유신앙과 융합하기 시작한 것은 일반 민중을 포섭하기 위하여 본래 불교의 신앙에 속하지 않는 것 — 일반 민중이 신앙 대상으로 받들어오는 것 — 을 불사(佛寺) 안에 시설한 것으로 시작된다. 오늘에도 절에서 볼 수 있는 것으로, 사원 입구의 장승과 돌무더기와 서낭당이라든지 절 안에 으레 당당하게 자리잡고 있는 산신각(山神閣)이 그것이다. 이것은 확실히 불교가 처음 전래되었을 때부터 비롯된 신앙 융합의 유흔(遺痕)일 것이다. 이보다도 더 고유신앙과 불교의 융합의 증거는 무당의 기원이 승려와 산신의 교혼(交婚)으로 시작되었다는 무조전설(巫租傳說)의 형성이다.

지리산 엄천사(嚴川寺)에 법우화상(法祐和尙)이라는 도승이 있었는데, 방장산(方丈山)에서 좌선을 하고 있었더니 하루는 홀연히 청천백일에 난데없는 홍수가 산상으로부터 쏟아져 내려오므로, 화상이 이상히 여겨 수원(水源)을 찾아 지리산 천왕봉까지 올라가 본즉 천상의 선녀 같은 절대가인이 나타나 화상의 손을 잡고, 나는 옥황상제의 딸로서 상제께 죄를 지어 그 벌로 이 산에 하강하여 산신이 되었는데, 화

98

상으로 더불어 천정(天定)한 인연이 심중(深重)하므로 청천(晴天)에 수매(水媒)를 보냈더니 과연 화상을 만나게 되었다 하고 결혼을 강청하는지라, 화상이 이에 응하여 부부가 되어 동거한 끝에 딸 여덟을 낳으니, 무업(巫業)을 가르쳐 장성한 후에 각각 팔도로 흩어져서 무당이되었으므로, 한국의 모든 무당은 법우화상과 산신의 자손이라는 것이다. 법우화상이 살던 곳을 백무동(百巫洞)이라 하고, 지금도 무당들이굿할 때 그 소리에 법우화상을 일컫는 대목이 있다.15)

그러므로, 지금 무당들이 착용하는 '장삼'(長衫)·'고깔'이라든지 '삼불선'(三佛扇)·'경쇠'[磬金]며, 염창중(念唱中)의 '천수'(千手)·'염불'·'후송'(後誦)과 도신(禱神) 후의 '삼회향'(三回向) 등은 불교에서 온것이 분명하다. 뿐만 아니라, 현존하는 무가는 거의 불교화하여 그 불교의 껍질을 쓴 무가의 진면목은 여간한 눈으로는 찾아내기 힘들기에이르렀다. '제석(帝釋)굿'·'삼신굿'·'서낭제'·성주(城主·聖祖)풀이가고유신앙의 바탕에서 이루어진 것이요, '칠성(七星)풀이'는 도교계 신앙에서 온 것이다. 그러나, 한 말로 말해서 불교가 일반 한국신앙에영향한 가장 두드러진 것은 명부(冥府, 저승) 관념이다. 원래 현세주의적이며 인본주의적이요 후세 관념이 박약하던 이 민중에게 불교를 통해서 얻은 지옥사상은 종래의 소박한 천상(天上, 天神)-고산(高山, 山神)-인간(人間, 鬼神)의 삼계(三階) 분포관에 큰 변혁을 일으켰던 것이다. 지옥관념은 후세에 이르러 들어온 기독교의 지옥사상과 그대로 완전히 융합하였다.

불교가 고유신앙과 융합하여 새로운 국민신앙으로, 국민도(國民道)로 발전한 대표적인 예는 화랑도(花郎道)의 성립이다. 화랑도의 신조로 알려져 있는 원광법사(圓光法師)의 세속오계(事君以忠·事親以孝·交友以信·臨戰無退·殺生有擇)는 살생유택을 제하고는 반드시 불교적이 아닌 이 민족의 고유한 성향의 발현이다. 이것이 원광법사와 화랑

15) 權相老, 《朝鮮宗教史》(등사본).

도를 통하여 호국신앙의 원류로서 도리어 우리 불교에 작용하여 저 임란에 승병을 일으킨 서산대사(西山大師) 사명당(泗溟堂)의 사상적 전통이 된 것이다. 또, 화랑도는 단군신화 이래 고유종교를 이루어 온 '국선'(國仙)의 형식으로서 승과 화랑의 혼일(混一)을 이루었으니 저 월명사(月明師)가 "신승(臣僧)은 단지 화랑도에 속해 있어 오로지 향가를 알 뿐 범패(여래의 공덕을 찬미하는 불교 노래)에는 익숙하지 못합니다"(臣僧但屬於國仙 只解鄕歌 不閑聲梵)라 한 것이 증좌이다. 이로써 보면 '고깔'이나 '송낙'은 한국식 승모(僧帽)로서 불교 특유의 것이 아니라 도리어 중과 화랑이 함께 쓰던 것인 줄 안다.

불교 교리사상에 일대전기를 이루어 마명(馬鳴) 16)·용수(龍樹) 17)로 더불어 보살로 비견되고, 한국불교를 위하여 만장의 기염을 토한 이는 원효(元曉)이다. 원효사상의 본질은 세 가지 면에서 살필 수 있다.

첫째, 민족문화의 선각자라는 점이다. 그는 젊어서 학우(學友) 의상(義湘)과 함께 당나라로 유학을 떠난 도중에서 스스로 깨달은 바 있어 돌아왔거니와, 그 철학의 근본은 화엄(華嚴) 철학에 있었으나, 그 독특한 비의(秘義)는 우리로 하여금 '해동종'(海東宗)이란 이름으로 부르게 하였다. 그는 불세출의 불교학자로서 81부(部)라는 많은 저서를 남긴 것이 문헌에 보이나, 지금에 전하는 것은 15종에 불과하다. 그 중에 《대승기신론소》(大乘起信論疏)·《화엄경소》(華嚴經疏)는 중국불교에 큰 영향을 주었으며, 《금강삼매경소》(金剛三昧經疏) 같은 책은 서토(西土)의 고승에게 '논'(論, Sastra)이라 칭호를 받았으니, '논'(論)이라 함은 용수·무착(無著) 18)·세친(世親) 19) 등 불교학자의 소수의

---

16) 편집자 주 : 인도 마갈타국 승려. 《大乘起信論》 등을 저술한 大乘의 시조.

17) 편집자 주 : 마명의 뒤를 이어 大乘을 선양시킨 남인도의 승려로 《십이문론》 등을 저술.

18) 편집자 주 : 북인도 건타리國의 승려로 《섭대승론》 등 大乘을 해석하는 여러 論疏를 지어 大乘의 교리 발전에 지대한 공헌을 함.

19) 편집자 주 : 무착의 아우로 처음엔 小乘을 따르다 형의 권유로 大乘으로 들어

100

우수한 저술만이 향유하는 명예이다. 20)

둘째, 그는 종합불교·환원(還元) 불교의 창시자란 점이다. 그의 불교 및 불교사상사(思想史) 상의 자각은 일승(一乘) 21) 원통(圓通) 22) 불교의 구현에 있었다. 대·소승, 현·밀교(顯·密敎), 23) 자·타방종(自·他方宗) 24)을 융합함으로써 북방 불교의 사변적 편향을 지양하여 불타의 대비본원(大悲本願)의 출발점에로 환원시키는 것이 그의 이상이었다. 다시 말하면, 인도의 '서론적(緖論的) 불교'와 중국의 '각론적(各論的) 불교'에서 실로 최후의 '결론적 불교'로 발전시킨 것이 원효의 불교사상사(思想史) 상의 위치인 것이다. 고려 때 보조(普照)의 '정혜쌍수'(定慧雙修)라든지 조선 때 청허(淸虛) 25)의 '선교융섭'(禪敎融攝) 사상이라든지 현재 한국불교가 교종(敎宗)·선종(禪宗)·율종(律宗)·염불종(念佛宗)을 통합해 단일 조계종(曹溪宗)을 세운 것은 그 전통의 연원이 원효에 있는 것이다.

셋째, 그는 행화(行化) 불교·대중불교의 수립자란 점이다. 불교를 종래의 관념의 유희·사변의 각쟁(角爭)에서 구제의 의무에로 전향시키고, 산간에서 민간에로, 전당(殿堂)에서 가두로, 두뇌에서 생활로 옮겨 인간고(人間苦) 속에 발벗고 들어가 불교를 민중이 찾기를 기다리지 않고 가져다주며, 무곡(舞曲) 속에 불교를 넣어 친히 여염과 촌

와 《구사론》 등 大乘의 논리적 체계를 형성하는 수많은 저술을 남김.
20) 崔南善, 〈朝鮮佛敎〉(팸플릿).
21) 편집자 주 : 乘은 타는 것, 깨달음을 얻기 위한 방편을 뜻한다. 一乘이란 이 방편이 大小乘으로 갈리지 않고 하나뿐이고 절대 진실하다는 것.
22) 편집자 주 : 종요(宗要)를 중심으로 모든 대립을 아우르고 통하게 함.
23) 편집자 주 : 顯敎의 원의는 숨김없이 가르침과 신앙심을 따르는 것으로 경전을 근거로 합리적 교리와 경전의 해석에 의해 신앙화하는 것이고, 반면에 密敎는 주문이나 진언 등 해석할 수 없는 비밀스런 것을 중심으로 신앙화함.
24) 편집자 주 : 自方宗은 스스로의 힘으로 열반에 이르는 것을 말하고, 他方宗은 보살 등 타의 힘을 빌려 열반에 이르는 것을 말함.
25) 편집자 주 : 서산대사 휴정의 法號.

락을 행화한 그는 마침내 장가들어 설총을 낳고 이단(異端)과 광인(狂人)의 지목을 받았으나, 이 땅의 종교개혁은 원효에 의하여 7세기에 발단되었고, 대승불교는 그에 의하여 대중불교가 되었다. 현대불교가 승속일여(僧俗一如)[26]로 시항(市巷)에 내려온 것은 인물이 없어서 속화되고 말았으나, 애초의 이상인 즉 바로 이 원효의 사상에 그 전통을 찾는 것이다.

이로써 보면 원효는 해동불교의 초조(初祖)요 국선(國仙)불교의 실천자며, 모든 것을 한 솥에 끓여 새로운 경지를 연 한국적 사상의 전형이기도 하다. 나는 원효사상의 이러한 성취의 밑바닥에서 고유문화·고유사상과 신앙을 찾으려는 자이다. 원효사상적 전통의 근대적 계승자는 최수운(崔水雲)이다.

한국불교의 성시(盛時)를 보여준 것은 화엄종(華嚴宗)이요, 화엄사상의 범신론은 우리 고유신앙의 유령론적·다신적 바탕에 쾌적한 것이었기 때문이다. 또, 그 화려장엄성(華麗莊嚴性)이 신라의 국민정신과 서로 영합했을 것이다.

한국불교는 교종(敎宗)과 선종(禪宗)으로 크게 나눌 수 있다. 먼저 교종은 신라 때 열반종(涅槃宗)·계율종(戒律宗)·화엄종(華嚴宗)·법성종(法性宗)·법상종(法相宗)의 5종이 성하였고, 신인종(神印宗)·총지종(摠持宗)의 두 밀교와 소승(小乘)·정토(淨土)·섭론(攝論)·지론(地論)의 제종(諸宗)은 점차 쇠퇴하여 없어지거나 간신히 명맥만 이어왔으나 신앙과 의식상에는 조금씩 남아 있다. 선종은 신라 때 중국의 마조도(馬祖道)[27] 일하(一下)에서 받아온 강서선(江西禪) 팔산(八山)[28]과, 청원행사(靑原行思)[29] 계(系)에서 받아온 조동선(曹洞禪) 일산(一

---

26) 편집자 주 : 승려와 대중이 하나가 됨.
27) 편집자 주 : 709~788년. 중국 강서성의 禪師로 강서 개원사에서 禪風을 드날림. 馬祖는 속성을 따라 사람들이 부르는 칭호.
28) 편집자 주 : 馬祖의 법통을 이은 강서의 仙風.
29) 편집자 주 : ?~740년. 六祖慧能에게 法을 받고 길주의 청원산 정거사에 있으

山)과, 고려 때 대각국사가 들여온 천태종(天台宗)이 있으나, 이것이 모두 중국선의 육조 혜능(六祖慧能)의 법계(法系)이므로 태고(太古)30) · 청허(淸虛) 이래의 선(禪)·교(敎) 융섭(融攝)으로 선(禪)을 주로 했기 때문에 조선시대의 선·교 양종시대를 거쳐 현재 단일 조계종이 된 것이다. 교상판석(敎相判釋)31)의 논쟁으로 치열한 종파 싸움을 일으킨 불교가 이렇게 선(禪)·교(敎)·현(顯)·밀(密)·자(自)·타력종(他力宗)을 무리없이 융합하였다는 것은 그 자체가 한국적이다. 최수운의 동학(東學)이라든지 오늘의 어떤 무당이 유(儒)·불(佛)·도(道)의 교조(敎祖)와 함께 예수까지 받드는 것도 이러한 한국적 사고의 공통된 바탕이라 할 수 있다. 이상으로써 한국불교의 오늘의 비구승 대 대처승의 분규가 단일종의 영도권을 둘러싸고 전자의 선(禪) 중심주의 전통불교와 후자의 교(敎) 중심주의 대중불교가 그 바닥에 가로놓인 것을 짐작할 수 있을 것이다.

3) 도 교 (선교)

한국의 신앙에 두번째로 들어온 외래종교는 도교(道敎)다. 사실은 불교나 도교보다 한자의 전래와 함께 유교가 먼저 수입되었겠지만, 이것은 학(學)으로 수입된 것이고 일반적 신앙화한 것은 훨씬 뒤에 속한다. 도교가 한국의 신앙에 영향과 융합과 새 사상에 기여한 형식은 불교와 흡사하나, 그 영향력과 남은 자취에서는 불교보다는 미약하여 비교가 안 된다. 그 학적 연구나 교리로서 발전한 것도 거의 없는 형편이다.

면서 선풍을 선양함.
30) 편집자 주 : 임제종의 初祖인 고려 승려 보우의 법호.
31) 편집자 주 : 석존이 말한 敎說을 그 말한 시기와 차례, 뜻의 얕고 깊음에 따라 분류 판별하는 것. 어떤 宗이나 派를 세울 때는 반드시 먼저 敎相을 판별하여 그 經과 宗派의 위치를 정함.

도교가 한국에 처음 들어온 것은 고구려 영류왕(榮留王) 7년에 당 고조(高祖)가 천존상(天尊像)과 도사(道士)를 보내어 《도덕경》(道德經)을 강(講)한 것이 효시라 하나, 보장왕(寶藏王) 때 개소문(蓋蘇文)이 당시 중국의 3대 종교 중 유(儒)·불(佛) 2교는 들어왔으나, 도교만이 없다 해서 당 태종(太宗)에게 사신을 보내어 진숙달(陳叔達) 등 도사 여덟 사람을 초빙하여 불사(佛寺)로써 도관(道館)을 삼고 도사를 유사(儒士)의 상(上)에 앉혔다 한다. 그러나, 보장왕은 고구려의 마지막 임금이므로 고구려가 망한 뒤 이내 도교도 큰 발전을 보지 못한 채 침식(沈息)되었고, 도교의 흥왕에 대한 기록은 달리 보지 못한다. 그러나, 고려 때 복원관(福源館)32)에 우류(羽流, 도사)를 두었고, 조선 때 소격전(昭格殿)33)에 노자(老子)를 제사지낸 것은 다 도교의 유풍이다. 오늘 한국의 불교 사찰에 있는 칠성각(七星閣)이 도교계 신앙이요, 무당의 제의와 무가 속에 도교가 역시 습합되어 있다. 칠성각 외에 삼청동(三淸洞)·소격동(昭格洞) 등 지명에서 보는 바와 같이 이들은 주로 도교의 성신(星辰) 숭배·점성술·천문학과 관련되어 전승된 것이다.

우리가 항상 유(儒)·불(佛)·도(道)의 영향을 아울러 말하지만, 그 세력의 강도가 바로 유·불·도의 순서이다. 조선 때의 유교 획일주의로 불(佛)과 도(道)를 다 배격한 탓도 있지만, 그래도 불교는 사라지지 않았던 것이다.

그러나, 도교가 그를 떨치지 못한 이면에는 우리의 고유신앙 중에는 본래 샤머니즘과는 별계(別系)인 선교적(仙敎的) 신앙과 사상이 고대부터 있었기 때문이다. 왕검선인(王儉仙人)34)·조의선인(皁衣仙人)35)

---

32) 편집자 주 : 고려 때 도교식 祭儀를 맡아보던 관청.

33) 편집자 주 : 하늘, 땅, 별을 향해 지내는 도교식 초제를 맡아보던 관청.

34) 편집자 주 : 왕검성, 곧 옛 평양에 도읍을 정했다는 仙人이나 그 후예.

35) 편집자 주 : 고구려 때 국정을 담당한 12등급 관직의 하나로 仙的 유습이 강함.

104

이니 한 것이 그것이요, 화랑이 국선(國仙)을 자칭한 원인이 이런 전통에서 유래한다. 화랑인 영랑(永郎)·술랑(述郎)·남랑(南郎)·안상(安詳)을 사선(四仙)이라 한 것도 이것이다.

중국의 도교가 노자를 시조로 받들지만 노자의 《도덕경》 어디에도 도교의 신앙적 전거가 되는 장생불사·승선득도(昇仙得道)의 문구는 보이지 않는다. 도교란 결국 불교의 수입에 자극받아 환골탈태한 중국 원시 민간신앙의, 또는 고대 철학의 체계화에 지나지 않는다. 그런데, 중국 고대의 선술(仙術)·신선(神仙)사상은 동이계통(東夷系統)과 밀접한 관계를 가진 사상이다. 진시황이 동남동녀(童男童女)와 함께 보낸 서불[徐市]이 불사약을 찾아간 삼신산(三神山)은 한국에 있다는 전설이 매우 암시적이다. 서불은 서복(徐福)으로 기록되기도 하는데, 市은 '市-시'자가 아니고 '巿-불'자라는 것이다. 巿는 黻(불)자로서 芾·黻·韍(불)과 통한다. 이렇게 '불'·'복' 양음으로 표기된 것은 그 원음이 '붉'이 아니냐 의심되는 점이다. 이것은 어쨌든 중국 선교(仙敎)의 발단이다. 중국에서도 선교와 도교는 혼동되어 그 유예(流裔)들도 '부록파'(符籙派) 36)·'단정파'(丹鼎派) 37)·'현리파'(玄理派) 38)·'점험파'(占驗派) 39)로 나누어졌지만, 단정파·현리파가 선교계통이요, 부록파·점험파가 도교계통인 것 같다. 고구려 영류왕 때 들어온 도교는 장도릉(張道陵)의 '오두미교'(五斗米敎) 40) 곧 부록파였다고 한다. 41)

---

36) 편집자 주 : 도교에서 부록이나 부서 등 길흉화복을 미리 비밀로 적은 책이나 문서의 해석에 주력하는 일파.
37) 편집자 주 : 도교에서 단약을 만들어 불로장생을 추구하는 일파.
38) 편집자 주 : 老子나 莊子의 오묘하고 깊은 이치를 캐는 데 주력하는 일파.
39) 편집자 주 : 도교에서 점복과 이의 해독에 주력하는 일파.
40) 편집자 주 : 중국 후한 말 장도릉이 사천 지방에서 일으킨 도교계통의 민간신앙으로 병의 원인이 죄과에 있다고 하여 이를 주재하는 天·地·水神에게 참회하여 그것을 종이에 써서 바친 후 병을 낫게 하고 이의 대가로 쌀 다섯 되를 받아 이런 이름이 붙음.
41) 權相老, 앞의 책.

《순오지》(旬五志)에는 동방단가(東方丹家)라 하여 단군왕검·박혁거세·동명왕·술랑 등 사선(四仙)·옥보고·최치원·강감찬·김시습·홍유손(洪裕孫)[42]·정희량(鄭希良)[43]·서경덕·정렴(鄭磏)[44]·전우치(田禹治)[45]·남사고(南師古)[46]·박지화(朴枝華)[47]·이지함·곽재우 등 40인을 열기(列記)하였다. 《지봉유설》(芝峰類說)·《청학집》(青鶴集)에도 선류가 적지 않게 기재되어 있다. 이제, 이러한 문헌을 떠나 최근까지 민간신앙으로 내려오는 도교계통의 것을 찾으면 다음 몇 가지가 될 것이다.

일체의 화식(火食)을 피하고 솔잎이라든지 초근목피를 생식하며, 벽곡(辟穀, 곡식을 먹지 않음)하고 산중에서 공부하는 사람과, 차력(借力)한다고 해서 산중에서 무예를 수련하는 사람이 있다. 차력이라는 것은 복약(服藥)을 해서 평상인 수백배의 체력을 얻는 '약차'(藥借)와 기도를 해서 그와 같은 힘을 얻는 '신차'(神借)의 구별이 있다. 약차에는 식물성 약 또는 광물성 약을 복용하는 바, 생식과 약차는 도교선류의 자하·연단[48]의 잔영이라 할 것이다. 또, 남녀 교구(交媾) 시에 남자는

---

42) 편집자 주 : 1431~1529. 조선조의 시인으로 김종직에게 공부했고 당시의 명류인 남효온, 김시습과 함께 자연에 묻혀 시와 술로 세월을 보냄.

43) 편집자 주 : 1469~?. 조선조의 문관으로 문장과 시, 음향학에 능했으며 연산군에게 강경한 상소를 올릴 정도로 성품이 강건하고 청렴했으며 어머니 상을 당해 무덤을 지키다가 산책 간다 하면서 사라져 버림.

44) 편집자 주 : 1506~1549. 조선조의 학자로 유, 불, 특히 복서에 정통했으며 말년에 포천 현감을 병으로 사임하고 관악산, 청계산 등지를 돌며 약초를 캐면서 보냄.

45) 편집자 주 : ?~?. 조선조의 기인, 도술가.

46) 편집자 주 : ?~?. 조선조 중기의 유명한 역술가로 동서분당, 임진왜란, 문정왕후의 죽음 등을 예언했다 함.

47) 편집자 주 : ?~?. 조선조 중기의 학자로 儒, 佛, 道에 능했고 산천에서 생식을 하며 은거하다가 나뭇가지에 두보의 시를 걸어놓고 그 나무 아래 냇물에 뛰어들어 자살함. 서경덕의 제자.

48) 편집자 주 : 餐霞·鍊丹. 도사가 약이나 금을 빚는 연금술, 또는 기를 단전에

사정하지 않고, 여자만 무르익게 하여 그 정기를 뽑는다는 채정법(採精法)을 쓰는 사람도 아직 있다. 신차는 심산에 들어가 기도하는 것으로 김유신의 수련과 동궤다. 차력하는 사람은 달리는 자동차를 붙잡아 못 가게 하기도 하고, 굵은 방망이를 잡아 떼기도 하고, 바둑돌을 두 손가락으로 가루를 만드는 등 태껸[唐手] 또는 일종의 기합술을 쓰는 것은 최근까지 볼 수 있었다. 또, 그들은 '축지'라는 술법을 할 수 있다고 믿는다. '축지'는 땅을 주름잡는 것으로 수백리 수천리를 잠깐 동안 또는 하룻밤 새에 갈 수 있다 한다. 그들이 쓸 수 있다는 이상한 술법은 겨울에 산 나비를 방에 불러들이기도 하고, 신장(神將)을 부려 폭풍우와 조약돌을 몰아오기도 한다고 믿는다. 서화담(徐花潭)의 이술 전설(異術傳說)도 이러한 종류의 것이다. 이와 같이 수도한 사람은 영원히 죽지 않고, 적당한 때에 내려와 그들을 도와준다고 믿는다. 이러한 도술신앙은 관우(關羽)신앙, 사명당 숭배, 또는《정감록》같은 참위설과 결합되어 일본을 타도할 장수를 기다리는 이른바 애국적 미신을 이루기도 하였다.

선교·도교와 샤머니즘의 본질에서의 상통점을 찾는 것은 좋은 문제가 될 것이다.

4) 유 교

유교는 한자문화의 수입과 함께 들어왔을 것이므로, 그 경전의 전래는 삼교(三敎) 중에 가장 앞선다. 그러나, 그것은 학문적 대상이요 신앙으로서 일반민중에 보급 침투된 것은 아니다. 불교가 고구려에 처음 들어온 다음 해(373)는 국가에서 태학(太學)을 세우고 자제를 가르쳤다는 기록이 있고, 백제가 일본에 유교를 전한 것은 고구려의 태학제도보다 87년을 앞섰으며, 신라는 신문왕(神文王) 때(682) 국립대학을

모아 몸과 마음을 수양하는 일.

두었다는 것이다. 그러나, 신라 말엽 이후 고려시대까지 일반민중의
신앙은 불교에 치중되었고, 그와 융합되어 내려온 고유신앙과 도교계
가 성했던 것이다. 그러나, 정치관계와 교육관계에 있어서는 유교의
제도를 채용하여, 유불 혼용 방침을 썼다. 광종(光宗) 때(956)에서 성
종(成宗) 때(986) 사이에 고려의 유교는 왕명으로 크게 떨치기 시작하
여, 1289년 안유(安裕)가 원나라에 사신 갔다 돌아올 때《주자전서》를
지래(持來)하였고, 그의 문하에 제현(諸賢)이 배출하였다. 그의 몰후
80여 년 정몽주(鄭夢周)에 의하여 개화하니 그는 한국 유학의 개조가
되는 것이다. 그는 여말의 충신으로 그의 임금에 바친 우국의 지성은
역성혁명을 꿈꾸던 반대당의 철퇴 아래 쓰러졌지만, 그의 정신은 유학
으로 하여금 하나의 학적 신념을 위한 종교화의 경지에까지 이끌어 올
렸다.

　유교는 원래 종교로서의 여부가 문제되는 바 있거니와, 그것이 일반
민중에 종교적 교화를 편 것은 안유(安裕)의 주자학 수입 후 도학의
발흥과 명현의 서원(書院)이 자꾸 설립되어 교권(敎權)을 확립함으로
써, 종교적 권위를 행세하였다. 유교는 여러 학파로 갈라졌으나, 그
학문과 국가를 위한 순교정신을 발휘한 많은 유자(儒者)는 중국의 성
현 학자들과 어깨를 겨루고, 문묘와 서원에 봉사(奉祀)되어 숭배의 대
상이 되었고, 그들의 위패(位牌)는 우상시되었다. 퇴계·율곡 등 학문
적으로 중국의 성리학을 집대성하여 한 걸음 발전시킨 학자를 낳은
뒤, 그들 학파를 숭배하는 많은 서원은 중세의 교권(敎權)과 같은 권
리를 가지고 어떤 때는 정치와 부동(附同)하여 전횡하기도 하였다. 이
서원이 가지는 폐단을 간파하고 많은 서원의 철폐를 명한 사람은 19세
기 중엽의 과단한 정치가 이하응(李昰應, 대원군)이었다.

　한국의 유교는 대개 '경학파'(經學派)·'도학파'(道學派)·'역학파'(易
學派)·'예학파'(禮學派)·'실학파'(實學派)의 다섯으로 나눌 수 있다.
경학은 훈고학·문학·경세학·실천윤리를, 도학은 철학·윤리학·수
양·처세를, 역학은 유교 삼경 중의 하나인 주역학으로 천문지리·음

양복서(陰陽卜筮)·수학·의학에 기여하였고, 예학은 유교적 의례를 확립하였으나, 왕실의 복제(服制)에 관한 학파간의 예송(禮訟)은 당쟁에 불을 붙이기도 하였다. 끝으로 실학은 종래 유학의 현실 유리적(遊離的)인 공리공론, 곧 부문위학(浮文僞學)에 대한 실사구시학으로 근대 과학적 방법의 선단을 열었다. 그들이 대개 정쟁(政爭)에 불우한 학자로서 서학·북학의 발단이 되어 천주교 수입에 뒷받침이 된 것은 이미 널리 알려진 사실이다. 이런 뜻에서 '실학파'는 '근대학파'로 유교의 봉건적 체제에서는 혁신적 이단의 구실을 한 셈이 된다. 따라서, 신앙으로서의 유교를 말할 때에는 이들 실학파가 제외되어야 하고, 그것은 오히려 다음에 올 외래종교, 그것도 샤머니즘이나 불·도·유의 동양 삼교와는 이질적인 서구종교—기독교 항목으로 넘어가 논급될 성질의 것이다. [49]

　유교가 한국 민간신앙에 뿌리 깊게 박힌 것은 사상적으로는 조선(祖先)숭배와 천명사상과 복선화음설(福善禍淫說)이다. 조선숭배는 샤머니즘의 가신숭배(家神崇拜)와 붙고, 민심이 천심이라는 천명사상은 부여족이 수한부조(水旱不調)하여 오곡이 불숙(不熟)하면 왕을 죽이든지 바꾸어야 한다는 풍속과 합치되고, '선을 쌓는 집에 반드시 경사가 있다'(積善之家 必有餘慶)하고, 적악(積惡)하면 이승에서 천벌을 받는다는 복선화음설은 고유신앙의 현세주의, 또 불교의 인과응보와 일체가 되었다. 또 주로 민간신앙에 영향한 것은 역학파의 육효(六爻)·사주·궁합·관상·풍수신앙이 샤머니즘 또는 도교·불교의 점험(占驗)과 합쳐져서 지금까지 강력하게 남아 있는 것은 누구나 다 아는 사실이다.

---

49) 拙稿, "개화사상의 모티브와 그 본질,"《한국사상》, 6집.

5) 예수교 (천주교·기독교)

한국의 민간신앙에 일대 변혁을 일으켜 오랜 어둠에 잠겼던 민중에게 근세 여명의 눈을 뜨게 한 것은 예수교이다.

중국 명나라 만력년간(萬歷年間)에 구인(歐人, 구라파인) 리마두(利瑪竇, Matteo Ricci), 양마락(陽瑪諾, Emmanuel Diaz), 예유략(艾儒略, Julius Aleni), 용화민(龍華民, Nicolaus Longobardi), 필방제(畢方濟, Franciscus Sambiaso), 웅삼발(熊三拔, Sabbatinus de Ursis), 롱적아(龐迪我, Didacus de Panntoja) 등이 서로 잇달아 들어와 천주교와 함께 서구의 학술 문물을 전하니, 상류사회에 많은 신교자와 그 학술서를 번역하는 자가 있었다 함은 주지의 사실이다.[50] 이 때에 조선의 사신이 북경에 이르러 그들의 저서를 많이 수입했는데, 특히 마테오 리치의 《천주실의》(天主實義)란 천주교에 대한 저서가 수입되어 우리 나라 국립 사고(史庫)에 보관되었다는 것은 우리의 기록에 보인다. 그러므로, 17세기 초의 사람 이수광(李睟光)이 이미 이를 평하였고, 그 뒤 허균(許筠)은 이미 기독교와 유교에 대한 비교의 논을 시(試)하였다.[51] 그 뒤 여러 학자의 저서에 천주교에 대한 문제가 논의되었음을 오늘도 우리는 참고할 수 있는 것이다. 병자호란 때 그때의 왕자 소현세자(昭顯世子)가 인질로 북경에 갔을 때 독일 신부 탕약망(湯若望, Joannes Adam Schall von Bell)에게서 천주학과 천문학을 배우고 매우 즐거워했으며, 귀국할 때 지구의(地球儀)와 천주 초상화를 가져왔다는 기록이 있다. 그의 손자인 숙종 때는 천주교 신자가 날로 늘었고 차츰 황해도, 강원도 일대에 성행하게 되어 유교를 국교로 존숭하는 정부에 물의를 일으키게 되고, 여기에 정부와 신도, 곧 유교와 기독교의 알력이 발단되었다. 특히 당시의 양반계급에 신자가 늘어 가게 되었으니,

---

50) 李能和, 《朝鮮基督敎及外交史》.
51) 拙稿, 앞의 논문.

그들은 대개가 정쟁에 실패한 불우한 정치가와 실사구시의 학풍을 창도한 학자들이었다. 유교의 조선 숭배는 기독교에서는 하나의 우상 숭배이므로 양반 신도들의 조선에 대한 제사 폐지는 그들이 평민이 아니라 양반이기 때문에 문제되었고, 정부는 마침내 천주교를 금압하고 그 신도들을 처형하기 시작하여, 여러 차례에 걸친 다수의 신도 박해 때문에 이들 개혁파 학자들은 천주교의 고귀한 희생으로 순교함으로써 근대화운동의 선구자가 되었던 것이다. 그 첫 희생은 윤지충(尹持忠)52)・권상연(權尙然)53) 두 사람이 사형받던 정조 15년(1791)에 비롯된다. 그 뒤에 한국근대사상가로서 대표적 학자인 다산 정약용의 삼형제도 이 박해 사건에 걸리어 귀양가고 또 죽고 하였다.

조선에 최초로 들어온 외국인 신부는 청인(淸人) 주문모(周文謨)다. 그가 어느 때 들어왔는지는 알 수 없으나 정조 19년(1795)에는 서울에서 선교했음이 기록에 보인다. 그는 순조 원년에 단두형을 받았다. 서구인으로 조선에 처음 들어온 신부는 1835년에 압록강을 건너 그 이듬해 1월 1일에 서울에 도착한 모방(毛方, Maubant) 신부가 최초라고 《조선가특력교》(朝鮮加特力敎, Le Catholicisme en Corée)에 씌어 있다. 달레(C. H. Dallet)의 《조선교회사》(Histoire de l'Eglise de Corée)에는 범세형(范世亨, Imbert Laurent)・라백다록(羅佰多祿, Chastan Jacobus)・정아명백(鄭牙名佰, Maubant Petres) 세 사람이 1836년에 북경에서 조선으로 온 것이 처음이라고 씌어 있고, 그리피스(W. E. Griffis)의 《은둔국 조선》(Corea, the Hermit Nation)》에는 모방은 1835년에, 샤스탕은 1837년에, 앙베르는 1838년 잠입한 것으로 되어 있다. 그런데, 전게(前揭)의 《조선가특력교》에는 모방을 1835년에, 샤스탕이 1836년 12월 31일 국경 잠입하여 착경(着京)한 것은 1837년에, 앙베르는 1837년 잠입, 1838년 착경한 것으로 되어 있다. 이로써 보면 그리피스 설

---

52) 편집자 주 : 조선조의 천주교인으로 정약용의 외사촌. 신해사옥 때 순교함.
53) 편집자 주 : ?~1791. 윤지충과 외종 사이로 신해사옥 때 같이 순교함.

(說)은 달레 설과 대략 일치된다. 이로써 종합하면 최초로 우리 나라에 온 서양 신부는 모방이다. 이 세 사람의 잇달아 들어온 서양 신부들은 헌종 5년(1839)에 30여 명의 조선 신도와 함께 처형되었다. 그들이 처형될 무렵에는 그 신도 수가 9,000명에 달했다 한다.

모방 신부가 순교하기 전 1836년에 세 사람의 유년신도를 오문(澳門, 마카오)에 유학시켰으니, 그 중 한 사람인 김대건(André Kim)은 신학 외에 각종 과학을 배우고 육국(六國)의 언어에 통했다 하며, 1845년 조선에 잠입했다가 상해에 돌아가 처음으로 신부의 직을 받게 되니 김 앙드레, 그는 조선 최초의 신부였다. 그가 새 주교(主敎)와 함께 다시 조선에 들어와서 비밀 항로를 조사하다가 정부관헌에 붙잡혀 처형된 것은 1845년 9월 16일이었다.

그 뒤 철종조에 이르러 정부의 방침은 일변하여 천주교에 대한 감시도 관대해졌다. 1855년 주교 Berneux(張敬一)가 들어와 열심히 선교하여 1858년에 신도가 16,500인에 달하였다 한다. 1860년 영·불 연합군의 북경 함락을 계기로 조선의 백성은 왕왕 가슴에 십자가를 걸어 천주교도를 가장하기에까지 이르렀으므로 선교사의 세력은 완전히 회복되었다. 그들은 학교를 세우고 라틴어를 가르치며 병원을 세우는 등 여러 가지 문화·사회 사업을 경영하여 인심을 얻고 조선의 풍속·관습·지리·역사 같은 것을 연구하고, 또 그들 자신의 체험과 견문을 기록하는 학술 연구에도 열성을 바쳤으니, 이리하여 1874년경에는 달레의 《조선교회사》 같은 희유(稀有)의 사료가 파리에서 간행되었던 것이다.

1864년은 이조 26대왕 고종이 양자로 들어와 왕통을 받고 등극한 해이니, 고종은 어리고 그의 아버지 대원군이 섭정했다. 고종의 처 민씨는 천주교를 믿고 고종의 유모 박 씨(Martha Pak)도 독신자여서 어린 왕에게 전교하기까지에 이르렀다. 그러나 1860년 2월 노서아(露西亞) 세력이 두만강까지 연접하게 됨으로부터 그 침략적 마수는 이 정부의 중대한 관심을 끄는 현실 당면문제로서 등장하게 되었다. 이에 천주교파는 방로책(防露策)으로 한·영·불 삼각동맹안을 정부에 제의하고 그 실현에 서양인 신부를 이용하기를 건의했다. 홍봉주(洪鳳周, Thomas Hong)[54]·남종삼(南鍾三, Jean Nam)[55]이 주로 이에 획책하였다. 그때 조선의 정치를 요리하던 대원군은 처음에는 그 말을 듣고 그럴듯이 생각하더니 돌연 방침을 고쳐 서양인 신부들이 서울로 모였을 때쯤하여 이를 잡아들이고 미증유의 대학살을 단행하였다. 베르느 주교와 홍봉주는 1861년 3월 8일에 참형을 당하였다. 1839년에 서양인 신부 3인을 죽인 후 1845년 불 수사(佛 水師) 제독 Cecile이 군함을 가지고 들어와 정부에 글을 보내어 힐문하고 무위(無爲)히 돌아갔다. 1847년 불 수사 총병관(總兵官) 납별이(拉別耳)가 또 들어왔다가 파선생귀(破船生歸)하고 소식이 없더니, 1866년 3월 내외 교도를 학살하자 그 해 9월 불수사 제독 Roze는 복수하고자 포함 2척 뒤에 함대 7척을 보내어 강화도를 습격하니, 조선 정부는 이경하(李景夏) 대장을 사령관으로 하고 양헌수(梁憲水)에게 정예 포병 5천을 주어 불군을 대파하여 둔주(遁走)케 하였다.

이 해 9월에 미국선 General Sherman호가 조선을 경시하고 무인지경같이 대동강 내하(內河) 깊이 들어왔다가 천수(淺水) 관계로 조난하니 이와 같은 외국인의 퇴치는 대원군의 자신을 북돋워 그의 쇄국주의는 더욱 강행되었다. 1868년 독일인 Ernest Oppert — 그는 *A Forbidden Land, Voyages to the Corea*의 저자다 — 는 미국인 소유 기선 China호 — 680톤 — 를 타고 상해를 떠나 1868년 5월 8일 아산만에 도착하여 대원군 아버지 남연군(南延君)의 묘를 도굴하려다가 군민이 몰려오므로 실패하고 달아나니, 그 일행은 오페르트를 위수(爲首)로 프랑스인 1명, 미인(美人) 약간명, 중국인 약간명, 마래인(馬來人, 말레

---

54) 편집자 주 : 대원군에게 삼각동맹을 건의하고 성경 연구와 전도에 진력하다가 순교함.
55) 편집자 주 : 문과에 급제하여 승지까지 지냈으며 홍봉주와 같은 일을 하다가 함께 순교.

이인) 약간명, 조선인 4명이었다 한다. 당시 미국의 주상해영사(駐上海領事) 시와덕(施瓦德, Seward)이 그 해적 행위를 조사하니 사실은 사실이었으나 미수였으므로 불기소가 되었다 한다.

신교(新敎)가 처음 조선에 들어온 것은 1884년 9월이다. ─1866년 9월 대동강에서 조난한 제너럴 셔먼호에는 Thomas라는 미국 선교사가 탔던 모양이다. ─ 미북장로파 선교사 H. N. 알렌 박사는 조선 전도(傳道)에 착수할 목적으로 상해에서 인천에 내항하여 경성에 머무르기 3개월에 조선 정부는 개혁당과 보수당의 쟁투가 일어나 갑신정변이 났었다. 왕비의 조카 민영익(閔泳翊)이 자객에 피습한 것을 박사가 구출하여 일반의 존신(尊信)을 얻고 그 뒤 병원을 설립하여 의료사업을 창시했으니, 이것이 오늘 세브란스 병원의 전신으로 그 당시 '왕립조선병원'이었다. 1855년에는 장로파 H. G. Underwood가 봉천(奉天)에서 오고 H. G. Appenzeller가 오고 하여 이래 많은 신도와 업적을 우리 문화에 남겼다.[56]

우리의 신문화는 그 배태기에서부터 기독교와 깊은 인연을 가졌다. 신문화라는 것은 근대문화요, 다시 말하면 시민사회의 문화가 서구에서처럼 권력에 대한 반발에서부터 시작된 것이 아니고 종교의 수입으로부터 비롯된다는 사실에 조선 근대문화사의 성격이 있고, 여기에 조선의 신문화와 기독교사의 공통성이 전제되는 것이다.

유교의 교권이 정치적으로 중국에 대한 사대주의, 학문에 대한 금압주의를 취했을 때 이에 대한 신흥계급의 발흥이 새로운 신교(信敎)에 뿌리를 박고 있었음은 실상 종교보다도 그에 수반하는 서구과학의 새로움에 동경이 컸던 것이라고 할 수 있다. 그러므로, 금지하는 속에서 찾는 신앙의 자유 앞에 조선인은 죽어가며 신도가 늘었으나, 신교의 자유가 정작 주어졌을 때는 그 요원의 불길 같은 신앙열이 더 붙어가지 않았던 것을 보아도 알 것이다. 그러므로, 조선의 신문화와 기독교

---

56) 吉川文太郎, 《朝鮮諸宗敎》, pp. 188~248.

114

가 맺은 관계라는 것은 자체 내부에 있는 시민의 힘으로 와해될 수 없
는 봉건제의 붕괴를 외부에서 자극 육성한 데 있다.

우리는 신앙 두텁고 고결한 인격을 가진 신부나 선교사의 거룩한 희
생을 잊지 않는다. 그러나, 동양기독교의 일반적 성격을 이해하는 데
도움이 될 한 가지를 또한 잊지 않는다. 동양의 기독교는 동양무역의
선견(先遣) 부대, 정치적 경영의 전초로서의 의미가 있었음은 중국사에
비추어 밝은 사실이다. 그들은 상선과 군함을 타고 왔고 샤머니스트나
불교도, 유교도로서 깰 줄 모르는 동양인에게 그리스도의 복음과 함께
시계와 화약과 악기와 서적을 가지고 왔다. 종교와 함께 과학과 상품
을 가져왔던 것이다.

다시 말하면, 선교사들이 가지고온 과학은 상품 견본이요 이것이 선
교에 많은 이로움을 준 것이니, 정밀한 기술과 최고의 문명에서 한국
의 새로 일어날 문화운동은 기독교를 그 지반으로 삼았던 것이다. 그
러므로, 한국의 신문화는 기독교에 뗄 수 없는 관계를 맺었으므로 기
독교는 커다란 공헌이 있었다. 서양문화를 순수히 학술적으로만 받아
들이기에는 동양제국은 너무나 뒤떨어져 있었기 때문이다. 한국에는
앞서 말한 것같이 구교가 신교보다 먼저 들어왔으므로 서구과학도 구
교에 의해서요 신문화의 싹도 천주교에 의해서다. 중세의 종교인 구교
가 근대문화를 가져왔다는 사실, 이것은 그 선교사 자신들이 문예부흥
기 이후의 시민문화의 교양을 가지고 교회는 서구문화의 대학처럼 되
어 있었다.

서양 사정이 한국에 처음 견문된 것은 1520년 이석(李碩)이 중국을
다녀와서 불랑기국(佛朗機國) 이야기를 주보(奏報)한 데서 시초된다.
1603년 이광정(李光庭)57)이 가져온 구라파 지도, 1631년 정두원(鄭斗
源)58)이 가져온 역서·천문서·망원경·시계(자명종)·화포·화약,

57) 편집자 주 : 1552~1627. 예조·이조판서를 지낸 조선조의 명신. 대사헌 재직
　　시 연경에 다녀옴.
58) 편집자 주 : 1581~?. 조선조의 문관으로 선조 때 명나라에 진주사로 가서 많

1653년 김육(金堉)59)의 청에 의하여 처음으로 서양역법을 행한 것은 모두 서양학이 한국에 처음 온 기록으로, 이들 지식은 모두 연경(燕京)에 간 사신들이 그곳에 와 있는 천주교 신부에게서 배운 지식이었다. 1783년 이승훈(李承薰)이 그 아버지를 따라 연경에 가서 27세에 한국 사람으로 처음 세례를 받고 돌아올 때 기하학·수리서·망원경 등을 가지고 왔으니, 그는 고국에 돌아와 실학파 여러 동지에게 세례를 주고 한국천주교의 기반을 잡은 이다.

예수교가 한국의 민중에게 강력한 감동을 준 것은 무엇보다도 그 가혹한 계급신분제도에 얽매여 있는 민중에게 준 사해동포로서의 모든 차별의 타파 사상이었을 것이다. 예수교는 가장 뒤늦게 들어온 외래종교요, 그것은 먼저 들어온 불·도·유 삼교가 상통할 근거를 가진 데 비하여 아주 이질적인 것이기 때문에 종교개혁의 선풍을 일으키지 않을 수 없었다. 예수교의 한국 선교는 천주교가 먼저였다. 천주교가 서구의 종교개혁에는 패퇴했으나, 동양에 와서는 종교개혁의 선편(先鞭)을 쳤을 뿐 아니라, 그 동양 선교의 본거지 북경은 서구문명을 전수하는 대학 노릇을 하여, 한국의 지식 계급에 서학·북학의 기운을 양성(釀成)하여 근대 과학에 눈을 뜨게 한 공은 크다 하지 않을 수 없다.

구교나 신교를 막론하고 성서를 우리말로 번역할 때 그 유일신 '여호와'를 천주 또는 하느님이라 번역하여 민중을 포섭한 것은 우수한 방략이었다. 천주는 우리말로 하느님이요, 하느님은 하나님[一神]과 음이 상통하기 때문이다. 이로써 일단 고유신앙과 예수교 사이에 습합이 형성되었다. 그러나 무식한 대중의 신앙심리나 내용에는 별 변동이 없이 고유신앙의 하느님 그대로여서, '여호와'와 하느님은 이름은 같이 쓰이고 실재는 다른 면이 있게 되었다.

천주교의 천주 칭호와 그 순교주의는 한국의 민족사상, 특히 피착취

은 서양문물을 가져옴.

59) 편집자 주 : 1580~1658. 조선조의 학자, 정치가로 대동법과 서양역법을 건의, 실시케 한 실사구시의 선구자.

·피지배계급의 민중사상을 자극하여 최수운의 동학사상 창도에 간접적 영향을 준 것이 분명하다. 최수운은 우리 고유신앙의 하나님을 종래의 천제·상제 등 관용어를 쓰지 않고, 천주(하늘님)라 한역하고 서교(西敎)를 역이용하여 서학에 대한 동학을 일으킨 것이다. 같은 천주의 뜻을 동토(東土)에서 받았으니 동학이란 것이다. 그의 동학주문(東學呪文) "待天主 造化定 永世不忘 萬事知"는 천주 두 자 때문에 천주교 박해 당시 천주교도로 오해되었을 가능성도 있었다. 천주교가 처음이 땅에 선교할 때 조선제사(祖先祭祀)를 허용한 것(나중에 북경에서 비판받음)과 유교의 상복을 습용한 것과 지금도 상장시(喪葬時)에 낭독하는 음조가 처음 전래 당시의 고유한 음조를 지닌 것을 보면, 천주교가 외래종교로서 우리 고유종교의 바탕에 순응 습속한 태도를 엿보이게 하는 바 있다고 하겠다.

천주교에 뒤이어 들어온 프로테스탄트 각 교파는 신교육 및 사회사업에 천주교보다 더 눈부신 활동을 했고, 그들은 우리 신문화 전반에 특기할 공헌을 하였다.

기독교가 우리의 신문화에 공헌한 가장 현저한 예는 다음 방면의 공헌일 것이다.

첫째, 신교육, 곧 서구식 근대교육면의 개척의 공헌이다. 성서의 국문역으로 민중에게 주어진 계몽의 공로는 한글 보급과 문맹 퇴치에 큰 공을 남겼다. 서구식 교육방법으로 학교를 세워 육영의 임(任)에 당하였으니, 교회에는 대개 부속학교가 있어 지방인까지 그 은택을 입음으로써 개화운동의 많은 선각자는 직접 간접으로 기독교에서 육성되었던 것이다. 뿐만 아니라, 이 미션계(系) 학교는 우리 나라 재래식 서당교육을 근본적으로 개혁하였던 것이다.

둘째, 국민보건의 향상에 기여한 의술의 면이니, 예방주사를 싫어하고 무의(巫醫)를 전신(專信)하는 우매한 백성에게 서양의술 보급을 계몽한 것은 실로 선교기관의 공적이었다. 최초의 병원, 최초의 의학교는 모두 다 그들 선교사의 손에 의하여 이루어졌던 것이다. 나병원

(癩病院)·빈민 구료(救療)·고아원 등 사회사업이 모두 여기서 비롯되었다.

셋째, 기독교는 유교의 전단(專擅) 아래 이교배척(異敎排斥) 정책의 강압 속에 허덕이는 모든 종교의 소생을 자극하였다. 천주교를 섭취하여 그에 반립(反立)한 동학사상 성립을 자극한 것과 계급적으로 하류에 떨어졌던 불교의 유신(維新)운동도 모두 다 기독교가 재촉한 종교의 신생 운동이었다.

그러나, 예수교는 우리 나라에 와서 교리상으로 새로운 전개는 없었다. 이 계통의 한국적 전개의 예를 군이 찾는다면 통일교회와 전도관을 들 수도 있겠으나, 이에 대해서는 우리 나라 여타의 신흥종교와 함께 논급할 수 있을 것이다. 통일교회와 전도관의 교리는 예수 재림사상과 불교의 본지수적(本地垂迹) 사상의 습합으로 볼 수 있고, 낙원 추방의 원인으로서의 마혈(魔血) 정화의 '피가름' 이론과 성해방(性解放)의 '아프레게르'적 기풍의 영합, 예수의 안수와 샤머니즘적 주술의 혼성 등을 바탕으로 한 점에서 고유신앙과의 습합이 현저하다. 통일교회가 집단혼례 때 쓴 북두칠성관과 전도관의 질병축귀는 더욱 그러한 감을 짙게 하는 바 있다. 기독교의 토착종교화 운동이라 볼 수도 있다.

신흥종교는 샤머니즘을 바탕으로 하고 국선교(國仙敎, 붉교·市敎) 또는 불·도·유 삼교를 종합해서 이루었다는 민족종교를 이름이다. 이 신흥종교의 중요한 것은 대개 세 가지 계통을 들 수 있다.

첫째, 국조단군의 삼대(三代)를 숭배하는 단군교계통 — 대종교(大倧敎)·단군교·삼성교(三聖敎).

둘째, 최제우가 창도한 동학사상을 교지로 한 천도교·시천교·상제교(上帝敎)·청림교(靑林敎) 등 수운교계통.

셋째, 강증산(姜甑山)의 교리에서 우러나온 보천교(普天敎)·백백교(白白敎) 등 증산교 계통이 그것이다.

이밖의 수많은 유명무명의 신흥종교는 이 삼대 근간의 어느 한 갈래이거나 불·도·유의 지파 또는 그 결합체로서 서로 넘나드는 민족종교들이다.

단군교는 그 경전에 의하여 B. C. 2333년 10월 3일 백두산상에 강림한 이 나라 건국신화상의 국조를 신앙하는 것으로, 단군 삼대 삼성(三聖) ― 역대왕과 신민이 존중하였으나 유교의 풍미(風靡)와 함께 점차 세력을 잃었다. 1904년 석학 백봉(白峰)이 단군의 묵시를 받고 만주 길림성에 가서 대숭전(大崇殿), 단군을 사(祀)하는 영전 ― 함 속에 경전과 단군 종사(宗史)를 발견하고 널리 세상에 선포하였으니 이것이 이 교의 부흥이요, 1910년에 나철(羅喆)이 서울에 단군교를 창설하고 포교하다가 한일합방이 되매 정치상 혐의로 단군이란 이름을 쓸 수 없으므로 대종교라 고치고 오늘에 이르렀으니, 총본사(總本司)는 백두산 부근에서 만주로 옮기고 서울에 남도본사(南道本司)를 두고 학자 김교헌(金敎獻)60)이 주재하였다. 성시(盛時)에는 교도 50만인이 넘었다. 시조신 숭배는 같은 민족으로서 상호의 융화를 촉진하고 한국인의 정치적 사명을 완수하고자 함이었다. 단군교의 창설자 나철은 일본정부에 한국독립을 요구하는 글을 보내고 자살하였다. 이 종교도 희생을 강조하므로 천도교와 마찬가지로 민족적 의의와 순교에 중점을 둔 것이니, 교주의 자살을 계기로 일대 혁명운동을 일으켰으나 실패했고, 그의 아끼는 제자로 교주의 순교를 권해서 민족적 반항을 획책하던 한 사람 신명균(申明均) ― 그는 조선어 연구의 대가였다 ― 은 이번 전쟁 중 일제의 탄압과 동화정책이 심할 때 스승이 죽은 뒤 늘 품에 감추었던 그의 사진을 꺼내 안고 밤마다 울다가 마침내 자살하였다 한다. 오늘도 이 단군교에는 강렬한 민족의식을 가진 학자, 주로 많은 어학자가 있다. 단군이 임금으로 추대된 10월 3일은 민족 고래의 명절 상달로 지금은 국경일이 되었다.

천도교에 대해서는 "한국사상의 전거(典據)"에서 이야기하겠기로 여기서는 약한다.

---

60) 편집자 주 : 1868~1968. 규장각의 부제학을 지낸 학자로 대종교의 2대 교주.

3. 한국사상의 전거(典據)

— 한국의 정치 · 종교 · 철학 · 과학 · 사회사상의 전형

한국사상이라는 분화되지 않은 종합적이요 유기적인 학문체계를 막연히 사적으로 서술한다는 것은 쉬운 일이 아닐 뿐 아니라, 제한된 지면에 이를 시험한다는 것은 장황하기만 했지, 그 간요(肝要)한 점은 잃어버릴 우려가 많다. 그러므로, 정치 · 종교 · 철학 · 과학 · 사회사상의 다섯 면으로 나누어 본질적으로 중요하고 대표적인 것을 골라 역사적으로 고찰하기로 한다.

1) 정치 사상

우리 민족의 건국신화에 나타난 세계관과 국가관을 살펴보면, 그들은 세계를 수직선으로 분포된 줄 알았으며, 그 최고의 나라는 광명으로 가득찬 그들의 고향이요, 이상향이기도 한 하늘[桓]이라는 나라였다. 그 나라의 주신(主神)인 천제의 아드님 한 분이 땅에 있는 나라를 다스리려고 인간으로 내려온다. 내려올 때, 비 · 바람 · 구름 등 추종자를 거느리고 성스러운 산악의 정상에 내려와 신권(神權)의 정치 형태를 만들고 인간의 모든 일을 다스리고 보살피다가 어떤 배우자 — 신성동물 — 를 골라 신성한 아들을 낳고 사라진다. 그 아들이 비로소 순수한 인간 국가를 건설하여 여기 한 왕조가 열린다. 그 후 이 시조왕은 물러가서 산신 · 수호신으로 화한다. 이와 같은 세계관을 통해서 그들은 하늘과 사람의 교섭관계를 믿었고, 그 교화신(敎化神)의 특권 세습이 인정된 것을 볼 수 있으나, 하늘의 뜻을 받드는 치자(治者)는 인민의 뜻을 헤아리는 자라는 생각, 곧 민심이 천심이라는 생각에 이르게 되면 혁명이 인정되고 왕위의 선거와 선양(禪讓)의 형태가 나타나기도

120

한다.

이와 같은 사상은 중국 민주주의의 핵심인 천명사상과 상통한다. 중국의 천명사상이라는 것도 바로 동북아계 원시공화제사상의 발전에 지나지 않음을 볼 것이다. 이제 한국의 원시사회에서 이와 같은 사상의 싹을 찾으면 아래와 같다.

"옛 부여의 풍속에는 비 오는 것과 볕(햇빛) 나는 것이 고르지 않아 오곡이 익지 않으면 그 허물을 곧 임금에게 돌려 마땅히 바꾸든지 죽여야 한다"고 했다는 기록이 《위지》 동이전에 실려 있다. 이러한 소박한 생각이 고대 중국의 은(殷)민족의 혁명사상의 기초가 되는 것이다. 은민족의 건국신화는 부여족 만주족과 같은 난생설화이므로 중국의 학자 부사년(溥斯年) 같은 이도 '은족동이설'(殷族東夷說)을 제기하였다. 다음 또 한 가지는 신라에 있어서의 원시부족회의다. 그들은 '화백'이라는 회의를 가졌는데, 왕위·선전(宣戰) 등의 문제가 여기서 토의되었고, 그 결정 방법은 만장일치제로서 한 사람이 이의를 제출해도 결정되지 못했다. 이 화백회의는 '함'(諴)이라고 표기되기도 하였는데, 그 뜻은 '함언'(諴言) 곧 '다사리'로서 모두가 다 발언한다는 뜻으로, 오늘 우리가 사용하는 정치라는 말의 어원인 '다스린다'는 뜻과 일치된다고 설파한 학자도 있다. 1)

이로써 우리는 원시와 고대사회 정치사상의 민주주의적 기초를 찾을 수 있다.

다음 대외 정책상에서 전형적인 것을 들면 고구려가 수·당과의 투쟁에서 이룩한 자립적 방위주의 정책과, 그리고 신라가 당의 원조를 얻어 백제와 고구려를 멸망시킨 후 당이 신라에 대해서 침략의 뜻을 나타내자 백제와 고구려 유민의 협력을 빌려 당의 세력을 구축한 외교적 통일주의 정책을 들 수 있다. 이들은 모두 우리 민족의 양면적 성격의 단적인 표현일 뿐만 아니라 많은 시사를 우리의 역사에 주는 것

1) 安在鴻, 《신민족주의와 신민주주의》.

이다.

다음은 대내적 민주 자체의 정책에도 전형적인 것을 두 가지 들 수 있다. 고려 시조 왕건은 신라 말기의 쇠국을 틈타 봉기한 봉건 제후에 대해서는 무력으로 평정하면서도 민족적 애정과 국제적 위신을 고려하여 쇠잔한 신라 왕실을 회유함으로써 무혈혁명을 성취한 것이다. 왕건은 대외적으로는 자립주의의 이념을 세워 그 왕실 종언의 날까지 계승되게 하였다. 그리고, 우리는 이 민주 정치 사상의 위대한 개조인 근세 조선 세종대왕의 업적을 듦으로써 한국 정치사상의 근거를 밝힐 수 있다.

세종은 1419년에 즉위하여 1450년에 승하할 때까지 훌륭한 정치를 하여 이 나라 역사에 미증유의 광명을 준 분이다. 어느 나라의 역사상 황금시대의 군주도 이 세종에 비교할 수는 없을 것이다. 그는 임금이면서도 위대한 학자요, 자비로운 교화자였으며, 또한 근엄한 정치가였다. 잠시도 책을 놓지 않은 그의 학적 정열은 집현전을 창설하였고, 어진 신하·문인·학자들을 자문기관으로 두었다. 깊은 천문학의 조예를 지녀 여러 가지 기계를 발명하였다. 특히 그의 물시계와 측우기는 세계적인 것이었으며, 그는 토지 측량술도 발달시켰다. 우리 측우기는 서양의 그것이 1639년에 발명된 데 비하여 거의 2세기를 앞선 것이다. 음악에 대한 관심으로 박연(朴堧)을 데리고 외래악과 국악을 정리하여 이 나라 음악을 대성하였으니, 악기의 신조(新造), 악곡의 편찬 등 큰 업적을 남겼다. 옥중(獄中) 위생 시설의 개선을 명하고 삼심(三審) 제도를 실시하였으며, 고문제도를 엄금하고, 70세 이상 15세 미만자는 살인 강도를 제외하고는 투옥을 금하는 등 사법제도에도 많은 업적을 남겼으며, 국산 약재만으로 된 처방집《향약집성》(鄕藥集成)의 편찬을 명하였다. 이는 그 나라의 풍토에서 생긴 병에 대한 약은 그 나라 땅에서 찾을 수 있다는 신념과 전쟁 등 불의의 사변으로 외국 약재 수입의 단절에 대비함이었으니, 그러한 동기에서 이루어진 85권의 저서는 당시의 동방의학의 집대성이며, 세계에 유례를 볼 수 없는 의학 백과

사전인《의방유취》(醫方類聚) 266권의 출현을 보기에 이르렀다. 노농
(老農)의 경험담을 모아《농사직설》(農事直說)이란 책을 만들어 농민
들이 널리 읽어 본받게 하기도 하였다.

그는 대외정책에도 충분한 식견을 가졌다. 일본의 해적 침입이 잦은
것은 그들의 필요한 물물교환의 길을 막은 것이 원인이라 하여, 부산
·울산·웅천(熊川) 등의 세 항구를 열어주었다. 대외정책은 항상 평
화 해결책을 쓰다가 되지 않을 때는 이종무(李從茂)를 시켜 대마도를
정벌하기도 하고 김종서(金宗瑞)를 시켜 북방 육진을 개척하게 하였
다. 노예 타살(사형)의 금지, 영세농민 구휼법은 그의 인간 심리를 엿
보게 하며 도시의 방화시설 등 그의 선견지명은 이루 헤아릴 수 없을
정도다.

끝으로 세종의 위업 중 가장 위대한 것을 들어보면 그는 문교정책에
서 이미 허다한 편찬사업을 시행했거니와, 활자주조술과 제작법의 개
량에 성공한 점[한국은 서양보다 200여 년이나 앞선 1234년에 이미 금속활
자의 사용 기록을 남겼는데, 이의 본격적인 사용은 1403년의 계미자(癸未
字) 이후이다]이며, 음성학 연구 발달도 서구보다 400여 년이 앞섰다.
세종은 실로 한국문화의 기반을 닦은 한글을 창제한 분이다. 문자사상
최고(最高)의 문자인 28 자모음으로 된 한국 알파벳은 훈민정음이라는
이름으로 세밀한 연구 실험을 거쳐 1446년에 반포되었다. 어느 나라
문자가 탄생일을 명백히 가진 것이 또 있는가. 지금 이 날은 10월 9일
로 국경일이 되어 있다. 세종은 이 문자의 제작 동기로 두 가지를 말
하였다. 모든 나라가 다 문자가 있는데 오직 우리 나라만이 없다는 것
과, 어리석은 백성이 말하고 싶은 바 있어도 제 나라 글이 없고 또 중
국 글로써는 뜻을 표현하기 어렵다는 점, 이 두 가지에 착안하여 이
문자를 완성한 것이다. 이와 같은 민주적 의의와 민중적 의의는 비단
훈민정음에 나타난 이념만이 아니요 세종 업적 전반에 공통된 이념이
었다. 우연하게도 세종의 이러한 업적은 서구의 르네상스와 같은 시기
에 비롯되었다. 다만 저것이 밑에 솟아나온 기운인 데 비하여, 이것은

어진 치자의 뜻에서 이루어진 데에 차이가 있을 따름이다.

위에서 고찰한 바에 의하면 한국의 정치사상은 민족과 민중을 위하는 데 시종하였다는 사실을 깨닫게 될 것이다. 비록 외국의 식민지가 되기까지 군주제를 벗어나지 못했으나, 정치의 과오를 지적할 수 있는 간관(諫官)과 제왕의 득실을 비판 기록하는 사관(史官) 때문에 군주도 그 전제(專制)를 자의적(恣意的)으로 할 수 없었고, 좋은 정치가는 이 이상을 위하여 양심을 굽히지 않음으로써 허다한 순교주의를 빛내기도 하였다. 이러한 정치사상 밑에 군주는 지방행정관의 학정을 바로잡기 위하여 '어사'(御史)라는 비밀칙사를 순시시켜 그에게 나쁜 관리의 파면권을 주었고, 백성의 여론을 듣기 위해 대궐 앞에 북을 달아 이 북을 두드리면 임금이 불러들여 그 원통한 얘기를 직접 듣는 '신문고'(申聞鼓)라는 제도까지 생겼던 것이다.

2) 종교 사상

우리 나라에서 최초로 사변적(思辨的) 종교에서 철학적 방면을 개척하여 한국종교사상사의 첫 페이지를 개척한 이는 신라의 고승 원효(元曉)이다. 원효는 신라 부근에서 나서 거의 전(全) 7세기에 걸쳐서 반도에 그 덕을 베푼 분이다. 그는 젊어서 학우인 의상(義湘)과 함께 당나라로 유학을 떠난 도중에서 스스로 깨달은 바 있어 고국에 돌아왔다. 의상은 당나라에 건너가 지엄(智儼)에게 배웠다. 그는 동문의 벗이며 중국 화엄철학의 대성자 현수(賢首)에 비하여 일일지장(一日之長)이었으나 그 정통의 지위를 현수에게 양보하고 신라로 돌아왔다. 현수는 그 뒤에 인편이 있으면 편지와 저서를 보내어 질정을 청하였다.[2] 원효도 그 철학의 근본은 화엄철학에 있었으나, 그의 독득(獨得)의 비의(祕義)는 우리로 하여금 해동종(海東宗)이란 이름으로 부르게

---

2) 《삼국유사》, 卷二 義湘 — 賢首가 의상에게 보낸 편지가 실려 있다.

하였다. 그는 많은 저서 81부를 남긴 것이 문헌상에 보이나, 지금까지 전하는 것은 15종에 불과하다. 특히 《대승기신론소》와 《화엄경소》는 중국불교에까지 영향을 주었으며, 《금강삼매경론소》 같은 책은 서역의 고승에게 Sastra[論]란 칭호를 받았으니, '論'이라 함은 용수·무착·세친 등 불교학자 중 우수한 저술만이 향유하는 명예이다. 원효는 행(行)의 철학자였다. 불교를 관념의 유희, 사변의 각쟁(角爭)에서 구제의 의무(義務)에로 전향시켰고, 산간에서 민간으로, 전당에서 가두로, 두뇌에서 실생활로 옮겼다. 교권과 상아탑을 깨뜨리고 인간고(人間苦) 속에 발벗고 들어선 그는 인도의 서론적 불교와 중국의 각론적 불교에서 실로 최후의 결론적 불교로 발전시킨 것이다. 민중이 구하기 전에 민중에게 베풀어줌으로써 각자의 개성 속에 있는 불교를 절로 유출시키려 했으니, 가곡(歌曲) 속에 불교를 융화시키고 속담에 불교의 교리를 넣었을 뿐만 아니라, 그는 교권을 버리고 사변을 버리고 인간과 실생활에 들어오고자 결혼까지 하여 한국문학사상 큰 공적을 남긴 설총의 아버지가 되었다.[3]

그의 행동은 당시 인습에 사로잡힌 교도에게 이단과 광인의 지목을 받았으나, 이 땅의 종교개혁은 원효에 의하여 7세기에 발단되었고, 대승불교는 원효에 의하여 대중불교가 되었다. 원효의 이와 같은 실천은 철학적 결론의 완수에서 나온 것으로, 원효의 불교 및 불교사에 대한 자각은 '일승원통불교(一乘圓通佛敎)의 구현' 여기에 있었던 것이다. 북방불교의 사변적 편향은 원효에 의하여 불타의 대비본원(大悲本願)의 출발점으로 환원되었던 것이다. 원효의 불교는 만족한 실현을 보지 못하였으나, 세계 불교사상 그의 지위는 확고부동하여 그의 철학적 이론은 불교철학에 영원한 광명을 비춰주고 있다.

---

3) 崔南善, 《朝鮮佛敎》.

3) 철학 사상

다음으로 유교철학, 특히 송(宋)의 유학이 수입된 후 그 기반 위에서 한국사상의 새로운 경지를 개척한 사람은 이황(퇴계)과 이이(율곡)이다. 우리 나라에서 유교사상이 그 학적 체계를 갖추게 된 것은 13세기경이라 하겠으며, 퇴계·율곡의 이대(二大) 유학자가 활동한 16세기에 이르러서야 그 완성의 단계에 이르렀다. 이 두 사람은 유교철학의 쌍벽으로서 두 학파의 개조(開祖)가 되었고, 이들 학파의 논쟁은 한국의 정치사와 밀접한 관련을 가지게 되었다. 한국에 있어서 유교철학의 중요한 논제는 이(理)와 기(氣)에 관한 문제였다. 퇴계는 일찍이 정치계를 떠나 산림에 숨어 철리(哲理)에 잠심하였다. 그의 학설은 송의 주자학파에 속하여 그 학설을 발전시킴으로써 한국에 방대한 학파를 구성하였을 뿐만 아니라, 일본에까지 그의 학파를 이루게 하였다. 그는 우주를 이(理)와 기(氣) 이원(二元)이 아니요 일물(一物)의 이성분(二成分)이라 하여 주자의 이기이원론(理氣二元論)을 이기이면론(理氣二面論)으로 발전시켰다. 이가 기를 낳는 것도 아니요 기가 이를 낳는 것도 아니며, 양자는 병존하면서도 불리(不離)의 관계를 갖는 것이다. 그러면서도 그처럼 서로 구별하는 일은 주관적인 분석이라 하였다. 그러나, 이를 실재(實在)로서 보지 않는 대신 물(物)의 법칙으로 보고 만물에서 추상한 개념으로 삼았다. 그러나, 그는 이를 무형무령(無形無靈)의 것으로 보지 않고 이것으로써 이상을 삼았으니, 사람이 사람 아닌 경우가 있는 것은 이가 완전히 발현되지 못하기 때문이라 보고 이상이 완전히 표현되지 않는다고 해서 우주에 이상이 없는 게 아니라고 하였다. 그러므로, 이는 착하기만 하고 악함이 없으나, 기는 우리의 감각에 접할 수 있는 우주를 구성하는 원리로서 우리의 감각에 접할 수 있는 것을 만드는 것으로 보고, 데카르트(Descartes)의 물체처럼 이상에 따라 형성되는 질료와 같이 해설하는 한편, 기에도 일정한 법칙이 있으나 그것은 맹목적인 것이어서 이에 반할 수 있다고 보았다.

이와 같이 기에도 저 스스로 나타낼 수 있는 능력이 있다고 보았으므로 그의 사상은 역시 이원론적이라 할 수 있다. 그는 이와 기의 조화를 인간의 마음에서 찾는다. 이 마음은 이와 기를 다 포섭하는 것으로서 마음에 의하여 이상에의 길을 닦을 수 있다고 본다. 그러므로, 그것은 만물에 보편하는 것이라고 그는 주장한다.[4] 여기서 그 사상이 수양주의와 성선설에 입각했음을 알 수 있을 것이다. 그의 학적 태도는 위대하여 중국의 유교철학을 이 땅에서 더욱 발전시키고 오히려 중국과 일본에까지 영향을 끼쳤다. 그의 동양사상의 지위는 매우 중요하다. 일본의 대유(大儒) 야마사키(山崎闇齋)가 퇴계를 주자 이후 최대의 학자라고 평가한 것으로 미루어 보아도 그 학설의 광범한 영향을 짐작할 수 있을 것이다. 일본 신헌법에 의하여 폐지된 명치(明治) 천황의 교육칙어도 일본 퇴계학파의 손에서 이루어졌음을 지적해 둔다.

이상의 퇴계의 학설을 발전시켜 한국철학의 신국면을 천명한 이는 이율곡이다. 그는 퇴계의 이기호발(理氣互發)[5]의 이원론적 경향을 극복하고 나타나는 기에는 반드시 이가 탄다는 '기발이승론'(氣發理乘論)[6] 곧 '이기통일론'(理氣統一論),[7] '이통기국설(理通氣局說)[8]을 주장하였다. 그는 퇴계가 주자의 이론을 따르는 데 불만을 품고, 발할 수 있는 것, 즉 나타날 수 있는 것은 오직 '기'이며 '이'가 아니라고 주장하였다. '이'는 나타나는 모든 것의 까닭(이유) 근거로서 자신이 발하는 것이 아니며, '기'는 스스로 능히 나타날 수 있으나 그 능히 발할

---

4) 李滉, 《퇴계 선생 문집》 참조.

5) 편집자 주 : 인간의 마음속에 갖추어져 있는 이와 기가 서로 발한다는 논리.

6) 편집자 주 : 기는 유위하고 이는 무위하므로 무위한 이가 유위한 기와 같이 발할 수 없다며 이기호발설을 부정하고 유위한 기가 발하고 이에 무위한 이가 탄다는 논리.

7) 편집자 주 : 이, 기가 둘이 아니라 하나라는 일원론적 논리.

8) 편집자 주 : 의자의 경우 앉는 이는 어느 의자에나 통하나 나무 의자냐 철 의자냐에 따라 그 기가 다르듯 이는 언제나 통하는 보편성을 가지나 기는 한정된다는 설.

수 있는 이유는 오직 '이' 때문이라고 하여, 성인이 다시 나와도 이 말만큼은 고칠 수 없다고 자기 주장의 절대 진리성을 확신하였다. 그는 천지만물이 각자 일정한 형상을 가져 실재물이 되는데, 그때 '기'는 만물의 근본질료 즉 원소가 되는 것이고 '이'는 그러한 '기'를 나타나게 하고 음양(모순)을 낳게 하지만 자기 스스로는 도리어 동정(動靜)이 없고 발하는 일이 없다고 보았다. '이'는 '기'의 일체 동정과 '발'(發)의 가능 제약일 뿐 스스로는 나타나지 않는 것이라고 본 사실은 플라톤(Platon)의 이데아(Idea), 칸트(Kant)의 선험적(先驗的) 대상론, 그리고 헤겔(Hegel)의 관념론에서도 볼 수 있는 것이다. 그러므로, 율곡은 '이'를 유한한 만물과 생성 변화를 가능케 하는 필연적 제약이지만 자기 자신은 결코 유한한 것이 아니라 무한한 것이며 생성 변화하는 것이 아니라 영원히 자기 동일성을 유지할 뿐이라고 설파하였다. 그는 자기의 입장을 밝히기 위하여 다른 철학자를 비판, 공격하였던 것이다.[9]

율곡의 사상을 현대 철학적으로 설명하면, 그가 말한 '이'는 원인이고 '기'는 결과로서 양자의 관계는 곧 인과관계라고 볼 수 있겠다. 그리고, 그 관계는 사실적이거나 형이상학적인 것이 아니라 이론적 제약 관계로서, 이 원인과 결과 사이에는 시간적 선후와 공간적 좌우가 존재하지 않는 것이다. 그러므로, 율곡의 학설에 의하면 제약자인 '이'와 피제약자인 '기'는 각자 분리할 수 없다. 영원한 전체와 통일의 두 계기가 될 따름이다. 따라서, '이'와 '기'는 서로 완전히 독립된 것이 아니므로 그의 철학은 이원론이 아니며, 그렇다고 동일한 하나의 것도 아니므로 일원론도 아니다.[10] 이와 같은 그의 독특한 학설은 율곡으로 하여금 동양사상사상(東洋思想史上) 제외할 수 없는 높은 지위를 차지하지 않을 수 없게 하였다.

학문에 전력했던 퇴계의 제자에는 훌륭한 인격을 가진 정치가가 많

---

9) 李珥,《栗谷全書》참조.
10) 安浩相, "율곡사상의 현대적 해석,"《동아일보》, 194?

128

이 배출하였는데, 정치적 경륜에 의욕이 강했던 율곡의 제자에는 정치가보다는 우수한 문인이 많았다는 것은 그들의 인간성을 연구함에 좋은 자료가 될 것이다. 그러나, 유교에는 불교와는 달리 중국 숭배의 사대사상이 지배하여 학문적으로 새로운 경지를 개척할 학문의 자유가 구속된 바 있었으니, 중국의 주자, 한국의 퇴계·율곡의 학설에 벗어나면 반동분자의 낙인을 면치 못하였으며, 그것은 마치 종교의 파문과도 흡사하였다. 이러한 사상상(思想上)의 획일주의는 이조 오백 년 간 정자(程子)·주자의 유학 이외에 양명학·노장학 등의 발달을 중국이나 일본처럼 보지 못했다는 사실만 보더라도 가히 짐작할 수 있을 것이다. 그리고, 유교의 지나친 문화주의·비무상문주의(卑武尙文主義)는 강인한 우리 민족성을 무기력하게 하는 결과를 초래하였다. 한국처럼 철학자와 문인을 존경하고 우우(優遇, 후하게 대접함)한 나라는 일찍이 없었다고 해도 과언이 아닐 것이다. 정치가는 모두 시인이 아니면 학자요, 관리의 등용문인 과거조차 시문으로 하였던 것이다. 그러나, 시인 혹은 철학자라고 해서 반드시 정치에 대한 식견도 우수할 수 없는 일인데도 불구하고 그들만 존대하고 사무관, 기술관을 천시했다는 사실은 이 나라의 문화 발달에 커다란 암을 이루었던 것이다.

4) 과학 사상

위와 같은 철학적 사색에 치중하는 사조가 이용후생의 학문의 발달을 저해하고 부문위학(浮文僞學)으로써 그 학문적 계급적 특권을 위장하고 있을 때, 여기에 과감하게 반발하고 일어난 학문 운동이 바로 실사구시를 이상으로 삼고 과학정신에 입각하여 경제·지리·언어 등 여러 분과에 세밀한 눈을 돌리는 이용후생학파(利用厚生學派)였다. 이를 실학파(實學派)라 한다. 앞서 말한 세종 때만 해도 이론과 실천이 조화되어 학자·정치가·기술인이 협력해서 그러한 빛나는 문화를 이루었고, 그 때의 학자들이 모두 민중의 생활에 대한 관심이 지대하였거니와, 철학 방면이 그토록 전횡한 이 시대 속에서도 역시 빛나는 과학자를 많이 손꼽을 수 있었고, 이들의 영향으로 마침내 17·8세기에 이르러 하나의 새로운 학파가 일어난 것이니, 이는 실학운동이요 또 서구학문의 수입운동이었으며 과학적 개혁운동으로서, 봉건제의 타파와 시민사회운동의 발판이 되었다. 이 학파의 연원은 멀리는 세종대왕의 시대까지 소급하나, 직접 원인으로서는 임진왜란과 병자호란의 자극을 받아 일어난 것으로, 이 학파는 유형원(柳馨遠)에서 비롯된다. 그는 《반계수록》(磻溪隨錄)이라는 저서에서 토지의 국유제도인 공전(公田)을 정강(政鋼)으로 삼고, 선재명관(選材命官, 인재를 뽑아 관리에 명함)·분직(分職, 직위의 배분)·제병(制兵, 병사를 다루는 일)·조폐·통화 등의 정책을 발표하는 한편 의학·문학·사학·철학·지리·물리의 여러 방면의 저서를 남겨 자득(自得)한 견해를 발표하였다. 그러나, 그보다 앞서 김육(金堉, 潛谷)은 전세부역법(田稅賦役法)인 대동법을 주장 실시하고, 청국 연경에 가서 서양 역서(曆書)를 보고 돌아와 국력개정(國曆改正)을 결정하였으니, 이 두 사람을 실학의 선구자라고 할 것이다. 그러나, 엄밀한 의미의 실학의 시조는 전통의 유교철학과 서양 학문에도 조예가 깊었던 17세기의 대학자 이익(李瀷, 星湖)에서 시작되는 것이다. 이 나라 최초의 천주교 순교자들은 거의 다 그의 제자였고, 따라서 이 때의 실학파는 서학파와 동일한 의미를 지녔었다. 이익은 《성호사설》(星湖僿說)이라는 저서에서 해박한 식견을 나타내었고, 그 학파에서 나온 정약용(丁若鏞, 茶山)에 이르러 한국의 실학은 미증유의 집대성을 보았다. 정다산은 《여유당전서》(與猶堂全書)라는 500권의 방대한 저술을 남겼는 바, 그 논술된 범위의 광범함은 이루 기록할 수 없을 정도다. 이들 실학파는 대개 정계에서는 불우한 학자들로 귀양살이 속에서 그들의 학문을 쌓았으나, 정다산도 천주교 박해 사건에 걸리어 19년 유적(流謫)에서 이 대업을 이룬 것이다. 그는 시문·경전·예의·음악·지정법(地政法)·지리·역사·의학에 정통하였으니, 지구도설(地球圖說)·역학·광학(光學)의 연구로 축성·병사·총포·조선 등은 당시 사람으로서는 오직 경탄할 수밖에 없었으며, 종두술·법의학·한의학·토지제도·도량형·수리사업은 물론 국민개직론(國民皆職論)·국민개병론(國民皆兵論)으로부터 임정(林政)·축정(畜政)·광정(鑛政)·의정(醫政) 등에 이르기까지 완비 열거되어 있다. 다만 국민개학론(國民皆學論)의 언급만이 없었을 뿐이다. 그는 또한 토지몰수국유론을 주장하지 않고 일종의 사회개량정책을 창도하였다. 그의 사상의 위대한 점은 관권신성(官權神聖)과 관주민권사상(官主民權思想)의 부정에서 민주민본주의, 곧 민의민권주의를 주장한 데 있다. 그리고, 그가 집단적 생활을 정치사회의 전 계단에 둔 것은 개인을 존중하는 개인주의에 입각한 18세기의 국가관, 사회관에 비하여 일보 전진한 진실한 견해라 아니할 수 없다.[11]

우리는 또 이 학파의 공로자인 안정복(安鼎福, 順菴)·신경준(申景濬, 旅菴)·홍대용(洪大容, 湛軒)·박지원(朴趾源, 燕岩)·이덕무(李德懋, 炯庵)·박제가(朴齊家, 楚亭)·이규경(李圭景, 五洲) 등의 거대한 업적들을 잊을 수 없다. 이 실학파 안에는 그 때 서구문물을 수입하는 청나라를 배우기를 주장하는 일파가 있었으니 이를 북학파라고 한다. 우리 나라가 임진왜란 때에 명나라의 원병을 받은 일이 있고, 그 문물에 도취하여 명나라만 숭배할 뿐, 명을 멸하고 새로 일어난 청을 멸시하는 경향이 농후했다. 이 학파의 박제가·박지원·이덕무는 청나라를 배워야 한다는 것을 주장한 선각자이다. 이 실학운동은 청에서 대두한 고증학파와 일맥 상통하는 경향이 있었다.

5) 사회 사상

이러한 실학운동이 서학운동과 합류하여 서구사상이 점차적으로 수입되기 시작하자 민족 내부에서 새로 일어난 커다란 사상이 있었다.

---

11) 拙稿, "개화사상의 모티브와 그 본질,"《한국사상》, 6집.

그것은 전통적 종교와 외래의 사상을 종합하여 하나의 종교·사회 사상을 이룬 것으로서, 민족적 의의와 사회적 의의에 있어서 한국사상사상(韓國思想史上) 세종 때에 비견할 만한 의의가 있었다. 그 창도자는 최제우(崔濟愚, 水雲)이다. 그는 한국종교사상 거인 원효와 마찬가지로 신라의 서울 경주에서 출생하였다. 1860년 그는 고금무비(古今無比)의 대도(大道)를 깨달아 《동경대전》(東經大全)이라는 책을 지었으니, 이는 그의 학파와 그를 신봉하는 교도들에 전해내려와 천도교의 경전으로 화하였다. 여기에 나타난 그의 개교의 취의는, 국정은 문란하고 인심은 불안한데 천주교가 수입되어 민생을 상(傷)하는 바 많음을 개탄하고 이를 구제하기 위함이었다. 그 교의의 강령은 대개 다음과 같다. 유교는 명절에 구니(拘泥, 일정한 것에 얽매임)하여 현묘(玄妙)의 역(域)을 모르고, 불교는 적멸하여 인류을 끊고, 도교는 자연에 유적(悠適)하여 치평(治平)의 술(術)을 모르니, 이 삼교의 단소(短所)를 버리고 장점을 취하지 않으면 안 되었다 하였다. 그는 학자의 아들로 천질(天質)이 총명하였으나, 일찍이 고아가 되어 빈궁한 속에 전전하는 동안 절간에서 공부하고 사색에 침잠하여 기도 백여 일에 천도를 크게 깨달았던 것이라 한다. 그 수행 기간에 천주교도 박해가 일어나고 이로 말미암아 그 순교정신은 그의 정신을 자극함이 컸었다. 그들 이방인의 순교가 오직 천주의 신앙에서 옴을 알고, 그 천주의 도는 비단 서구인에게만 주어진 것이 아닐 것이요 한국인도 그 명만 받으면 위력을 발휘할 수 있을 것이라 믿고, 조국 문화를 서구인이 침입하여 독점하는 것을 근심하여 만인에게 희생의 정신을 발양하고자 염원한 결과, 37세에 그는 정신 속에 영묘한 세계를 열고 천주의 마음을 깨달았다는 것이다. 그는 한국에 나서 한국에서 천명을 받았다. 그러므로, 그의 천도는 학적으로는 동학이 아닐 수 없으며, 한국에서 천명을 받은 것은 한국에서 그 도를 펴기 위함이라 하였다. 여기서 그의 사상이 천주교의 영향을 받으면서 당시 포교된 천주교에 대립되었음을 알 수 있다. 그가 개오(開悟)한 사상은 천주에 대해서 무리하게 구원을 구하지 않는 신앙태도였다. 자연감화로서 천주와 동화하는 신인관계(神人關係)와 그 감화동화는 차례 있는 수행에 의하는 것이다. 그는 말하기를, 그가 찾은 천도는 유·불·선에서 유래한 것이 아니요 유·불·선이야말로 천도의 일부분이라 하였다. 그의 포교는 이웃사람으로부터 차차 널리 퍼지기 시작하였다. 주문을 읽히고 민간신앙을 이끌어 병을 고치고 많은 이적(異蹟)을 남겼으나, 신도가 많아지자 당국의 주목을 받게 되었다. 그의 비밀 포교는 그 주문 속에 천주가 나오므로12) 서학—천주교도와 동일한 것으로 지목되었는지도 모른다. 그리하여, 그는 관헌에 잡히어 1864년 3월 10일 대구에서 좌도란정률(左道亂正律)13)로 단두형을 받고 말았다. 천명을 받아 동방의 구세주라고 자칭한 그가 서학의 그리스도(Christ)처럼 형에 임했던 것이다. 그의 사후 그의 유교(遺敎)는 충분히 종교화되어 현재는 12 내지 13의 종파를 이루고 있으나 그 정통은 천도교다.

그의 근본 사상인 인내천(人乃天)은 두 가지 면으로 해석된다. 첫째, 하늘 마음이 곧 사람 마음임을 의미하여 인간지상주의를 고조하는 것으로서, 인간은 우주에 있어서 최고의 지위를 차지하고 가장 구체적 성격과 소질을 소유한 존재이므로 인간 이상(以上)의 위(位), 신의 우상을 세울 필요가 없다. 인간성은 우주의 본성의 구체적 표현이라는 것과, 둘째, 내 마음은 네 마음이라 하여 인간평등주의를 주장함이다. 인간과 사회제도 사이에는 인간 이외의 신적 우상이나 특권적 우상을 가설할 수 없으며, 오직 인간성과 자연에 기인한 새로운 제도와 윤리를 건설할 뿐이라는 것이다. 그러므로, 인내천주의는 개성의 완전 해방과 사회 생활의 완전 해방이라고 할 수 있고, 따라서 그 구극이상(究極理想)은 지상천국 건설의 현세주의 종교인 것이다. 그들은 지상천국의 건설에 삼대 개벽(開闢)을 전제한다. 첫째로, 미신·우상·편

---

12) 《東經大典》, "至氣今至 願爲大降 待天主 造化定 永世不忘 萬事知."

13) 편집자 주 : 좌도, 곧 유교가 아닌 이단의 사상, 종교가 일으킨 난을 바로잡음.

견·이기 등 개성의 해악과 정신적 질병의 퇴치인 정신개벽, 둘째로, 민족은 전인류사회의 집단적 단위이므로 지상천국의 건설은 과정상 민족생활로부터 개선된다는 민족개벽(혹은 민족해방), 셋째로, 개성과 민족의 해방은 인류평화·상호부조의 사회개벽에 이른다. 사회개벽은 곧 최제우가 말하는 지상천국의 완성이다.[14]

이와 같은 교지를 가진 천도교는 삼세교주 손병희(孫秉熙)에 의하여 그 교조 최제우의 '내 마음은 네 마음이요 하늘 마음이 곧 사람 마음이다'라는 사상에서 유래하는 인내천주의로 표방되었다. 천도교는 이 인내천주의의 실현을 위하여 사회민중운동의 선구가 되었다. 그 교도의 대다수가 피지배계급에 속하는 평민이었기 때문에 그들은 한말(韓末)의 문란한 정부를 타도하기 위하여 혁명군을 일으키어 관군을 도처에서 무찌를 때 민중의 호응이 굉장하였다. 이것은 유명한 동학란으로서, 이 운동은 결국 실패했으나 문화사상 실로 중대한 의의를 지닌다. 이 교도들은 또한 민족의식이 가장 강렬하여 우리 역사상 잊지 못할 3·1운동의 주도적 역할을 담당하였을 뿐만 아니라, 그 중심 인물이 교주 손병희였음은 우연한 일이 아닐 것이다. 이러한 동학사상은 실로 우리 민족의 정신적 주체를 발양한 것이며, 우리 민족의 참다운 이상을 드러낸 것이며, 비현실적인 것이 아니라 실지로 현실과 직접 연관성을 지닌 산 사상이었다.[15]

따라서, 동학의 연구는 오늘날 한국사상의 중요한 과제로 되어 있다. 천도교는 비종교이며 특수한 사상단체에 불과하다고 말하는 이도 있다. 그러나, 이에 대한 그들의 대답은 이러하다. 종교는 단순히 감정생활의 비현실적 자태의 일부면에 그치는 것이 아니라 인간생활의 전체이다. 그러므로, 모든 문화를 혁신하는 운동이 그 시대의 종교운동이 되는 것이다. 예수, 불타, 마호메트 등 모든 고대 신종교의 창도

14) 李敦化, "천도교와 조선,"《朝鮮及朝鮮民族》, 제1권.
15) 拙稿, "한국 휴머니즘의 정신 형성,"《현대사상강좌》, 1권.

자들도 단순히 종교적 교리의 창설만 하는 데 그치지 않았다. 그들은 당시의 문화의 혁명가 역할을 담당하였으며, 현실적 생활의 개선가(改善家) 내지 구원자로서 일으킨 운동이 곧 종교가 된 것이다. 이러한 의미에서 본다면 천도교는 새로운 종교임이 틀림없을 것이다.

III. 한국예술의 흐름

1. 한국미술의 생성
— 한국미술의 계통과 특질에 대한 사적 고찰

한 민족의 생활감정의 구체적 표현은 언제나 그 예술에서 가장 정확히 찾을 수 있다. 그러므로, 우리는 한국 민족문화에 대한 고찰을 시(試)함에 있어 그 풍토적 자연을 서설로 하고 민족예술에 대한 고찰로써 결론을 삼는 것이다. 예술은 민족문화의 정수이다. 특히 한국에서 그러하다.

이제, 우리는 한국의 예술을 논하기 전에 한국문화 일반의 역사적 시대 구분을 시(試)하여 참고의 편리에 제공하는 동시에, 이 시대 구분을 중심으로 한국의 예술—곧 미술·음악·문학에 대하여 살피려 한다.

원시에서 기원 1세기경까지의 고유문화 성장시대에는 주로 한문화(漢文化) 수입이 거듭되고, 기원 1세기경부터 13세기경까지의 민족문화 발전시대에는 주로 한문화와 서역문화 유입이 거듭되고, 13세기경부터 20세기까지의 고유문화 쇠미(衰微)시대에는 주로 몽고(元)문화·한(明)문화·만주(淸)문화·일본문화·서구문화의 차례로 혼입된다.

이 3기의 시대 구분을 다시 5단으로 구획하여 제1기를 원시고유 미술시대와 한(漢)미술 섭취시대로, 제2기를 불교고전 미술시대로, 제3기를 유교 미술시대와 서구 미술시대로 나누면 곧 한국미술사의 시대 구분이 될 것이다.

원시고유 미술시대는 전혀 고고학적 시대이므로 연대로써 따지기 힘든 비문화적 시대이다. 한국의 석기시대에 대해서는 고고학의 발달이 더디기 때문에 자세한 것은 알 수 없으나, 지금까지 발견된 것으로서는 대체로 이 시대의 출토품 속에 미술적 가치를 가진 것이 극히 드문 것이 사실이다. 대체로 동아(東亞)의 구석기시대 유물은 Moustier기·Aurignac기 것이라고 하는데,[1] 매우 거친 것으로 아무 미술적 가치도 없다니까 서구에서 보는 동굴의 회화 같은 것은 상상할 수도 없는 것이다. 토기 즉 Keramic Art에는 크게 자랑할 것이 있다. 1929년 함북 웅기(雄基) 패총에서 마제(磨製) 석기와 함께 출토된 토기 중에 채문(彩紋)이 있는 것(Painted pottery)이 나왔는데, 그 계통은 불명이나 대체 앙소기(仰韶期, Yang-Shao Stage)에 비슷한 조졸(粗拙)한 수법이었다 한다.[2]

이런 종류의 토기가 더 많이 발견되기 전 우리는 아무것도 단정할 수 없는 것이다. 철기시대에 들기 전후에 석기 제작 기술에 한(漢) 예술을 섭취한 시대가 되면, 일종 공예품인 옥기(玉器, Jade work)가 낙랑시대(B.C. 108~A.D. 133)의 고분에서 여러 가지 예기(禮器)와 장신구로 출토된다. 또 어떤 옥기는 장시(葬時)에 사자(死者)의 구규(九竅)[3]를 막는 데 사용되었다. 같은 옥기의 일종인 구옥(勾玉)은 신라의 고분에서 미질(美質)의 재료로 된 것이 풍부하게 출토된다. 구옥은 꾸부러진 옥이라는 뜻으로, 둥그런 두부(頭部)에는 구멍이 뚫리고 동부

---

1) 인덱스 유실로 미상.
2) 인덱스 유실로 미상.
3) 편집자 주 : 눈·코·귀 등의 여섯 구멍과 입·항문·요도를 합한 모두 아홉 구멍.

(胴部)는 둥글게 꾸부러지고 꼬리에 이르러 다시 아름답게 둥글게 그치었다. 순진무구한 아무 장식이 없는 아름다움이 있다. 그 재료는 벽옥(碧玉) 외에 수정, 마노(瑪瑙), 파리(玻璃), 기석(蟻石) 등이다. 그 제작은 두부에 구멍을 뚫는 것이 여간한 기술과 훈련으로서는 불가능하므로 그 구멍 뚫는 방법을 관찰함으로써 그 진위가 판정된다는 것이다. 구옥은 북부 한국에도 간혹 출토되고, 도금(鍍金)을 베풀며 드물게는 금은의 상감(象嵌)까지 한, 중국 본토에서는 드물게 보는 것이 출토되었다. [4] 그리고 이 고분에뿐만 아니라 이 무렵 한국의 남북 도처에는 금립세공(金粒細工)의 유물이 많이 발견되는데, 이 fillgree 기술은 대개 B.C.4세기에 이탈리아의 에트루리아와 흑해 연안에 있는 그리스인의 식민지에 성행하던 것이니, 이 기술이 그때 벌써 중국을 거쳐 한국에까지 왔다는 것은 동서문화의 계통 관계를 밝히게 하는 바 있다. [5] 이때 미술의 특질은 중국＝한국 미술이라고 이름지을 수 있다. 그리고 이때의 미술을 논함에 있어 부기해야 할 것은 스키타이 미술 요소이다. 스키타이는 남러시아의 흑해 서북지방에 일찍이 Tripolye 문화가 번영한 곳에 이란문화가 북점(北漸)하여 이루어진 Cimmerian 시대를 계승한 문화로서, 이미 서양학자의 주의를 끈 문화이다. [6] 그들의 유목 수렵 생활에서 산출한 Animal style의 특징은 앞에서 말한 낙랑고분에서도 발견되고 낙랑고분에서 발견된 칠기(漆器)가 스키타이 유물에서 발견됨으로써 그 상호 영향 관계를 추측할 수 있지만, [7] 한국 문화의 동북아적 성격은 중국을 거치지 않은 흐름으로서 스키타이 문화선이 있었을 것을 자꾸 생각케 하는 바 있다.

삼국시대 한국의 남북 도처에서 발견되는 이 스키타이 미술의 요소는 강력한 바 있고, 또 한국미술의 영향을 받은 일본에 파급되었을 것

---

4) 인덱스 유실로 미상.
5) 인덱스 유실로 미상.
6) 인덱스 유실로 미상.
7) 인덱스 유실로 미상.

도 물론이다.

다음 민족미술시대는 이른바 한국예술의 전성시대요 또 고전시대를 이루는 것으로 민족미술의 자각 발흥시대이니, 서역(西域)예술과의 혼융(混融)에서 이루어진 것이요, 불교의 영향을 받음이 큼으로 불교예술시대라 부른다. 그 싹은 삼국시대에 비롯하여 그 전성은 통일신라에 이루어졌고 그 여성(餘盛)은 고려에까지 계승되었다. 이제 삼국미술을 차례대로 논해 보겠다.

고구려는 북방에 자리잡은 나라로, 시조 동명왕(東明王)에 시작되어 (B.C.37년) 여섯째 임금 태조왕(太祖王)8) 때에 국가의 형태가 자리잡힌(A.D.53년) 나라이다. 정주(定住) 농업의 뿌리가 내리기 전에 그 용감한 수렵적인 기질은 벅차오르는 생명력의 창일(漲溢)로 요동(遼東) 남만(南滿)의 일대와 낙랑의 한(漢)세력을 몰아내고 대동강으로 다시 한강 일대까지를 그 판도에 집어넣은 이 민족의 역사상 가장 강성한 의욕을 보인 나라다. 그 지리적 위치가 대륙에 인접했기 때문에 새로운 외래문화를 수용하기에 바빴다. 그들이 만일 외래문화를 충분히 소화할 수 있었다면 삼국통일의 대업은 그들에게 이루어졌을 것이다. 그들은 그러할 겨를이 없었다. 그러나 그들이 남긴 문화는 순전히 대륙 추종적이 아니었고 정치사에 나타난 자립주의 정책으로써 인정할 수 있다. 그러므로 그들의 미술도 형식은 대륙에서 수입한 것이지만 그것을 고구려의 정신으로 순화했던 것이다. 중국문화와 서역문화를 받으면서 그것을 독창적 표현의 좋은 자양제로 삼았음은 용강군(龍岡郡) 안성동(安城洞)에 있는 고분 쌍영총(雙楹塚)의 예를 보더라도 알 수 있다. 그 고분의 내부는 전후 양실(兩室)로 되고 그 양실의 통로 좌우에 팔각의 석주(石柱)가 대립했는데 그 석주는 서양건축의 Capital을 연상케 하는 것이다. 그 주두(柱頭)와 초반(礎盤) 등의 형식은 멀리 그

---

8) 편집자 주 : 동옥저, 조나, 요동 등을 정복하여 부족국가에서 중앙집권적인 국가의 기틀을 잡았으며 말년에는 동생에게 왕위를 선양함.

리스에서 발원된 주범(柱範, order)을 받으면서 독자의 창의를 나타낸
것으로, 주신(柱身)에 20조(條)의 홈을 파는 Doric order는 팔각형으로
변했고 주두의 장식은 Ionic order의 Volutezc나 Crinthian order나
Acanthus 대신에 연화(蓮華)를 썼다. 고구려의 고분은 만주 통구와 평
양 부근에 여럿이 있다. 그 중 강서군(江西郡) 우현리(遇賢里) 고분의
벽화에 대하여 한국의 한 현대화가는 다음과 같이 말한다.

"사수도(四獸圖)의 선의 강경(强勁)하고도 원활한 선율, 천인(天人)
과 새의 유창한 필치, 구름을 표현한 곡선의 경묘한 솜씨, 산의 상
징적 장쾌한 곡선이 어우러져서 전신은 혼을 휩싸며 육박해 오는 것
이다. 알몸뚱이 돌바닥에 그대로 그려진 이 그림은 일필휘지(一筆揮
之)란 느낌을 준다. 천여 년이 지난 오늘에도 빛깔에 영(靈)이 돌고
묵(墨)빛에 물기가 있어 이제 금방 붓을 뗀 것 같다. 분(墳) 내의 적
의(適宜)한 습도 까닭인지 모르겠으나, 그림이 훌륭하지 않고는 이
렇게 생동하는 운치를 간직할 수 없는 것이다. 그 짐승의 번쩍 든 앞
발은 황해 물을 한숨에라도 들이켤 만한 고구려의 기상"[9]이라고…

이 그림 상방(上方)으로 천장에 그려 놓은 인동(忍冬) 문양은 돈황
(燉煌)에 있는 그리스계의 그것과 같고, 천개(天蓋)에 장식된 것은 일
본 호류사(法隆寺) 내의 구세관음입상(九世觀音立像) 배광(背光)과 부
합한다. 담징(曇徵)이라는 고구려 승(僧)의 도일(渡日)로 이 건축미술
에 공헌했거니와, 이로써 고구려 미술이 신라, 백제와 더불어 일본 아
스카(飛鳥)시대 미술을 만들어 주었음을 알 것이다. 고구려 벽화의 공
통한 규범은 다양성의 통일이어서 중국미술처럼 반복 과장에서 오는
괴이미(怪異美)를 가지고 있는 것이 아니요 이 종합 구성과 통일의 초
점은 백제·신라미술에 파급 계승된다. 이 고구려의 고분은 벽화로써
당시의 복식(服飾) 연구의 자료를 주어 현대 한국 의복과의 관계를 보

---

9) 尹喜淳, 《朝鮮美術史》.

인다. 그리고 고분 내의 여러 가지 구조는 당시의 한(漢)＝육조(六朝) 의 건축양식 연구의 자료가 된다. 다만 그 고분의 연대가 명확하지 않아서 서기 5, 6세기의 왕릉으로 추정되나 당의 영향을 받기 이전이라는 막연한 하한밖에 설정할 수 없는 것이다.

백제는 시조 온조왕(溫祚王)에 시작되어 그 여덟째 임금 고이왕(古爾王) 10) 때부터 국가의 형태가 자리잡힌(234년) 나라이다. 종족적으로 고구려족과 같은 북방의 부여족의 한 갈래가 남하하여 이룬 나라니, 그 문화는 토착 선주민(先住民)들과의 합성문화였을 것이다. 백제의 신화·풍속·언어는 많이 북방적 요소를 지녔으나, 고구려와 신라의 세력 다툼은 백제로 하여금 외국과의 교제에 의한 독자의 문화를 양성하게 하였다. 일본불교의 모국인 이 나라는 정치적으로 문화적으로 가장 일본에 친밀한 나라였음을 오늘날에 남은 역사 기록으로도 추측할 수 있다. 일찍이 백제가 강성할 때에는 고구려를 쳐들어가 평양에서 그 임금 고국원왕(故國原王)을 죽이기까지 한 일이 있으나, 삼국 중 가장 빨리 멸망한 나라이므로 그 미술의 잔존을 많이 가지지 못했고, 우리 나라보다 오히려 일본에 그 자료가 더 많이 남아 있다. 그러므로 백제미술의 연구는 일본 아스카시대의 미술, 주로 나라(奈良) 호류사에서부터 시작됨은 내외 학자의 공인하는 바다. 호류사의 건축이 육조식(六朝式)이요 그 건축의 모국은 백제에서부터 고구려·중국·서역을 거쳐 그리스에 연결됨은 앞에서 이야기했다. 그러나 중국이라든지 고구려는 고분을 통해서 이와 공통한 면모를 남기고 백제에서는 거의 소멸되었는데, 지진 많은 일본에 지상 건축으로 이 유물이 남아 있어 누구나 지적할 수 있는 Entasis11)를 지니고 있음은 하나의 기적이라 할 것이다. 일본이 정확한 의미의 국가형태가 자리잡히고 비로소 문명의 단계에 오른 것은 이 건축이 이루어진 시대를 전후하여 시작된다는 것

---

10) 편집자 주 : 재위 234~286년. 영토를 확장하고 관제를 정비하는 등 국가의 기틀을 세운 왕.
11) 편집자 주 : 圓柱의 배를 불룩하게 한 건축양식.

강서군 우현리 고분 벽화

천인과 구름무늬

산과 당초무늬

백제 5층 석탑 (국보)

을 상기할 때 백제 미술문화의 지위는 경이의 대상이 될 것이다. 백제 문화에 대해서는 한국문화의 매개 전파에 대한 이야기에서 이미 언급 하였으므로 여기서 재론치 않겠다. 백제문화는 우리 민족 대 일본의 민족적 감정이 격화된 때문에 과소평가해 온 경향이 없지 않다. 그러 나 신라에서도 선덕왕(善德王) 12년(633년)에 황룡사(皇龍寺) 9층탑을 조성할 때 백제 기술자 2백여 명을 초빙했다는 것을 보면, 당시 백제 건축기술의 발달을 상상할 수 있는 것이다.

고구려는 자립정책, 신라는 연당(聯唐)정책이었음에 비하여 백제는 항상 해로(海路)로 남중국에 통해 왔다. 여기서 백제가 동양문화사상 한국의 문화와 대(對) 일본의 문화 발달의 모국이 된 원인이 있는 것 이다. 우리는 백제 건축미술의 유일의 유구(遺構)로서 부여 5층석탑을 들 수밖에 없다. 이 석탑 1기(基)가 백제미술의 성시를 말하면서 당나 라가 백제를 멸한 비명(碑銘)을 지니고 국치(國恥)의 기념으로 남아 있다는 것은 역사의 슬픈 야유(揶揄)가 아닐 수 없다. 그러나 이 극히 경쾌하면서도 안정감을 잃지 않은 건실한 윤곽은 백제미술이 연약에 흐른 육조말(六朝末) 풍의 퇴폐에 기울지 않았음을 보여준다. 한국에서 발견된 백제미술의 유영(遺影)은 앞에 말한 것 밖에 5, 6개의 불상과 와당(瓦堂)·도기 따위가 약간 있다.

신라는 삼국 중 가장 늦게 발달한 나라로 건국신화는 시조 박혁거세 부터 시작된다(B.C.57). 17대 임금 내물왕(奈勿王) 때 국가의 형태가 자리잡힌(A.D.356) 나라이다. 그 차지한 지리적 위치가 반도의 동남 부에 치우쳐 있었기 때문에 대륙문화를 받아들이기에 고구려·백제보 다 매우 뒤떨어졌고, 따라서 국가·사회의 발전도 뒤졌던 것이다. 그 러나 이 때문에 고구려나 백제처럼 외적에게 시달리거나 국도(國都)가 파멸당한 역사적 불운은 없었다. 그러므로 뒤늦게 발달했어도 충분히 소화하여 자기를 세울 수 있는 여유가 있었다. 여기에 신라가 삼국을 통일한 힘이 마련된 것이다. 통일신라 이후의 판도가 한국의 북부에까 지 미쳤을 때도 그 국도를 경주에 두었기 때문에 변방을 돌아보기 힘

144

들어 그 쇠미기(衰微期)에 들자 지방의 반란이 일어나게 된 것이니, 신라는 국도의 위치로써 홍망의 운명이 규정된 것이라 한다. 신라는 가락(駕洛)과 함께 신화·언어 등 삼국시대에 가장 남방적 요소를 많이 가진 나라이다. 그러나 문화의 여명은 북방을 통해 받아들였으므로 삼국문화는 다 같은 분화된 한국문화로서 그 성격의 차가 있을 뿐 하나의 문화공동체였다.

　　신라는 양기(兩期)에 나눌 수 있으니, 고(古)신라(B.C. 57~A.D. 654)는 민족미술의 발생시대에 들고 통일신라(654~935년)는 민족미술의 고전시대에 든다. 여기서는 먼저 고신라에 대하여 쓰기로 한다. 지금도 경주의 남문외(南門外)에는 다수의 거대한 고분이 분포되어 있다. 이들은 비교적 신라 초기의 것이요, 이외에도 판도내(版図内) 도처에 후기 고분이 산재하여 있다. 이들 고분의 중요한 자는 발굴되어 거기서 출토된 금관(金冠)·금령(金鈴)·구옥(勾玉)·파리배(玻璃杯, 유리잔) 등 눈부신 장신구와 무기·마구(馬具)·동기(銅器)·도기(陶器)·포백(布帛) 등이 지금도 한국의 여러 박물관에 진열되었고 또 많은 학자에 의하여 그 가치가 소개되었으므로 다시 쓰지 않겠으나, 그 정밀한 기법은 중국 등의 영향을 받은 바 크면서도 모두 독특한 창의를 지니고 있어 중국 육조시대에 비하여 논할 것이 아닐 정도로 뛰어났다. 도성(都城)과 건축은 거의 남음이 없으나 그 유지(遺址)를 오늘에도 밝히 알 수 있으며, 전야(田野)에서 지금도 고시(古時)의 와편(瓦片)을 주을 수 있다. 월성의 서북에 있는 첨성대(瞻星臺)는 동양에 있어 현존한 최고의 천문대다. 석축 29척 1촌의 정상에는 관측기가 놓여 있었을 것이다. 이것은 무슨 미술 가치를 지닌 것은 아니나, 이때의 신라 미술문화를 이해함에 잊을 수 없는 것이다.

　　불교의 전래 이후 당시 중국 남북조의 영향을 받아 대가람(大伽藍)의 건축이 속속 이루어졌다. 선덕왕 3년(634년) 분황사(芬皇寺)를 짓고 14년에는 황룡사 9층탑이 이루어졌는데, 이 탑은 철반(鐵盤) 이상이 42척, 그 이하가 183척이었다 하니 그 장대함으로써 당시의 건축

발달을 상상할 수 있으나, 이들 사원은 모두 폐멸(廢滅)에 귀(歸)하고 다만 분황사 석탑이 유존(遺存)할 뿐이다. 이 탑은 중국의 전탑(塼塔)을 모방하여 전양(塼樣)의 소석재(小石材)로 쌓은 것인데 일견 전탑과 같이 보인다. 이러한 탑은 신라의 창의에 의한 것이다.

당시의 회화(繪畵)는 하나도 남음이 없고 솔거(率居)라는 명화가가 황룡사 벽에 노송을 그렸는데 어떻게 참말 소나무 같았던지 왕왕 조류가 날아들어 그 가지에 앉았다가 미끄러 떨어졌다는 전설이 남아 있을 정도다. 석상(石像)은 두부(頭部)와 두 팔을 잃어버린 미륵보살상의 명작과 석가여래좌상과 많은 동불상(銅佛像)이 남아 있어 소박 웅건한 기상, 단정 정련(精鍊)한 기법을 찬탄하게 한다. 이 5, 6세기경에는 한국의 미술은 중국 남북조를 거쳐 인도와 살산(薩珊)의 영향에 연결되어 다시 독자적 발달을 한 것이다. 중국 남북조 영향의 융합통일은 중국의 수(隋)보다 한국의 삼국이 앞섰고 그 모국보다 또 일본보다 훨씬 능가한다. 이들 민족미술시대의 작품은 삼국이 모두 웅건한 힘을 지니고 있다. 이로써 노예 획득과 부족 동맹을 거쳐 비로소 국가를 형성하기에 이른 삼국의 사회를 이해할 수 있다. 우렁찬 결구(結構), 장엄한 흐름, 요약된 표현이 부분에보다 전체의 위의(威儀)에 중점을 둔 것은 고민족(古民族)의 정신력과 권력의 강대성에서 오는 것일 것이다.

신라가 차츰 힘을 기르자 이때까지 동맹관계를 맺어오던 백제를 공격하게 되었다. 진흥왕(6세기 말) 때부터 신라는 안으로 일대 국민운동을 전개하였으니 그것은 화랑도(花郎道)라는 청소년단이었다. 화랑은 얼굴이 곱고 몸이 튼튼한 미소년을 뽑아 그 수령은 단원을 이끌고 명산대천을 찾아다니며 무술과 가무를 배우고 도의(道義)를 닦으며, 지방에 숨은 인재를 찾아 정부에 추천하고, 환난을 당하는 사람을 구하고, 뜨거운 동지애는 동성애(同性愛)의 면이 있어 동지를 따라 순사(殉死)하게 되었다. 그들은 싸움에 나가면 물러설 줄 모른다는 신조를 가졌으니, 신라의 전사상(戰史上) 위대한 공격은 15, 6세의 소년이 차지하는 것이 보통이다. 훌륭한 시인도 그들 출신이었다. 이 화랑에서

자란 사람은 후일 신라의 통일을 이루는 공로자가 되었다. 화랑은 일본의 무사도의 연원이 되었으나 일본의 무사도처럼 살벌한 것이 아니라 뜨거운 인류애로 닦아진 예술적 인간들이었다. 신라는 드디어 660~668년에 외교적으로 당나라를 이끌어 백제·고구려를 멸하고 다시 당나라 세력을 몰아낸 다음 삼국을 통일하였다. 이 대업을 이룬 임금과 사령관도 화랑 출신이요, 싸움에 공을 세운 이도 모두 홍안의 미소년들이었다. 신라는 원래 현실적·예술적·도의적 민족이었다. 이 사상은 그 때의 제전(祭典) 의식·회합(會合) 경기 등에 많이 나타나 있으니, 춘추제전 뒤에 열리는 일종의 올림피아와 육체미를 존중히 여겨 미인은 신도 혹한다는 생각이 여러 가지 전설에 나와 있음을 보면, 그들은 아름다운 육체에는 아름다운 정신이 담겨 있고 아름다운 정신은 아름다운 육체를 가진다는 생각을 낳았던 것이다. 화랑도도 단원의 선발을 미소년으로 원칙을 삼았던 것이다.

우리는 신라의 문화를 논구(論究)할 때마다 너무도 많이 그리스적 성격에 통하는 것을 느낀다. 그러므로 신라미술이 지니는 그리스적 성격이란 간접으로 그 조류의 영향을 받기도 하였지만 더 근원적으로 신라적 성격이 그리스와 일치되기 때문이다. 당나라는 중국 역사상 예술의 황금시대이었다. 남북조 양식(樣式)을 계승하면서 굽타 미술과 살산(薩珊)의 영향을 융합한 당(唐) 미술을 기초로 삼고 발전한 통일신라 미술은 중국에도 일본에도 볼 수 없는 걸작을 낳게 되었다. 특히 주의할 것은 그 국가이념의 반영으로서 이 때의 작품들은 모두 힘차다는 점이다. 그러면서도 예술적 정서는 이에 이르러 비로소 반도적 풍토양식을 완성하였다는 것이다. 이 시기의 유물은 모두 한국예술의 고전이다. 경주에 남은 옛 궁내의 못이던 안압지(雁鴨池)는 지금도 그 정원술(庭園術)의 발달을 엿보게 하는 바, 그 기슭의 굴곡은 아득한 바다를 바라보는 감이 있다. 경주 시외에 있는 포석정(鮑石亭)은 옛 별궁이 있던 곳으로, 숲속에는 지금도 유상곡수(流觴曲水)의 자취가 있다. 이 유상곡수는 옛날 중국에도 있었으나 지금 남은 것은 이것 하나뿐이다. 돌에다 굴곡 많은 원형의 홈을 파고 거기서 물을 댄 다음 위에서 술잔을 띄우면 그 가에 둘러앉은 사람이 시를 짓는 동안 그 사람 앞에 술잔이 돈다. 술잔을 들어 마시면 잔은 물 위에 떠서 다음 사람에게로 간다. 옛날 왕이 연회하던 곳이다.

이때의 건축으로 현존한 것의 대표는 경주에 있는 불국사(佛國寺)다. 석조건물은 자취도 없고 이러한 석조미술만 남았으나 만일 한국에 이들 석재가 많이 나지 않았더라면 우리는 신라의 장엄한 미술을 지금에 볼 수가 없었을 것이다. 불국사의 석탑 계단은 중국에서도 일본에서도 볼 수 없는 기교함이 인공의 극치를 나타내었다. 이는 신라 건축가의 창의라 하지 않을 수 없을 것이다. 이 시기의 탑파(塔婆, Stupa)는 불국사에 있는 다보탑(多寶塔)·석가탑(釋迦塔)을 비롯하여 중요한 것만으로도 30여이다. 그 재료는 목조는 다 없어졌고 석조가 가장 많으며 전조(塼造)·전석혼조(塼石混造) 등이 있으며, 층수는 3층·5층이 제일 많고 7층·13층에 달하는 것도 있다. 이 독특한 탑의 발달에 대하여 일일이 사진을 넣을 수도 없고 또 자세히 해설할 수 없는 것이 유감이다.

수많은 신라의 유적 중에 그 서울이었던 경주의 유적만큼 우리의 감흥을 자아내는 곳은 없고, 경주의 유적 중에 불국사와 석굴암(石窟庵)처럼 우리를 황홀하게 하는 것은 없다. 지금 남은 불국사는 창건 당시의 10분의 1에도 못 찰 것이요, 그 건물은 근세에 개축한 것이지만, 석단(石壇)·석교(石橋)를 비롯한 석탑 등의 석조미술은 그대로 창건 당시의 유물임을 의심할 수 없음은 얼마나 다행한 일인가. 금강산(金剛山)을 연상하게 하는 다보탑의 밝고 복잡한 면과, 석가탑의 밝고 단순한 엄숙!

옛 신라사람들은 그들의 명절 달 밝은 한가위(추석, 음 8월 15일) 밤에는 청춘 남녀가 밤새도록 탑을 도는 풍속이 있어 아름다운 로맨스가 여기서 맺어졌다. 석가탑을 쌓으러 백제에서 온 석공을 기다리다 못해 찾아온 그 아내는 석탑 조성에 여자를 금기하는 신앙의 제재와 예술에 잠심(潛心)하는 그 남편의 정열 때문에 만나지 못하고 탑이 다 되는 날 못에 그림자가 비치리라는 영지(影池)가에 앉아 여러 날을 울며 기다리다 몸을 던져 죽었다는 슬프고 아름다운 전설이 있다. 석탑도 석탑이려니와 석굴암의 예술은 더 위대하다. 불국사 뒷산 동해를 바라보는 단애(斷崖)의 옆에 있어 아침해 뜰 무렵 햇빛이 굴 내를 비출 때의 기관(奇觀)은 찬탄할 수밖에 없다. 이는 중국의 석굴불상을 본뜬 것이나 인공석굴로 궁륭상(穹隆狀)의 원개(圓蓋)를 가진 구성은 다른 곳에 유례가 없다. 굴 앞에 서면 굴 정면 중앙에 안좌(安座)한 석가상의 위용이 보이고 그 두부(頭部) 후면의 연화도판(蓮華圖板)은 입구에서 보면 석가상의 정(正)히 배두후(背頭後)에 있지마는, 들어갈수록 차츰 낮아져서 석가상의 위용이 뚜렷이 솟아오른다. 주위의 부조(浮彫)는 모두 기묘하고 생동한다. 모든 부조의 정연한 배열 위에 이들의 통제로써 진좌(鎭座)한 석가상은 그 풍만 엄숙하고 온화 자비한 점에서 불상 표정의 최고 신품(神品)일 것이요, 그 기술의 완벽 상태로 지금까지 보존된 것은 동양미술사상 동시대의 최고 정점이라 함은 전세계의 감식안을 가진 자의 일치한 견해이다. 만지면 피가 도는 사람인 듯이 부드러운 선, 측면으로 보면 그 두렷이 내민 가슴의 시원하고 웅장함! 이것이 유백색(乳白色) 화강석을 통조(通彫)한 약 9척의 거상(巨像)이다. 인간적이면서 그대로 인간을 초월한 거룩한 불상이다. 세상에 석굴이 많으나 규모만 크고 기술이 이에 상부(相符)하지 못하는데, 이 석굴암은 모두가 완벽이라는 것이다. 어떤 이는 이것을 '아잔타'·'간다라'·'사산'·'육조'의 모든 수법을 종합 표현한 것이라고 한다. 불상의 모델은 신라인이다. 인도·중국·일본의 어떤 불상보다도 특이하고 원만한 그 풍모는 지금의 경상도 남녀의 얼굴과 같다. 그리스 조상(彫像)의 타입이 지금도 다도해 근방에 남은 것처럼….

우리는 통일신라의 미술에 대해서 이 이상 쓰지 않는다. 생활의 의욕 그대로의 발로이던 원시의 예술은 이에 이르러 예술의식을 체득하였다. 이와 같이 되는 데는 불교의 전래를 잊을 수 없다. 불교를 받아

들일 수 있는 신앙적 기반은 샤머니즘을 근간으로 한 민간신앙에서 준
비되어 있었으나, 이 세련된 외래문화인 불교의 법열(法悅)과 신흥의
욕에 불타는 국민의 의욕이 혼연 합일된 이 미술은 봉건사회로의 전화
과정이란 시대적 각광을 받아 꽃피기 시작한 것이다. 화랑의 기백, 원
효의 사상, 석굴의 미술은 이 시기를 전후하여 일어난 것이다. 통일신
라의 초기 예술이 사상적 근거가 화엄사상에 있었고, 화엄사상의 범신
론(汎神論)과 샤머니즘의 만신관(萬神觀)은 융합될 가능성을 내포했던
것이다. 7세기에 일어난 이 예술은 움직이는 정신과 꿈꾸는 육체를 미
술에서 표현하였다. 여기서 우리의 민족미술이 비로소 조각적(彫刻的)
응결(凝結), 입체적 수법을 찾았고, 산만한 감각에서 예술적 정서에로
비약하였던 것이다. 풍성하고 밝은 명상하는 정서, 온화하면서 무력하
지 않은 위대한 영혼, 여기에 이 예술이 생명력을 뿌리로 삼았음을 알
수 있다. 감추어짐으로 더 힘을 나타낸다는 것, 이런 의미에서 이때의
미술은 서구예술의 고전적 형태인 그리스 미술의 특질을 "위대한 통일
과 고귀의 정밀(靜謐)이라" 한 빙케르만의 말에 통하지 않는가. [12] 이
밝은 규격, 상칭(相稱)된 호흡, 장엄한 구상, 치밀한 기법, 화려한 해
조(諧調)는 정(正)히 우리 예술의 고전적 형상을 이루었던 것이다.

　황금시대는 황금시대가 오기 직전에 있다는 말은 진리다. 모든 민족
문화의 정점은 민족정신이 고조될 때 있고, 민족정신의 고조는 반드시
외래적 감화의 잠재에서 시작되기 때문이다. 그러므로 신라가 삼국을
통일하기 전후의 그 민족정신의 고조도 통일 후반기의 침체로 기울어
지기 시작하여 여기 새로운 역사적 현실의 미술이 일어나기 시작했다.
10세기 반경까지 경주에는 신라 수도로서 천 년을 누리는 동안 그 발
달은 당나라 장안(長安)과 함께 동방에서 부영(富榮)의 양대 대표적
도시였다. 아라비아 저술가 이븐 후르타트페의 지리서(地理書) 중에
나타난 황금국(黃金國) 'Syla'는 실로 이때의 신라를 가리키는 것이다.

---

12) 빙케르만, 《희랍 예술모방론》.

18만 호의 도시에 무수한 사찰, 그들의 생활은 사치를 극했고 당시 세계의 표현은 모두 우수한 예술이었다.

　도시문화와 귀족문화의 타락은 통제없는 해이(解弛)의 예술을 가져왔다. 북방의 고구려가 건국신화에서부터 왕위계승전으로 시작되었음에 비하여 신라는 추대선양(推戴禪讓)으로 이런 싸움이 없었는데, 36대 혜공왕(惠恭王, 756년 즉위) 때부터 이러한 새로운 사태가 생겼으니 실질적으로 신라가 종언을 고한 것은 이때요, 이때부터 이후를 신라의 말기로 치는 것이 보통이다. 그러므로 이때는 민족사회 조직이 고대 정체(政体)에서 실력주의의 왕권 정체에 이르는, 고대에서 중세로라는 과도기인 것이다. 이 왕위쟁탈전의 빈출(頻出)로 중앙정부의 통제력은 약화되어 지방유력자의 할거(割據) 독립의 상태를 가져왔다. 892년에 견훤(甄萱)이 먼저 후백제왕(後百濟王)이란 이름으로 독립하고 901년에 신라왕족 궁예(弓裔)가 태봉(泰封, 후고구려)이란 이름으로 독립하여 여기에 신라는 다시 삼분되었으니 이때부터를 후삼국시대라 한다. 뒤에 궁예의 부하로 왕건(王建)은 궁예를 쫓고 임금이 되어 신라를 회유하여 무혈혁명을 이루고, 견훤을 무찌르니 이것이 936년 일이요 고려왕조의 후삼국통일이다.

　고려의 문화를 통관하면 대개 2기로 나눌 수 있다. 왕건 건국(918년)에서 고종(高宗, 1214년 즉위) 초까지와 고종 말에서 그 망국(1392년)까지가 그것이다. 전기는 신라미술을 계승하는 일방 송(宋)미술을 섭취하였고, 후기는 원(元)나라 미술을 받아들이면서 차츰 쇠미기에 들었다. 정치적 시대 구분의 관점을 떠나서 예술문화의 유형본위로 한다면 8세기 후반에서 14세기 후반까지는 같은 경향에 넣을 수 있다. 고려미술은 건축적 유물로 석탑 석부도류(石浮屠類)가 보존된 것이 많고 6, 7의 목조건축도 있으며 목각불상·회화도 남은 것이 있다.

　그 중 이 나라 미술상 현존한 최고 목조건축은 고려 후기에 재건한 경북 영주에 있는 부석사(浮石寺) 무량수전(無量壽殿)이다. 이는 신라 때(676년) 지은 것인데, 고려 공민왕(恭愍王, 1330~1374년) 때 재건하였다는 기록이 있다. 정면 5간(間은 柱의 間), 측면 3간의 석단상(石壇上) 단층 기와집이다. 장중한 형태, 내부 천장의 기교한 가구(架構)[13]는 찬탄할 만하다. 기둥은 동부(胴部)가 굵고 상하가 멸살(滅殺)되어 일본 호류사 금당(金堂) 기둥에 보는 것과 같은 엔타시스다. 구조의 자유, 수법의 세련 웅경(雄勁)한 기풍은 동시대의 일본 가마쿠라시대(鎌倉時代)[14] 건축에 비하여 손색이 없다. 내부에 안치한 아미타불상과 더불어 고려미술을 위하여 만장의 광채를 발한다.

고려의 석탑은 유존한 것이 아주 많고 그 형식도 팔각탑의 고유한 발달이 있었다. 고려시대의 회화는 부석사 조사전(祖師殿)의 벽화 사천왕상을 최고(最古)로 국립박물관 소장인 공민왕의 천산대렵도(天山大獵圖) 밖에 몇 종의 개인 초상이 남아 있고, 일본에 건너가 보존된 수종의 불화가 있으며, 고려의 고분에도 많은 벽화가 잠자고 있다. 아무래도 고려미술의 대표는 공예에서 그 성가를 나타내는데, 공예품 중에도 자기(瓷器)는 송(宋)·원(元)의 영향을 받았다 하나 공전절후(空前絕後) 세계적 대미술임은 이미 내외 학자의 탄상(嘆賞)하는 바와 같다. 고려의 자기라 해도 여러 가지 종류의 구별이 있으나 그 중에도 청자(靑瓷)가 제일이다. 청자는 청색 계통의 자기이다. 청색의 범위가 넓으나 우리가 보통 쓰는 청자라는 말은 철염(鐵鹽)의 환원염(還元焰)에 의하여 나타낸 깊이 있는 청색을 말하는 것이다. 이 청자를 비색(翡色)이라고도 불러 자기의 발달을 자랑하는 송나라 사람도 고려청자의 제작 비법의 탁월함과 그 색택(色澤)의 아름다움을 찬탄하여 자국의 청자보다 더 높이 평가하여 천하 제일이라 하였다. 비색의 독특한 빛깔은 한국의 하늘같이 맑고 빛나는 신비로운 빛깔로, 중천(中天)의 창창(蒼蒼)하고 짙은 하늘빛이 아닌, 즉 지평선 가까이 보이는 연두빛 하늘에 가까운 빛이다. 이 청자가 고려 어느 때부터 시작된 것인지는

---

13) 편집자 주 : 목재 등을 서로 얽어짜서 만든 구조물.
14) 편집자 주 : 奈良, 교토와 함께 일본의 유명한 古都로 1185~1333년까지 약 150년 간 가마쿠라 바쿠후가 설치되어 문화가 번성한 시대.

연대가 불명하나 우리는 대략 11세기 초에서 그 중엽 사이에 발달된 것이라고 보고 그 뒤 16세기까지 계속된 것이라 믿는다. 청자는, 철염의 환원염으로 청록색 빛깔이 나오는 것은 알지만 그 미묘한 색택이 나오는 경로는 과학적으로 정확하게 분석해 본 사람은 아직 없다. 과학이 예술 생성의 신비를 전적으로 천명하는 날이 있을까.

청자의 형태미는 중국 자기의 중후한 양감(量感)이라든지 좀 무딘 선에 비교하면 알맞은 양감, 유려한 선, 우아한 모습이 전체의 균형과 조화되어 세련된 구성으로 통일되어 있다. 그러므로 고려의 청자는 중국의 유장한 패기와 일본의 가벼운 영리(怜利)의 중간에서 밝고 소박하고 꾸밈없는 곳에 그 특점과 매혹이 있는 것이다. 청자는 헛된 완상물이 아니라 그 당시 생활 용도에 적합하여 생활의 예술화를 이루고 용도에 따라서 가지각색 자연한 자태를 이루었으며 견고한 내구력을 가졌으니, 미감(美感)과 실용이 융합하여 완비된 형태로 나타난다는 것은 미의 궁극 이상이 아닐 수 없다. 무문(無紋)의 정취도 버릴 수 없는 것이지만 다종다채(多種多彩)한 문양(文樣)의 조화된 정서의 선율은 잔잔한 물소리와 같이 굽이쳐 흘러 까닭없이 사람을 즐겁게 하고 그 사람의 마음을 정숙에 이끄는 것이다. 청자의 문양을 나타내는 수법은 또 여러 가지 있으나 그 중에도 고려청자의 독창적 기법은 상감(象嵌) 기술이란 것이다. 상감이란 태토(胎土)에 먼저 문양의 홈을 파서 오목한 골을 만들어 놓고 그 움쑥 들어간 곳에 흰 흙·붉은 흙, 혹은 진사(辰砂)를 메워서 이것을 구워 가지고 다시 청자유(靑瓷釉)를 씌워서 구워 내는 것이다. 환원염으로 구워 내므로 백토는 청색대로 나오지만 자토(赭土)[15]는 흑색으로 되고 진사는 빨갛게 된다. 물감으로 문양을 그리는 것은 어느 나라에서도 볼 것이나 상감의 종류는 다른 곳에 없으며 광물성의 질적 변화에서 우러나온 청자의 빛깔을 파악한 곳에 가장 높은 미(美)의 승리자로서 고려의 공예미가 서는 것이

---

15) 편집자 주 : 붉은 산화철을 많이 함유하여 붉은 빛이 나는 흙.

다. 청자는 충렬왕(忠烈王, 1275년 즉위) 이후 조락기(凋落期)에 들면서 환원염 소성(燒成)이 충분하지 못하여 다분(多分)의 산화(酸化)를 보이어 회황(灰黃)으로 변하였다. 이는 조선의 자기(瓷器)미술에 영향을 주어 또 새로운 발달을 보게 하였다.

  신라의 후반기와 고려 일대(一代)의 미술은 여러 가지 형태의 복잡한 발달을 보았으나, 고려의 초기의 안온(安穩)을 제하고는 내우외환이 쉴 사이 없었고 봉건사회의 포화(飽和)에서 오는 혼란과 불평, 이 모든 현상은 하나의 슬픔의 예술을 낳아 신라 고전미술의 꿈과 힘의 조화는 차츰 힘을 상실하게 되었다. 병란과 착취 속에 허덕이는 백성이 무상관(無常觀) 속에서 초절주의(超絶主義) 색채를 띠는 것은 자못 당연하여 신라미술의 주류가 화엄사상과 밀교사상에 있었다면, 고려미술의 주류는 정토(淨土)사상과 선(禪)사상에 통한다 할 것이다. 고려의 건국은 정복에 의한 것이 아니요 회유에 있었으므로 신라 귀족을 그 자체 내에 초기부터 받아들인 것이 그 간접적 원인이라 할 수도 있다. 위의(威儀)는 몰락되고 명랑(明朗)은 퇴색(頹色)하여, 그의 정신은 허무적 색채로서 향락적 낭만으로 기울어지고 규격(規格)은 산란되고 절조(節調)는 혼미하여, 그의 술법(術法)은 불균정(不均整)에서 비상칭(非相稱)에로 흐르기 시작했다. 그러나 허무한 슬픔에도 반성과 명상, 희구와 신앙, 체념과 달관, 이런 착잡한 감정이 순화되어 별다른 이상계(理想界)를 예술작품 속에 찾고 세웠으므로 이 허무의 사색은 그들의 낭만의 고향이기도 하였다. 그리하여 그들은 자연한 인공의 극치인 고려의 공예미술을 세계에 자랑하였다. 구속 속에 획득한 영혼의 자유가 자연스런 선을 통하여 생활에 침투(浸透)한 것이 고려미술이다. 16)

  이러한 고려문화의 말기에 그 개혁을 뜻하고 일어선 이는 이성계(李成桂)요 그가 세운(1392년) 왕조는 조선이다. 이는 또 한국사 최후의

16) 拙稿, "韓國藝術의 基調,"《藝術朝鮮》, 1집, 1947.

154

왕조다. 그는 고려의 중신으로 반역하여 혁명을 성공한 다음 여러 가지로 정책을 바꾸었으니, 첫째, 배불(排佛) 정책을 써서 고려 말의 불교 폐단을 일소하고자 유교를 국시로 정하였다. 그는 토지제도를 개혁하고 신흥계급을 조장하였으나, 대외적으로는 그때 중국에 일어난 새 제국 명(明)에 복속정책을 건국 초부터 썼다. 그래도 한국의 문예부흥이라 할 세종에서 임진왜란이 일어나기 전까지 초기의 한국은 새로운 문화의 기백이 보였으나 그 비굴한 건국정신은 왕실의 골육상쟁·사화 당쟁을 양성하여 이미 쇠미기에 들었었다. 그러므로 미술에도 이 시대적 기운은 어쩔 수 없이 1392년에서 1598년 사이를 전기로, 1599년에서 1910년 그 종언까지는 후기가 되어 양기의 미술은 현저한 차를 보인다.

서울 남대문은 1448년 세종 때의 건축으로 현존한 조선 초기의 최우수한 자요, 고려 때 수도 개성의 남대문은 1394년 조선 건국 3년의 건축으로 힘찬 면이 있어 고려 형식의 자취를 남겨 건축사상 중요한 자이다. 지금 서울에 남은 구 왕궁은 모두 초기 것이 병란에 소실된 다음 후기에 재건한 것이다. 이들 건축은 왕실인 만큼 모두 위의를 갖추었으나 후기 것은 수법이 대체로 섬약해졌다. 속리산 법주사 팔상전(捌相殿)은 실로 5층의 목조탑파(木造塔婆)여서 중국에도 이 목탑은 전부 소멸되었으므로 고대 목탑의 유제(遺制)는 일본 목탑과 비교관계로서 그 원류를 연구할 유일의 귀중한 표본이다. 석탑파(石塔婆)는 조선의 배불정책으로 세조조를 제하고는 석탑의 건립이 거의 없다. 혹 재건하거나 신건(新建)한다고 해도 수법이 졸(拙)해서 옛날의 비(比)가 될 수 없었다. 조선 석탑의 대표는 1467년 세조 12년에 세운 원각사(圓覺寺) 대리석 다층석탑이다. 3층 기단(基壇)에 10층의 탑신(塔身)을 이루었고 대리석 탑신에는 빈틈없이 불·보살·인물·초화(草花)의 문양이 부조되어 있다. 전체의 균형은 아주 아름답고 수법이 정연함이 조선의 차종(此種) 미술의 우수한 표본이다. 이것은 동시대의 명나라 기술에 비하여도 이를 능가한다. 이것은 고려 때 경천사탑(敬

天寺塔)의 모조(模造)라 하나 우월한 수법은 당시 미술계를 상상함에 족할 것이다. 이 탑은 지금 서울 도심에 있고 그 주위는 공원(파고다공원)이 되었다. 그 때의 조각적 유물은 그렇게 많지 못하나 남아 있는 것으로 봐도 불상의 면상자세(面相姿勢) 모두 우수하여 동시대인 명(明)과 일본 무로마치미술[室町美術]17) 보다 뛰어나다고 양심있는 일본학자는 말했다. 그러나 후기에 가면 불상의 얼굴이 연약해지고 체구의 균정(均整)이 불미(不美)하고 의문(衣紋)의 산란이 눈에 띄게 된다.

근래에 와서 고려청자에 필적하고 또는 더 우수함을 찬탄하게 된 것이 이조백자(李朝白瓷)이다. 이조백자가 발달되기까지에는 고려 말의 청자 수법이 일단 쇠퇴해서 회청(灰靑, 灰黃) 사기(砂器)로 변하여 그 과도기적인 독특한 자기가 있으니, 일본 다도가(茶道家)가 무척 애호하는 이른바 삼도수(三島手)라는 것이 있다. 이 삼도수는 뒤에 조선에 와서 발달했는데, 그 특색은 청자보다 거칠고 분장도식(粉粧塗飾)이 둔탁한 감을 주나 형태가 왜곡되어 야취(野趣)가 있고, 그릇 입이 청자의 꼿꼿하고 안으로 굽은 듯한 맛이 사라지고 도리어 밖으로 벌어졌으며, 그릇 굽에는 흙자리 모래알이 그대로 남은 것이 남성적·평민적인 소박한 맛을 풍겨 청자의 여성적·귀족적 세련에 대비된다.

그러나 조선의 자기는 이보다도 백자(白瓷)로써 대표삼는 것이 보통이다. 백자는 이미 고려 때도 있어서 그 파편이 발굴되나 이 양자 사이가 어떻게 연결되어 있는가는 불분명하다. 고려에 비하여 특색이 있는 것은 청화백자(靑花白瓷)다. 또 청자의 문양은 연화·모란·작약·국화·운학(雲鶴) 등이 많은데 백자의 그것은 산수도·초목도·화조도·운학도·봉황도 등이 단연 많다. 흰빛이라 해도 또 여러 가지가 있다. 구름, 옷감, 종이, 백분(白粉), 살빛의 흰 것이 모두 다르다. 그 속에 이조백자는 또 독특한 흰빛을 가진다. 희끄무레한 가을날 회백색의 하늘빛을 백자의 빛이라고나 할까. 이 정적(靜寂)의 흰 바탕은 백

---

17) 편집자 주 : 아시카가씨(足利氏)가 정권을 잡고 일본 교토의 무로마치에 바쿠후를 연 시대의 미술, 1388~1573년 간 존속.

자의 아름다움의 본질이다. 거기서 그려진 푸른 무늬라든지 붉은 점도
흰 바탕이어서 빛이 난다. 그 간소한 그림과 겸허한 구성은 실로 소박
미의 극치라 할 것이다. 한국사람은 아득한 신화시대부터 흰빛을 숭상
해 왔다. 현란한 색채보다 청순한 흰빛이 그들의 이상이었다. 의복도
흰빛을 입기 좋아하고 중국의 오채(五彩), 일본의 색채를 다 본뜨지
않는다. 번잡한 색채에서 초탈한 정적(靜寂)한 백광(白光)을 보는 여
기에도 이 민족성의 면을 엿볼 수 있다. 이도 하나의 풍토적 양식일
것이니, 한국사람은 늙어서도 청자 빛 같은 옥색(玉色) 옷을 입으나
다른 색 옷은 잘 입지 않는다. 청자 빛과 백자 빛, 이것이 결국 이 민
족이 공통되게 사랑하는 빛이다.

회화(繪畵)는 불화(佛畵)가 가장 많고 그 다음 산수·화조요, 인물
화는 적으나 초상화는 특수한 발달을 했으며 풍속화에도 뛰어난 것이
있다. 일반으로 초기(14세기~17세기)는 중국 북화풍(北畵風)의 필력이
호탕하고 후기에 들면 청조(淸朝)의 영향으로 중국의 남화계통이 화단
을 점령했다. 사화(士禍)와 병란(兵亂)·당쟁으로 국민의 내성(內省)
과 자각을 촉진하였고, 특히 임진·병자 양란 이후 정신문화의 일대
전향기를 주었음은 위에서 한국의 실학사상에서 이야기하였거니와 회
화도 역시 그러하였다. 정겸재(鄭謙齋)[18]·강표암(姜豹庵)[19]의 산수
화, 신혜원(申蕙園)[20]·김단원(金檀園)[21]의 풍속화, 변화재(卞和
齋)[22]·남일호(南一濠)[23]의 화조화는 경이로운 업적을 나타내어 사대

---

18) 편집자 주 : 1676~1759. 한국 산수를 독창성 있는 필치로 그린 眞景산수화를
    개척한 조선 영조조의 화가.
19) 편집자 주 : 1713~1791. 겸재를 계승하여 담담하고 격이 있는 필치로 산수와
    사군자를 즐겨 그린 영·정조조의 화가.
20) 편집자 주 : 1758~?. 妓女, 巫覡 등 시정 촌락의 풍속을 즐겨 그린 정조조의
    풍속화가.
21) 편집자 주 : 1760~?. 독자적인 필법으로 한국의 풍속을 즐겨 그린 정조조의
    화가.
22) 편집자 주 : ?~?. 닭과 고양이를 잘 그린 숙종조의 화가.

분본주의(事大粉本主義)와 가공의 세계를 떠나서 사실(寫實)의 생활로 침잠하여 자기 발견의 의욕을 볼 수 있었다. 조선에서 회화의 불운은 유교사상의 지배에서 오는 채색화 비시(卑視)의 경향이었다. 문인들은 수묵화(水墨畵)를 숭상하여 수묵산수화, 매란국죽(梅蘭菊竹)의 사군자 중시 경향은 형사주의(形似主義)[24]를 속공(俗工)의 말기(末技)로 취급하였던 것이니, 조선의 예술은 한문적이요 시·서·묵화 외에는 예술가 대접을 하지 않았다. 화가는 환쟁이, 배우·음악가는 광대라 하여 계급적으로 하등(下等)에 둔 것은 물론, 소설가까지도 천시하였기 때문에 이 부문의 예술 발달은 무척 더디었던 것이다.

원래 동양문화란 선(善)에서 떨어진 독자적인 미 자체를 추구하는 편이 적다. 특히 중국문화에서 그러하고, 그 문화의 정수(精髓)인 유교의 실제적·규범적·윤리적 사상이 한국의 상층 지배자의 신조가 되었을 때 그 정책이 이와 같이 나타나는 것은 필연한 일이다. 그러므로 이때의 한국의 문화인은 선악을 떠난 순수미(純粹美)의 존재는 몰랐고 한갓 윤리적 문화성을 더욱 형식화·협의화(狹義化)시키고 만 것이다. 이것이 한국의 유교문화시대로 하여금 비예술적으로 퇴화시킨 중요한 원인이 된다. 그러나 유교문화 이외의 자유인들은 비록 이론적 파악은 못 가져도 자유미·순수미의 존재를 무의식중 파악하였으니, 이것이 초윤리적 윤리라 할 그들의 자연관에서 시작되었던 것이다.

만일 이들 자유예술인이 없이 유교문화만이 전민족에게 고집되었던들 한국의 미술문화는 정신적으로 얼마나 삭막할 것인가. 한국의 예술은 그 시초에서부터 평민의 손으로 생명을 연속·발전시켰으며, 이와 같이 되는 데는 불교의 공을 잊을 수 없을 것이다.

이상으로써 한국의 미술에 대하여 간단히 논술하였다. 이를 요약하면, 고대는 가구(架構)에서 창조로, 중세는 계승에서 울결(鬱結)로,

---

23) 편집자 주 : 1811~1888. 각종 화초, 특히 나비 그림에 뛰어났던 고종조의 화가.

24) 편집자 주 : 사물의 형상을 비슷하게 모방해내려는 경향.

근세는 반발에서 추수(追髓)로, 이러한 과정을 밟았으며, 신라의 미술은 고전적・조각적, 고려의 미술은 낭만적・회화적, 조선의 미술은 자연적・음악적이라 할 수 있으며, 명랑과 음영(陰影)과 소박도 시대적 특색으로 볼 수 있다.25)

---

25) 拙稿, 앞의 논문.

2. 한국음악의 바탕
— 한국음악의 생성과 특질에 대한 소고

음악은 아무리 미개한 원시족이라도 가지고 있다. 성악의 기원은 언어의 기원과 합치하고 악기의 출현은 목피(木皮)로부터 취주(吹奏)악기, 수렵궁(狩獵弓)에서 현악기, 물체를 두드리는 데에 타악기가 비롯되었다. 이러한 사실을 생각하면 한국의 음악 기원도 원시의 발상에 소급하지 않을 수 없다. 앞에서도 대강 짐작했지만 동양의 문화는 중아(中亞)문화의 확산에서 시작된다. 그러므로 한국음악의 연원도 여기서 출발해야 할 것이다.

언어의 근원이 같은 곳에 음계(音階)조직의 근본원칙이 상등(相等)한다는 말은, 언어의 성질이 다르면 가요의 성질을 다르게 하고 가요의 성질이 다르면 선법(旋法, Modus)의 상이와 음률(音律)의 상위(相違)를 가져온다는 것을 뜻한다. 한국의 언어는 인도라든지 중국과는 다른 부착어계다. 여기에 한국음악의 독자적 발달과 한국 악기가 원시에서 그 언어적 동계통(同系統) 민족과 접촉이 많았으리라는 것을 상상할 수 있다. 이것이 중국을 통하지 않은 중아문화의 이동파급선(移動波及線)을 이루었던 것이다.

한국과 중국 고사(古史)는 한국민족의 고대사회가 얼마나 음악과 가무를 즐겼는가를 증명하는 많은 기록을 지니고 있다. 원시종교의 신가(神歌)에서 발달되는 이 민족의 고대음악은 매년 5월 이앙기(移秧期)와 10월 추수절의 제천행사에 인민이 모여 음악을 주로 하여 노래하고 춤추며 며칠을 지낸다는 것이다.

진수(陳壽)의 《삼국지》(三國志, A. D. 285)에 의하면, 중국의 하(夏)나라에 한국의 음악을 가져갔고, 주(周)나라에서는 한국음악이 활기가 있다고 하여 옮겨다가 크게 숭상하였다는 얘기가 있다. [1] 이로써 한국음악의 고대 동양에서의 지위를 상상할 수 있을 것이다.

음악의 정확한 발달은 삼국시대(B. C. 18~A. D. 658)에서 비롯된다. 이때가 되면 벌써 새로운 악기의 발명이 시작된다. 고대의 종교행사에서 발달된 음악은 제정(祭政)의 분리와 함께 차츰 독자의 발전을 했을 것이다. 원시 제천(祭天)의 의식은 지금 무당의 의식에서 그 악속(樂俗)을 짐작할 수 있다. 신라의 화랑 때(570년 이후)에 이르러 벌써 지방 순회 음악회가 시작되었다. 이들 화랑은 후세 타락하여 흥행 배우로 화하였다. '화랑이·할량'의 어원이 화랑이며 '굿중패'·'남사당'이 그 말류(末流)가 된다.

고구려는 음악이 크게 발달되어 남부의 신라와 경쟁하였다. 장수왕(長壽王, 413~491년) 때 중국 진(晉)나라에서 칠현금(七絃琴)을 보낸 일이 있었는데, 당시 재상 왕산악(王山岳)은 이는 중국의 성악(聲樂)에 적당한 것이요 한국에는 부당하다 하여 그 제법(製法)과 형식을 개량하고 백곡(百曲)을 지어서 탔더니 그 소리가 미묘하여 현학(玄鶴)이 와서 춤추므로 현학금(玄鶴琴)이라 이름지었다는 것이다. 이것이 줄어 현금이 되었다. 우리말로 거문고라는 것이 이것이다. 이 거문고는 지금도 남아 있으나, 당시의 악곡은 얼마나 전하는지 알 길이 없다. 왕산악은 한국의 첫째 악성(樂聖)이라 불린다.

신라와 백제의 가곡은 지금에 전하는 것이 있다. 신라의 이웃 나라 가야국 가실왕(嘉實王, 6세기)은 중국악기를 보고 12현의 가야금(伽倻琴)을 창제한 다음, 나라말이 다르거든 악음(樂音)이 어찌 또한 같을 수 있으랴 하고 당시 악사 우륵(于勒)에게 명하여 12곡을 지었다. 그 후 가야국이 소란하므로 우륵은 신라로 망명하였다(551년경). 그는 신라에 이르러 새로 185곡을 지었다 한다. 가야금은 가야국의 금(琴)이란 뜻으로 중국의 슬(瑟)이 20현(絃)으로 너무나 무겁고 조율이 불편하고 표정이 빈약한 것을 경편(輕便)하게 축소 고안한 것이니, 구조가

---

1) 《산해경》(山海經).

면밀하고 표정이 기절(奇絶)하며 탄법(彈法)이 순편(順便)하여 지금도 민간에 많이 애용되는 악기다. 우륵은 한국 제2의 악성이라 부른다. 그들의 유명한 작곡은 이름만 역사에 기록되었을 따름이고 민간악(民間樂) 속에 얼마나 남아 있는지 알 수 없으나, 이 두 가지 한국인의 손에서 이루어진 악기는 훌륭히 남아 있다. 옥보고(玉寶高)는 관권을 우습게 알고 산간에 숨어 있던 명작곡가요, 백결(百結)은 적빈여세(赤貧如洗)한 속에 음악으로 자적하던 명작곡가로 모두 신라의 음악가였다.

삼국시대에는 거문고·가얏고 외에 향비파(현악기)·대금(관악기)의 두 가지 악기가 창조되었고, 그보다 앞서 삼한시대에는 향필률(鄕觱篥)[2]·좌고(座鼓)[3] 등이 창조되었다는 기록이 있다. 고구려와 백제는 악기가 같은데 횡적(橫笛)과 공후(箜篌)가 있었으니, 횡적은 육공(六孔)의 소적(小笛)이요, 공후는 일본에서는 백제금(百濟琴)이라고 부르는 것인데 나라(奈良) 정창원(正倉院)에 실물 두 개가 보관되어 있다. 이에 의하면 이 공후는 아시리아식 하프인 것이 명백하다. 신라와 가야는 악기가 같은데 가야금은 일본서는 신라금이라 부른다. 공후의 주법은 강원도 평창 상원사 동종(銅鍾)에 부조되어 있는 바, 그 법은 아시리아의 그것과 같고 또 이 악기는 중국 기록(《漢蔡邕》)에는 한국 악기로 되어 있는 것을 보면 중국보다 한국이 먼저 발달된 것을 알 수 있다. 참고로 말할 것은 지금 한국의 국화인 무궁화[木槿花]는 중국 고대 기록에는 이 꽃이 한국의 방방곡곡에 많이 핀다고 했다.[4] 무궁화의 원산지는 중앙아시아다. 이러한 사실은 중국을 통하기 이전에 중아문화(中亞文化)의 전래 루트가 있었다는 생각을 자아내게 하는 바 있다.

내려와서 고려 왕조가 되어 한국음악은 비상한 발달을 이루었다. 고려 태조는 당(唐)·송(宋)의 음악을 새로 수입하고 제16대 예종(睿宗, 1079~1122년) 9년(1114년)에는 송악(宋樂)인 '대성악'(大晟樂)을 수

---

2) 편집자 주 : 피리 모양이되 앞이 원뿔 모양인 관악기.

3) 편집자 주 : 북 종류의 타악기.

4) 咸化鎭, 《朝鮮音樂通論》 참조.

입하고 9종의 악기도 새로 수입하였다. 18대 의종(毅宗, 1124~1170년)
은 원나라 음악을 가져오고 33대 공민왕 19년(1370년)에는 명나라 음
악을 받아들이면서부터 10종의 악기를 가져왔으며 그 뒤에 또 3종의
악기를 수입하였다. 지금 전하는 고려조의 가곡명은 약 30종, 고려조
에서 전한 제례악(祭禮樂) 1종, 연례악(宴禮樂) 12종(74곡), 무곡 13
종이다.

조선 왕조가 되면서부터 한국음악은 또 일단의 발전을 보았다. 태조
(재위 1392~1400년) 때는 악원(樂員)이 800여 명이었다(지금은 수차 개
량의 결과 64명이다). 제4대 세종(재위 1419~1450년)은 가장 음악 부
흥에 노력하여 한국음악의 정리 제작의 기초를 닦은 이다. 음악가요
특히 악이론(樂理論)으로 유명한 박연(朴堧, 1378~1458년. 그는 왕산악
과 우륵으로 더불어 3대 악성의 하나로 일컬어진다)을 거용(擧用)하여 당
·송 음악을 정리하고 고심 연구한 결과 오늘날 한국음악이 동양음악
의 정수가 되게 하였다(1426년 후). 세종대왕 자신이 거문고를 잘 타
고 《여민락》(與民樂, 1433)·《용비어천가》(龍飛御天歌, 1445)의 악보를
창간한 음악의 천재였으므로 박연과 함께 그가 베푼 악정(樂政)의 개
혁은 놀랄 만하다. 조선을 통하여 새로 수입된 악기는 대략 15종이요,
그 작곡에 대해서는 다 열기할 수 없다. 제7대 세조(재위 1456~1468
년)의 불교악(佛敎樂)《영산회상》(靈山會相)의 개작성(改作成), 제9대
성종에 이르러 발간한 조선음악의 조직을 밝히는 음악서《악학궤범》
(樂學軌範, 1493)은 지금까지 한국악의 규범이 되는 것으로 특기할 만
하다.

한국의 고음악(古音樂)은 삼국시대부터 당나라 음악과 불교를 통해
들어온 인도음악 등 끊임없는 외래의 음악을 받아들였으나, 다른 문화
와 마찬가지로 주로 중국에서 발생된 것이 한국에서 발달한 것이지만,
다시 한 면으로 보면 고대의 한국음악은 정치나 종교행사에 응용한 데
비하여 중국은 교화(敎化) 음악으로서 13세만 되면 입학하여 음악을
배우고 학술적으로 발달시켰던 것이므로, 한국에서 발원한 것이 중국

에 가서 발달되어 다시 한국으로 수입되기도 하였다. 그러나 어느 것이 더 발달했는가 하는 문제는 중국 고대 악기나 악곡이 그 본토에서 소멸된 것을 한국에 와서 배우지 않으면 안될 현재의 상태로 알 수 있다. 한국음악이 외국에 수출된 것은 당 현종(玄宗, 713~756년) 때 신선악(神仙樂) 등 28곡을 가져갔고, 신라 눌지왕(訥祇王, 417~458년) 때 일본에 악공 80여 인을 보냈고, 백제 성왕(聖王, 523~554년)·무왕(武王, 600~645년) 때 추고천황(推古天皇) 20년(612년)에 악공과 악사를 보내어 학교를 세우고 악무(樂舞)를 교수하였으니, 그때 사용하던 유물이 지금도 나라(奈良) 호류사에 보관되어 있으며, 신라 무열왕(武烈王, 654~661년) 때 제명천황(齊明天皇) 7년(661년)에 도라악(度羅樂)이라는 제주도 음악을 보낸 일이 있다.

한국의 고음악은 세 가지로 대별할 수 있다. 속악(俗樂)·당악(唐樂)·아악(雅樂)이 그것이다. 속악은 본디 한국에서 이루어진 민악이요, 당악은 삼국시대부터 수입된 중국음악이요, 아악은 고려 이후 송나라에서 들어온 조정(朝廷)과 묘정(廟廷)의 의례에 쓰는 음악이다. 이 세 가지는 지금도 구 왕궁 아악부(雅樂部)에 남아 있어 동양음악의 순수한 본질을 지켜온다. 이 귀중하고 고상한 한국의 아악은 오늘에 와서는 한국의 음악에 그치지 않고 동양의 음악이라 해야 할 것이다. 동양음악을 연구하고자 하면 반드시 한국음악을 먼저 연구하지 않으면 안 된다고 중국과 일본의 전문가들이 말하는 이유는 고대 동양음악이 거의 소멸된 중에 지금 구 왕궁 아악부에 보관된 것만으로도 탐구할 여지가 충분할 뿐만 아니라 거기에 많은 비밀의 열쇠가 숨어 있기 때문이다.

현재 구 왕궁 아악부의 남은 악기의 종류는 다음과 같다.[5] 동양음악의 분류는 서양악기처럼 타악기·관악기 등으로 분류하기도 하지만, 우리 아악의 분류법에 따르면 악기 제조의 재료로 분류된다.

---

5) 李鍾泰, "朝鮮 雅樂器의 構造와 그 性能,"《동아일보》, 1938. 11. 11.

금속(金屬) 11종	석속(石屬) 2종	사속(絲屬) 13종
죽속(竹屬) 13종	포속(匏屬) 1종	토속(土屬) 3종
혁속(革屬) 18종	목속(木屬) 3종	합계 64종

현재 아악부에 남아 있는 악곡은 제악(祭樂) 91곡, 연례악(宴禮樂) 112곡, 가곡(歌曲) 24곡, 가사(歌辭) 12곡, 시조(時調) 3곡 등이다.

이것은 향악·당악·아악을 합계한 것이다. 이들 악곡의 길이는 연주 시간 3, 4분의 짧은 곡도 있으나 1시간 이상 시간을 요하는 방대한 곡도 있다. 물론 악기의 독주·합주도 있고 관악·현악만이 따로 된 것도 있으며 대합주의 교향악도 있다.

한국악기를 장식하는 방법은 그 악기의 성격에 따라 용(龍)·호(虎)·봉(鳳)·구(鳩) 등 금수를 조각한 것이 많고 꽃을 조각한 것도 몇 가지 있으나, 남양(南洋)에서 보는 어류의 껍질로 만든 악기는 보이지 않는다. 꿩의 꽁지, 성성(猩猩)이의 털이 장식된 것도 있다.

한국악기가 발하는 음색의 특질은 아주 원시적인 것도 있고, 현대인이 가장 좋아할 만한 음색을 가진 것도 있다. 음계 역시 고전적이라 할 수 없을 만큼 현대적이라 할 수 있다.

동양의 음계의 최초의 발생은 기록에 의하면 4천여 년 전 중국의 황제(黃帝)가 악사 윤(倫)을 시켜 12율을 정하였다 하는데, 그 연대는 여하튼, 오랜 옛날에 동양에서는 한 옥타브를 12음으로 나누어 두었다는 것은 사실이다. 서양악에서는 각국의 음계가 상이한 바 있던 것이 바흐가 1음 음간(音間)을 12음으로 평균한 것이 지금껏 피아노와 오르간을 조율하는 데 쓰인다. 파리 국제회의에서 1점 A음의 진동 수를 435로 결정하여 국제 음고(音高)로서 통일하기 전에는 각국의 음계는 음의 고저가 표준이 서지 않았음은 주지의 사실이다. 여기에 비하여 한국 아악의 기초음 황종음(黃鐘音, C음)의 음고에 대하여 그 표준음을 정하는 데는 진동수로써 결정하지 않고 황종척(黃鐘尺)이란 자로써 결정하였다. 관악(管樂) 표준이다. 황종척은 길이 9촌, 직경이 9분이 되는 죽관(竹管)으로부터 발하는 음인데, 이 음을 비로소 황종의 음으로 정하기는 세종 때 일이다. 그 황종음을 기초로 삼아 12음을 구성하였으니, 황종척으로 9촌의 현(絃)에서 황종의 음이 발한다면 그 현을 삼분하여 '9÷3=3촌', 9촌에서 감하기를 3촌하여 '9-3=6촌', 나머지 6촌에서 발하는 음이 황종음 위의 완전 5도 음정을 발하는 음이 된다. 이것을 회전하여 그 아래 음정을 찾는 데는 그 관(管)의 길이 3분의 1을 더 보태어 처음 길이의 3분의 4를 찾으면 된다고 한다. 이를 3분손익법이라 한다.

이것을 서양 5선 음보를 빌려 한국의 음명(音名)을 기입하여 본다면 다음과 같다.[6] (音高 音長 비교표 참조)

黃鍾	大呂	太簇	夾鍾	姑洗	仲呂	蕤賓	林鐘	夷則	南呂	無射	應鐘	淸黃鐘
C	C#	D	D#	E	F	F#	G	G#	A	A#	H	C

이 12음(音)에서 여러 음계가 발생하는데, 그 이름은 제1 평조(平調·宮), 제2 평조(商), 제3 평조(角), 제1 계면(界面)(徵=치), 제2 계면(羽)이다. 동양의 음악은 음조직 중에 가장 중요한 음을 선택하여 5음을 결정하였으니, 이 '5'라는 수는 동양철학의 5행사상(五行思想)과 통한다. 5행이란 모든 물질의 원소가 되는 목화토금수를 이름이니, 5색·5미(味)·5장(臟)·5성(星) 등 5로써 물질계의 만유를 포함시키는 것이 고대 동양철학 사상이었다. 동양음악 5음계의 궁상각치우는 인간사회의 질서와 조직을 대표하는 상징으로서, 만상과 인간사회에 조화되어 있는 음악을 5음으로 표시하였다 한다. 우주와 인간사회의 조화

---

6) 桂貞植, "五音階 小考,"《조선일보》, 1940. 6. 21.

가 음악이란 것이다. 그러므로 동양에서는 예(禮)와 악(樂)이 붙어다닌다. 이 5음계는 중국음악의 기초다. 이 펜타토닉은 스코틀랜드의 민족, 프랑스의 북부 켈트인의 고왕국(古王國) 브레타뉴(Bretagne)에서도 찾을 수 있고, 스칸디나비아와 에스파니아에도 지방적으로 나타나 있다니까, 이 동서의 공통성은 이 음계가 고대의 소박한 정서를 표현하기에 가장 적절한 까닭이었을 것이다.[7]

한국음악의 음계 종류는 조별(調別)로 궁상각치우 5조 외에 변징조(變徵調)·변궁조(變宮調)가 있기는 하나, 많이 사용되는 것은 이상의 조인데 이것은 황종(黃鐘)을 주조로 조성한 것이므로, 12율이 각각 주조음이 되는 경우에는 60조를 형성할 수 있으며 변조까지 합하면 84조를 셀 수 있다.

동양음악이 일반적으로 완전협화음(完全協和音, Perfect Concord)만을 취하는 것과 동양에서의 음악 미술사상의 권위인 공자가 반음계(半音階)를 혐오한 이유는, 백성을 교화함에 불건전한 음악을 주는 것은 도덕적 결함을 조성할 우려가 있다고 생각했기 때문일 것이다. 고대의 헬라의 비극작가가 반음계 사용을 찬성하지 않은 것과 중세기 카톨릭 교회 음악이 부분적으로 이의 사용을 회피하였던 것과 일치할 것이다.[8] 근대학자도 반음계를 낭만적 음악의 표현이라 하며, 감상·연약·불건전의 표현으로 고전음악의 건실미와 전형미를 잃은 소극적 표정이라고 한다. 한국의 음악은 아악이나 민악(民樂) 할 것 없이 무반음(無半音) 음계가 기초되어 작곡되었지만 남부 민요에서 분명히 유반음(有半音) 음계를 찾을 수 있다. 아악은 역시 고대의 건전미가 잠재한 무반음 음계가 보통이다. 그러므로 한국음악도 서양음악과 같이 반음계가 존재하는 것은 사실이다. 12율이 12의 반음체별로 존재하여 있어 혹 반음을 높이고 낮추는 경우에는 변음정(變音程)을 사용하여 7음계

---

7) 桂貞植, 앞의 논문.
8) 李鍾泰, 앞의 논문.

를 작성하였다. 그러나 작곡에 반음 진행은 잘 보이지 않는다. 그러므로 현재 한국이 사용하는 악기가 발하는 음은 5도 진행으로써 발생한 순정조(純正調)9)에 가까운 것임을 말해 둔다.

악기 구조로써 본다면 편종(編鐘)·편경(編磬) 같은 것은 고정된 반음계를 가지고 있으나, 다른 악기는 고정된 것이 아니고 동일한 구성에서 반음 혹은 3도 또는 5도의 음을 발할 수 있는 관악기도 있다. 이 말을 들으면 퍽 불규칙한 악기라 하겠지만, 능숙한 연주자는 그 악기가 발하는 음의 순서가 정해 있어도 자유자재로 발할 수 있다는 것이다. 이에 대해서는 악기를 자세히 연구해야 한다.

동서 악기의 비교 연구를 한다면 한국의 아악은 많은 재료가 있다. 기초음 황종음을 발하는 종(種) 한 개로 된 특종(特鐘)이란 악기는 서양음악의 관현악에 오보나 피아노로써 A음을 주는 것과 같이 한국 악기 합주에 황종음을 주어 기음(基音)을 정하는 데 사용된다는 것과, 음역(音域)이 높은 한국 악기에 아쟁(牙箏)이란 마현(摩絃) 악기는 서양악기의 첼로나 콘트라베이스역을 하는 저음 악기로 유명하다. 일본 궁내성 아악부 모씨(某氏)는 동양음악의 없지 못할 악기라 하여 동경까지 가지고 간 일이 있다. 근년 만주에 악기를 보낸 일도 있고, 또 중국의 그것을 시찰하고 온 우리 전문가는 그 악기가 음이 고르지 못함을 얘기한다.10) 한국의 음악이 동양음악의 정화로 남아 있음은 한갓 우리의 자랑에 그칠 뿐 아니라 동양문화의 연구를 위하여 다행한 일이라 할 것이다.

---

9) 편집자 주 : 평균율에 비하여 음정이나 화음이 완전히 융합한 음률조직의 하나.
10) 국악원, "교재 프린트" 참조.

樂　譜　(國樂符號說明)

一. 音長比較

ㄱ	ㄴ	ㄷ	ㄹ	ㅁ	ㅂ	ㅅ	ㅇ	ㅈ	ㅊ	ㅋ	ㅌ	ㅍ
仲	仲仲	仲·仲│	仲·仲│林	仲黃▽黃	黃仲黃	林仲潢·潢︿│	潢·,仲︿	備太黃△	林一仲·	仲黃一	仲黃一	仲一黃

二. 音高比較

| 仲 | 㑲 | 㣴 | 黃鐘(황종) | 大呂(대려) | 太簇(태주) | 夾鐘(협종) | 姑洗(고선) | 仲呂(중려) | 蕤賓(유빈) | 林鐘(임종) | 夷則(이측) | 南呂(남려) | 無射(무역) | 應鐘(응종) | 潢 | 汰 |

三. 其他

‖ 飾音表(音長比較表 ‘ㅂ’ 參照)

‖ 飾音表(音長比較表 ‘ㅅ’ 參照)

‖ 飾音表(音長比較表 ‘ㄷ’ 參照)

‖ 飾音表(音長比較表 ‘ㅇ’ 參照)

‖ 飾音表(音長比較表 ‘ㅌ’ 參照)

‖ 飾音表(音長比較表‘ㅍ’參照)

‖ 飾音表(音長比較表‘ㅅ’參照)

‖ 끝音表

‖ 매디音表

‖ 前音名을 略하고 前音에 連하는 表

‖ 끊는 소리 表

‖ 쉬는 表

‖ 숨쉬는 表

‖ 속청 소리 表

‖ 前音과 後音을 連하는 表

‖ 本音의 一律 아래 音으로 떠는 表

‖ 本音의 一律 위 音으로 떠는 表

‖ 本音을 떠는 表

‖ 本音의 길이에 半의 길이를 더하는 表

‖ 本音의 길이를 半의 길이로 줄이는 表

‖ 左手로 치는 表

‖ 左手로 치는 表

‖ 右手 채로 치는 表

‖ 右手 食指로 집는 表

‖ 左手 食指로 집는 表

‖ 兩手로 치는 表

‖ 一分三十井‖ 一分間에 三十拍을 치는 表

3. 한국문학의 전개
— 한국문학의 고대에서 현대까지의 史的 개설

우리의 문학은 고대문학과 현대문학에 2대별할 수 있고, 이 양자는 역사적으로 전통의 계기가 전혀 없는 것은 아니나 그 성격에서 판연히 다른 구획이 있다. 이 고대문학과 현대문학은 갑오경장(1894년)이라는 한국사상의 근세적 혁신정치의 발단기를 분수령으로 한다. 다시 말하면, 고전문학은 원시에서 싹을 터 한일합병(1910년)까지 끝나고, 현대문학은 실학운동에 싹을 터 현재에 이른다.

1) 고전 문학

우리 나라에 고전문학이 없었던 것이 아니요 또 훌륭한 작품이 없는 것은 아니나, 전반적으로 문학의 발달이 더디게 된 데는 여러 가지 이유가 있다. 첫째, 이 민족의 고유문자의 발생이 15세기에 비롯되었기 때문에 그 이전의 문학작품이 구비(口碑)와 설화(說話)의 단편으로 선(先)문학적 위치밖에 차지할 수 없고, 따라서 유능한 작품은 민요화하거나 한문으로 번역되어서 겨우 전승되었으며, 둘째, 이 민족 고유의 문자가 제작된 뒤에도 그 문자의 사용이 천시되고 평민과 하류의 손에 길러질 따름이었으므로 이 문자로 창작하는 작가계급 성립이 늦어, 의연히 문학은 작가 불명의 구송(口誦)문학적 특색을 지녔기 때문이다. 그러나 이 국민의 문학이 이러한 불운의 역사를 보내는 동안에도 중국의 문학은 한국에서 이상한 발달을 했던 것이다. 역대로 중국에 들어가 문학으로 이름을 떨친 문인이 많을 정도로 중국문학의 정통파가 조선에 있었고, 또 중국문(中國文)을 빌리기는 하나 이 민족 독자의 성격과 풍속의 작용은 중국인이 알 수 없는 한국적 중국문학을 이루기도 하였다. 어느 나라든지 상류계급 지배자가 이국(異國) 기호주의(嗜好主義)와 고전의거(古典依據)의 보수주의를 고집하는 면이 있지만 우리 나라에 있어 그 정도가 더욱 심하였다. 그러므로 앞에서 우리가 중국 문화를 그리스와 로마의 관계와 같다고 말했지만, 실상 한국의 고전문 학 연구는 중국 고대문학을 모르고는 불가능함을 지적하지 않을 수 없 다. 지금 우리가 가진 문자는 그 발달과 학리(學理)에서 인류사 최후 의 인조문자(人造文字)요 문학사상 최고의 발달된 문자지만, 여상(如 上)의 문화적 환경은 한자로 하여금 서구에서의 라틴-그리스적 이상의 권력을 지금도 가지게 하여 언어학자의 우울을 돕고 있다. 그러나 우 리의 현대문학은 그 출발점이 국어문학·계몽문학·평민문학에 있었으 므로 한국어의 재건과 순화와 풍성한 창조는 현대문학이 짊어진 의무 며, 동시에 바른 의미의 한국문학의 고전은 현대문학에서 이루어 가고 있다고 할 수 있다.

한국문학사에 있어 한문학(漢文學)의 취급 문제는 실로 난문제가 되 어 있다. 우리말로 쓰여지지 않았으므로 한국문학의 범위에 넣을 수 없는 사정이 있는가 하면, 너무나 많은 그 한국적 성격과 정서, 한국 적 사회와 역사현실에서 우러난, 또 이들 한국인 손에 이루어진 한문 학을 제외한다는 것은 우리 민족이 이루어 놓은 정신의 보고(寶庫)를 자진하여 포기하는 격이 될 것이다.

우리 고대문학으로서 현대문학에 전범(典範)이 될 수 있는 것은 순 전한 국어의 문자가 없으므로 부득이 한자를 빌려 쓴 것이라든지 국한 문 혼용에서 출발한 것 중에서 찾지 않으면 안 된다. 고대의 시가는 주로 한자의 음과 뜻을 빌려 쓰는 이두(吏讀) 문자로 표현되었고 ─ 이 두는 요컨대 신라 때 국문자는 없고 문자는 한자밖에 없으므로 외국문 자를 빌려 우리말의 음의(音義)를 표기한 문자차용(文字借用) 시대라 고 부를 수 있다. 그러므로 문자는 한자지만 읽는 말소리와 내용은 순 전히 신라어이다. 이 문자를 빌려 시가(詩歌)를 쓴 작가는 귀족·승려 에서 평민에까지 이르지만, 그 형식과 내용은 벌써 그 당시 특권의 한

문학을 취하지 않은 점에서 평민적이요, 또 내려와 근세의 문학도 그 작가는 귀족·관리·평민의 여러 계급이 있으나 당시 특권 문자인 순한문에 의하지 않고 국한문 혼용 또는 국어로 작품을 쓴다는 것은 벌써 민족적이요 대중적 의의를 지닌다고 하지 않을 수 없다.

한국의 고전문학은 3기로 대별할 수 있다.

첫째, 발생시대. 한국에 문자가 처음 들어온 것은 중국의 한대(漢代) 문화와의 접촉에서 비롯되는 것은 이미 말했다. 그러나 고대의 발달된 문화를 가지고 이동해 온 이 민족의 장구한 역사는 한자 수입 이전에 어떠한 종류의 문자가 없으리라는 것을 단언할 수 없다. 국가의 역사가 명확하게 기록되기 시작한 것은 삼국시대지만 중국의 기록에는 그 이전에 종종(種種)이 문자적 형태가 이 땅에 있었던 것을 보이는 점도 있다. 그러나, 역사상에 뚜렷이 이름이 기록된 책도 현재에 전해지는 것이 없고 삼국시대의 역사도 고려 때까지는 전해 왔던 모양이나 지금은 볼 수 없으며, 다만 그것을 원본으로 한 고려시대 사람의 저서 2, 3권이 현존한 유일의 최고사적(最古史籍)이 된다. 그러므로 문학을 기록하는 도구인 문자의 기원이 명료하게 되기까지를 통틀어 우리는 한국문학 발생시대라 부르고 이를 구송문학시대(口誦文學時代)라 이름 짓는다.

구송문학은 무가·민요·신화·전설의 형태로 고대인의 사상·정서·기분·취미가 구비를 통하여 지금까지 전승되는 것이다. 결국 문학적 사상은 문학 발생 이전에 있었을 것이므로 한 민족의 문학 기원은 응당 여기까지 찾아 올라가지 않으면 안 된다. 그러나 문자로 기록되지 않은 것은 역사적 변천 속에 많은 도태와 변성(變成)을 가져오는 것이므로 우리의 구송문학의 전승을 그 원본적 형태에서 파악할 수 있는 것은 극히 드물다. 그러나 외래문화의 조류에 비교적 덜 감염된 민중의 하층에서 찾아지는 원시의 유속은 오늘날 민속학의 연구를 기다림이 크다. 따라서 한국의 구송문학도 민속학의 조사연구 자료를 구명하지 않고는 불가능한 것인데, 우리의 민속학은 아직 연조가 얕아서 수집 업적이 미미한 상태로서 이 문제의 해결을 제시하지는 못한다. 우리의 조사한 바로는 벽지(僻地) 무당의 신가(神歌)에서 또 전설에서 이 민족의 건국신화에 보이지 않는 신(神)의 연애와 질투·투쟁의 이야기가 보이기도 하고, 또 그 신가(神歌)와 민요에서 고대인의 정서를 파악할 수 있는 것이 드물게 있다. 그러나 이러한 신가와 민요의 성립 연대에 대한 면밀한 연구의 추찰(推察)과 거기 전승된 고대의 잔존 원형을 추출하지 않고는 경솔한 논단을 용서하지 않는다. 또 우리에게 남은 이들 구송문학에는 중국의 전사(傳史), 인도의 본생경(本生經), 그리스의 신화 등 외래적 요소가 많은데, 이것이 어느 때 분포되었는지도 미상이므로, 우리는 구송문학에서 외래의 것을 찾기 위하여 타민족의 것과 비교연구를 해야 할 것은 물론 이화(異化)한 것 속에서 그 민족적 본질을 찾아야 할 것이다. 우리의 구송문학은 지금도 구비로 남은 것이 있고 그 동안에 한역(漢譯)으로 기록된 것도 많다. 지금 남은 민요·무가·전설·신화는 착착 수집중에 있으므로 이제 기록에 오르고 또 연구의 자료가 될 날이 멀지 않다. 여기 한역으로 기록에 남은 고대 구송가요 중 간단한 두 편을 보여 고대 조선인의 정서의 일단을 보이겠다.

> 公無渡河 公竟渡河 墮河而死 將奈公何
> (님아 그 물 건너지 마소 그예 임은 건너시네.
> 물에 들어 싀오시니 어저 임을 어이할꼬.)

이 노래는, 전사상(傳史上) 우리의 제 2 왕조(B.C. 12세기~B.C. 2세기)인 기자조선(箕子朝鮮) 때 사람이라고도 하고, 고구려(B.C. 1세기~7세기) 때 사람이라고도 하는 시대 미상의 뱃사공 — 이름은 곽리자고 (霍里子高) — 이 아침에 나룻가에서 보니 어떤 술병 찬 미친 사람이 술병을 들고 급히 물을 건너려 하였다. 이 때 따라온 그 아내는 못 건너게 말리다가 남편이 듣지 않고 물에 빠져 죽는 것을 보고 노래를 부르며 슬피 울다가 물에 뛰어들어 따라 죽었다. 이를 본 뱃사공이 돌아와 그 아내에게 이야기를 하니, 그 아내 여옥(麗玉)은 이 노래를 지어 공후(하프)를 타며 노래 불렀다는 것이다. 공후인(箜篌引)이란 이름으로 중국에까지 들린 노래다.

> 翩翩黃鳥 雌雄相依 念我之獨 誰其與歸
> (펄펄 나는 꾀꼬리여 암수 서로 즐기놋다.
> 외로와라 이내몸여 눌과 함께 돌아갈꼬.)

이 노래는 고구려의 둘째 임금 유리왕(琉璃王, B.C. 19 즉위~B.C. 17)이 지은 것이라고 전한다. 그가 사냥을 나갔다가 돌아오니, 그 아내 두 사람 중 하나인 치희(雉姬)는 한인(漢人)이었는데 고구려 여자인 화희(禾姬)가 모욕(侮辱)을 하여 싸움 끝에 그녀는 분해서 저의 나라로 달아났다는 것이다. 유리왕은 그 여인의 뒤를 말을 달려 갔으나 보이지 않으므로 나무 아래 쉬다가 꾀꼬리가 쌍쌍이 나는 것을 보고 이 노래를 지었다고 《삼국사기》란 역사책에는 씌어 있다. 이 노래는 꾀꼬리노래(黃鳥歌)라 부른다.

두 편 모두 상고의 가요로 고대인의 소박한 정서가 보인다. 특히 뒤의 노래는 그 때의 왕조가 얼마나 평민적이냐는 것과 민족적 감정이 애욕의 질투에 발로된 것을 볼 수 있는 점에서 흥미롭다. 《삼국사기》는 이 나라 고대사의 유일한 전적(典籍)으로 김부식(金富軾, 1075~1151)이 지은 책이니, 여기는 편년체 역사 서술에 제례·음악·거기(車騎)·복식·옥사(屋舍)·지리·직관·인물전 등 삼국시대의 풍속제도와 문화 일반을 연구함에 많은 전거가 되는 책이다. 《삼국사기》의 저자 김부식은 지독한 유교주의자였는데 그 사기(史記) 속에는 모래 속에 반짝이는 황금과 같이 건조한 속에도 풍윤(豊潤)한 설화가 있다. 거기 씌어진 것은 주로 인물전에서 용감한 무사담과 소박한 연애담이 있어 지금도 독자의 흥미를 자아내고 있으니, 이는 당시의 유행하던 소설적 인물의 전기와 얼마만큼 있는 모델을 토대로 좀더 소설화한 것이다.

시육(屍肉)을 먹으며 뇨수(尿水)를 마시면서 최후의 일병(一兵)이 되도록 싸우다가 죽은 찬덕(讚德), [1] 아버지의 전사함을 보고 천병만마(千兵萬馬) 육탄혈우(肉彈血雨) 속에 출진하여 돌아오지 아니한 거진(擧眞)의 용맹은 모두 당시 화랑의 전통적 정신이었고, 가난한 집 소부(小婦)로 제주(帝主)의 유혹에 흔들리지 않고 시종 한결같이 그 남편을 따라 사생을 같이한 도미(都彌)의 아내는 정결의 극치로 여자의 정조를 고조한 것이요, 일국의 공주로서 금전옥루(金殿玉樓)의 부귀와 영화를 헌신짝같이 버리고 오직 자기의 동경하는 연인을 찾으려고 장안의 달밤 낙랑의 꽃 사이를 방황하다가 걸인 온달(溫達)의 아내가 됨에 이른 온달전 애기는 계급을 초월한 연애의 진미를 발휘하였다. 온달은 뒤에 국란을 당하여 전지에 나아가 공을 세워 장군이 되었다.

이보다도 우리의 고문화(古文化) 연구에 귀중한 자료가 되는 것은 《삼국유사》라는, 승 일연(一然, 1206~1289년)이 지은 책이다. 이책은 정사(正史)에 빠진 재료를 수집한 것으로, 이 책을 버리고 한국의 고어학·지명학·민족학·문학사·사상사 등을 논할 수 없을 정도다. 신화는 주로 고급신화(Hohere Mythologie)와 국민신화(National Myths)가 많고 결혼신화·영웅신화·타계신화(他界神話, Other-world Myths)가 보이며, 토템·터부(Taboo)·매직(Magic)·마나(Mana)·패티시(Fatish)·마세바(Massebah) 등 민속학상 중요한 사실이 수두룩하다. 구송문학에 대한 기록적 문헌이 고인(古人)의 손으로 된 것은 이것이 최고(最古)의 것이다. 여기 수록된 가장 최후의 설화 하나를 소개하자.

태종왕 김춘추(太宗王 金春秋, 602~661년)는 나중에 삼국을 통일한 훌륭한 임금이다. 그가 어려서 아직 임금이 되기 전 김유신(그는 뒷날

---

1) 편집자 주 : ?~611. 신라의 충신으로 가잠성의 성주로 있다가 백제군에 패하자 울분을 참지 못하고 나무에 머리를 받고 죽음.

삼국통일의 군사와 외교의 총사령관이다)과 매우 친한 벗이었다. 김유신은 두 누이가 있으니 맏은 보희(寶姬)요 둘째는 문희(文姬)였다. 어느날 보희는 서악(西岳)이란 산에 올라 오줌을 누니 그 오줌이 굽이굽이 흘러서 그 서울에 가득히 차는 꿈을 꾸었다. 이튿날 아우 문희에게 꿈이야기를 했다. 총명한 문희는 길몽임을 알고 그 꿈을 사자고 하여 보희에게 비단 치마를 주고 꿈을 샀다. 그 뒤 10여 일 후에 유신은 춘추와 함께 공을 차다가 일부러 춘추의 옷고름을 밟아 떨어지게 하고 유신의 집에 들어가 달아 달라고 하였다. 유신은 춘추공을 객실에 맞아들이고 문희더러 옷고름을 달게 하였더니, 그 뒤부터 춘추는 자주 문희의 집에 드나들고 문희는 아이를 배게 되었다. 유신은 아비 없는 아이를 배었다고 그때 국법에 좇아 문희를 남산에 불살라 죽이려 하였다. 이 때 임금 선덕여왕(善德女王)이 남산에 놀러왔다가 불더미 위에 놓인 소녀를 보고 좌우를 돌아보며 물으니 곁에 있던 김춘추가 낯빛이 변하였다. 어느덧 그 로맨스를 알아차리고 슬기롭기로 이름난 선덕여왕은 춘추의 책임을 추궁하여 문희와의 결혼을 명하였다.

이 이야기의 주인공 김춘추가 삼국을 통일하면서 신라문화가 한국의 고전문화를 이루었다는 것은 미술에 대해서 이야기할 때 이미 언급하였다. 통일신라가 되면서부터 한국의 고문학은 개화시대에 든다. 삼국시대부터 발달된 우리의 한문문학은 이 때가 되면 벌써 문학적으로 훌륭한 작품이 남았지만, 그보다 특기할 것은 한자를 빌려 국어를 표현하는 독특한 일종의 방법을 발견하여 이로써 많은 작품이 생기게 되었으니, 이들 노래는 후일 진성여왕(眞聖女王, 재위 887~897년) 때 대구화상(大矩和尙)이란 중을 시켜 《삼대목》(三代目)이라는 사화집(詞華集)을 편찬했다(888년) 하나 인멸되고 발견되지 않는다. 그러나, 전기(前期) 《삼국유사》란 책에는 신라의 노래 14편이 실려 있다. 노래의 이름이 보이는 것까지 합하면 25수이나 원문이 남은 것은 14편이요, 이 14편의 연대는 6세기 말의 가장 오랜 것으로부터 9세기 말 작품까지 약 280년 간의 것으로, 작자별로 보면 민요·동요 2수, 화랑 2수,

승려 4인 6수, 여류 2인 2수, 기타 2인 2수로 각층인(各層人)이 망라
되었다. 내용으로 보면 14수 중 4편은 불교 중심 가요이고, 3편도 불
교 색채가 농후하여 신라 노래에 미친 불교의 영향을 짐작할 수 있다.
이것은 이 《삼국유사》의 저자가 승려이기 때문이라는 것을 잊어서는
안 된다. 그러므로, 그 저자 일연이 살아 있을 때까지도 불교 관계 이
외의 신라가요가 많았음을 또한 짐작할 수 있다. 이 일곱 편을 제하고
나머지는 자연과 인생·연모·애원·해학·동경·이상의 여러 면이 노
래되었다. 이로써 이 시기는 문학은 문자에 의해서 창작되고 그 문자
는 한자를 빌리기는 했으나 한문의 형식과 내용이 아닌 국문학 표현용
국자(國字)였다. 그러므로 문학의식이 생기기 시작하고 전문작가가 성
립되기 시작하였다. 이 작품들은 이러한 문자, 이두로 씌어져 있기 때
문에 한문자는 다 알아도 그 뜻을 알자면 우리의 고어를 연구하기 전
에는 불가능하므로 일연이 수집한 기록도 오랫동안 그 내용을 알 길이
없다가 그것을 해독하게 된 것이 지극히 오래잖은 일이다. 이제, 이
노래의 연구가 한국의 고어학자의 공적으로 그 뜻이 밝아 오게 되었으
므로 여기 3편의 신라시(新羅詩)를 소개한다.

> 꽃피어 벼랑 끝은 자줏빛이라 몰고 가던 암소를 놓아 두고
> 나를 아니 부끄러워하시면 꽃을 꺾어 받자오리다.
> (紫布岩乎辻希 執音乎手放敎遣
> 吾肹不喻慚肹伊賜等 花肹折叱可獻乎理音如)

"헌화가"(獻花歌)란 노래로 작자는 무명의 노인이다. 어떤 지방관이
임지로 가는 길에 바닷가에서 점심을 먹을 때 그 옆 절벽에 철쭉꽃이
피어 있었다. 그 부인 수로(水路)가 그 꽃을 보고 가지고 싶어 종자를
돌아보며 저 꽃을 꺾어올 자 누구냐 물어도 위험한 벼랑이므로 모두
사피(辭避)하였다. 이 때 소를 몰고 지나던 노인이 그 말을 듣고 꽃을
꺾어 드리면서 이 노래를 부르고 갔다 한다. 이 수로 부인은 그때 신

라에 이름 높던 미인으로 이상한 일화를 가진 부인인데, 이 이름 없는 노인의 풍류는 미소를 불금(不禁)케 한다. 물망초의 전설의 동양적 표현이기도 하다.

> 창 열치자 나타난 달아 흰구름 따라서 떠가는가.
> 새파란 나룻가에 기랑(耆郎)의 모습이 있어
> 일로부터 나룻가 조약돌을 밟으며
> 낭이 지니시던 마음의 둘레를 찾고지라
> 아으 잣나무 가지 높아 서리 못칠 꽃임이여.
>   (咽鳴爾處米 露曉邪隱月羅理
>   白雲音逐于浮去隱安支下 沙是八陵隱汀理也中
>   耆郎矣皃史是史藪邪 逸烏川理叱磧惡希
>   郎也持以支如賜烏隱 心未際叱肹逐內良齊
>   阿耶 栢史叱枝次高支好 雪是毛冬乃乎尸花判也)

이 노래는 충담(忠談)이라는 시인이 화랑 기파랑(耆婆郎)을 찬양하는 노래다. 창을 열고 떠가는 달을 바라보며 달과의 대화체로 이 시를 구성한 것이 미묘하다. 화랑의 마음을 달의 말을 빌려 표현한 높고 아름다운 노래가 아닌가. 상록수 높은 가지에는 서리도 못 내린다는 결구는 기파랑의 기품 높은 격을 흠모하는 마음이다. 노래 이름은 "찬기파랑가"(讚耆婆郎歌) 다.

> 달하 이제 서방까지 가서
> 무량수 부처님께 아뢰어 다오.
> 서원(誓願) 깊으신 님께 우러러 두손 모두아 잡고
> 원왕생 원왕생 그리우는 사람 있다 아뢰다오.
> 아으 이몸 바려 두시고 사십팔대원(四十八大願) 이루시랴(실까).
>   (月下伊底亦 西方念丁去賜里遣
>   無量壽佛前乃 惱叱古音多可支白遣賜立

178

誓音深史隱尊衣希仰支 兩手集刀花乎白良
願往生願往生 慕人有如白遺賜立
阿邪 此身遺也置遺 四十八大願成遺賜去)

이 노래는 광덕(廣德)이라는 정토신앙(淨土信仰)[2]이 두터운 사람이 지은 노래로서, 정토를 향하여 아미타불을 부르며 극락왕생을 기원하는 노래다. 깊은 밤 서(西)로 가는 달을 바라보며 하소연한다. 왜? 불교에선 정토는 서방으로 십만억 국토를 지나서 있다고 하기 때문이다.

한자를 차용하는 이두시가(吏讀詩歌)는 통일신라에서 고려 초기까지 계승되어 몇 편의 불교가요가 남았고, 또 다른 노래는 다음 왕조인 근조선(近朝鮮)에서 고유문자가 발명되자 그것으로 기록되어 지금까지 전하는 것이 여러 편 있다. 자기 문자는 발명하지 못하고 신라의 이두 문자는 이미 시대에 뒤떨어져 고려의 문학은 실로 고민기였다. 그리하여 그들은 겨우 중국 송문화의 영향을 받아 풍부한 국내의 자료를 기록하는 수필설화로 된 것, 신라의 구비를 기록하려는 것, 정치적 권력을 잃은 문인들이 심심풀이로 문학에 대하여서 기록한 것, 이러한 원인으로 비롯된 패관문학(稗官文學)이란 것이 이 무렵에 대두하기 시작했고, 소멸되는 노래의 부분을 한시(漢詩) 형식에 맞추어 번역하는 문학운동이 일어났었다.

그러나 조선에 들면서부터 발달한 소설은 이때 싹을 텄고, 더욱이 불교소설은 상당히 발달했던 모양이나 자료의 남은 것이 적다. 이 시기는 주로 외국 것 번안(飜案)과 자국 것의 수집 한역(漢譯)이 유행했다. 그러나 가요에는 볼 만한 것이 많아 지금 고려가요를 자기(瓷器)에서 보는 바와 공통한 그때 사회의 현실이 보인다. 향락적·낙천적·허무적·사색적인 노래들이다. 먼저 이별의 노래를 하나 들어 보자.

2) 편집자 주: 아미타불의 이름을 부르기만 해도 서방정토에 왕생할 수 있다는 신앙으로, 누구나 쉽게 왕생할 수 있는 신앙이므로 주로 신라 양인계층의 사람들이 이를 믿었다.

가시리 가시리잇고 나ᄂᆞᆫ ᄇᆞ리고 가시리잇고
날러는 엇디 살라 ᄒᆞ고 ᄇᆞ리고 가시리잇고
잡ᄉᆞ와 두어리마ᄂᆞᄂᆞᆫ
션ᄒᆞ면 아니 올셰라
설은 님 보내옵노니 가시는 듯 도셔 오쇼셔.

　이 노래는 여인의 이별을 아끼는 "가시리"라는 노래다. 고아(古雅) 순박한 상념과 정조(情調)는 고려가요의 특질을 밝히기에 어렵지 않다. 부질없는 다변을 버리고 원사(怨詞)로써 직핍(直逼)하여 나를 어떻게 살라고 가느냐는 애소(哀訴)를 동반한다. 다시 삽상(颯爽)한 전환은 붙잡아 둘 수도 있다는 지극한 사랑의 어리석은 자신(自信)을 가져도 보지만, 그것을 못마땅하게 생각하면 다시 안 올까 염려해서 못한다는 말로 반드시 돌아올 것을 암시 요청한다. 아무래도 도리가 없으니 떠나는 것이 빠르듯이 올 때도 그렇게 빨리 오라는 말은 얼마나 미묘한가.

살어리 살어리랏다 靑山애 살어리랏다
멀위랑 ᄃᆞ래랑 먹고 靑山애 살어리랏다
　얄리얄리 얄랑셩 얄라리 얄라
우러라 우러라 새여 자고 니러 우러라 새여
널라와 시름한 나도 자고 니러 우니노라
　얄리얄리 얄랑셩 얄라리 얄라

　이것은 장가(長歌) "청산별곡"(靑山別曲)의 첫머리의 일절이다. 그 허무에서 오는 슬픔과 은둔하는 사상과 구슬픈 정서를 보라.

어름우희 댓닙자리 보와 님과 나와 어러주글망뎡
어름우희 댓닙자리 보와 님과 나와 어러주글망뎡
情둔 오ᄂᆞᆳ밤 더듸 새오시라 더듸 새오시라

耿耿孤枕上애 어느 주미 오리오
西窓을 여러ᄒ니 桃花 發ᄒ두다
桃花ᄂ 시름업서 笑春風ᄒᄂ다

　이 노래는 "만전춘"(滿殿春)이란 노래의 첫머리의 두 절이다. 외로움
을 노래하는 그 꿈이 얼마나 고려의 노래다운가.
　다음 조선이 되면 문학은 불운한 속에 그래도 좀 발달한다. 유학의
독점이 불교문예와 미술공예의 쇠퇴를 초래했다는 것은 이미 누차 말
했다. 자유의 정신은 구속되고 유교의 해독만 남은 곳에 무엇을 바랄
수 있는가. 그러나 고려에서 싹튼 패관문학은 조선에도 계승되어 많은
수필문학과 설화문학을 남겼다. 이것들이 모두 한문으로 되었음은 물
론이다. 그 중에도 특기할 것은 전기소설(傳奇小說)의 발달인데, 이의
첫 대표작은 명나라 《전등신화》(剪燈新話)를 모방한 《금오신화》(金鰲
新話)다. 이 단편 괴기소설은 세종 때의 천재 김시습(金時習, 1435~
1493년)에 의하여 창작되었다. 김시습은 매월당(梅月堂)이란 필명을
가진 시인으로 신동의 칭(稱)이 있어 다섯 살에 임금 앞에 불려가 시
를 읽고 그 사랑을 받아 크면 왕조에 중용되리라 하였더니, 세종의 손
자 단종(端宗)이란 어린 임금이 서매 그 숙부 세조는 어린 조카를 죽
이고 임금이 되었다. 김시습은 어려서 네가 크면 네 임금이 여기 있다
고 어린 단종을 가리키던 세종을 생각하고, 그 의리를 지키기 위하여
불의의 세조에게 벼슬할 수 없다고 서책을 불사르고 금강산에 들어가
중이 되어 일생을 방랑하며 산과 물가에서 통곡으로 끝마친 불운한 시
인이다. 그는 낙엽에 시를 써서 띄우고 적어 두지도 않았지만, 종이에
올리고 남이 외고 한 것이 만여 편이라 하였으나 그 많은 저서는 모두
소멸되고 전집 17권이 잔존한다. 이 《금오신화》에 실린 다섯 편의 괴
기소설은 우리 소설사상 첫머리에 잊을 수 없는 작품이다.
　세종 28년(1446년)에 조선의 문자가 창정(創定)되었다. 정식 반포
가 이때였지 그보다 12년 전에 이것이 사용되었다. 이 글이 반포되자

중국 숭배주의자들은 맹렬히 반대하였다. 현명한 임금 세종은 그 반대를 각하하였으나 문단의 대세는 이 훌륭한 글을 중시하려 하지 않았다. 그러나 이 문자가 생김으로써 비로소 진정한 의미의 한국문학이 생겼다는 사실을 잊어서는 안 된다. 이 국문은 상류계급의 무시와 질시에도 불구하고 어진 세종의 본의대로 무식한 평민과 부녀자의 손에서 진중(珍重)되었고, 또 학자가 그 한문학 전공의 여가에 심심풀이로 시작(詩作)에 사용하였다. 그리하여 한국의 소설은 평민과 여자의 손에서 배양되었다. 또 학자들의 자국어에 대한 표현의 용이(容易)에서 오는 호의는 시조(時調)라는 이 나라 유일의 정형시 형식을 창조하기에 이르렀다.

시조는 조선 초기를 전후하여 일어난 형식으로 뒤에 여러 가지 변형이 생겼으나, 그 기본형식은 3장 6구 45자이다. 1행에 15자, 15자 1행이 1장이 되어 초중종 3장으로 되고 그 3장의 음보는 초장 3 4 4 4, 중장 3 4 4 4, 종장 3 5 4 3으로 매장 15자가 기본형식이다. 이 시조문학에 나타난 조선의 문예사상을 이야기하고 또 그 예를 보이자. 조선은 그 초기의 문화적 황금시대가, 곧 왕실의 골육상쟁·사화 당론이 일어남으로부터 또 외족의 침입이 잦음으로부터 침체와 혼란을 가져왔다. 이 사회 현실이 문예에 반영되어 현실도피의 은일사상(隱逸思想)이 일어난 것이다. 불교의 퇴폐에서 오는 사치·암울·연약(軟弱)이 유교의 실질(實質)·소박·건장(健壯)의 정신으로 대치될 때 예술의 침체는 당연한 귀결일 것이다. 그러므로 이러한 현실에 대한 반발이 대의에 어긋날 땐 들어가 숨는다는 동양적 사도(士道)의 한 전형 — 소극적 반항으로서 은일사상이 나오고 충군애국의 비분을 풍월에 붙여 소요(逍遙)하는 귀고수졸(歸故守拙)[3]의 피번(避煩)사상으로 화한다. 여기에 중국의 도잠(陶潛)·한유(韓愈)·소식(蘇軾)의 문학사상이 섭취되어 우리말의 유창한 조율과 융합하여 자연시(自然詩)의 한 국면이 열리게

---

3) 편집자 주 : 고향에 돌아가 자기를 지킴.

된다. 슬픔 속에 신념의 힘을 감춘 것이 그 자랑이요, 소박한 가운데 낙천적인 것이 특색이다.

> 朔風은 나무 끝에 불고 明月은 눈 속에 찬데
> 萬里邊城에 一長劍 짚고 서서
> 긴 파람 큰 한 소리에 거칠 것이 없어라.

는 세종조의 장군 김종서(金宗瑞, 1390~1453 : 북방의 영토를 개척함)의 시조요,

> 壁上에 칼이 울고 胸中에 피가 뛴다.
> 힘으론 두 팔뚝이 밤낮으로 들먹인다.
> 시절아 네 돌아오면 왔소 말만 하여라.

는 유혁연(柳赫然, 1616~1680 : 인조, 숙종조의 무장) 장군의 시조다. 이들은 모두 군인이기 때문에 그 힘을 느낄 수 있으나, 일반적으로 시조는 자연을 노래하는 부드럽고 슬픈 것이 많다.

> 짚방석 내지 마라 낙엽엔들 못 앉으랴.
> 솔불 혀지 마라 어제 진 달 돌아온다.
> 아이야 薄酒山菜일망정 없다 말고 내어라.

라든지

> 조으다 낚싯대 잃고 춤추다 도롱이 잃어
> 늙은이 망녕이란 白鷗야 웃지 마라.
> 十里에 桃花 發하니 春興겨워 하노라.

에서 우리는 생활의 멋과 인생의 체념, 또는 자연의 몰입을 볼 수 있지 않은가. 이와 같은 소박미를 우리는 과소평가하지 않으나, 조선의

정치사상이 모화사대사상(慕華事大思想)에서 주자학 획일주의의 공식주의에 빠졌던 것과, 이 영향이 문예에서도 하나의 공식주의에 떨어졌던 것을 잊지 않는다. 고시조는 지금 남은 것이 수백 편이므로 연구에 풍성한 재료가 있다. 현대에도 이 시조형식은 부흥되어 현대시와 보조를 같이하는 훌륭한 작가와 작품을 가지게 되었다. 고려의 시가(詩歌)는 자조(自嘲)·절망·원한에 사무쳐 기구(祈求)하는 정신이었으나, 조선의 시가는 은둔·반발·기대에 있기에 신념하는 정신이었음을 알 수 있다.

임진왜란으로 반도의 산하는 7년이란 세월을 아족(異族)의 병진(兵塵) 아래 보내게 되어 전사회는 물질적으로 대파탄을 가져왔고 정신적으로 대전환을 오게 하였다. 과거에 대한 반항과 미래에 대한 이상은 소설을 천시하던 유교의 사회를 무너뜨리고 전쟁문학의 발생을 일으켜 그 전란 속에 용감하게 활약하던 명장을 영웅화한 소설, 또 승병(僧兵)으로 구국의 전선에 나섰던 고승(高僧)의 이적을 표현한 민족의식 고취의 소설이 창작되었다. 이 군담소설(軍談小說)의 현존하는 대표는 《임진록》(壬辰錄)이다. 승장 송운 사명당(松雲 泗溟堂)을 주인공으로 한 것인데, 일제시대에는 민간에서 감추어 가며 비밀히 보던 책이다.

또 당시의 사회 현실을 배경으로 사회개혁과 이상향을 그린 작품의 대표는 허균(許筠, 1569~1618)이 지은 《홍길동전》(洪吉童傳)이다. 그는 재상의 아들로 태어난 여러 남매 문장가의 한 사람이었으나 불행히 계급적으로 천시하는 첩의 소생이었다. 여기에 그의 사회에 대한 저주와 개혁의 꿈이 이상화되어 이 소설이 지어졌던 것이다.

홍정승의 아들 길동은 첩의 자식이므로 죄 없는 몸이 가족의 미움을 받으며 자란다. 그러나 그는 재주가 있어 유학과 병서(兵書)를 모르는 것이 없었다. 길동은 자라서 형을 형이라 부르지 못하고 아버지를 아버지라 부르지 못하는 원한의 가정을 탈출하여 사방에 표박(漂泊)하다가 도적의 괴수가 되고 활빈당(活貧黨)을 조직하여 팔도 수령과 부자의 착취한 재물을 뺏아 빈민을 구제한다. 국왕은 영을 내려 그를 잡으려 하였으나 그는 호풍환우(呼風喚雨)의 이술(異術)이 있어 잡지 못한다. 길동은 나중에 고국을 떠나 남경으로 향하다가 고도(孤島)의 국왕이 되어 이상의 나라를 건설하였다는 것이 이 소설의 줄거리다. 이 소설의 작자는 그 자신 반역범으로 처형되었다. 그러므로, 이 소설의 주인공 홍길동의 행동은 허균의 이상적인 인물이었던 것이다.

숙종시대가 되면 시조·사화집(詞華集)이 편찬되고 연문학(軟文學)이 발흥되었으며 전설·동화의 소설적 윤색도 시작되었다. 이 시기를 대표하는 작가는 김만중(金萬重, 1637~1692)이다. 그는 정치가였고 예술가였다. 특히 국문학으로 된 문학을 평가하고 그를 귀중히 아는 문예비평가로는 한국의 고대문학사상 제일인자라 할 것이다. 그는 정치에 불우하였고 그 당의 몰락으로 귀양살이 4년에 죽었다. 그러므로 그 소설은 많은 우의(寓意)와 풍자를 지녔다. 그의 남긴 작품은 두 편밖에 없으나 매우 진중(珍重)되는 것이다. 그 하나인 《구운몽》(九雲夢)은 The Cloud Dream of the Nine이란 이름으로 게일 박사의 영역본이 있다. 그리고, 게일 박사는 말한다.

"《구운몽》은 참다운 극동지식(極東知識)의 계시이니, 그 문장과 어구가 기교하다는 것보다 극동적 사상과 취미의 신앙적 해석에서 한층 더 문학적 성가를 발휘하고 있다"라고.

《구운몽》이후 조선 고대소설의 걸작은 《춘향전》(春香傳)이다. 이 소설은 작자 미상이나, 그 문장과 구성·내용·사상에서 한국 고전소설로는 특이한 존재다. 이 《춘향전》이 얼마나 민중에게 애호되었는가는 수십 종의 이본이 있음을 보아도 알 수 있으며, 고전가극으로, 신극으로, 현대소설풍 개작으로, Spring Perfume이란 이름으로 영역도 되고 하여, 현대문학이 일어나기 전 한국의 소설문학은 춘향전이 완연히 대표하는 듯한 느낌을 주고 있다. 그만큼 이 민중과 가장 가까운 것도 사실이다. 다른 소설들은 권선징악의 교훈적 의미에 치중되었는데 여기는 복잡한 사건과 애욕의 갈등도 있고, 다른 소설은 무대와 인물이 중국인 수가 많은데 여기는 모두 한국이요 한국의 민족정서가 표현됨이 많다. 그 줄거리를 간단히 쓰면 아래와 같다.

경치 좋기로 이름 높은 남원(南原)에 봄빛이 무르녹을 때 광한루(廣寒樓)에 앉아 풍경을 바라보며 시를 읊던 미소년은 남원 부사의 아들 몽룡(夢龍) 도령이었다. 때마침 광한루 맞은편 시냇가에 그네를 뛰던 가인은 퇴기 월매(月梅) 딸 춘향이었다. 몽룡은 그 아리따움에 취하여 사환 방자를 보내어 불렀으나 그녀는 오지 않는다. 그 밤 몽룡은 춘향의 집을 찾아 비로소 사랑이 싹트고 두 사람의 정은 날로 깊어 간다. 그러나 이 부사는 영전되어 서울로 떠나게 되자 몽룡은 아버지를 따라 가게 되고 그들에게는 이별이 온다. 몽룡은 석경(石鏡)을, 춘향은 옥지환(玉指環)을 서로 주고 다시 만날 약속을 굳게 한다. 그러나, 세월은 빨리 흐르고 춘향의 운명은 너무도 시달리었다. 이 부사가 떠난 후 새로 온 부사는 색마(色魔)여서 권력으로 재색겸전(才色兼全)한 춘향을 손에 넣으려 하였다. 춘향은 옥 속에 갇히어 칼을 쓰고 형벌을 받으면서도 굽히지 않고 정조를 굳게 지킨다. 그 동안 몽룡은 문과에 급제하고 암행어사가 되어 남원에 이르러 부사의 생일잔치 끝에 춘향의 사형을 집행하려는 자리에 나타나 임금이 그에게 준 탐관오리의 숙청권을 행사하여 부사를 파직시키고 형장에 나가는 춘향과 재회한다. 몽룡이 이 부패한 지방관리의 잔치에 거지꼴을 하고 참석하여 — 한국 풍속에 거지라도 시를 잘 쓰면 같은 자리에 앉히고 음식을 나누며 시를 쓰는 경우가 있다 — 지은 시는 유명하다.

> 금잔에 좋은 술은 일천 사람의 피요
> 玉盤에 맛있는 안주는 일만 백성의 피라.
> 촛농이 떨어질 때 백성의 눈물이 떨어지고
> 노랫소리 높은 곳에 원망소리 높도다.
> 〔金樽美酒千人血 玉盤佳肴萬姓膏
> 燭淚落時民淚落 歌聲高處怨聲高〕

이 춘향전 외에 많은 소설이 있으나 권선징악의 일률적 구성의 해피 엔드로 끝나는 것이 보통이다. 우리는 앞에서 한국의 예술 중에 소설의 발달이 더디었다는 것을 말했고, 조선의 유교사상이 문예의 발달을 저해했다는 사실을 누차 지적하였다. 그러므로 고전문학에서도 시가가 더 빛나고 현대문학에서도 훌륭한 전통을 못 가진 소설보다 시가 더 빛날 것은 당연하지 않을 수 없다. 모리스 쿠랑은 한국소설의 단점과 장점을 다음과 같이 잘 지적하였다.

"먼저 성격의 탐구를 볼 수 없다. 인물은 언제나 똑같이 장원급제하는 도련님, 강적을 물리치는 소년 용사, 재색이 겸비한 묘령의 처녀, 아들의 행복을 방해하는 아버지, 처녀를 탐내는 악관(惡官), 그리고 악덕의 탄로(綻露), 마음 좋은 대관(大官), 전법(戰法)과 역학에 통한 승려 — 언제나 똑같은 유형이 되풀이되어 어느덧 우리의 구지(舊知)가 된다"라고.

그러나 쿠랑은 같은 내용이 조금씩 변화되어 이름만 다르게 붙은 대중문학서를 많이 봤던 듯해서 이런 말을 한 듯하다. 그러나 대체로 이 평이 한국의 고대소설에 대한 하나의 적절한 평임에는 틀림없다. 쿠랑은 한국시가의 "자연에 대한 강렬한 정서, 천재적인 묘사의 수완, 감상적 그리고 어딘지 야유적인 인상 — 이것이 그 노래들의 특징이며 달콤한 사랑·얼근한 술맛, 유수 같은 세월, 초로 같은 인생 — 이것이 노래의 주제"라고 조선의 고시가를 평했다. 이 평도 어긋난 것은 아니나 쿠랑의 눈에 비친 것은 주로 조선문학이었으리라는 것을 말해 둔다.

이상으로써 한국의 고전문학에 대하여 일별하였다. 여기서 우리의 국문학은 중국문학과의 사이에 빚어진 국한문학(國漢文學)과 평행되어 왔음을 알았고, 또 그 사회적 현실의 반영으로서의 고전문학의 사조도 대강은 이해할 수 있었을 줄 믿는다. 그리고, 시가는 우수한 발전을 했으나 소설의 발달이 산문학적이요 독자적 발전을 가지지 못했음은 시를 중하게 여기고 소설을 천시한 영향임을 말해 두었다. 이제 우리의 고전문학에 대해서는 이만 쓰겠다. 편의상 그 역사적 구분을 요약하면 다음과 같다.

    원시 ─ 고대   문학발생시대 → 구송문학시대 → 한역문학시대
    고대 ─ 중세   문학개화시대 → 기록문학시대 → 이두문학시대
    중세 ─ 근세   문학부흥시대 → 대중문화시대 → 한글문학시대

2) 현대 문학

우리는 이제 마지막으로 한국의 현대문학에 대하여 쓸 자리에 이르렀다. 한국의 문학은 고전문학과 현대문학이 역사적 계기(繼起) 관계를 가지면서도 서로 다른 성격을 가진다는 것은 곧 한국 현대문학의 출발이 고전문학의 계승에 있지 않고 도리어 그 반항에서 시작되었기 때문이다. 아시아 사회의 정체성에 대한 반발은 임진란을 겪은 후에 싹트기 시작했다. 이러한 역사적 현실이 사상의 면에서 실학사상으로 일어나고 문학의 면에서 전기문학(傳奇文學)·연문학(軟文學)으로 대두되었다는 것은 앞에서 말한 바와 같다. 그러므로, 한국의 현대문학 발아의 원인은 실학운동과 함께 봉건사회에 대한 반항에서 시작되었으나, 실학운동이 개화를 본 것이 1737~1824년 간이라면 이 시기를 대표하는 학자가 정다산(丁茶山, 1762~1836)이요, 같은 시기에 실학파 중 북학파에 속하는 거장 박연암(朴燕岩, 1737~1805)은 청국을 다녀와서 그 해박한 지식과 명철한 선견으로 일대의 명저를 여러 권 남겼다. 그는 학자로서도 훌륭하였지만 그의 빛나는 지위는 차라리 문장가로서 개혁적 의욕에 불타는 점에 있다. 그는 그의 수필을 모은 책 속에 여러 편의 한문 소설을 남겼는데, 그 내포한 사상은 모두 구 사회에 대한 풍자·야유·비판·반항으로 일관되었다. 이것이 한국 현대문학에 선행하는 제2의 사적(史的) 원인이어서 여기서부터 근대의식은 뚜렷이 싹트기 시작했던 것이다.

이러한 시대적 기운은 부패한 특권계급에 대한, 또 낡은 사회제도에

대한 민중의 불만을 터뜨릴 시기를 성(成)하였으니, 그 처음 일어난 혁명운동은 서부 조선의 영웅 홍경래란에서부터 시작된다. 홍경래(洪景來, 1782~1812)는 재능과 용력(勇力)이 과인(過人)한 사람이었으나, 당시의 상문비무(尙文卑武) 정책이 성격적으로 과감한 서북인의 정계와 관계 진출을 저지하게 되고 이 왕조 정책에 희생되어 출세할 수 없었고, 이에 대한 한을 마침내 혁명적 반역으로 옮겼던 것이다. 그러나 그는 하나의 새 봉건왕조 건설을 꿈꾼 사람으로 아직 완전한 근대사회의 대변자일 수는 없었고, 관군과의 대전에 패하여 반역자로 처형되었다. 그러나, 이러한 역사의 신기운은 막을 길이 없었다. 1894년이 되면 이 나라 역사에 일대 전환기가 온다. 이 해는 최제우(崔濟愚, 1824~1864)의 유교(遺敎)를 받드는 동학교도의 봉기로 인한 민란이 터져 관군과의 대전에 상당한 전적을 남겼고, 부패한 관리의 가렴주구에 대한 백성의 원한은 이 동학란을 통하여 폭발되었다. 그러나, 이 운동도 실패에 돌아가고 말았다. 또, 이 해에 터진 청일전쟁은 일본의 승리로 한국에서의 일본의 발언권은 강대해지고 청국의 지배에서 벗어나는 형식적 독립—이미 일본이 그 지위를 대신하기 시작하였으므로—으로 대한제국(大韓帝國)을 일컫기에 이르렀다. 그러나 이 때만 해도 주권이 이 민족에게 있고 김홍집(金弘集, 1842~1896)을 수반으로 한 내각은 여러 가지 개혁을 단행하였다. 그 중 우리 문학운동에 지대한 관련을 가진 것으로 특기할 것은 관공용 문서에 국문을 쓰기 시작한 사실이다. 김홍집 내각은 그 뒤 너무 조급한 개혁정책을 베풀어 우매한 민중의 폭동에 희생되고 말았다. 그러나, 한국의 현대문학 발흥 기운은 확실히 이 때부터 시작된다. 그 뒤 경향 각지에 신교육운동과 국문연구운동이 활발히 일어나게 되고, 계몽연설·신문 잡지의 발행 등으로 문학운동은 싹트기 시작했다. 이와 같은 1894년의 갑오경장에서 1910년의 합일합병까지를 근대문학-현대문학의 배태기로 친다.

근대문학 배태기는 다시 2기로 나눌 수 있다. 새로운 문학운동은 두 사람의 일본 유학생의 손에서 비롯되었다. 그 한 사람인 이인직(李人

植, 1862~1916)은 새로운 소설을 쓴 소설가요, 로마의 Colosseum을
모방하여 최초의 극장인 국립극장 원각사(圓覺社)를 창설한 연출가였
다. 그는 문학혁명과 신극운동의 선구자였다. 그의 대표작이라 할《귀
(鬼)의 성(聲)》은 지금 보면 아주 완전한 현대소설이라고는 할 수 없
는, 말하자면 고대소설에서 현대소설에 이르는 다리를 놓은 작품이라
할 수 있다. 문체로 보더라도 고색창연한 바 있으나 국문을 주로 하고
언문일치의 문장을 쓴 것은 당시로서는 파천황(破天荒)의 용단임을 알
수 있다. 속된 민간어, 한국적 회화, 사실적 기법의 노력은 그 구성의
미흡을 충분히 양해(諒解)하게 된다. 그 때 일본의 명치시대 활극의
영향을 받아 탐정소설적 곡절을 가지는 것이라든지 작중의 인물을 임
의로 놀리는 데 이르러서는 미소를 자아내게 한다. 그러나 그의 소설
에는 몰락하는 특권계급의 비운과 가렴주구(苛斂誅求)에 희생된 백성
의 딸의 말로를 그려 당시 사회 현실을 여실히 보여 주었고, 부분적으
로 인간의 공통한 운명과 성격 묘사를 성공한 부분이 있다. 내용에서
도 신비적인 전설이라든지, 선은 복을 받고 악은 화를 받는다는 일률
적 윤리의 공식에 얽매이지 않고 객관적 비판의 열정적 의욕을 표시하
는 면에서 고대소설의 일률적 형식인 해피엔드가 전설적일망정 죽어
원한의 새가 되어 운다는 데서 끝마치는 것은 주목할 만하다. 고대소
설과 현대소설의 중간적 위치에 있는 그의 작품의 문장·형식·내용·
사상의 연구는 흥미 깊은 문제다.

　한국에서 최초의 새로운 시를 쓴 사람은 최남선(崔南善, 1890~1957)
이다. 그는 문학자로서보다 지금은 사학자로서 더 이름이 높은 사람이
다. 그러나 그는 시조를 현대에서 부흥시킨 사람이요, 처음 신시(新詩)
를 쓴 사람이며, 최초의 문예잡지를 낸 사람이요, 학술고전을 보급판
으로 간행한 사람이다. 외국문학의 번역으로, 정치논문의 집필로 이
시기 문화운동은 그의 독천장(獨擅場)인 느낌이 있을 정도다. 한국의
새로운 시운동에 남긴 공로는 먼저 새로운 시형식의 발견이었다. 고대
가요 특히 조선의 시가는 4·4조를 근간으로 한 변형이 전형적이었는

데, 그는 7·5조 8·5조를 수입했고, 다시 자유시형(自由詩型)을 창도(唱導)하였다. 이와 같은 그의 손에 이루어진 새로운 시형식은 밖으로는 서구시의 영향에서 비롯되고 안으로는 새로운 사조에 대한 급격한 풍조가 종래의 너무 익숙한 형식만으로는 그 의욕을 담기에 무척 많은 불만을 느꼈기 때문이다. 담겨질 생각이 새 것이므로 담을 형식도 새 것이 요구되는 것은 당연한 시대의 요구였을 것이다. 그의 작품은 모두가 민족의 자각을 고취하는 애국사상의 계몽으로 지향을 삼았다. 그러나 그는 계몽기 신문예운동의 주추를 놓은 점에서 선구자이나, 이인직과 마찬가지로 본격적 예술의식에 의한 작가로서 실천했다기보다는 그 시대 일반사상의 선각자로 계몽문학을 창도함에 멈추고 만 것이다. 이제 1910년에 발표된 그 시 한 편을 실어 작자가 살던 시대의 한국의 의욕을 보이겠다.

우리는 아무것도 가진 것 없소 칼이나 육혈포나
그러나 무서움 없네 鐵 같은 形勢라도 우리는 어찌 못하네.
우리는 옳은 것 짐을 지고 걸어가는 者ㅁ일세.

우리는 아무것도 지닌 것 없소 비수나 화약이나
그러나 두려움 없네 면류관의 힘이라도 우리는 어찌 못하네.
우리는 옳은 것 광이삼아 큰 길을 다스리는 者ㅁ일세.

우리는 아무것도 든 물건 없소 돈이나 몽둥이나
그러나 겁이 아니 나네 細砂 같은 재물로도 우리는 어찌 못하네.
우리는 옳은 것 칼해 잡고 큰 길을 지켜보는 者ㅁ일세.

배태기(胚胎期) 근대문학의 제2기는 벌써 많은 문학자가 가담되었다. 그 중의 한 사람 이광수(李光洙, 1892~?)는 철학을 전공한 사람으로《동아일보》의 편집국장을 지내기도 하고 동경에서 상해로 혁명운동에 구치(驅馳)⁴⁾하기도 하였다. 그러나 그는 신문학 발흥 이후 30년을 하루같이 꾸준히 창작에 종사해 온 노작가로 더 유명하다. 그는 시도 쓰지만 우수한 작품은 소설이 더 많다. 이인직보다 10년을 늦게 문단에 나온 사람이니만큼, 그가 처음 작품화한 세계는 당시의 사회의 현실이 지사들은 해외로 망명하고 조수(潮水)와 같이 밀려오는 서구의 풍조는 우리의 가족제도에 일대 파문을 일으킬 때였다. 그러므로 그는 이러한 사회에서 서구의 개인주의를 고취하고 자유연애·자녀 중심을 강조하는 테마로 소설을 썼다. 이와 같은 봉건적 가족주의를 타도하기 위한 연애문제를 중심으로 근대적 의미의 소설을 처음 쓴 사람이 그다. 한국말이 평이하게 문학어로 사용될 수 있고 아름다운 감정, 깊은 사상을 표현할 수 있다는 것을 처음 보인 이도 그다. 초기 작품에 나타난 그의 사상은 연애지상, 예술지상! 이것이 자유를 위한 인간에 주어진 첫 시련, 첫 걸음이라는 데서 출발하여, 모든 사랑은 남녀의 사랑에다 뿌리를 둠으로써 사랑을 모르는 우리 민족은 참다운 연애로써 인도주의와 이상주의에 고양될 수 있다는 것을 강조하였다. 그러므로 그의 소설은 연애를 단순히 사랑하는 까닭에 인간에게 주어진 운명적 비극으로 종결시키지 않고, 더 높은 큰 사랑인 민족애(民族愛)와 인류애를 위하여 희생시키는 것이 주안이 된다. 그러나 이 때문에 그의 소설은 개적(個的) 연애의 치열한 갈등을 안이하게 와해시키고, 인간에 대한 천착이 미약하고, 또 그 사랑의 정신이 불성실하게 보이기도 한다. 그의 이 시기를 대표하는 작품 《무정》(無情)은 개적 연애의 비극적 종결은 더 큰 민족애로서 해피엔드된다. 심리·성격·풍경 묘사에 청신(淸新)한 바 있으나 인물의 경력과 심리묘사의 이중주적(二重奏的) 동시이장(同時異場) 묘사가 여러 번 반복된 것은 구성이 졸렬하다. 그러나 그 순정의 필치가 사상적으로 당시 많은 독자의 심금을 울린 것은 말할 것도 없다. 이 작가의 초기 작품도 완전히 계몽주

---

4) 편집자 주 : 바삐 돌아다님.

문학의 영역을 탈각하지 못했다는 것을 이해해야 할 것이다.

그러나 이때가 되면 시는 많은 진보를 가져왔다. 이광수보다 조금 뒤에 나온 시인 주요한(朱耀翰, 1900~)을 들 수 있다. 그는 사상적으로 당시의 이상인 인도주의에 공명하며 의식적으로 퇴폐주의를 거부하고 평이한 아름다운 시를 쓴다고 그 첫 시집 《아름다운 새벽》의 서문에서 말했다.

이러한 근대문학의 배태기를 맡은 이 인사들은 민족 수난의 시기를 깨끗하게 넘기지 못했다. 그들의 공로가 그 친일(親日)의 오점 때문에 깎인다는 것은 그들과 또 우리 문학의 공통된 설움이다.

그 다음은 현대문학의 생장기(生長期)다. 이 시기도 다시 2기에 나눌 수 있으니, 배태기의 문예사조가 인도주의와 이상주의였음에 비하여 이 시기는 소설에서 서구문학의 자연주의, 시에서 서구의 세기말 사조가 들어올 무렵이다. 이 때가 되면 문학자들은 순문학(純文學)의 기치를 들게 되고 작품의 질도 무척 높아 갔다. 이 주로 배태기 문학 운동의 형식과 내용이 즉 이광수의 통속성에 항거하는 데 비롯되었던 것도 주목할 만하다. 이 시기를 대표하는 소설가는 김동인(金東仁, 1900~1951)과 염상섭(廉尙燮, 1897~1962)이다. 이 두 사람은 현대소설 형식의 완성에 많은 공로가 있다. 김동인은 미술을 전공한 사람인데, 한국에서 최초의 단편소설다운 단편소설을 지은 이다. 그의 문장과 구성은 모두 대가의 풍모를 보였으며, 그의 소설의 인물은 그야말로 직선적 인간으로 변태적 성격을 가진 인물이 많으며, 그 기법과 사상 어느 점으로도 이 시기의 대표적 작가이다. 자연주의 작가로 불리어지고 있으나 오히려 탐미주의(耽美主義)·악마주의적 경향을 띤 예술지상주의 작가라 함이 타당할 것이다. 그는 초기작으로 〈배따라기〉[出船歌]·〈감자〉와 뒤에 〈광화사〉(狂畵師)·〈광염(狂炎) 소나타〉 등의 우수한 작품을 남겼다.

염상섭은 성격 묘사의 치밀, 중후한 문장 등 북구 작가를 연상하게 하는 소설가이다. 또, 장편소설에 있어 처음으로 수완을 보인 분이요,

이 분도 자연주의 작가라 하나 사실주의 작가라 하는 것이 오히려 타당할 것이다. 그의 초기작인 〈제야〉(除夜)·〈표본실의 청개구리〉, 나중에 〈이심〉(二心)이라는 장편은 모두 물의를 일으켰던 작품이다.

이 시기의 시단(詩壇)을 대표하는 이는 김억(金億, 1896~)과 변영로(卞榮魯, 1898~1961)다.

두 분 다 문학을 전공한 사람이다. 김억은 교육자와 신문기자를 거쳐 지금은 은퇴한 시인인데 에스페란토 연구가요《오뇌(懊惱)의 무도(舞蹈)》라는 역시집(譯詩集)으로 최초의 시집을 낸 사람이니, 이 시집은 서구 세기말 시를 번역한 것이요, 그는 또 많은 타고르의 시집을 번역하였다. 그는 1921년부터 이러한 시집을 내기 시작하여 여러 권의 창작시집과 역시집을 내었다. 그는 주로 민요풍의 서정시를 썼고, 뒤에 정형(定型) 압운시(押韻詩) 운동을 제창하기도 하였으나 지금은 아름다운 시풍이 고갈하고 말았다.

변영로는 1924년《조선의 마음》이란 시집을 내었고, 영시의 번역과 시조의 영역 밖에 자작 영시도 가진 시인이다. 곱고 아름다우며 함축 있고 어딘가 장미 가시처럼 찌르는 곳이 있는 시를 쓰는 서정시인이다. 시단의 초창기에 그가 보여준 시는 지금 보아도 세련된 훌륭한 시가 많다.

여기 소개한 네 사람 중 김동인과 김억은 1919년 2월에 창간된 문예지《창조》(創造) 동인이요, 염상섭과 변영로는 1920년 10월에 창간된 문예지《폐허》(廢墟) 동인이다. 《창조》는 3·1 운동 이전에 동경에서 발간된 것이니, 당시 일본 문단은 자연주의 전성시대여서 그 영향을 받음이 많았고, 《폐허》는 3·1 운동이 실패로 돌아간 뒤이므로 사상적 경향과 퇴폐의 경향이 많았다. 현실의 암흑면에 대한 탐색이 대체적 작품 경향이었다. 이 때의 동인에 허무주의 방랑시인 오상순(吳相淳, 1895~1963)은 소수의 시편과 파이프밖에는 집도 재산도 없는 미혼의 시인이다.

다음 시기는 우리의 근대문학에 낭만주의의 세례를 가져오는 시기다. 근대문학이 출발할 무렵은 그 작가들이 유학한 일본의 문단이 자연주의 전성의 때이므로, 또 한국의 고시가(古詩歌)가 너무도 낭만적이었으므로, 한국의 근대문학은 계몽주의를 지나서 순문학의 탐구를 낭만주의를 비약하여 자연주의에서부터 시작하였으므로 전기《창조》·《폐허》의 뒤를 이어 나온 문학운동은《백조》(白潮)라는 동인지를 중심으로 하여 비로소 낭만주의 전성시대에 들게 되었다. 여기에 모였던 문인들은 모두 다감한 청년들이었고, 기괴한 복장과 행동은 문단의 괴물이었다. 낭만파 등장의 원인이, 민족운동의 실패가 민중운동에 전환하게 되자, 당시의 민중이 사회운동에 기대하듯 무슨 희망과 꿈을 가지려는 데서 이러한 로맨티시즘이 나오게 되었고, 한편으로는 한 사조에 대한 반동으로 딴 사조를 찾는 것도 근대적 사실(史實)과 공통하므로 자연주의 문학운동에 대한 반발로 유행하게 된 것이라 볼 수 있다. 과거의 문학은 염가(廉價)의 문학, 미온(微溫)의 문학이라고 그들은 독선적인 굉장한 기세를 올렸다. 그들의 작품은 애상적이고 회고적 기분이 농후했으나, 이러한 점이 서구문학 수입의 혼돈에 대한 자각과 전통 탐구의 기운에 박차를 가하였다. 그들이 우리 문학에 플러스한 것은 감성과 정서였다. 이 때는 주로 시가 개화하였다. 그 대표될 만한 이는 이상화(李相和, 1901~1943)와 홍로작(洪露雀, 1899~1947)이다. 이상화는 프랑스 문학 전공의 서정시인으로 그 시혼은 화려하면서그 의욕은 분방하여 정히 이 동인지의 주조(主潮)를 밟은 시인이다. 그는 가난한 사립학교의 선생으로, 또 해외 망명으로 고생하다가 영어(囹圄)와 술에 시달린 그의 여명을 해방되기 전에 끝마친 한많은 시인이다. 그는《백조》의 후기에서 사회주의 경향을 띠었었다. 홍로작은 불교철학에 조예가 깊던 서정시인으로, 그의 시혼은 슬프고 약하고 깊고 아름다웠다. 그 아버지에게서 받은 많은 유산을 문학운동과 신극운동에 탕진하고 노두(路頭)에 방황하다가 해방되던 3년 만에 작고하였다. 일제의 검열제도 아래 제일 먼저 붓을 꺾고 타협과 굴종을 버리고 철저한 민족정신을 지키다가 사라진 시인이다. 이《백조》에 소설을 쓴

이는 현진건(玄鎭健, 1900~1943)과 나도향(羅稻香, 1902~1925)이다. 현진건은 사실주의 작가로 좋은 단편을 많이 남겼고, 나도향은 다감한 낭만주의 작가로 열아홉에 쓴 그의 장편 〈환희〉(幻戲)는 지금도 많이 읽혀지고 있다. 현진건은 이상화와 같은 해에 죽고, 나도향은 스물 세 살에 요절하였다. 그리고, 이 때 동인으로 당시에 시와 소설과 평론을 썼고 지금도 창작 활동을 계속하는 박종화(朴鍾和, 1901~)가 있다. 특히 그는 장편소설과 역사소설에 많은 명작을 남겼다.

다음은 이러한 동인시대를 지나 문예지와 단행본을 중심으로 새로운 작가가 나타났다. 《님의 침묵(沈默)》이란 시집을 들고 1926년에 돌연히 시단에 나타난 한용운(韓龍雲, 1879~1944)은 승려요 혁명가였다. 그의 시는 신비한 트릭이 있고 그의 정신은 강렬한 민족의식으로 충만되어 있었다. 일제의 가혹한 사상적 탄압에도 굽히지 않고 그의 기개와 지조를 온전히 지키다가 작고한 시인이다. 관헌에 대한 반항과 일본제 물품의 기피는 많은 일화를 남겼다.

또 박명(薄命)의 시인 김소월(金素月, 1903~1935)은 현대의 젊은 시인들에게 가장 애송을 받는 시집의 한 가지인 《진달래꽃》을 1925년에 내고는 서른 두 살에 죽은 시인이다. 그는 김억에게 배웠고 그의 영향을 받아 민요풍의 시를 썼으나, 시는 그 스승보다 훨씬 훌륭하였다. 연연한 그 민족적 정서, 그 한많은 정취, 그 뜨거운 인간성은 조선의 현대시에서 이미 하나의 고전을 이루어 가고 있다. 그는 상업에 실패하고 시골의 조그마한 장터에서 부부 함께 술을 마시고 주정했다는 일화가 있다. 그는 병의 고달픔을 잊으려고 한번에 많은 아편을 먹고 자살과도 같이 죽어간 시인이다.

1923년경부터 우리 문단에 새로 일어난 또 하나의 조류가 있었으니, 《백조》 말기에 그 동인 중에 신예분자는 사회주의 문학을 창도하였고, 이 운동의 발전이 전성하여 이에 이르러 그들의 왕성한 세력은 서정시의 영역까지 침범하면서 1931년에는 프롤레타리아 문학동맹에서 카프 시인집을 발행하게 되고 일시 청소년층을 풍미하게 되었다.

이 때는 6·10 만세 이후 이 땅의 공산주의 운동이 전성기에 이르렀을 때다. 이 때의 프로문학 이론은 《백조》의 동인이었던 박영희(朴英熙, 1901~)와 김기진(金基鎭, 1903~)이었다. 그러나 그들의 작품은 개념의 뼈다귀와 선동만에 치우쳐, 얻은 것은 이데올로기요 잃은 것은 예술이란 평을 받게 되었다. 이들 계급문학파와 민족문학론자 사이에 격렬한 논쟁이 전개된 것도 이 무렵이다. 이 땅의 프롤레타리아 문학에서 몇 편의 작품을 뽑을 수 있다면 이기영(李箕永, 1896~)의 농민을 주제로 한 〈서화〉(鼠火)·〈고향〉 등의 소설과 임화(林和)[5]의 〈오빠와 거북무늬 화로(火爐)〉·〈네거리의 순이(順伊)〉·〈비 나리는 요꼬하마의 부두〉 등 몇 편의 시를 들 수 있을 것이다. 이 프로문학은 그 출발이 낭만주의 연장이었고, 한국의 무산계급 운동은 약소민족 해방운동에 그 전반을 보냈으므로 한국의 해방 전의 좌익문학은 독특한 성격이 있다. 이기영의 농민소설은 사회주의적인 사실주의로, 이광수의 〈흙〉·심훈(沈熏)의 〈영원의 미소〉·〈상록수〉와 더불어 하나의 세계를 구축했던 것이다. 임화의 시는 혁명적 로맨티시즘으로 불리었으나 좀 나은 것 성공한 시는 하나의 감상시였고, 그만큼 그 슬픔은 서정시에 가까웠기 때문에 성공했던 것이다. 그는 이상화에게서 많은 영향을 받은 사람이다.

이러한 프롤레타리아 문학의 정치주의는 초창기 우리 문학에 사회의식의 자각을 자극한 공로밖에 예술적으로 기여한 것은 거의 없다고 해도 과언은 아니다. 프로문학의 생경성(生硬性)에 반발하여 일어난 문학운동이 순문학(純文學) 운동이다. 프로문학이 성(盛)할 무렵에 시인 정지용(鄭芝溶, 1903~)와 김영랑(金永郎, 1903~1950)을 중심으로 이미 문단에 정평이 있는 시인들은 《시문학》(詩文學)이란 동인지를 창간하였다. 그 태도는 건실하고 치밀하였으며, 그 무렵에 낸 《정지용 시집》과 《영랑 시집》은 우리의 시문학에 새로운 기원을 지었다. 《시문학》

---

5) 李箕永과 林和는 6·25 전에 월북하여, 李는 조선문화협회장을 역임했고, 임화는 남로당계 朴憲永·李承燁 일파 숙청시에 숙청되었다 한다.

이후 한국의 시는 비로소 현대적 감각과 조탁(彫琢)된 언어를 찾았던 것이다. 정지용은 감각적인 예지(叡智)의 시를 쓰는 서정시인이나 카톨릭 시인이면서도 종교시는 오히려 떨어진다.

김영랑은 정서적인 운율을 노래하는 시인으로, 그의 시는 제(題)도 없는 번호로 나타나는 것이 보통이고, 그 세련된 언어의 운율은 소곡(小曲)에 있어서는 일인자이다.[6]

이 순수문학운동에 가담한 문인은 많다. 그 중에 소설가 이태준(李泰俊, 1904~)은 고운 문장과 짜인 구성으로 많은 독자를 가졌고, 또 한국의 소설 문장에 기여한 바도 컸으나 그 작품이 지닌 사상성은 깊지 못한 영녀취미(令女趣味)[7]인 것이었다. 〈달밤〉·〈복덕방〉은 그의 대표 작품이다. 이효석(李孝石, 1907~1943)[8]은 동반작가에서 순수문학으로 돌아왔던 이다. 산문시와도 같은 아름다운 문장은 이태준과 비견된다. 그의 대표작이라 할 수 있는 〈모밀꽃 필 무렵〉은 호평받은 명작이었다.

이 순수문학운동이 대두한 시기는 한국문학사상 중요한 전환기가 된다. 이 두 시기가 양적으로 문인이 가장 많이 수출되었을 때고, 또 질적으로도 우수한 작품을 남겼다. 살아서 문학작품 활동을 하는 초기의 문인은 계급문학과 순수문학의 대립기에 모두 순수문학으로 가담하였다.

그러나 1935년경에는 모더니즘 운동이 제기되었었다. 시에 있어 김기림(金起林, 1906~)·김광균(金光均, 1913~), 소설에서 박태원(朴泰遠, 1907~)·이상(李箱, 1912~1939)은 모두 그 대표자였다.[9] 이들의 몇 편 작품은 좋은 것이었으나, 한동안 청년 독자를 자극하여 풍미한

6) 鄭芝溶은 6·25 때 保聯 관계로 피랍되고, 金永郎은 6·25 당시 서울에서 수복 직전에 폭사했다.
7) 편집자 주 : 여유 있는 아낙들이 한가로이 읽도록 한 취미.
8) 李孝石은 해방 직전에 病死하고, 李泰俊은 해방 후 越北하였다.
9) 金起林·朴泰遠은 해방 후 越北하였다.

이 운동도 차츰 공감층을 잃고 있다.

이와 같은 사상의 물결과 사회의 지반 위에 한국의 현대문학은 30년이란 짧은 시간 속에 그 역사적 후진성을 벗어나기 위하여 참담한 고심을 쌓았고, 이제 작품의 질적으로 평정(評定)되는 지위는 상당히 높은 수준에 이르게 되었다. 이와 같이 밟아온 역사를 종합하고 수련한 한국의 현대문학은 어떤 방향에 놓여져 있는가?

1940년대의 문단은 유치환(柳致環, 1908~)·서정주(徐廷柱, 1913~)·오장환(吳章煥, 1916~)·이용악(李庸岳, 1915~)의 네 시인이 좋은 시를 보여 주었고, 이들은 지금도 창작을 계속하는 젊은 시인들이다. 유치환의 우렁찬 기개는 니체를 연상케 하고, 그 생활에 대한 치밀한 애정을 읊고 있다. 서정주의 그 마약과도 같은 독하고 황홀하고 힘차고 깊은 인생의 심연은 젊은 시인들을 매료하였다. 오장환의 통곡의 퇴폐(頹廢), 이용악의 소박하고 건실한 북방의 정조(情調), 이들의 문학은 윤리문제를 주로 하는 인생시(人生詩)였다.

이 시기를 대표하는 소설가는 김동리(金東里, 1911~)와 최명익(崔明翊, 1903~)이다. 김동리의 소설은 대체로 인간의 운명문제가 취급된다. 니힐하면서도 그것이 휴머니즘으로 승화하는 데서 그는 독자적 세계와 인물의 성격을 구성한다. 문장은 화려하진 않으나 요령 있고 치밀하며 소설 문장에 적합하다. 〈황토기〉(黃土記)는 그의 대표작이다. 그는 일찍이 시를 썼고, 또 현재 문예 비평을 쓴다. 최명익은 심리 소설을 많이 취급하는 작가로, 김동리가 동양적·토속적인 데 비하면 그의 작풍은 서구적이요 현대적이다. 〈심문〉(心紋) 한 편은 그의 실력을 충분히 보여 호평을 받은 역작이다. 이와 같은 젊은 작가들의 작품 활동은 일간신문과 《문장》·《인문평론》이라는 두 문예지를 중심으로 전개되었다.

그러나 중일전쟁·태평양전쟁이 계속해서 터지고 일제는 문화적으로 더욱 강압적 정책을 쓰더니 1940년에 《동아일보》·《조선일보》 양지는 강제로 폐간당하고, 다음해 1941년에는 양대 문예잡지 《문장》

·《인문평론》도 폐간시키고 말았던 것이다. 일제는 강력한 동화정책을 써서 언어 말살·민족 말살을 시도하고 국어교육 금지·창씨개명·징병징발을 강요하며, 문학자에게는 일본어 문학행동을 강요하였다. 1943년에는 조선문인 보국회(報國會)란 이름으로 국책 문예단체가 생기고 우리 문학의 선배 중견문인을 망라하였으니, 그들은 극소수를 제하고는 점점 매신적(賣身的) 민족반역을 스스로 감행하기까지 하였다. 이리하여 유능한 문인들은 정신적 고통과 생활의 곤궁 때문에 그들의 생명을 단축하였고, 뜻있는 문인은 모두 붓을 꺾고 산 속으로 시정(市井)으로 은둔 전락하고 말았던 것이다. 1938년 처음 시단에 나온 이한직(李漢稷, 1921~)·박두진(朴斗鎭, 1916~)·조지훈(趙芝薰, 1920~)·박목월(朴木月, 1917~)을 최후로 한국의 현대문학은 종지부를 찍고 그 대신 일본문학이 국민문학이란 이름으로 등장하였던 것이다. 이 시기에 치욕의 낙인을 받지 않은 이는 일본이 물러가기 전엔 영구히 문학을 버릴 수밖에 없었던 소수의 도피자뿐이었다. 여기 그 지조를 더럽히지 않은 사람은 복되게도 일찍 이 세상을 버린 문인과 소수의 순수문학자 연소기예(年少氣銳)의 청년 문인밖에 없었다. 이육사(李陸史, 1905~1944)는 북경 감옥에서, 윤동주(尹東柱, 1917~1945)는 복강(福岡) 감옥에서 옥사하고, 김광섭(金珖燮, 1906)은 해방과 함께 출옥했던 것이다.

1945년 8월 15일 한국민족과 문화재생의 날 어느 예술가보다도 감격한 사람은 그 언어를 다시 찾은 문학인이었다. 조선어대사전을 긁어가며 편찬하다 수십만 어휘 수집의 원고와 함께 투옥되었던 어학자도 출옥하였다. 이윤재(李允宰, 1888~1943)·한징(韓澄, 1886~1944) 두 학자는 옥사했다. 국어를 수호하다가 희생된 이 두 분의 추도식은 해방되던 해 10월 9일 국문 반포 5백 주년 기념일에 모든 문필인의 눈물 속에 거행되었다. 그러나 세계적인 이 사상적 양대 분열은 한국에서는 삼팔선의 국토분단으로 더 심각한 바 있다. 다만 여기 민족문학과 계급문학 두 진영이 대립하고 있다는 것만 말해 둘 뿐이다.

장차 한국의 문학은 외국에 소개될 날이 있을 것이다. 그 가치의 고하는 우리로선 더 말하고 싶지 않다. 끝으로 우리는 이 글을 시대의 분위기를 개관함에 중점을 두었던 만큼 많은 작가의 이름을 열기할 수 없었음을 스스로 섭섭하게 생각한다.

附 記

이 원고는 1947년에 쓴 것으로 해방 직후까지만 개관한 것이다. 그 이후에 대해서는 졸고 "현대시사(現代詩史)의 관점"10) 을 참조하기 바란다.

---

10) 편집자 주 : 나남刊 전집 제 3 권 《문학론》(文學論) 所收.

IV. 한국문화 논의

1. 민족문화의 주체성
― 한국적 ego는 과연 없느냐

"나는 과연 존재하는가"라는 장주(莊周)의 호접몽(蝴蝶夢)1)이 오늘
이 땅의 과학정신 속에 들어와 있다. 과학적 사관(史觀)과 지성을 마
련했다는 사람들이 한결같이 의심하는 것은 "과연 한국민족의 고유문
화란 따로 있는가" 하는 문제인 모양이고, 그들이 찾은 결론은 한결같
이 "한국의 민족문화란 따로 없다"는 것이다. 있다고 하면 이는 주관적
·추상적·관념적 산물이요, 국수적(國粹的)·배타적·보수적 의욕의
소치라는 것이다. 이러한 주장에는 얼핏 보면 매우 과학적 논리 같은
것이 있지만, 조금만 유심히 분석하면 이것은 과학도 아무 것도 아닌
진보주의라는 허영에 추수(追隨)하는 지극히 소박한 견해이거나, 또는
알면서 그 본질을 엄폐하는 모략과 기성 사관의 공식에 맹종하는 정책
을 위한 다른 목적이 있는 것을 간파할 수 있다. 어쨌든 우리 민족의
고유의 문화를 부정하는 것은 우리 민족문화의 주체가 없다는 말이요,

---

1) 편집자 주: 장자가 꿈에 나비가 되어 즐겁게 노닐며 내가 나비인지 나비가 나
    인지 혼동한 것을 이름.

202

민족문화 창조의 주체인 민족문화의 전통을 부정하면서 민족문화 수립을 양언(揚言)하는 것은 소지천만(笑止千萬, 우습기 짝이 없음)이라 할 것이다. 이제 그 논자들의 민족문화 부정론의 미망(迷妄)을 지적해 보기로 한다.

첫째, 그들은 고유문화로 문자 그대로 해석하여 애초부터 있었던 문화, 고정 불변의 문화란 뜻으로 보고 그런 민족문화는 없다고 한다. 그러나 고유문화의 참뜻은 그런 것이 아니다. 오랜 역사적 과정에서 이루어 온 문화의 민족적 존재양식과 그것을 형성하는 민족적 사고형식을 의미하는 것이다. 애초부터 있었던 문화를 고유문화라 한다면 우리는 고유문화를 원시시대에 우리 선민들이 발견한 의식주 생활문화의 풍토적 양식을 들 수밖에 없을 것이다. 그 당시의 의식주 문화가 지금까지 변하지 않고 내려온 것은 하나도 없다. 이렇게 본다면 고유문화는 있다고 할 수 없을 것이다. 그러나, 우리 선민들이 애초에 발견한 그대로가 아니고 차츰 변성(變成)되었더라도 그 양식을 바탕으로 해서 다른 민족의 문화와는 다른, 개성적 형식을 성취하였다면 우리는 이것을 우리 민족의 고유문화라고 부를 수 있다. 다시 말하면, 고유문화의 고유(固有) 두 자의 뜻은 고유명사란 말의 고유와 완전히 다른 뜻이다. 개개의 사람이 다 같은 사람이면서도 독자적 주체를 가진 고유의 사람이듯이 민족이 그렇고 민족문화가 또한 그렇다.

원시시대의 우리 조상들은 움집, 귀틀집을 짓고 살았다. 오늘에 그것이 주택의 일반 양식이 아니라고 고유문화가 없다 한다면 말이 안 된다. 우리가 지금 살고 있는 초가집, 기와집의 건축구조나 양식이 다른 민족의 그것과 다른 우리의 고유문화를 이루었기 때문이다. 또, 옛 선민들은 조개를 까 먹고 사냥을 해 먹고 살았을 것이요 상투를 짜고 좌임(左衽)[2]의 옷을 입었다. 그것이 그냥 남아 있지 않더라도 김치·깍두기·불고기와 바지·저고리·치마·두루마기는 엄밀히 우리 민족

2) 편집자 주 : 북쪽 미개한 인종의 의복제도로서 오른쪽 섶을 왼쪽 섶 위로 여민 상태의 옷.

고유의 문화를 이루었다. 우리가 이와 같은 생활문화를 예로써 보더라도 고유문화란 인지(人智)가 발달될수록 뚜렷이 이루어졌고, 미개한 시대에 거슬러 올라갈수록 그 애초에 있던 문화란 의미로서 고유문화가 각 인종 사이에 더 공통된 문화였다는 것을 알 수 있다. 수렵·목축시대, 석기시대의 생활문화는 어느 종족에서나 유사하였을 것이기에 말이다.

한 민족의 고유문화는 생활문화에서만 개성적 형식을 이루는 것은 아니다. 정신문화에서도 마찬가지다. 우리 민족이 발달된 외래문화로서의 중국문화나 인도문화를 받아들이기 전의 바탕은 동북아 문화, 곧 샤머니즘 문화였다. 이것이 유교·불교·도교·기독교를 비롯한 중(中)·인(印)·구(歐)·일(日) 등 외래문화와 접촉 융합 혼성되어 오늘의 우리 민족문화를 이루었지만, 우리 민족문화는 그 복합 요소인 중국·인도·유럽·일본 문화의 어느 것과도 완전히 같지 않은 우리의 고유문화 곧 우리의 문화적 주체를 형성하였다. 다시 말하면, 외래문화를 받아들이는 데 우리대로 받아들였다는 말이다. 외래문화를 어떻게 받아들이고 어떻게 변성시켰느냐 하는 곳에 우리 문화의 고유성·주체성을 찾을 수 있다는 말이다.

고유문화의 이와 같은 본질과 그 해석에 대해선 어떠한 과학적 이론도 부인할 논거를 찾을 수 없을 것이다. 그런데도 불구하고 민족문화의 고유성·주체성을 부정하고 말살하려는 것은, 민족문화의 개성적 주체를 인정하면 사회집단의 단위로서 민족을 승인해야 되고 사회집단의 단위로서 민족을 승인하면 민족의식과 민족주의를 승인해야 하는 결과에 이르지 않을 수 없기 때문에, 이렇게 되면 그들의 계급의식, 계급투쟁의 이론에 배치되기 때문에 의식적으로 엄폐하고 모략적으로 공격하는 것이다. 그러나, 민족의식은 엄연히 살아 있고 민족주의는 영원히 마멸될 수 없는 신념이다. 독소전(獨蘇戰)의 절정에서 소련은 노동자 농민의 조국으로서 소비에트 러시아에의 충성보다도 슬라브 민족애(民族愛)에 호소하여 제정 러시아의 훈장까지 부활시켰고, 망명간

백계 러시아인들이 독소전의 승리에 만세를 불렀다는 것도 계급을 넘고 이데올로기를 초월한 민족의식의 존재를 인정하는 증거가 아닐 수 없다.

그들이 민족문화의 주체성을 부정하는 또 하나의 근거—이것이 가장 기본이다—는 그들이 신봉하는 유물사관(唯物史觀)의 공식에 맞추어 그들의 혁명이론에 순응하는 정책으로서의 민족문화 수립의 테제가 "내용은 사회주의, 형식은 민족적"이란 것이기 때문이다. 다시 말하면, 그들이 세우고자 하는 민족문화의 정체는 무산계급이 아니면 민족이 아니라는 주장에 비추어 계급문화이지만 그것을 명언할 수 없으니까 내용은 사회주의, 형식은 민족적이라 돌려서 말하는 것이다. 민족문화를 창조할 주체인 민족을 부정하는 것은 그 문화 창조의 주체를 우리 민족, 또는 우리 민족문화에서 우러난 것이 아닌 다른 민족의 것, 곧 이질적인 이데올로기를 이입 대치함으로써 그 방식으로 문화를 율(律)하려는 심보이기 때문이다. 민족문화의 주체—사물을 보고 현실을 처리하고 문화를 창조함에 민족 고유의 눈과 취사(取捨)의 형식, 사고방식이 주체가 뚜렷해서는 그들의 이론이 맹목적으로 적용되지 않을 것이기 때문에, 그들은 먼저 민족문화 주체성을 국수적이니 배타적이니 보수적이니 하는 공격으로써 파쇄(破碎)하고 민족의식 말살을 획책하는 것이다. 그러나, 아무리 천만언(千萬言)을 늘어놓아도 우리의 민족문화는 이미 주체를 이루고 있다. 우리의 주체에, 우리의 현실에, 우리의 사고방식에 맞추어 적합한 방식이 아닌 기성 공식의 일률적 강요는 이루어지지 않을 것이다. 아무리 우수한 이론이라 해도 우리의 문화 주체, 우리의 현실에 맞지 않는 이론은 반동 이론이요, 주체성을 가진 민족은 어떠한 기성 이데올로기의 정통도 민족적 현실과 괴리될 때 이를 반동으로 규정할 권위를 가지는 것이다. 바꿔 말하면, 우리의 민족문화 수립은 내용이 민족 주의적이요, 형식이 사회적이어야 한다는 말이다.

문화는 이동과 복합으로 생성하고 변천하는 자이기 때문에 순수한 고유문화는 있을 수도 없고 있다 해도 그것만을 고집하는 한, 문화는 후퇴하기 마련이다. 그러므로, 우리의 민족문화란 것도 다른 외래문화를 수용함으로써 이루어졌고, 또 이것을 무조건 고집하려는 사람은 아마도 없을 것이다. 그러나, 외래문화가 합쳐져서 이루어졌다 해서 그렇게 이루어진 문화는 주체가 없다는 이론은 성립될 수 없다. 민족문화의 주체가 없다면 세계의 모든 민족문화는 등질적(等質的)이어야 할 텐데 각기 다르게 나타나 있지 않은가. 민족이 사는 땅이 이미 등질적 공간이 아니요, 민족이 옮겨온 노선이 동일하지 않고 문화의 접촉과 복합된 요소가 한결같지 않고, 그 공간 위에 그 인간이 밟아온 역사적 시간이 한결같지 않은데, 민족문화 자체는 독자성이 없을 수 있는가. 문화의 복합이란 것도 어떤 한 인종적 문화가 핵심이 된 복합이요, 문화의 이동이란 것도 그 민족의 역사적 운명에 의한 이동이요, 문화의 형성이란 것도 풍토적 환경에 제약된 형성인 것이다.

이와 같이 생각할 때 한국의 고유문화가 있느냐 없느냐 하는 문제는 문제의 제출 그 자체가 난센스다. 그러나, 이것이 문제가 되는 것은 이 문제를 제출하는 것부터가 앞에서 지적한 바 의식적 책략이 있기 때문이다. 오늘 이 땅의 진보적이라는 지성인들이 자각적 존재로서의 자아(自我)를 부정하는 근본 원인이 여기 있기 때문이다. 이렇게 민족문화의 주체성을 부인하는 한 독립도 혁명도 인간성도 찾아지지는 않을 것이다.

고유문화, 곧 민족문화의 주체성에 회의를 가지는 이는 자기 자아의 존재에 대해서 생각해 보는 것이 좋을 것이다. 나는 존재하는가, 나는 무엇인가를 고구(考究)하여 해답을 얻으면 그 해답이 곧 민족문화 주체성에 대한 해답이 될 것이다. 나의 실체를 과학적으로 판정해서 유무를 밝힌다면 어떻게 되는가. 나의 실체는 복합된 나요, 그 복합된 나의 요소로서 모든 나는 제각기 주체를 가진 것들이다. 그러나, 나를 있게 한 근원은 부모에게 있고, 그 나의 부모는 조부모와 외조부모로부터 오고, 이렇게 거슬러 올라간다면 기하급수적으로 무한 전개되는 나의 존재 원인은 마침내 우주에 미만(彌滿)하는 무(無)가 되고 말 것이다. 그러나, 나는 이 시간, 이 공간에 엄연히 존재하지 않는가. 마찬가지로 민족문화의 고유성도 찾아 올라가서 파악되는 것이 아니요, 내려오면서 이루어진 것을 자각하고 체득할 것이란 말이다. 여기에 고유문화 또는 민족문화의 주체성이 관념적인 것이 아니고 역사적인, 허구적이 아니고 구체적인 본질이 있는 것이다. 이에 반하여, 있는 것을 없다 하고 이질적인 것을 주체로 삼으려는 유물사관의 민족문화 이론보다는 우리의 역사적 주체관에서 우러난 민족문화 이론이 더 현실적이요 논리적인 타당성을 지녔음을 알 것이다. 그러므로 한국민족의 고유문화는 있느냐 없느냐 하는 문제는 마땅히 한국 민족문화는 어떻게 살아 왔느냐, 어떻게 사느냐, 어떻게 살아야 하느냐 하는 민족적 자아의 생성 문제로 대치해야 한다. 오늘날, 이러한 자각이 상실되어 있기 때문에 우리는 민족문화 부흥을 혼미하였던 주체 확립 운동으로부터 시작하려는 것이다. 고유문화, 그것은 문화의 주체성과 동의어이기 때문이다.

주체는 주관과 실체의 종합적 개념이다. 주관이란 개념은 한갓 인식적 입장일 뿐 현실적 자아의 기체(基體)를 가지지 못한 어감이지만, 주체라는 개념은 행위의 입장을 떠나서 생각할 수 없기 때문에 자각 있는 현실적 기체가 되는 것이다. 그러므로, 문화의 고유성을 주체성으로 본다는 것은 관념적으로 보는 것이 아니라 신체적으로 보는 것이 된다. 모든 주체는 다른 주체에 대해서 있는 것이라 보지 않을 수 없다. 주체는 다른 주체에 대한 개념이요, 이들 주체와 공동으로 또 다른 객체에 대하므로 개인도 주체가 될 수 있고 민족도 주체가 될 수 있는 것이다.

"나는 생각하기 때문에 나는 있다." 이는 누구나 다 아는 데카르트의 명구(名句)다. 그의 방법적 의혹의 근본 원리인 이 명제가 오늘 와서 새삼스레 요청되는 것은 무슨 때문일까. 모든 것을 의심해도 의심하는 자기는 의심할 수 없다는 이 말은, 물론 그의 직관적 사실에서 비롯되었다 할지라도, 오랫동안을 민족적 자아를 상실한 채 살아 온 우리가 자각적 존재로서 자아의 직각(直覺)조차 잃었던 것을 생각하면, 이 말은 우리에게 더욱 절실한 바 있다. 모든 것은 의심할 수 없어도 의심하는 자기는 의심할 수 있다는 것, 이것이 오늘 이 땅의 지성의 거점이 되었다면 이보다 더 큰 비극이 있을 것인가. 우리의 고유문화는 있다. 우리 민족문화의 주체는 있다. 한국적 ego는 단연코 있다. 민족적 자아의 주체를 회의하지 말고 그것을 회의하게 하는 이데올로기에 대해서 회의하라. 과학은 회의에서 출발한다. 자가(自家) 기성사상(旣成思想)이 공식을 회의하는 것을 도리어 자기 비판케 하는 오늘의 공산주의 이론의 신학성(神學性)은 스스로 과학적 사회주의의 간판을 파기해야 할 것이다.

2. 전통의 현대적 의의
― 전통과 인습·창조와 계승의 관계

1

이즈음 전통에 대한 반성과 모색이 왕성하게 논의되기 시작한 것은 우리 문화의 자각과 전망을 위하여 미더운 일이요, 또 마땅히 있어야 할 일이어서, 이러한 관심의 대두를 우리는 동경(同慶)하여 마지않는다. 그러나, '전통'이란 말은 그 개념이 매우 모호해서 종잡을 수가 없는 데다가, 논자에 따라 이 '전통'이란 말을 파악하는 각도가 다르고 거기에 부여하는 개념이 한결같지가 않다. 그러므로, 전통에 대한 논의는 몇 차례 싹트긴 했어도 제각기 단편적인 생각을 발표하고 서로 다른 개념을 가지고 동문서답을 하다가 흐지부지 식어 버리고 만 것이 이 때까지의 상례였다.

전통에 대한 논의가 이와 같은 전철을 되풀이하지 않으려면 우리는 먼저 전통이란 말의 기본 개념을 설정하여 전통 논의의 공동 광장을 마련해야 하고, 그 바탕 위에서 가치관에 대한 논란과 새로운 문화 수립에 있어서의 전통의 계승과 창조의 방향을 논의해야 한다. 이러한 기초 공사를 위해서는 이 때까지 우리 논단에 나타난 전통 문제에 대한 몇 가지 근본적인 유견(謬見, 잘못된 견해)을 깨뜨려야 하고, '전통론'이 빠지기 쉬운 함정에 적신호를 붙임으로써 '전통론'이 눈을 돌리지 않으면 안 될 필수 조건을 제기해야 하며, 그에 의하여 전통의 현대적 탐구의 기본 방향이 모색되어야 한다.

2

　지금까지 논의된 전통에 대한 태도는 크게 나누어 두 가지로 볼 수
있다. 부정적 태도가 그 하나요, 긍정적 태도가 그 다른 하나이다. 그
러나, 자세히 분석해 보면 그 부정이나 긍정은 모두 다 논거가 지극히
피상적일 뿐 아니라 대개의 경우 전통이란 용어를 임의의 일면만 추출
확대하는 오해에서 비롯된 것임을 알 수 있다. 지나치거나 공소(空疎)
한 부정 또는 긍정은 전통의 진의 파악에는 다 함께 장애가 된다.

　애초에 전통을 부정하는 논자는 전통이란 말 자체부터를 몹쓸 것이
나 버려야 할 것의 대명사로 삼고 있다. "낙후된 전통사회를 하루바삐
탈각(脱殻)하고" 운운하는 사람들은 전통이란 개념을 한갓 완만(緩慢)
한 답보와 인습의 질곡(桎梏)에 사로잡힌 것만으로 오인하기 때문에,
이런 생각을 가진 사람에게 전통을 탐구하느니 어쩌느니 하는 것은 엄
청난 잠꼬대가 아니면 기겁초풍할 궤변이요, 난센스로밖에 받아들이지
않을 것이다. 이와 같이 전통을 부정 대상으로 지칭하는 것은 그들이
전통을 인습(因襲)이란 개념과 혼동하여 인습이란 말의 동의어로 사용
하기 때문이다. 전통은 물론 역사적으로 형성되는 것이므로 그 역사적
경과에 있어 자연히 인습과는 피와 살의 관계에 있는 것이 사실이어서
쉽사리 놓기는 힘든다.

　그러나, 전통은 인습과는 엄격히 구별되어야 한다. 인습은 역사의
대사기능(代謝機能)에 있어 부패한 자로 버려질 운명에 있고 또 버려
야 할 것이지만, 전통은 새로운 생명의 원천으로서 좋은 뜻으로 살려
서 이어받아야 할 풍습이요 방법이요 눈인 것이다. 전통은 역사적으로
생성된 살아 있는 과거이지만, 그것은 과거를 위해서가 아니라 도리어
현실의 가치관과 미래의 전망을 위해서만 의의가 있는 것이다. 만일
전통을 버려야 할 인습의 뜻으로 보거나, 그렇지는 않다고 해도 전통
을 찾다가 보면 인습은 버릴 수가 없으니까 아깝더라도 전통은 인습을

깨뜨리기 위해서 버려야 한다고 주장하는 이가 있다면, 그는 나쁜 인습을 타파하려다가 좋은 전통마저 깨뜨리게 되는 논리적 귀결에 직면하게 될 것이다. 그렇게 되면 그 깨뜨린 인습에 대치할 새로운 전통의 바탕을 상실하고 당황할 것이다.

전통은 새로운 창조의 재료요 방법이며, 전통은 새로운 창조의 주체요 가치인 것이다. 이러한 전통이 없는 곳에 또는 전통을 깨뜨려 버린 곳에 무엇을 어떻게 받아들이며 어떻게 소화하며 어떻게 만들 수가 있는가. 이러한 정당한 의미의 전통을 부정하는 논리는 마침내 무주체 용화주의(溶化主義), 외화주의(外化主義)에 떨어질 수밖에 없는 것이다. 새로운 전통의 수립이란 이름 아래 우리의 역사적 풍토와 역사적 현실에 맞지 않는 이질적인 사상제도를 주입하기 위하여, 선파괴 후건설 전법을 강조하는 모든 외래사상이 항상 민족주의·보수주의·독립주의가 지니는 전통주의·주체주의·연합주의를 적으로 돌리는 것이고, 그 미끼로서 세계주의·진보주의·연방주의를 표방하는 것을 우리는 익히 보아 온 것이다. 전통부정론은 논리적으로 이들 이론에 암합(暗合)될 필연성이 개재해 있다. 얼핏 보아 매우 과학적이고 진보적인 이론같이 보이지만 전통을 부정하고는 낙후성을 극복하기는커녕 영원한 추수(追隨)와 온실적 문화를 면할 수가 없을 것이다.

전통을 부정하는 또 하나의 다른 논거는 우리에겐 의지할 전통이란 것이 없다는 견해이다. 조선시대까지는 전통이란 것이 있었지만, 우리의 신문화운동은 그 전통을 부정하는 데서 출발하였고, 따라서 현대의 우리는 단절된 전통, 곧 전통이 없는 곳에 처해 있다는 견해가 그것이다. 이러한 주장은 일견하여 매우 현실을 직시한 이론같이 보이지만, 전통의 본질을 오인했을 뿐 아니라 이론으로도 중대한 결함이 있는 것이다.

왜 그런가? 첫째, 전통은 역사적 개념이다. 비록 표면상으로는 전통이 단절된 듯이 보여도 역사는 단절될 수가 없는 것이다. 한 시대의 전범(典範)으로서의 전통이 무너지고 새로운 전범으로서의 전통이 바

뛰어 들어서지 못한 모색의 공백기를 지적하여 곧 전통을 부정한다면 그러한 논리의 추궁의 결과는 이 땅에 새로운 전통의 수립이 불가능하다는 결론에 떨어지지 않을 수가 없을 것이다. 그러나, 신문화 50년의 역사는 이미 하나의 전통을 이루고 있다. 최남선·이인직이 개척한 신문화의 작품이 비록 오늘 이 땅의 시인·작가의 전범이 되지는 못하였더라도, 그들을 통해서 받아들인 서구적 전통 이입(移入)의 교량적 방법은 확실히 하나의 전통을 이룬 것이 사실이다. 아무리 종래의 우리 전통과는 아주 다른 이질적 전통이라 하여 전통이 단절된 듯이 보여도 우리 아닌 남의 눈으로 볼 때는 그 이질 문화의 섭취 수용에서 '우리적 전통'의 작용이 보이는 것이다. 이것이 전통으로 하여금 집단적 개념이 되게 하는 소이연(所以然)이다. 오랜 세월의 우리 전통이 무너졌다 해서 서구의 역사와 문화가 낳은 전통을 그대로 우리의 전통을 삼을 수는 없고, 그것은 언제나 우리 민족집단이 공동한 사고 방식인 문화와 융합 변성됨으로써만 새로운 전통이 될 수 있는 것이기 때문이다. 지금 낡은 전통의 고목은 무너지고, 모든 유능한 지성인이 제각기 전통의 묘목을 꽂고 있다고 하지만 그것은 새로운 전통이란 나무의 한 지초(枝梢)에 불과한 것이다. 한 개인의 작위(作爲)를 우리는 전통이라 부르지 않는다. 그 개인의 작위와 방법이 다른 많은 사람에 의하여 계승될 때만 우리는 그것을 아무개의 또는 무슨 집단의 전통이라고 부른다. 전통은 적어도 한 개인 이상 일가(一家)의 가풍, 한 지역의 향풍(鄕風), 한 학교의 교풍 하는 식으로 집단적 전범이 될 때에 한해서 전통이란 의의에 값하는 것이다. 그러므로, 오늘 우리가 의거할 전통이 없는 곳에서 찾아지는 전통, 찾아야 할 전통은 모든 뜻있는 이의 전통 탐구의 노력의 밑바탕에 깔려 있는 양질의 공통인자를 추출하는 길이다. 이것이 전통의 역사적 집단적 형성의 의의인 것이다. 전통은 의식적·당위적인 이상이면서도 그것만으로 가능한 것이 아니고 자연적·생성적인 개념과의 조화에서만 가능한 것임을 알 수 있다.

　무엇보다도 전통은 문화적 개념이다. 문화는 복합 생성을 그 본질로 한다. 그 복합은 질적으로 유사한 것끼리는 짧은 기간에 무리없이 융합되지만 이질적일수록 그 혼융의 역사적 기간과 길항(拮抗)이 오래 걸리는 것은 사실이다. 그러나 전통이 그 주류에 있어서 이질적인 것의 교체가 더디다 해서 전통을 단절된 것으로 볼 수는 없는 것이다. 오늘은 이미 하나의 문화적 전통을 이룬 서구적 전통도, 그리스·로마 이래의 장구한 역사로서 헬레니즘과 헤브라이즘의 이질적 전통이 융합된 것임은 이미 다 아는 상식이 아닌가. 지금은 끊어졌다는 우리의 고대 이래의 전통도 알고 보면 샤머니즘에, 선교(仙教)에, 불교에, 도교에, 유교에, 실학파를 통해 받아들인 천주교적 전통까지 혼합된 것이고, 그것들 사이에는 유사한 것도 있었지만 상당히 이질적인 것이 교착하여 견고 튼 끝에 이루어진 전통이요, 그것은 어느 것이나 다 '우리화'시켜 받아들임으로써 우리의 전통이 되었던 것이다. 이런 의미에서 본다면 오늘의 일시적 전통의 혼미를 전통의 단절로 속단하고 그것으로써 전통 부정의 논거를 삼는 것이 얼마나 허망한 논리인가를 알 것이다. 끊어지고 바뀌고 붙고 녹는 것을 계속하면서 그것을 일관하는 것이 전통이란 것이다. 그러므로, 전통의 혼미란 곧 주체의식의 혼미란 뜻에 지나지 않는다. 전통 탐구의 현대적 의의는 바로 문화의 기본적 주체의식의 각성과 시대적 가치관의 검토, 이 양자의 관계에 대한 탐구의 요청에 지나지 않는 것이다.

전통을 긍정하는 논자들은 전통이란 말에 복고(復古)의 향수와 나태의 우상(偶像) 같은 것을 느끼고 있다. 언필칭 4천 년 문화민족이니 활자와 거북선 등이 세계 최초임을 자랑하고 있다. 이러한 전통론은 외적의 지배 아래 우리의 문화적 전통이 말살되고 문화적 긍지가 교육 문화에서 아주 사라질 시기에 한마디만 들어도 눈물겹게 감격하던 그런 시절의 공소한 내용의 것에서 한 걸음도 진전된 것이 없는 논리들이다. 이러한 안가(安價)한 전통론은 민족의식 보수(保守)의 공에 불구하고 오늘에 와선 이미 혐오의 대상이 된 지 오래다. 4천 년 문화민족이면 무슨 소용이 있느냐, 활자가 아무리 세계에서 처음 발명되었어도 조판·인쇄기술이 상부하지 못해 그 뒤에도 목각판이 더 많이 씌어져서 구텐베르크의 그것을 당할 수 없고, 거북선이 최초의 장갑선임에는 틀림없으나 최초의 잠수함이라고 과장되던 것도 옛 이야기다.

전통과 주체의식의 자각에는 민족적 긍지와 자시(自恃)·자존의 신념이 불가결의 것이지만, 새로운 창조를 위한 아무런 탐구도 없이 한갓 복고 취미와 보수주의에 멈춰 있는 한 전통은 계승될 수도 존재할 수도 없는 것이다. 전통의 지나친 긍정의 태도에는 전통과 모방의 개념을 혼동하는 폐단이 있다. 전통은 창조의 재료요 원동력이지만 창조는 전통의 방법이요 창조를 통해서만 전통은 계승된다는 이 중대한 사실을 그들은 몰각하고 있다. 옛것을 준수하고 모방하는 것만을 전통을 찾는 것인 줄 알다가는 그 소중한 전통을 잃고 말 것이다. 옛것의 흉내만 낸다면 전통이 무슨 보람이 있으며 어떻게 새로운 시대의 전범이 될 힘을 지닐 수 있는가 말이다. 전통의 계승은 옛것과 같으면서 항시 새로운 양상으로 창조될 때만 가능한 것이다. 김추사(金秋史)의 글씨 전통은 추사체 그대로 흉내만 낸 철적도인(鐵笛道人) 같은 사람을 통해서 계승되는 것은 아니다. 그것은 사람만 다르다 뿐이지 문화적으로는 추사의 것에 지나지 않는다. 모방만으로는 계승이 안 되는 것이다. 그 시대에 맞추고 앞서가면서 전통의 맥락을 지니고 어느 한 면이 새로 창조될 때 우리는 그것을 바른 의미의 창조라 하고 동시에 그것을 바른 의미의 전통의 계승이라고 부른다. 이런 뜻에서 본다면, 전통의 계승은 모방에서가 아니라 도리어 전통에 대한 새로운 해석, 정당한 저항으로만 가능하다는 역논리가 성립되는 것이다.

전통을 긍정하는 또 하나의 태도는 순수 한국적인 모색의 태도다. 한국문화란 한국의 성격이요, 그 내용은 인류 공동의 세계문화다. 한국문화-민족문화는 세계문화 안의 한국적 양식의 발견과 형성에 있는 것이지 한국 특유 고립의 것만으로 이루어질 수는 없는 것이다. 한국문화의 주체가 희미해지는 때에 그러한 순수 한국적인 것을 찾는 것은 의의 있는 방향이라고 할 수가 있겠지만, 앞으로의 한국 문화전통의 전개에 하등의 시대적 의의도 없는 하나의 세계문화에 아무 새로움도 없는 것을 굉장한 것으로 착각하고, 그것이 새로운 인간이나 생활의 원형으로 제시되는 유의 맹목적 복고의 전통, 긍정 태도도 비판과 경고를 받아야 한다. 본질적으로 말해서 한국사람이 보고 만들고 쓴 것이면 자연히 한국적이 되는 것이다. 더구나 우리의 새로운 전통은 우리의 바탕에 중국과 인도의 것이 어울린 고대 이래의 전통과 거기에 우리가 새로 받아들인 그리스·로마 이래의 서구적 전통이 붙은 것이라면 이것들을 한국의 도가니에 한데 넣어서 끓여낸 주물(鑄物)인 우리의 새 문화는 그 주물의 원형을 찾는 것이 우리가 오늘 말하는 전통 탐구의 의의임을 생각할 때, 우리의 새로운 전통은 우리 것이면서 세계문화 공동의 과제를 향한 것이어야 하고, 낙후된 것을 극복하고 선구성(先驅性)에로 전환의 계기를 찾자면 세계적인 것의 우리적 형성이 있어야 하는 것이다.

순수 한국적이란 것은 없다. 있어도 그것은 원시의 유물이 아니면 아려(雅麗)한 골동 취미다. 다만 한국적 머리와 눈과 심장과 손이 있을 뿐이다. 그것의 발견과 자각과 창조에 순수 한국적인 것이 재료가 되고 자극이 될 따름이다.

3

이상으로써 우리는 전통에 대한 부정과 긍정의 두 가지 태도, 네 가지 논거를 분석 비판해 보았다. 그 요점을 추려서 결론을 삼아 앞으로의 전통 논의의 방향을 찾는다면 다음의 몇 마디가 될 것이다.

첫째, 전통과 인습은 구별되어야 한다. 전통은 인습과 한덩이로 엉겨 있는, 낡은 역사 속에 깃들여 있는 새로운 생명의 정수(精髓)다.

둘째, 전통과 모방은 구별되어야 한다. 전통은 옛것과 피가 통하는, 현재 속에 깃들여 있는 전대적(前代的) 혈통의 창조다.

셋째, 전통은 역사적 가치적 개념이다. 예로부터 내려온 것이면서도 옛날의 자랑을 위하여 존재하지 않고 미래를 위한 가치 속에 구현된다.

넷째, 전통은 집단적이요 주체적 개념이다. 개인이 창조하면서도 한 집단이 공동으로 형성하고 공존하는 것이요, 남이 볼 때 더 확연한 것이지만 객관자의 것이 아니요, 행위자 제각기가 체득하고 각고(刻苦)할 성질의 것이다.

진실로 전통 탐구의 현대적 의의는 이와 같은 전제 아래서만 체득(體得)될 것이다. 한국적 사고방식의 원형의 추상(抽象)과 형성과 체득과 아울러 그를 위한 역사와 문화의 새로운 해석과 저항을 통해서만 이 전통은 창조되고 계승될 것이다.

3. 향토문화 연구의 의의
― 민족문화학의 기초를 위한 노트

1

"너 스스로를 알라 !" 이 말은 그리스의 델피의 신전에 있는 유명한 말이다. 일찍이 소크라테스는 이 말을 표어로 하여 제자들을 가르쳤다 하거니와, 이 말이 지니는 고귀한 뜻은 오늘에도 우리의 가슴에 깊은 감명을 주고 있다. 제 스스로를 안다는 것 이것은 공부하는 마음의 시초요 또 구경(究竟)이기 때문이다.

자신을 아는 것이 공부의 요체라는 것은 하필 그리스의 신전에 있는 이 말을 멀리 끌어오지 않아도 좋다. 유교의 '수기치인'(修己治人)이라든지 불교의 '자각각타'(自覺覺他)라든지, 옛글로써만이 아니라 조상으로부터 들어서 익혀 온 우리의 가까운 생활의 교훈이 한결같이 그 바탕을 '자각의 수련'에 두고 있음을 깨달으면 족할 것이다.

저 자신을 알기 위해서는 누구나 먼저 제 집과 제 고향과 제 민족과 제 조국에 대해서 알아야 할 것이다. 아무리 초라한 필부일망정 사람은 모두 다 커다란 역사적 존재인 것이다. 한 사람의 생성을 위하여 얼마나 큰 자연과 인위(人爲)의 공동(共同)이 움직여졌던가. 풍토와 사회와 시대가 어울려 짜내는 역사의 한 모습을 떠나서는 개인이나 집단의 생성을 이해할 길이 따로 없는 것이다. 향토문화는 바로 이러한 역사적 존재로서의 한 개인이나 집단에 가장 원본적(原本的)인 바탕을 부여하는 자이기 때문에, 우리는 저 자신을 알기 위한 출발점으로 향토문화에 대한 자기인식을 강조하는 것이다.

'향토문화에 대한 자기인식'은 '전통의 체득'이란 말로 바꿀 수도 있다. 우리가 어떠한 새로운 창조를 기도한다면 이 전통의 바른 파악이 없이는 불가능함을 알아야 한다. 전통이야말로 창조의 질료(質料)요, 창조란 것은 전통의 방법이기 때문이다. 이런 의미에서, 전통은 창조를 구체화시키고 창조는 전통을 발전시키는 것이라고 바꿔 말할 수도 있는 것이다.

어느 민족이나 개인의 새로운 창조에, 전통에의 환원(還元)의 노력이 없이 이루어진 것이 있었던가. 새로운 창조를 위한 의욕은 전통에의 환원이라는 밑받침이 없이는 무의미하고 불가능한 것이다. 전통의식이란 주체의식이요 독립의식이며 창조의식이기 때문이다. 향토문화 연구의 의욕은 다름아닌 이러한 주체의식의 발현인 것이다.

향토문화 연구를 강조하는 우리의 저의에는 민족문화를 연구하라는 뜻이 숨어 있다. 향토문화를 연구하라는 논지의 근본 지향은 민족문화 연구의 바탕을 마련하기 위함이란 말이다. 우리의 향토가 우리 나라의 한 지방이듯이 우리의 향토문화는 우리 민족문화의 한 표현이요, 우리의 민족문화가 인류문화의 한 표현이듯이 우리의 민족문화는 세계문화의 한 향토문화인 것이다.

'도회지귤'(渡淮之橘)이란 말이 있다. 회수(淮水) 남쪽에 심으면 귤이 열지만 북쪽에 심으면 탱자가 된다는 것이다. 이 함축 있는 어구가 그대로 문화의 본질의 일면을 설파하고 있다. 사상과 제도와 문물도 그것을 받아들이는 민족의 풍토와 생리와 생활에 의하여 변모한다는 말이다. 이와 같이 인류 일반의 문화가 민족적 개성으로 생성되는 것이 민족문화인 것이다.

민족 각자가 지니는 바 문화와 역사와 운명의 공동(共同)은 날이 갈수록 그 '권'(圈)을 확대하여 가고 있다. 인류 전체가 하나의 공동권 안에 들어가고 있다는 말이다. 이런 추세로 보면 민족문화란 것은 해소되고 말 것도 같지만 사실은 그와 반대이다. 인류문화는 민족문화로 구현되기 때문에 민족문화 없는 세계문화는 공허한 개념이 될 수밖에 없다. 본디 같은 것이 어떻게 다르게 파악되고 표현되는가 하는 곳에 민족문화의 개성이 있기 때문이다. 표준어의 보급이 방언을 아주 소멸시키지 못하듯이 '세계정부'를 세워도 민족문화는 단일화하지 못할 것이다.

이런 의미에서 민족을 집단의 궁극 단위로 보고 문화를 정률적(定律的)인 하나의 개성으로 보는 우리의 견해는 영구히 마멸될 수 없는 입지를 가진 것이라 할 것이다.

민족문화가 인류문화의 본바탕이듯이 향토문화는 그 민족의 고유한 보고(寶庫)라 할 수 있다. 문화는 이전(移轉)과 복합에서 생성하고 변화하는 것이기 때문에 엄밀한 의미의 고유문화란 '원인'(原人)의 생활을 두고 말한다면 모르지만 민족문화로서는 말할 수 없는 문제이다.

그러므로, 여기서 말하는 '고유한'이라는 말의 뜻은 그 민족문화를 형성하는 원본적인 문화소(文化素)를 가리키는 말이다. 문화가 아무리 복합되어도 그 문화소를 분별하면 그 합성된 문화의 근간을 찾을 수 있는 까닭이다. 민족문화의 이러한 고유소는 오늘에서는 그 민족의 최하층에서 찾아진다. 왜 그러냐 하면, 어느 때 어느 민족에서나 상류계급 또는 지식층이 먼저 외래문화를 받아들이는 법이요, 외화주의자(外化主義者)나 사대주의자는 이 부류에서 나는 까닭이다. 그러므로, 고유문화의 침염(浸染)을 덜 받는 하층에서 찾을 수밖에 없게 된다. 견제로 말미암아 눌려 있던 야성(野性)이 이성(理性)이 마비된 취중(醉中)에 폭발하듯이, 발달된 민족문화의 하부에는 그 민족의 원본적 고유문화가 눌리어 있는 것이다. 향토문화가 민족문화의 고유한 보고가되는 소이연이 여기에 있다.

저 자신을 아는 방법이 저 자신을 생성시킨 모든 조건을 탐구하는 가운데 깃들여 있듯이, 민족문화의 고유소(固有素)를 탐구하는 길은 오직 그 문화가 어떻게 생성되고 변해 왔는가에 대한 성찰 이외에는 다시 없다. "어떻게 생성되었는가"를 찾을 수 있다는 말이다. 이것이 전통이요 창조의 질료란 말이다. 어떠한 무엇이 살아 움직이는가를 파악해야 "무엇을 어떻게 창조할 것인가"를 알 수 있다.

자기 스스로를 아는 것이 공부하는 마음의 비롯이듯이, 우리가 당면

한 학문의 과제는 '민족문화학'(民族文化學)의 체계화란 것이다. 인문과학, 사회과학의 모든 분야의 전공은 그 부문의 일반이론과 지식을 우리 민족문화의 입지에서 정리하고 체계 세우고 응용하고 실천하는 것만이 가장 중요하고 갈망되는 과제이다.

'민족문화학'은 좁게는 민족학, 곧 민속학(民俗學)이요, 넓게는 모든 학문의 민족적 체계를 지칭하는 말이 된다. 그러므로 이 학문은 너무나 방대하다. 여러 사람이 여러 전공의 분야에서 합력함으로써만 가히 기대할 수 있는 일이다. 우리가 향토문화의 조사 연구를 권하는 까닭이 바로 이에 있으니, 향토문화의 조사 연구로써 '민족문화'의 의의를 자각하고 그 기도하는 바를 시험하며, 거기서 그 방법을 체득하자는 것이다. 이 학문의 방법은 비교학 계통론을 바탕으로 하는 인류학적 방법이라야 한다. 다시 말하면 인류학적 방법으로 찾은 민족학이요 민족학적 방법으로 본 인류학의 모습이 이 민족문화학의 진면목이란 말이다. 민족문화학은 곧 민족학과 문화인류학의 지양된 합성 개념이다.

2

향토문화를 연구함에는 다음과 같은 몇 가지 계단이 있다. ① 조사 ② 수집 ③ 비판 ④ 대질(對質) ⑤ 분류 ⑥ 보존 ⑦ 정리가 그것이다.

조사와 수집은 조사의 단계, 비판과 대질과 분류는 연구의 단계, 보존과 정리는 전시(展示) 또는 출판의 단계이다. 이러한 일곱 가지의 단계적 방법을 사용하는 향토문화 연구는 무엇부터 착수하여 무엇으로 끝낼 것인가에 대해서도 조금 고찰하여 보기로 하자─너무 장황하므로 세론(細論)은 줄이고 요목만 쓰기로 한다. 먼저, 향토문화의 배경에 대한 기본 조사부터 착수해야 할 것이다. 이의 고찰 방법은 지리·역사학의 방법을 주로 적용한다.

첫째, 연구 대상인 향토의 위치·면적·인구·행정구역·연혁 등에 관한 세밀한 조사를 행하여 그에 대한 각종 도표와 통계표를 작성하고, 둘째, 그 향토의 산계(山系)·수계(水系)·평야·호소(湖沼)·기후·지질 등에 대한 조사 결과를 또한 도표와 통계표를 붙여 작성하고, 셋째, 산업·교통·고적(古蹟)·묘사(廟寺)·누정(樓亭)·인물·민속 등을 조사하여 그에 해당한 도표·통계표·사진을 작성해 둔다. 이세 방면의 기초작업은 향토문화 연구의 일반적 전거가 될 뿐만 아니라 향토지[邑誌]의 기능을 가지게 될 것이다.

다음으로 향토문화 전통의 태반인 여러 가지 전승(傳承) ─ 다시 말하면, 현재에 살아 있고 잔존한 것으로 없어져 가는 모든 전승에 대한 조사 수집에 착수한다. 이와 같은 뜻의 전승은 대체로 구비전승·관습전승·생활전승·문서전승의 네 가지로 대분할 수 있다.

첫째, 구비전승(口碑傳承)은 다시 두 갈래로 나눌 수 있다. 방언·우리말 지명·은어·속담·수수께끼·재담·놀이말·놀림말·욕설 등이 그 한 갈래요, 동요·민요·무가·속가·가사·동화·전설·신화·일화·외담(猥談) 등이 그 다른 한 갈래이다.

둘째, 관습전승(慣習傳承)도 두 갈래로 나눌 수 있다. 제신신앙(諸神信仰)·금기·예조(豫兆)·점복(占卜)·민간의술·민간약 등의 조사가 그 한 갈래요, 출산·혼인·상장(喪葬)·증답(贈答)3) 등이 그 다른 갈래이다.

셋째, 생활전승(生活傳承)도 두 갈래에 대분할 수 있다. 주택·복식·의식·민예품·경기·유희·연극·무악(舞樂) 등이 그 하나요 개인생활의식·가족제도·사회구조·경제조직 등이 다른 하나이다.

넷째, 문서전승(文書傳承)도 두 갈래에 나뉘어진다. 문집·전기·서간·일기·수필 등이 그 하나요, 금석문(金石文)·계보(系譜)·연대기·역사·신문·잡지 등이 그 다른 하나이다.

이러한 전승자료의 수집 조사는 발달된 것이나 원인 계통이 확실한 것보다는 될 수 있는 대로 원시적이요 원인 불명의 것, 없어져 가는

---

3) 편집자 주 : 인사로 물건을 주고받는 일.

것을 중시해야 한다.

그리고 채집 장소·채집 연월일과 구술 또는 실연자(實演者)와 또는 시찰(視察) 또는 채집자의 이름을 밝혀 둬야 한다. 없어져 가는 전승 중에 지금은 없어도 과거에는 있었던 자취를 확실히 알 수 있는 경우에는 그 원형에의 소급 기록을 유의한다. 또, 사진과 소묘(素描)와 모형을 보일 성의가 있어야 한다. 여기서 조심할 것은 있는 대로 기록할 것이요, 자의(恣意)로 조작해서는 안 된다는 사실이다.

서상(敍上)한 바 그 기초 조사와 수집이 끝나면 마지막으로 두 가지 과제가 남는다. 전문적 연구보고와 문화자료관이 그것이다.

먼저 학문적 연구 :

조사하고 수집한 자료를 검토 비판하고 대질 분류하여 각각 그 분야의 과학적 방법으로 본격적 정리와 체계화를 병행한다. 주로 언어학적 연구, 문학적 연구, 민속학적 연구, 사회학적 연구, 역사학적 연구가 향토문화 연구의 중요 분과이니, 방언학·음운학(音韻學)·문학사·사상사·역사학·종교학·신화학·법학·정치학·경제학·사회학·고고학·인류학이 여기에 원용된다. 지리학·동물학·식물학·광물학·지질학·농학·의학·약학 등의 각 분야가 또한 향토문화 연구의 도움이 되는 일방의 길임은 다언(多言)을 요하지 않는다.

다음 향토문화 자료관 :

향토문화의 각 방면을 조사 수집한 것을 검토, 분류, 정리, 보관하여 일당(一堂)에 진열 전시함으로써 향토인이나 외래객에게 인식시키는 방도이다. 작은 박물관·도서관·물산 진열관적인 의의를 지닌다.

제1부에는 향토지 자료의 각종 도표·통계표와 문헌 발췌표를 확대하여 진열한다. 향토의 과거는 물론 현세(現勢)의 기록에도 유의한다.

제2부에는 향토의 천연산물인 동물·식물·광물 등의 표본을 제작 진열한다.

제3부에는 향토의 특종 물산 즉 농산물·임산물·가공품·공예품·상품 등에서 우수한 것을 진열한다.

제 4 부에는 각종 생활기구 즉 농구·임구(林具)·어구·엽구(獵具)·방직기·기명(器皿)·주방구 등을 골고루 진열한다.

제 5 부에는 각종 문방구·침봉구(針縫具)·가구·의복장신구·마구(馬具)·완구(玩具) 등의 민예품(民藝品)을 진열한다.

제 6 부에는 향토에서 출토된 고대 유물, 즉 석기·골각기(骨角器)·토기·고와(古瓦) 등과 고가(古家)에 잔존한 자기·병풍 등 고검(古劍) 고동기(古董器)를 진열한다.

제 7 부에는 도서류 곧 문집·족보·행장(行狀)·묘갈명(墓碣銘)·역사·금석문·서간·신문·잡지 등 주로 향토에 관계되는 문헌을 진열한다.

제 8 부에는 천연기념물·고적(古蹟) 건축·진서(珍書) 등 향토 안에 있으되 옮겨서 진열할 수 없는 특수 자료를 사진, 그림 또는 모형으로 작성하여 전시한다.

이 자료관은 사회교육·과외교육에 막대한 의의가 있다. 없어져 가는 자료는 힘써 구하되 구할 길이 없는 경우에는 그것을 만들 줄 아는 사람이 생존해 있는 동안에 한 번씩 만들어 두는 것이 좋다.

이상으로써 향토문화 연구에 대한 의의와 그 방법의 대략을 제시하였다. 일견하여 한인한사(閑人閑事)의 우원(迂遠)한 이야기 같으나, 이 방면의 관심은 선진국가에서는 이미 성취한 감이 있지만, 우리 나라는 학적으로 세계적 의의가 있는 많은 자료를 가지고 있으면서도 너무 등한하다. 그 참다운 의의의 자각과 스스로의 참다운 학문에의 바탕을 마련하기 위하여 이러한 관심이 학생들 손에서 한층 이루어지기를 기원하고, 또 권하는 것은 향토를 사랑하는 나의 충정의 소치임을 말하고 이 주초(走草)를 각필(擱筆) 한다.

V. 한국 정신사의 문제

1. 민족 신화의 문제
― 단군신화의 학적 의의와 이념적 처리에 대하여

1

신화·전설에는 세계에 널리 분포된 통유(通有)의 신화와 어떤 민족의 신화가 영향하여 전파 변성된 유연(類緣)의 신화와 어떤 민족에 한하는 특유의 신화가 있다. 통유의 신화, 유연의 신화, 특유의 신화이고 간에 그것을 성립시키는 공통된 기초는 원시인의 사물을 보는 눈과 구상력과 심리의 공통이라 할 수 있다. 이 때문에 문화적 접촉이 없이도 비슷한 설화가 다른 곳에서 따로 생겨날 수 있는 근거가 생긴다. 그러나 비슷한 생각이 어떻게 다르게 표현되느냐 하는 것은 그 자연환경과 그 설화를 산출하고 수용하는 종족집단의 이질성에서 온다. 그러므로 모든 민족신화는 비교신화학적 기초 위에서 어쩌면 하필 그렇게 이루어졌는가 하는 문제, 곧 국민신화(國民神話)로서의 생성문제 탐구의 단서를 찾아야 하는 까닭이 있는 것이다.

천상에서 목욕하러 내려온 선녀의 날개옷을 감추어서 그 선녀와 함께 살았다는 우리의 〈나무꾼과 선녀 설화〉는 〈백조설화〉(白鳥說話) 또는 〈우의전설〉(羽衣傳說)이란 이름으로 세계에 널리 분포된 설화요, 그 설화의 모티브가 호수에 떠도는 백조에서 착상된 것이라 함은 주지의 해석이다. 〈콩쥐팥쥐 이야기〉가 〈신데렐라 설화〉와 같은 것인 줄도 다 아는 이야기지만, 그리스 신화의 미다스 왕의 〈당나귀 귀 설화〉가 펄쩍 뛰어서 신라 경문왕(景文王)1)의 〈여이설화〉(驢耳說話)가 되어 《삼국유사》에 나오는 등 신화의 세계는 그 전파에도 기상천외한 데가 있다. 이뿐 아니라 우리 설화 및 고대소설을 비교신화학적으로 다룬다면 그 근원설화로서 외래적 요소를 수월찮게 찾을 수가 있을 것이다.

2

우리 민족신화 중에서 우선 중대한 문제가 되는 것은 건국신화요, 건국신화 중에서도 가장 오랜 국조신화인 단군신화일 것이다.

단군신화에 대해서는 고래로 부정적 견해와 긍정적 견해가 병행되어 왔다. 단군신화의 내용이 비과학적이며, 사실상 있을 수 없는 황탄(荒誕)한 일이므로 족히 취할 것이 못 된다는 견해와, 단군신화의 출처가 분명하지 않다 해서 불도(佛徒)의 위작(僞作) 또는 후세의 창작이라 본 것은 부정적 견해요, 단군신화 시대를 무슨 굉장히 문화가 열린 시대로 만들어 단군의 말씀과 사상이라 하여 어려운 글을 만들어내려는 경향과, 단군신화를 우리 민족의 독특한 사상인 줄 오인하고 민족의 슬기를 표현하였느니 하는 투로 자과(自誇)하는 견해는 긍정적 견해들이다. 그러나 이 부정과 긍정의 네 가지 태도는 모두 다 변상적(變常的)인 선입견에서 출발하였을 뿐만 아니라 학적 타당성을 잃고 있다. 이 네 가지 그릇된 견해를 파쇄(破碎)하고 해소하는 길은 단군신화가 바로 신화라는 사실의 자각 그것 하나뿐이다.

---

1) 편집자 주: 재위 917~924. 당나귀 귀를 가졌다고 하며 재위중 내란이 빈번하였음.

신화로 보고 신화학적으로 다루어 거기서 우리 문화 고유소(固有素)의 계통을 찾고 민족적 사고방식의 원형을 찾을지언정, 다른 불길한 선입견과 목적의식으로써 무리한 부정과 지나친 긍정을 하고자 하는 것은 바른 태도가 아닌 것이다.

단군신화를 있을 수 없는 황탄한 이야기라 하여 무시 혹은 부정한 것은 우리 나라 역대 유학자의 공통된 태도요 통폐(通弊)였던 것이다. 그 이유가 신화의 본질을 모른 데 기인한 바도 있었겠지만, 그보다 더 큰 이유는 그들의 사대모화(事大慕華) 사상인 것이다. 원시시대부터 우리 나라에 구비로 전승되어 왔고 우리 고사(古史)에 기재된 것이 아주 인멸되기 전인데도 불구하고 이를 수록하지 않은 김부식이라든지 《기자지》(箕子志)를 지은 이율곡은 이러한 태도의 전형이다. 김부식보다 후인인 일연과 이승휴(李承休)[2]가 형식은 좀 다를망정 각기 고기록에서 단군신화를 인용하였는데, 이를 김부식이 못 보았을 리는 없는 것이다.

기자동래(箕子東來) 전설은 사마천의 《사기》(史記) 〈송세가〉(宋世家)에만 있고, 동서(同書) 〈조선전〉에는 위씨조선(衛氏朝鮮)의 흥망에 대하여 약간 적었을 뿐 기자에 대해서는 한 마디도 없는데도, 이 근거 없는 허구의 동래 전설은 사실로 믿어 의심치 않았을 뿐 아니라, 오히려 우리 나라가 중국에 대하여 기자의 구강(舊疆)임을 자랑하기까지 했음을 보면 옛 유학자의 자기 폄하(貶下)와 모화자족(慕華自足) 사상을 짐작할 수가 있을 것이다.

단군신화를 출처가 분명하지 않다 하여 후세의 위작(僞作)이라고 부정한 일제시대의 일본학자들의 공통된 태도는 또한 통폐였다. 단군신화를 기재하여 오늘에 남겨 준 사람이 승(僧) 일연이라 하여 그를 지목해서 단군신화 불도위작설(佛徒僞作說)을 주장한 금서룡(今西龍)이나, 단군이 나중에 산신이 되었다 해서 단군신화를 산신신앙에서 유추

---

2) 편집자 주 : 1224~1301. 고려 충렬왕조의 학자로 《제왕운기》 등을 저술.

하여 후세에 조작한 것이라고 주장한 소전성오(小田省吾)가 그 대표적인 것이다.

일연의 《삼국유사》에 수록된 단군신화는 환인(桓因)을 제석(帝釋)이라 주(註) 단 것 외에는 불교적 색채라곤 없다. 더구나 일연과 비슷한 시대 사람인 이승휴의 《제왕운기》(帝王韻記)에도 이 단군신화가 고사(古史)에서 인용되어 수록된데다가, 그것이 또 일연의 기록과 대동소이하여 그 소이(小異)로써 구비전승의 차를 볼 수 있는 바, 불도위작이란 한갓 호의(狐疑)에 지나지 않음을 알 수 있다.

무엇보다도 단군신화의 내용이 후세위작으로서는 지나친 원시의 모습을 지니고 있음을 간과해서는 안 된다. 또 단군신화를 고주몽신화에 뿌리를 두고 소급하여 지은 신화라 하는 것도 주객전도다. 단군신화의 웅녀(熊女)는 주몽신화에서는 하백녀 유화(柳花)라는 당당한 여인으로 되어 있다. 천제자 해모수(解慕漱) — 단군신화의 환웅(桓雄) — 와 유화의 교혼처(交婚處)인 웅신산(熊神山), 또는 웅심연(熊心淵)의 웅자(熊字)에 유화가 웅녀임을 암시만 하였다. 웅(熊)은 하신(河神)이므로 하백녀(河伯女)라는 데 유화의 웅녀성(熊女性)이 나타나 있기도 하다. 이로써 보면 주몽신화는 단군신화보다 발달된 후기 신화요, 따라서 주몽신화는 단군신화에서 나온 것임을 알 수 있다. 그러므로 이것을 뒤집어서 주몽신화에서 단군신화가 생겼다고 하는 것은 곧 발달된 신화가 원시적 신화의 모체라는 논리가 되고 만다.

단군신화를 산신(山神)숭배사상에서 후세에 만든 신화라 하는 것도 타당치 않다. 단군신화는 원래 상고의 민간신앙에서 우러난 것으로, 단군은 천신의 아들이요 나중에 산신이 되었으니 천신과 산신은 동일신격이 된다.

다시 말하면, 단군은 천손으로서 하늘의 혈통을 받아 인세(人世)를 다스리다가 천국에 환원하지 않고 인간과 천상의 교섭처인 고산(高山)의 신이 되어 인간을 수호한다는 말이다. 그러므로 우리 나라 민간신앙에는 예로부터 천신숭배(桓因·神), 산신숭배(桓雄·神人), 단군숭배

(桓儉·人)는 합치되어 있었다. 선왕당(仙王堂)·선왕당(先王堂)·천왕당(天王堂)·천황당(天皇堂)·산신당(山神堂)·국사당(國師堂)·삼성사(三聖祠)는 모두 이름만 달랐지 그 신앙 내용은 단군숭배와 같은 것이다. 그러므로 산신숭배는 원래 단군숭배와 같은 것이요, 산신숭배의 발상적 신화도 단군신화인 것이니, 단군신화의 산신숭배 기원설은 그 주지(主旨) 자체는 틀리지 않았지만 단군신화를 후세에 만든 것이라는 것은 부당하다. 단군신화 후세 위작설의 바닥에는 일본학자들의 우리 민족의식 말살의 정책적 선입견이 깔려 있음을 알 것이다. 학문의 방법을 빌렸으나 억설(臆說)임을 면치 못한다.

단군신화의 단군을 국조로 숭배할 뿐 아니라 그 시대를 문물·제도·사상이 상당히 발달된 시대로 만들고자 하는 의욕은 한말(韓末)과 일제하의 우리 학자들의 공통된 태도였다. 이것은 당시 학자의 의식적인 주장이었다. 단군숭배사상이 고조되기 시작한 것은 고려의 충렬왕 무렵부터이니, 이때부터 단군은 개국의 신인(神人)으로 추앙되었다. 당시 고려는 원나라에 압박되어 한 제후국으로 되었으나, 우리 조상은 미개한 몽고인의 나라보다는 더 오랜 문화국으로 천손(天孫)임을 자랑하였다. 다시 말하면, 민족의식의 자각이 국조추앙으로서 민족적 존숭(尊崇)의 대상과 긍지를 찾았던 것이다. 세종 때는 평양에 단군사당을 짓고 동명왕과 합사(合祀)하여 완전히 우리의 국조로서 숭배하였다. 민간에서는 구월산에 삼성사(三聖祠)를 지어 환인·환웅·단군 3대를 섬기게 되고 이후부터 단군에 대한 위토(位土) 설정이 생겼으며, 강동군(江東郡)에는 단군의 묘까지 있다고 말하게 되었다. 한말에 이르러 자주독립사상의 팽창과 함께 대종교(大倧敎)·단군교가 일어나고 한편 국가에서는 단군을 신궁(神宮)에 모시고자 한 일이 있었다.

이와 같이 단군숭배사상은 민족과 같이 자라나면서 대외적으로 남의 침략을 받을 때 민족의식의 집결을 위해서 강조되었던 것은 부인할 수 없는 사실이다. 그러므로 이 시기의 학자들의 단군론에서 오히려 강력한 민족주체의식을 사주지 않으면 안 된다. 다만 그것을 학문적으로서

가 아니라 오히려 신앙적으로 이해하려는 것이다. 《천부경》(天符經)
·《3·1신화》·《신단실기》(神檀實記)에서 보는 바와 같은, 《주역》이
나 《도덕경》에서나 볼 수 있는 정도의 고도한 사상을 단군시대 것으로
신비화한 여러 가지 문헌에 대해서는 앞으로 다른 의미의 새 연구가
필요한 것이다. 다시 말하면 이와 같은 지나친 긍정은 그릇된 부정의
견해와 마찬가지로 단군신화의 학적 의의로서는 정상적인 것이 아님을
우리는 알고 있다.

현존하는 노년층의 학자 사이에는 아직도 단군신화에서 민족적 긍지
를 찾으려 하는 이가 있다. 단군이 곰에게서 난 것은 곰이 슬기로운
동물이기 때문이라는 둥 참을성이 많기 때문이라는 둥 하는 유의 설이
그것이다.

단군이 곰에게서 난 것은 곰이 하신(河神)으로 천신(태양신)과 하신
(대지신)의 신혼(神婚), 천손족(天孫族)의 곰 토템족과의 결합의 표상
인 것이다. 곰이 토템이 된 것은 만선접경(滿鮮接境) 일대의 FAUNA
(動物區)로 봐서 가까운 동물이기 때문이요, 토템의 선정에 우리의 호
오(好惡)를 용훼(容喙)할 수가 없을 뿐 아니라, 곰이 쑥과 마늘을 먹
고 일광을 기피한 것은 출산 또는 전신(轉身)의 터부인 것이다. 우리
말에 미련한 사람을 곰 같다고 하는데, 이 웅녀신화에 대한 곰의 호평
가(好評價)는 무의미한 것이다. 단군신화의 해석에 이와 같은 감정의
선입견도 우리가 청산해야 할 태도라고 하겠다.

많이 발달 변형된 형태이나마 단군신화를 오늘의 우리에게 전해 준
공은 일연과 이승휴에게 있거니와, 이 단군신화를 인정하고 학문적으
로 연구한 최초의 학자는 최남선(崔南善)이다. 그는 한말 학자 통유의
민족의식 — 그의 신조인 조선주의 때문에 과장적·신비화적 경향이 짙
었지만, 문화인류학적 방법에 의한 그의 단군론(檀君論)은 이 방면의
학적 개척에 큰 공이 있다(뒤에 그는 단군신화를 일본신화와 결합시킨 망
발을 범했지만).

이리하여 단군신화는 현대 학자에 의하여 자주 논의되었다. 최남선

의 문화인류학적 방법 외에도 백남운(白南雲)의 사회경제사적 방법, 이병도(李丙燾)의 역사학적 방법, 양주동(梁柱東)의 어원학적 방법, 김재원(金載元)의 고고학적 방법, 그리고 근자에는 윤성범(尹聖範)의 종교학적 방법, 이병윤(李丙允)의 정신분석학적 방법에 의한 설들이 나와서 다채로운 바 있다. 이들 설은 각기 전공 분야에서 단군신화에 대한 해석을 내린 것으로, 비록 미흡과 오류와 억설의 혐을 지니면서도 학적 논의에 응분의 기여를 했다고 하겠다.

무엇보다도 단군신화 연구의 바탕은 신화학적 방법이 아니면 안 된다. 다른 학문의 방법으로 그 측면을 고찰하는 방법은 많은 참고를 제공할 뿐 아니라 단군신화의 연구가 그 방법론을 빌려 온 분야의 연구 자체의 체계에 기여하기도 하지만, 그 부문의 방법의 독단 때문에 신화 자체의 본질이 어긋나거나 엉뚱하게 논단(論斷)되어서는 안 된다. 그러므로 비교신화학적 연구로써 단군신화를 먼저 밝히고 나서 그 테두리 안에서 국민신화로서의 형성을 탐색해야 하는 것이다.

3

단군신화는 천신과 웅녀의 신혼(神婚)으로 부족적 영웅, 곧 부족의 통치자가 탄생하였다는 신화 유형의 하나이다. 이는 천신하강신화요, 또 웅녀신화라 불려지는 것으로, 우리 민족만이 지니는 독창적 신화가 아니고 다른 민족의 신화에서도 이 유형의 신화를 찾을 수 있다.

아이누(Ainu) 신화에서 곰은 토템(Totem)이요 조상신이요 산신이며, 그 숭배에는 웅제(熊祭)라는 독특한 의식이 따른다. 그리스 신화의 천신 제우스(Zeus)가 웅녀 칼리스토(Calisto)와 신혼하여 아르카디(Arkadia)의 영웅을 낳은 아르카스(Arkas) 신화는 단군신화의 유연신화로서는 가장 전형적인 것이다. 칼리스토 신화에도 웅제의식의 잔영이 있다. 중국의 하우신화(夏禹神話)도 웅녀신화로서, 순(舜) 임금이 곤(鯀)을 우산(羽山)에 귀양 보냈다가 화신(火神)인 축융(祝融)을 시켜

230

곤을 죽이고 그 배를 가르니 거기서 우(禹) 임금이 나오고 곤은 나중에 누런 곰으로 화했다는 것이니, 곤도 웅녀인 것이다.

곰은 하신(河神)이다. 우 임금의 9년 치수라는 것도 이 하신의 혈통에 힘입은 것이니, 하신 곤을 죽인 것은 웅제의 의식이다. 곤이 귀양 간 지명 우산(羽山)과 곤을 죽인 축융이 화신(火神)이라는 데 묘미가 있다. 우산은 조류의 상징, 천신은 조류로 나타나고 화신은 태양신에 통하기 때문이다. 여기서 축융은 단군신화의 환웅에 해당하는 변형이다. 단군신화의 계승적 변형인 고주몽신화에도 웅녀는 하백의 딸로 되어 있다. 웅녀임을 밝히지 않고 다만 천제자 해모수와 신혼한 장소를 웅신산, 또는 웅심연이란 지명으로 암시하고 유화란 인명을 붙인 것이 다르다는 것은 앞에서 이미 지적했거니와, 이는 바로 축융이 곤을 죽인 지명 우산과 같은 의취(意趣)의 형식이다. 주몽이 동부여에서 탈출하여 엄수(淹水)에 이르러, 나는 천제의 자(子)요 하백의 손(孫)이라 하니, 어별(魚鼈)이 다리를 놓아 건너게 했다는 것도 주몽이 우와 같은 하신의 혈통을 이은 자이기 때문이다. 고속(古俗)의 교천(郊天)3)은 웅제이거니와, 백제의 교천은 바로 부여족(夫餘族)으로서의 웅제였을 것이다.

이와 같이 웅제신화는 그리스 아르카스 신화와 중국의 하우(夏禹)신화와의 유연(類緣)신화이거니와, 그 형식은 오히려 아르카스 신화와 가까운 것이다. 이밖에도 우리 상고문화의 중아적(中亞的) 성격과 중국 상대사(上代史), 특히 주(周) 이전 하(夏)·은(殷)까지의 동이적(東夷的) 성격은 호개(好箇, 좋은 낱낱)의 시사를 던져 주는 바 있다. 하나라 다음의 은나라는 동이적 요소가 더 짙다. 은족(殷族)은 건국신화가 고구려·만주족과 같은 난생신화일 뿐 아니라 풍속도 부여족과 흡사했던 것이다. 필자는 역사상 한족의 대두를 주족(周族)부터 보고 그 이전의 중국 상대사는 동북 시베리아족, 곧 동이문화권에 넣어 중앙아

---

3) 편집자 주 : 왕이 천신에게 제사를 지내던 일.

시아 문화와의 연결선을 설정하는 자이다. 따라서 기자동래설도 모화주의자가 생각한 것처럼 기자가 한족으로서 조선에 온 것이 아니라, 도리어 동이족으로서 중국을 통치하던 은이 망하매 같은 문화권으로 망명한 것이라 볼 것이다.

4

앞에서 필자는 단군신화와 민족의식 내지 민족주체사상의 결합에 대하여 거듭 언급했거니와, 단군숭배, 곧 국조신앙과 단일민족사상은 일제하에서 민족독립운동과 결부되어 왔기 때문에 해방 후 건국 초에 단군신화와 관련된 것으로 세 가지를 채택하였다.

연호에 단군기원을 쓴 것과 개천절을 국경일로 정한 것과 홍익인간(弘益人間)을 교육이념으로 한 것이 그것이다. 최근에 단기를 서기로 바꾼 것은 잘된 일이요, 개천절은 10월 상달이라 하여 5월 단오와 함께 소도제천절(蘇塗祭天節)로 유서 있는 달이니, 민속의 명절로 남겨 두어도 무방한 것이다. 홍익인간도 인도주의, 민주주의, 국제주의의 이념이 내포되었으니 역사적으로 유서 있는 숙어로서 교육이념을 삼는 것이 나쁠 것이 없다. 다만 그 해석을 좀더 현대적으로 더 부연할 필요는 있다고 본다.

근자에 논의된 바도 있지만, 학교 교육에 있어 단군신화를 어떻게 처리하느냐 하는 문제는 신중히 고려해야 할 문제다. 단군을 국조로서의 실재 인물로 가르치자니 웅녀설화가 난처하고, 웅녀설화를 신화로서 설명하자니 국조로서의 단군의 실재성(實在性)이 난처해지는 이율배반에 놓여 있기 때문이다.

이 문제를 해결하는 길은 결국 단군신화를 신화로 가르치고 그 신화를 신화학, 인류학, 고고학, 사회경제사 등 제분야에서 학적으로 분석하여 하나의 통일된 해석체계를 세워 가르치는 수밖에 없을 것이다. 다시 말하면, 단군시대라는 한 시대를 세우고 그 상한과 하한을 추정한 다음 그 시대·사회·문화의 역사적 위치와 정도를 가르친다는 말이다. 따라서 단군은 그 시대의 군장(君長), 곧 통치자의 호칭으로서의 보통명사로 하고, 이 때까지 국조로서 숭배한 단군은 최초의 단군으로서 단군신화의 주인공 단군이라고 가르치면 된다.

인지가 미개한 때라 할지라도 우리의 역사에 이러한 시대가 있었던 것만은 틀림없는 일이고, 또 단군신화와 같은 웅녀신화가 지금 문명한 나라의 고대신화에도 있으니, 신화를 신화로 가르친다는 데 과학적 교육에 지장이 있을 까닭은 없는 것이다. 역사상 실재 인물인 견훤과 왕건과 이성계에까지도 신화 또는 설화가 따르고 있다. 이 신화와 설화 때문에 그들을 실재 인물이 아니라고 의심할 수는 없는 것이다.

난문제는 신화를 실제 사실로 가르치는 데서 비롯될 따름이다. 현대에서 민족의 신상(神像)은 민족문화 그 자체이다. 민족의식의 교육적 함양도 종래의 각도를 바꾸어 특정 인물이나 왕조 중심사가 아닌 민족문화사 전체에서 체득하게 해야 한다.

단군신화는 비과학적인 것이니 교과서에서 빼어야 한다는 주장은 해방 직후부터 있었다. 군정청 위촉으로 《국사교본》(國史敎本)을 편찬하기 직전에 당시 학술원에서 《국사교본》을 편찬한 적이 있거니와, 그때 좌경(左傾)했던 몇몇 학자는 국사 교과서는 삼국시대로부터 시작해야 된다고 강력히 주장하였다. 필자는 그것을 반대하고 단군신화로부터 시작할 것을 주장하였다. 과학적으로 처리하면 되는 것을 어째서 외국의 역사에도 올라 있는 삼한(三韓)시대며 그 이전의 우리 신화고고학시대를 스스로 빼야 할 까닭이 무엇이냐고 반박하여 관철한 바 있었다. 더구나 그 때는 잃어버린 역사를 오랜만에 찾는 감격의 시기였다. 필자는 지금도 이 지론에 변함이 없다. 단군신화를 빼버리거나 안 가르칠 까닭이 없다고 본다. 그 신화의 생성 변천과 그에 결부된 모든 학적 문제 내지 역사적 변천은 우리 역사교육의 좋은 교훈이 될 것으로 믿기 때문이다.

5

국민신화로서의 단군신화에서 우리는 이념적인 것으로서 무엇을 파악할 것인가. 우리 나라는 신화조차 빈곤한 나라이다. 가장 오랜 단군신화에도 창세신화와 홍수신화는 없다. 하늘에서 내려다보니 삼위태백(三危太伯)이 살 만한 곳으로 보였다는 것은 이미 세상이 만들어진 다음 이야기다. 홍수신화의 변형은 〈충주 달래강 전설〉, 또는 〈달래나보지고개 전설〉 같은 것으로 남아 있을 따름이다. 민족의 서사시인 신들의 쟁투과 사랑의 인간적 모습은 오히려 무가(巫歌)에서 잔영을 더 많이 찾을 수 있다.

이와 같은 신화의 빈곤은 우리 문예의 전통을 빈약하게 하는 결정적 요인이 된다. 단군신화와 그 유연신화를 비교하여 보충, 재구성, 복원하는 방향과 우리의 현존 신화 속에서 소멸된 신화의 모습을 찾는 것도 앞으로의 뜻있는 일이 될 것이다.

단군신화에 부수된 제문제를 논구할 겨를은 없다. 다만 단군신화 속에서 다음의 세 가지는 민족이념으로 추출하여 내세워도 좋으리라는 것을 믿고 있다.

첫째, 신국가 건설의 이상과 개척정신이다. 이것은 단군신화에 있어 환웅이나 고구려신화의 주몽이나 백제신화의 온조에 있어서 공통된 것이다.

둘째, 지상천국 건설의 현세주의 이념이다. 단군신화 이래의 우리의 건국신화에는 본향(本鄕)에의 환원(還元)사상이 없고 후세관념이 없다. 신라의 사상도 그렇게 불교화했으면서도 근본성격은 현세주의요, 이 지상천국의 이념은 최수운에 계승되어 인내천(人乃天)주의로 발전하였다.

셋째, 홍익인간이라는 국제 협조와 평화 애호의 사상이다. 문을 잠그고 자지 않고 침략한 적이 없고 화랑이나 옛 사도(士道)의 치열한

도의정신에 동방예의지국 칭호까지 곁들여 역사상의 좋은 사례를 지표로 삼는 것은 반드시 냉소할 일만은 아닌 것이다.

단군신화―이에 대한 학문적 연구의 의의, 단군 숭배의 역사적 경과 변천과 신화 교육 문제 및 이념 문제를 대충 적어 민족신화의 기본 문제 몇 가지를 건드리고 이만 각필한다.

미진한 바는 졸고 "東方開國說話攷", "累石壇·神樹·堂집 信仰 研究"로 미룬다.

2. 한국 휴머니즘의 정신 형성
— 한국사상의 휴머니즘적 계보

인간이 형성한 국가에는 국경이 있어도 휴머니즘에는 국경이 없다. 이렇게 전제한다면 '한국 휴머니즘'이란 말은 하등의 논제가 되지 않을 것이다. 그러나 '한국의 인간'이라는 민족집단이 그 공동한 역사적 과정에서 휴머니즘의 광범한 내용을 어떻게 체득하였는가, 어느 면에서 강조되었는가를 살필 수는 있다. 다시 말하면 '한국 휴머니즘의 정신 형성'이란 말을 '휴머니즘의 한국적 기조(基調)'란 의미로 파악하여 그 원형과 전개와 투쟁의 양상을 추구함으로써 그 역사적 형성의 바탕을 찾을 수는 있다는 말이다.

1) 한국 휴머니즘의 원형

한 나라 최초의 인간관은 신화(神話)에서 시작된다. 신화의 주인공은 신이요, 따라서 신화는 신을 풀이한 것이지만, 그 신은 실상 인간의 영웅이므로 신화는 고대인의 이상의 반영이요 생활의 묘사이다.

이런 뜻에서 한국적 인생관의 원형은 우리 나라 최초의 신화인 단군 신화의 분석으로 그 싹을 찾지 않을 수 없다.

옛날 환인의 서자(옛날에는 庶子가 첩의 자식이 아니라 長子 다음의 次子라는 뜻) 환웅이 자주 천하에 뜻을 두고 인간 세상을 탐내므로 아버지가 아들의 뜻을 알고 삼위태백(삼위산과 태백산, 곧 우리의 고대 疆域인 감숙성에서 백두산에 이르는 지역)을 내려다보니 널리 인간 세상을 이롭게 할 만하므로 천부인(帝位의 표지로서 하느님이 내려 전한 세 개의 寶印) 세 개를 주어 가서 다스리게 하였다. … 풍백, 우사, 운사를 거느리고 주곡, 주명, 주병, 주형, 주선악 등의 일로 …
세상을 다스리며 교화하였다. … 이 때 곰 한 마리와 범 한 마리가 한
굴에 살면서 항상 신웅에게 빌어 사람이 되기를 원하매 … 마침내 곰
이 여자로 되기는 하였으나 … 웅녀는 혼인할 사람이 없어 … 환웅이
거짓 변하여 결혼하여 아들을 낳으니 이가 곧 단군왕검이다. … 단군
은 장당경으로 옮겼다가 뒤에 다시 아사달산에 숨어 산신이 되었다.
(昔有桓因 庶子桓雄 數意天下 貪求人世 父知子意 下視三危太伯
可以弘益人間 乃授天符印三個 遣往理之 … 將風伯雨師雲師 而主穀
主命 主病 主刑 主善惡 … 在世理化 … 時有一熊一虎 同穴而居 常
祈于神雄 願化爲人 … 熊得女身 … 熊女者 無與爲婚 … 雄乃假化而
婚之 孕生子 號曰壇君王儉 … 壇君乃移於藏唐京 後還隱於阿斯達
爲山神.)

　여기서 우리가 먼저 간취할 것은, 첫째, 고대 한국인이 이 세계를
수직적 분포로 보았다는 사실이다. 그리고 그 수직적 분포는 천상·인
간·지옥의 삼계(三界)가 아니고, 천상·고산(高山, 천인계의 교섭처)
·인간의 삼계란 점이다. 그렇기 때문에 환웅은 하늘나라에서 구름문
을 열고 아래를 내려다보니 삼위태백(地名)의 사이가 살 만한 땅이어
서 그 아버지 천제(桓因)가 가서 다스리게 했고, 환웅이 웅녀와 신혼
(神婚)하여 낳은 단군은 뒤에 산신이 되어 고산에 숨어 인간을 비호하
고 있다는 것이다. 아직도 민간 신앙에는 사람이 죽으면 선한 혼은 좋
은 터에 묻혀 자손에게 명우(冥佑)[1]를 내리고, 악한 혼은 허공을 떠돌
아다니는 원귀가 되어 인간에 우환질고(憂患疾苦)를 준다고 믿는다.
　둘째, 우리가 이 신화에서 간득(看得)할 것은 신자천손설(神子天孫
說)이다. 이 사상은 하늘나라를 발상지 본향으로 보고 거기서 온 치자
(治者), 교화자(敎化者)는 하늘나라의 자손이라고 보는 관념이다. 그
러나 그들은 항상 새로운 국토의 개척자였을 뿐, 본향이나 발상지에

---

1) 편집자 주 : 하늘이나 신의 도움.

대한 환원사상 또는 사대주의를 취하지는 않았다. 자기의 신적 혈통을 과시한 개척의 영도자였을 따름이다. 이것은 수렵 또는 유목민족적 특색을 암시하는 것이겠으나, 그보다도 더 근본적인 것은 우리 초기 건국신화의 시조들은 한결같이 서자 또는 수양자(收養者)나 이복자(異腹者)로서의 차자(次子)였다는 데 연유한다. 본향의 정통을 버리고 불우(不愚)와 불화(不和)를 박차고 탈출하여 신국토를 개척했다는 데 주목해야 한다. 환웅은 천제 환인의 서자이다. 이 서자는 첩자(妾子)가 아니고 적자[長子] 이외의 자의 통칭으로서 중서자(衆庶子)의 뜻이다. 고구려 시조 주몽은 천신 해모수와 하백녀 유화 사이의 신혼(神婚)으로 동부여(東夫餘)왕 금와의 수양자였고, 미추홀(彌鄒忽) 시조 비류(沸流)나 백제 시조 온조는 주몽의 장자인 유리왕의 이모제(異母弟)였다. 이와 같이 일국의 개조가 임금의 서자라는 것은 혹은 '말자상속제'(末子相續制)의 유흔(遺痕)으로 볼 수도 있으나, 그보다는 장자상속제의 확립에 대한 영웅의 불만으로서의 분가 자립의 면이 더 농후하다. 이런 의미에서 우리의 건국신화의 원류 사상의 오저(奧底)에 본향 또는 발상지에 대한 회고(懷古) 사대 사상이 없을 뿐 아니라 오히려 그에 대한 초극의 이념이 더 컸다는 점을 엿볼 수가 있는 것이다.

셋째, 신은 인간의 모습을 지녔고 인간의 교화자일 뿐, 이스라엘 민족의 야훼신처럼 무에서 유를 만든 창조주는 아니란 점이다. 곰과 범이 한 굴에 살면서 신에게 사람 되기를 빌어 곰이 여자가 된 다음 환웅이 혼인해서 단군이란 인간을 낳았다는 이야기로써 우리는 신의 인간의 원형으로서의 모습을 찾을 수 있다. 이것은 곰을 토템으로 신앙하는 원민족(原民族)과 발달된 문화를 가진 외래족의 치자와의 혼인을 신화한 것이라고 해석할 수도 있으나, 천신과 웅녀 사이의 영웅탄생설화는 우리 나라에 국한된 것이 아니고 그리스 또는 고대 중국 신화에도 있으므로 반드시 그렇게 해석할 수는 없다. 차라리 천신 제우스의 변화와 같이 가화이혼(假化而婚)[2]하여 낳은 것이 인간의 영웅이 되었다는 이야기로써 우리는 이를 천신이 인간의 모습을 지녔다는 사상의 암시로 해석할 수 있는 것이다. 또 삼위태백을 내려다보니 살 만한 땅이므로 아들을 내려보냈다는 것은 새로 국토를 만든 것이 아니요 이미 만들어진 세상에 보내는 것이라 보지 않을 수 없는 것이다.

넷째, 환웅은 풍백(風伯)·우사(雨師)·운사(雲師)를 거느리고 주곡(主穀)하는 농업신이요, 주명(主命)·주병(主病)하는 Medicine Man, 곧 의(醫, 巫)요, 주형(主刑) 주선악(主善惡)하는 치자·교화자라는 점이다. 이 세 가지 성격은 고대 치자가 갖추어야 할 필수의 조건이다. 다시 말하면, 군주의 무적(巫的) 전통인 것이다. 환웅이 가지고 내려온 천부인 삼 개는 무구(巫具)에 지나지 않는다.

이밖에도 단군신화에는 결여되었다는 개벽신화라든지 홍수신화 등의 새로운 해석을 필요로 하는 허다한 문제가 있거니와, 이는 이 논제와는 별 관계가 없는 것이므로 차치하고, 우선 위에서 검토한 것만으로 단군신화가 내포한 인간 중심 사상을 충분히 체득할 수가 있는 것이다.

"자주 천하에 뜻을 두었다"(數意天下), "널리 인간을 이롭게 함"(弘益人間)으로 표현된 수직적 세계관도 그 주안(主眼)이 인간계 강림에 있고 "가서 다스리게 하였다, 세상을 다스리며 교화하였다"(遣往理之在世理化)로 표현된 신자천손설이나 "웅녀가 여자 몸으로 변하자 거짓 변하여 혼인하였다"(熊得女身 假化而婚)로 나타난 신형인체관(神形人体觀)이나 "주곡·주병·주형·주선악"으로 나타난 치자즉무설(治者卽巫說)은 어느 것이나 다 천인상즉사상(天人相卽思想)[3]이지만 그 중심 사상은 인간에 있다. 천손은 죽어도 하늘에 오르지 않고 산신이 되어 가호(加護)하고 곰을 사람으로 만들어 그와 혼인한다는 미개 원주족에 대한 교화, 또는 이족(異族)과의 화합에 의한 신인국가(新人國家)의 건설이라든지 천제의 혈통으로 비를 만들고 병을 고치는 권능을 가지

2) 편집자 주 : 신이 사람으로 거짓 변하여 혼인을 함.
3) 편집자 주 : 하늘과 인간은 서로 하나로 통한다는 사상.

는 것도 모두 다 인간 중심적인 사상이다.

그러므로 치자는 신손(神孫)이 이와 같은 인민 ― 인간을 위한 권능을 상실할 때 그 치자는 신의 혈통을 부인당하고 그 지위에서 쫓겨나게 된다. 다시 말하면 신으로서의 가치 판단의 기준은 인간의 복리로써 규정된다는 말이다. 우리의 선민(先民)이 이렇게 생각했다는 증거가 있다.

> 옛 부여에는 비 오는 것과 볕 나는 것이 고르지 않아 오곡이 익지 않으면 그 허물을 임금에게 돌려 마땅히 바꾸든지 죽여야 한다고 생각했다. (《魏志》東夷傳 夫餘條)

이와 같이 하늘의 뜻을 받드는 치자는 인민의 뜻을 헤아리는 자라는 생각, 곧 민심이 곧 천심이라는 생각으로서 이에 어긋날 때는 혁명이 인정되고 왕위의 교체 형태가 나타나는 것은 중국의 천명사상의 핵심이다. 이 부여의 천심사상(天心思想)도 중국의 천명사상과 완전히 동궤다. 그렇다 해서 부여족의 이러한 사상이 중국사상에서 유래한다고 속단하는 것은 잘못이다. 중국에서 이러한 천명사상으로서 혁명을 최초에 성취한 사람은 은(殷)나라의 성탕(成湯)이요, 은민족은 그 건국신화가 부여・고구려・만주(淸) 족과 같은 난생설화로서, 성탕은 제비[玄鳥] 알에서 나왔고, 그 도읍 亳(박)은 부락의 뜻으로 우리말의 벌[原]의 원형 '붉'에 통하는 등 백의(白衣) 풍속 기타 우리의 선민인 부여족과 상통하는 바가 많다. 이 점에 대해서는 중국학자 부사년(傅斯年) 씨도 〈은족동이설〉(殷族東夷說)을 제기한 바 있다. 그러므로 중국 천명사상의 연원이 되는 은족의 혁명은 그 뿌리를 동북아족 상고사상의 발전에 지나지 않는다고 보아야 한다. 은족・부여족・만주족은 같은 동이로서 그 동북아족이 후세에 분화된 지파인 것이다. 주(周)대 이전의 중국의 상고사는 동북아문화소(東北亞文化素)가 단연 우세하다. 이렇게 보면 동양에서의 민주사상의 기초에 자리한 우리 문화의 연원과 위치는 실로 큰 것이라고 할 수 있다.

이상으로써 필자는 한국문화의 연원으로서의 단군신화와 부여 풍속을 검토하여 그 사상의 기저에 있는 휴머니즘을 적출함으로써 휴머니즘의 한국적 원형을 살펴보았다. 필자가 이 두 가지를 한국사상의 원형으로 보는 것은 그것들이 중국문화나 인도문화와는 다른 독자성을 일찍부터 갖추고 있었다는 데도 연유하지만, 한 걸음 더 나아가서 근대에서 한국적 사상의 창설자로서 유불도의 삼교를 섭취하고 천주교의 수입에 자극되어 한국사상으로 환원 집대성한 최수운(崔水雲) 사상의 원형이 바로 이 단군신화에 있다고 보기 때문이다.

첫째, 그의 사상은 시천사상(侍天思想)이다. 천도교 주문의 첫머리는 "시천주 조화정"(侍天主 造化定)이라 하였다. 그가 천주의 마음을 회득(會得)하고 정신 중에 영묘한 세계를 열어 교화자로 자임한 것은 환웅의 "數意天下 遺往理之"에 해당한다.

둘째, 그의 사상은 동학사상이다. 천주의 마음을 받았지만, 그는 한국에서 나서 한국에서 천명을 받았으므로 그의 천도는 학적으로 동학이 아닐 수 없다는 것이다. 이 동학사상은 당시 천주교 수입으로 조국 문화가 서학의 침해를 받을 것을 우려한 면이 직접 원인이 되었겠으나, 그 사상이 민족 주체 의식의 근거가 굳건하다는 것을 알 수 있다. 이 동학사상은 단군신화의 '홍익인간'에 해당된다. 홍익인간의 '인간'은 천계(天界)에 대한 개념이요, 그것은 결국 환웅이 내려온 삼위태백의 인간을 가리키는 것이니, 동국(東國) 인민의 뜻에 지나지 않기 때문이다.

셋째, 그의 사상은 인내천(人乃天) 사상이다. 하늘 마음이 사람 마음이란 인간 지상주의, 내 마음이 네 마음이라는 인간 평등주의는 구경(究竟)의 이상을 지상천국의 건설에 두었다. 인간 이상의 어떠한 신적 우상도 특권적 우상도 설(設)할 수 없고, 다만 인간성 자연에 기인한 새 제도와 윤리를 건설할 것이라는 것이다. 이 인내천 사상은 단군신화의 "在世理化 … 爲山神"의 사상에 해당한다. 이 완전한 현세주의 종교는 그 원류 자체가 비상히 한국적이다. 외래사상이 들어오기 전의 우리 민족이 지니고 있던 본질적 사상의 바탕에는 본디 후세 관념이 박약했다. 그 현저한 예를 신라 문화에서 볼 수 있다. 아직도 생자와 사자가 이웃해 사는 경주에 가 보면, 예술을 비롯해서 그 문화 전반의 오리지낼리티로서의 현세주의를 엿볼 수 있을 것이다.

넷째, 그의 종교는 민간신앙을 이끌어 병을 고치고 주원(呪願)으로써 이적(異蹟)을 나타내며 수양으로써 정신개벽을 지향하고 지상천국의 거점으로서의 민족개벽해방을 찾으며 인류평화 상호부조로써 사회개벽을 부르짖는 등 3대 개벽을 전제한다. 이것은 단군신화의 "主穀·主命·主病·主刑·主善惡"의 부분에 해당한다.

현세주의의 밑바닥에는 인간주의가 있다. 우리 나라 인간주의의 전형이요 한국적 사상의 전형으로 알려진 최수운 사상이 이와 같이 단군신화에 원천하여 그 유형을 벗어나지 않음을 볼 때, 우리는 단군신화의 한국사상 내지 한국 휴머니즘의 원형성을 파악할 수 있다. 뿐만 아니라, 이로써 우리는 한 민족문화의 구성 분자로서의 사상이 얼마나 그 민족문화의 전통적 사고방식의 테두리 안에 있는가 하는 문화유형학의 좋은 예를 여기서 발견할 수 있는 것이다.

2) 한국 휴머니즘의 형성

앞에서 고찰한 바와 같은 한국 휴머니즘의 원형으로서의 소박한 인간 중심 사상은 문화적으로 성숙하면서부터 역사적 과정에서 좀더 구체적인 인간상을 부조(浮彫)하였다. 그것은 고구려형과 신라형 인간관의 두 가지 모습이다.

고구려적 인간상은 '힘의 인간'·'강의(剛毅)의 인간'·'초극적 인간'이었다. 한사군(漢四郡)을 몰아내고 부족국가를 세우기까지, 또 일위대수(一葦帶水)를 사이에 두고 부단히 파급되는 대륙의 강대한 세력 앞에 그 주체를 굳게 지켜온 성시(盛時)의 고구려는 힘의 평면적 공간적 확장, 충만의 의욕으로 차 있었다. 지방적 기질, 또는 수렵 유목민적 특색으로도 해석되는 이 강용(剛勇)의 인간상은 우리 민족정신에 힘의 전통을 세워 놓았다. 그러나 고구려는 끊임없는 외세와의 겨룸 때문에 자기 문화의 주체를 이룰 겨를이 없어 그보다 후진 국가인 신라에게 민족 통일의 대업을 양보하지 않을 수 없었다. 이 힘의 인간상은 개소문(蓋蘇文) 아들의 골육상쟁의 자가 분열을 계기로 퇴세에 들었다.

신라적 인간상은 '꿈의 인간'·'조화적 인간'이었다. 삼국통일을 준비하는 국민운동으로서의 화랑도는 문무쌍수(文武雙修)의 정신을 근간으로 하였지만, 아름다운 정신은 아름다운 육체에 깃들인다는 생각에 외래 문화인 불교의 법열을 받아들이고 유교의 실질적 관념 위에 신흥 의욕에 불타는 국민적 야성을 혼연 합일시켜 놓은 것이 신라적 인간상이었다.

우리 문화와 그리스 문화의 비교 연구는 여러 면에서 검토될 수 있거니와, 특히 삼국사의 그리스적 전개는 흥미 있는 연구 대상이 된다. 고구려와 스파르타, 신라와 아테네 정신의 비교가 그것이다. 고구려 원류인 부여의 천명사상에서 우리 민주주의의 기반을 엿본 우리는, 신라 건국 이전의 육촌(六村)의 부족회의인 화백(和白)의 직접 민주주의와 만장일치제로써 우리는 우리 민족주의의 또 하나의 다른 연원을 볼 수 있는 것이다.

어쨌든 고구려의 대륙성 힘과 신라의 해양성 꿈은 우리 민족문화의 2대 원천이요, 이 합일점이 바로 신라의 통일 건국을 성취시킨 것이 사실이다. 이 두 가지 정신은 동출일원(同出一源)으로 단군신화적 사고에서 우러났고, 그 근대적 집대성이 최수운의 동학사상에서 구현되었다고 할 수 있다.

앞에서 이미 고찰한 바와 같이 수운사상은 우리 민족의 전통적 사고 방식을 계승하였다. 정암(靜庵)[4]의 요순시대를 본받은 지치주의(至治主義)[5]나 수운의 지상천국을 뜻하는 인내천주의도 문화유형학적으로 보면 구경(究竟) 단군의 신시시대의 부흥 사상이다. 수운에 있어서는 그것은 또 통일신라시대의 부흥의 꿈이기도 했다. 수운의 행적에 보이는 검가(劒歌)와 종의 딸을 며느리로 삼은 계급타파사상은 바로 화랑도의 상무주의(尙武主義)와 원효의 환속행화(還俗行化)와 궤를 같이한다. 최수운이 경주인(慶州人)임을 생각할 때 그의 사상의 신라적 성격이 쉽사리 이해될 뿐 아니라 신라문화의 한국문화에서의 고전적 위치를 아울러 인식할 수가 있는 것이다.

3) 한국 휴머니즘의 전개

위에서 살펴본 바와 같이 한국적 인간상은 신라 → 고려 → 조선에 이르는 동안 대별하여 세 가지 면에서 그 휴머니즘 정신을 발양했다.

첫째, 성군(聖君)의 애민(愛民), 현자(賢者)의 지치주의(至治主義), 성장(聖將)의 충의(忠義)로 표현된 '이상적 인간상'이다. 세종대왕·조정암·이충무공을 전형으로 하는 이 계통은 그것이 비록 유교의 애민 또는 충군정신에서 우러난 것이라 할지라도 이분들은 다 한국의 향기를 지닌 한국적 인간의 입상(立像)이다. 성인정치(聖人政治)를 이상으로 하는 전통의 존중과 그러한 꿈에 바치는 진기(盡己)의 인간성을 바탕으로 하는 이 정신은 벌써 유교 정신만으로 운위할 수 없는 고대 이래의 우리 휴머니즘의 전통에서 일어난 정기의 발현으로서의 한국적 휴머니즘의 모습을 지닌다는 말이다. 그 선구적 개화는 이미 화랑도 시대에 있었다.

둘째, 수양과 극기와 학구로 표현된 '침잠적(沈潛的) 인간상'이다. 의상(義湘)·이퇴계(退溪)·정다산(茶山)을 전형으로 하는 이 계통은

---

4) 편집자 주: 趙光祖, 1482~1519. 조선조의 성리학자로 성리학의 이념에 따라 개혁을 단행하려다 모함으로 죽음.
5) 편집자 주: 행정이 아니라 정치를 절대화하여 (유교적) 이상에 따라 백성을 잘 다스리려는 주의, 주장.

앞의 이상적 인간상이 꿈의 실현을 위한 강렬한 정신력을 동반했음에 비하여 이 유형의 특질은 풍성한 꿈을 내면으로 돌린 점이다. 중국 화엄종의 정통을 현수(賢首)에게 미루고 해동 화엄종의 조(祖)가 된 의상, 환로(宦路)에 발을 끊고 임천(林泉)으로 돌아가 문도(門徒)를 가르친 퇴계, 강진(康津)골 귀양살이 19년에 학문에 온축(蘊蓄)을 기울여 실학(實學)을 대성한 다산, 이들의 처세관 자체가 반드시 한국적인 것은 아니더라도 의상의 화엄사상의 바탕이 된 범신론, 퇴계의 이기이면론(理氣二面論)이나 다산의 서학(西學) 사상의 근저에는 한국적 사고의 발판이 있는 것이다.

셋째, 또 하나의 다른 선(線)은 '행화적(行化的) 인간상'이다. 멀리는 원효에서, 가까이는 안도산(島山 安昌浩, 1878~1938)에 이르는 민중 속으로의 교화 지성궁행(至誠躬行)의 국민운동사상의 계보다.

이 세 가지 계열은 대개의 경우 합일이 되어서 혼선을 이루고 있으나, 그 사람 일생의 행적이 어느 쪽에 치중되었느냐에 따라서 그것을 대분할 수 있다. 둘째의 침잠적 인간상이 가장 많고, 셋째의 행화적 인간상이 드문 것은 이 민족의 지적(知的) 성격 또는 소극적 의욕을 방증하기도 한다.

4) 한국 휴머니즘의 투쟁

한국의 휴머니즘의 개화는 언제나 의(義)에 대한 신념, 불의에 대한 반항으로서의 지조와 순절(殉節)에서였다. 정포은(圃隱 鄭夢周, 1337~1392), 사육신에서 신단재(丹齋 申采浩, 1880~1936), 한용운(卍海 韓龍雲, 1879~1944)에 이르는 수많은 충의 열사의 자취가 그것을 말한다. 우리는 이것을 '반항적 인간상'이라고 이름짓는다. 그 다음이 소극적 반항으로서의 은둔과 비타협이다. 최고운(孤雲 崔致遠, 857~?), 이목은(牧隱 李穡, 1328~1396), 김매월당(梅月堂 金時習, 1435~1493)으로부터 근대에 이르기까지 허다한 은일(隱逸)의 사(士), 이것은 비록

소극적인 반항에 멈추었기는 하지만 근본적으로 휴머니즘 옹호 투쟁의
한 양상이다. 이를 '절의적(節義的) 인간상'이라 이름짓는다. 또 하나
다른 면의 한국적 휴머니즘의 투쟁은 '농세적(弄世的) 인간상'이란 색
다른 모습이다. 기인일사(奇人逸士)의 행적으로 회자(膾炙)되는 이 계
보는 한국사상에 빈도 높은 출현을 보았다. 임금호(錦湖 林亨秀),6) 임
백호(白湖 林悌),7) 정수동(壽銅 鄭芝潤),8) 김립(金笠, 蘭皐 金炳淵)9)
등으로 대표되는 이 계보는 비록 초연(超然)이란 이름의 동양적 데카
당의 면을 지니지만 그 근저에는 저항의식이 가로놓여 있었다. 이러한
도피·취생(醉生)·해학·양광(佯狂)10)·미설(迷說)은 일제하의 한국
지성인의 지조(志操) 견지의 길이 되기도 했다는 것을 부인할 수가 없
을 것이다.

5) 한국 휴머니즘의 특질

이상으로써 나는 한국 휴머니즘의 원형과 형성, 전개와 투쟁에 대해
서 그 골자만 대충 별견(瞥見)해 보았다. 중요한 사상 내용을 인증(引
證)함으로써 체계를 세우기에는 좁은 지면에 너무 장황하므로 중요한
내용의 비교보다 전체를 통관하는 유형 파악에 관점을 두고 세부적인
것은 문제만 제시하는 데 그치고 말았다. 이 정도의 전제로써 우리가
잡을 수 있는 한국 휴머니즘의 특질은 대략 다음과 같은 것이다.

---

6) 편집자 주: 1504~1547. 인종·명종조의 문관으로 권간의 비위를 건드려 귀
   양갔다가 丁未士禍에 연루되어 죽음. 이퇴계가 그의 억울한 죽음을 두고 매우
   슬퍼하였다 함.
7) 편집자 주: 1549~1587. 선조조의 문관으로 선비들이 동서로 나뉘어 싸우는
   것을 보고 비분강개하여 명산을 돌면서 시문을 짓다가 요절함.
8) 편집자 주: 1808~1858. 헌종·철종조의 시인으로 술과 풍류를 즐기는 가운
   데 권력이나 금력에 대한 풍자와 비판으로 일관함.
9) 편집자 주: 1807~1863. 조선조의 유명한 풍자시인. 흔히 김삿갓으로 불림.
10) 편집자 주: 거짓으로 미친 체함.

첫째, 한국 휴머니즘은 인간 자연의 완전한 향유를 위한 권리, 곧 개인이나 계급이나 민족의 권리에 대한 자각과 투쟁은 진작부터 보였고, 또 이 점에서 가장 강렬하게 휴머니즘을 발휘했다. 그 근대적 발현이 사도(士道)와 동학혁명과 3·1 혁명이었다. 이 사상은 역시 내추 럴리즘을 바탕으로 한 개인의식의 각성에 있었다. 그러나 그것이 개인이나 민족적 개아(個我)에 치중되어 개인주의·민족주의 영역을 벗어나지 못한 것이 사실이고, 이것은 또 우리 민족사 특수 현실에 결과된 것임을 부인할 수 없는 것이다. 성대부흥(盛代復興)의 국민재생 의욕이라든지 보편적 전통을 동경하는 코즈머폴리터니즘에까지 우리의 휴머니즘은 도달하지 못했다. 자주독립을 위한 민족자결주의의 원동력으로서의 민주주의 휴머니즘에 멈추어 있지만, 통일을 위한 국제민주주의의 발판으로서의 세계주의는 이제부터 진정한 발아(發芽)를 볼 것이다. 이러한 계보를 받은 우리의 현대 휴머니즘의 운동은 어떤가. 한 말로 말해서 우리의 휴머니즘은 대체로 근대적 휴머니즘에 준순(逡巡) 하고 있다. 현대 휴머니즘 운동의 골자로 들 수 있는 전쟁 위험에 대한 평화 방위 운동, 문화 위기에 대한 문화 옹호 운동, 민족주의 내지 인종주의에 대한 문화의 국제성 앙양은 우리 나라에선 아직 미미하다. 그러나 사월(四月) 혁명을 전후하여 이를 계기로 우리의 휴머니즘도 현대 휴머니즘 운동의 공동 전선에 참여하려 하고 있다.

현대 휴머니즘 운동을 반파시즘 운동과 동의어로 볼 때 우리도 이미 이 현대 휴머니즘 운동에 들고 있음을 확신할 수 있기 때문이다. 무저 항주의·반전주의(反戰主義)를 내용으로 한 평화주의는 우리의 선민 이래의 고유한 사상이나, 외세는 반대로 항상 우리를 격정 속에 몰아 넣었고 아직도 핵무기 실험 반대라든지 완전한 반전 사상을 제창하는 평화운동에까지 우리 휴머니즘이 도달한 적은 없다. 민주주의의 당면한 보수성이 우리 문화와 자유 수호의 당면한 거점인 한(限) 민족주의를 포기할 수도 없는 것이 사실이다. 이런 뜻에서 볼 때 한국의 휴머니즘은 먼저 인권과 민족적 주권과 문화적 주체 옹호를 합일한 기본적 휴머니즘을 기조로 하고 있음을 알 것이다.

한국 휴머니즘의 정신 형성이 미개지를 체계지우는 난제를 감당할 공부도 전거(典據)도 아직은 이 정도를 넘어서지 못한다. 다만 우리가 고대에서 근대에 이르는 그 사상 개요를 더듬어 추상한 바 계보로서 다음의 사실을 결론으로 제시할 수 있을 따름이다.

한국사상의 밑바닥에는 인간 중심 사상, 곧 인간주의·현세주의가 있다. 단군신화에 보이는 바 고유사상이나, 대승불교를 대중불교·시정(市井)불교로 만든 원효(元曉)의 사상이 그 원형이 된다. 이 인간주의·현세주의는 필연적으로 민족주의로 구현된다. 단군신화가 홍익인간의 이념을 삼위태백에 발현시킨 것이라든지, 원효가 의상과 더불어 입당(入唐) 유학의 길에서 대오(大悟)하여 그대로 돌아와 해동종(海東宗)을 창설한 것이 그것이다.

한국사상의 밑바닥에는 민중 중심 사상, 곧 민주주의·민본(民本)주의가 놓여 있다. 농사가 잘 안 되고 민심을 잃으면 치자를 바꾼다는 부여의 천명사상이나, 부족회의를 열고 치자를 선거하고 만장일치제를 취한 신라의 화백이 그 연원이 된다. 이 민족주의·민주주의는 또 필연적으로 민중주의로 구현된다. 실학사상이나 동학봉기가 그 계보를 잇는다.

다시 말하면 한국의 휴머니즘은 민족주의와 사회주의를 합일하여 이루어진 것이다. 이 민족적 의의와 민중적 의의는 종교사상면에서 원효를, 정치사상면에서 세종대왕을 대표로 들 수 있다. 원효의 자각 자립한 종지(宗旨)의 민족적 의의와, 사변(思辨)에서 행화(行化)로 산간에서 여항(閭巷)으로 불교를 끌어내린 대중불교의 민중적 의의, 세종대왕의 〈훈민정음〉 서문에 보이는 사상, 곧 다른 나라에는 글자가 있는데 우리 어음(語音)을 기록할 문자가 없다는 것과 어리석은 백성이 말하고자 하는 바 있어도 글로써 발표할 수 없는 것을 민망히 여겨 스물여덟 글자를 만든다는 이 민족적 의의와 민중적 의의의 자각은 세종대왕 시정(施政)의 대강령(大綱領)이거니와, 이러한 원효 또는 세종대왕을 비롯한 한국적 사상의 바탕에 가로놓인 이 민족적 의의 및 민중적 의의의 집대성은 최수운에 의하여 이루어졌다는 것이다.

한국 휴머니즘의 정신 형성은 그 기점으로부터 발원한 정신적 흐름이 이와 같이 근대에 이르러 민족 사회주의라는 하나의 방향을 가리키고 있다고 할 수 있다. 지상천국-인내천주의, 그것은 휴머니즘이다. 민족주의·사회주의는 휴머니즘의 테두리 안에서 한국적 휴머니즘의 길이 되었다. 민주주의와 결부된 민족주의와 문화주의와 인격주의에 연결된 사회주의, 이것이 갑오경장을 분수령으로 하는 우리 근대사상의 선구자들의 계몽주의·이상주의·인도주의의 기조가 되었던 것은 당연한 일이었다. 이 사상적 기점은 오늘에서도 그 의의가 상실되지 않았고, 따라서 변환되지 않은 우리 사상의 주류라고 확신할 수 있다.

3. 개화사상의 모티브와 그 본질
— 한국의 근대화운동에 대하여

1) '개화'라는 말

오늘 우리가 한국사상(韓國史上)의 근대사상 또는 근대화운동이란 말의 동의어로 쓰고 있는 개화사상, 개화운동 등의 관형구 '개화'(開化)라는 말은 세기말의 이 땅에 대두한 근대적 유행어였다. 개화사상의 본질을 이해하기 위해서는 먼저 이 개화란 말에 표상된 몇 가지 기본 인자를 추출하는 것이 필요한 일이요, 그 사상이 성장한 과정을 살피는 것이 중요한 일이다.

이미 사라져 가고 있는 말이긴 하지만 현존하는 어휘로 이 '개화'가 붙은 말은 대개 세 가지가 있다. 그것은 양적으로는 매우 적은 감이 있으나, 이 말의 발생과 그것이 내포한 개념의 한계를 밝혀 주는 점에서는 이 세 가지만으로도 충분할 뿐 아니라 그것은 전형적인 것이기도 하다. 그 세 가지 어휘란 '개화당'(開化黨)과 '개화장'(開化杖)과 '개화주머니'의 세 단어이다.

첫째, '개화당'은 정치에 관한 용어로서 이 '개화'란 말의 발생의 단초(端初)가 된 말이다. 주지하는 바와 같이 이 개화당이란 김옥균(金玉均, 1851~1894)·박영효(朴泳孝, 1861~1939)·서재필(徐載弼, 1866~1951) 등에 의하여 단행된 갑신정변(甲申政變, 1884년) 3일 천하의 혁명내각을 맡았던 이들을 지칭하는 말이거니와, 개화당은 수구당의 반대어로서 성립된 것이다. 수구당이 옛날을 지키는 보수당의 뜻임에 반하여 개화당은 곧 새로운 것을 찾는 혁신당의 뜻이 있다. 수구당이 사대당인 데 대하여 개화당은 독립당으로 일컬어지기도 한다. 수구당이 쇄국주의임에 반하여 개화당은 개방주의이기도 하였다. 다만 대원군과 민씨 일파의 정쟁(政爭) 때문에 이 두 세력의 배경과 소장(消長)에 혼선이 있긴 했으나 개화란 개념이 자주 진취, 개방의 합성 개념인 데는 변함이 없는 것이다. 또 수구당이 재래의 동양도덕을 묵수(墨守)하고 관습제도를 맹종하려는 데 대하여 개화당이 새로운 서구윤리를 고취하고 누습(陋習)을 타파하려고 한 것이라든지 왕권에 대한 민권(民權) 사상을 포회(抱懷)하고 있었던 것을 알 수 있다. 갑신정변 때는 이러한 정책을 베풀 겨를이 없었으나, 그 개화당의 한 사람이요 한국 신문화운동의 최초의 선구자인 서재필이 미국에서 돌아와 임금에게 외신(外臣)이라 자칭한 것으로 미루어 이를 알 수 있다. 미국 국적을 가졌으므로 자기의 한국의 군신(君臣) 관계를 부인한 것이다. 그는 《독립신문》의 논설에서 누습 타파와 신사상을 열렬히 주장하면서도 다만 왕권에 대한 공격을 하지 않은 것은 그 당시의 정세를 참작함으로써 이해할 수가 있는 것이다.

둘째, '개화장'은 복식(服飾)에 관한 어휘이지만, 그것을 상용한 계층이 바로 개화사조에 물든 지도층 인사들이었기 때문에 이 개화장은 개화사상과 함께 들어온 문물이요, 개화꾼의 상징이었다. 개화장은 지팡이는 지팡이여도 노인들이 짚은 재래식 기다란 지팡이가 아니고 개화꾼 청장년이 짚는 손잡이 있는 단장(短杖), 곧 스틱이다. 가느다란 살쪽경[橢圓形 眼鏡]과 중산모(中山帽) 또는 말총으로 만든 중절모(中折帽)는 당시 개화꾼이 착용한 개화 차림의 복식이었다.

셋째, '개화주머니'는 서울 아이들이 개주머니라고 부르는 것으로 '호(胡)주머니' 또는 '호랑'(胡囊)이라고도 한다. 양복 주머니·조끼 주머니 또는 한복 저고리에 붙인 주머니를 일컫는 것으로, 재래식으로 허리끈에 차는 주머니가 아닌 외래식 주머니란 말이다. 캐비지를 양(洋)배추라고도 하고 호(胡)배추라고 하듯이, 호주머니는 양(洋)주머니, 곧 서양 주머니라는 뜻이다. 이 양주머니를 개화주머니라고 부르는 것은 서양인 또는 개화꾼들의 양복으로부터 전래하여 일반 서민의 의복에까지 습용된 것이다. 개화주머니란 말에서 우리는 개화란 말이 지닌 바 서구문물 이입(移入)사상의 일면을 파악할 수 있는 것이다.

'개화당'·'개화장'·'개화랑' 이 세 가지 말에서 우리는 개화란 말이 제도상으로나 사상상으로나 생활상으로나 모두 근대화 또는 서구문물 이입의 뜻에 붙여진 뜻임을 알 수 있다.

개화사상이 의식적인 운동으로 구체화된 것은 갑신정변을 전후하여 발단되어 갑오경장으로 제도상에 시현(示現)되었고, 민중 속에 전면적으로 이 사조가 파급되기 시작한 것은 기미운동을 전후한 무렵의 일이다. 그러므로 연대상의 개화시대는 좁게는 1884년에서 1894년에 이르는 10년 간이요, 넓게 보면 1880년에서 1920년에 이르는 약 40년 간의 기간이 그 시기에 해당된다.

이 개화운동의 구체적 표현인 갑신정변이나 갑오경장이 일본의 메이지(明治)유신의 영향을 받고 일본세력을 배경으로 일어났을 뿐 아니라 그 운동은 상류계급의 일부 인사에 의하여 획책되었을 뿐 민중사회의 밑으로부터의 성숙과 자각적 지지가 없어 실패로 돌아간 점에서 완전한 의미의 근대사상이라고 할 수 없을지도 모른다. 그러나 이 개화사상의 기반으로서의 근대의식은 우리의 역사 속에서 자각적으로 성장한 것이었다. 물론 그 사상적 흐름이 실천운동으로 대두하기까지에는 외적의 침략이라는 직접적 원인과 서학의 영향이라는 간접적 원인이 있었던 것은 사실이지만, 개화사상이 흔히 말하는 것처럼 순전한 외세에 의한 것이라든지 돌발적인 것이 아니었다는 것을 지적하고자 한다.

개화운동은 근대운동이요 개화사상은 이른바 근대사상이다. 다시 말하면 우리 개화사상은 근대의식을 바탕으로 하여 생성된 것이요, 근대의식이란 한 말로 요약하여 민족의식과 민권의식의 자각이라 할 수 있다. 이런 의미에서 개화사상의 원류는 우리의 역사 속에서 이 민족의식과 민권의식이 태동한 자취와 투쟁적으로 나타난 양상을 살핌으로써 찾을 수가 있을 것이다.

2) 근대의식의 한국적 전개

이러한 근대의식의 핵심으로서의 민족의식의 자각에 대하여 살펴보기로 하자. 이 문제의 고찰에 앞서 우리가 먼저 알아 둬야 할 것은, 민족의 형성과 근대적 민족의식의 자각은 반드시 동일한 것이 아니요 일단 구별되어야 한다는 점이다. 다시 말하면 우리 민족의 형성사는 그 단서를 오랜 역사를 거슬러 올라가 찾을 수 있지만, 근대적 의미의 민족의식의 자각은 훨씬 내려와야 한다는 사실이다. 민족의 형성만 하더라도 낙랑시대나 고구려시대의 한(漢)·당(唐)에 대한 항쟁은 부족국가시대의 일이요 삼국시대의 정립 각축도 부족동맹국가시대일 뿐 오늘 우리가 말하는 민족은 아직 형성되지 않았을 때의 일이다. 다만 이들 부족국가가 인종적으로나 문화적으로 유사한 동일 계통의 것이고, 또 그것들의 역사적 경과가 오늘 우리 민족의 단일적 형성의 원류가 되었기 때문에 그 계승자로서의 우리가 그러한 역사적 투쟁을 민족의식의 표현으로 보려고 할 따름이지, 엄밀히 말해서 삼국시대까지도 단일민족이 이루어지지 않았고, 따라서 하나의 민족이라는 공동의식이란 것이 없었다. 있었다면 그것은 고구려와 백제와 신라가 각기 별개의 국가의식으로 뭉쳐져서 있었다는 말이다.

(1) 민족의 형성

이렇게 볼 때 우리 민족의 원형 — 종족적으로나 문화적으로 하나가 된 최초의 핏줄은 통일신라에서부터 이루어졌다고 하지 않을 수 없다. 그 때문에 이 시대는 모든 의미에서 우리 문화의 고전시대로 등장하는 것이다. 그러므로 통일신라가 삼국 유민의 단합으로서 당 세력을 구축(驅逐) 했다는 사실이 비로소 우리의 민족의식의 싹을 틔웠다고 할 수가 있다. 우리 민족 형성의 제 2 의 시기는 발해의 멸망으로 말미암아 그 유민이 고려에 내투(來投) 함으로써 남북조시대가 남조 중심으로 부분적 통일을 이룬 시기이다. 고구려의 계승을 자임하여 국호를 삼은 고려의 요(遼)・원(元) 등에 대한 투쟁으로 민족의식은 일단의 발전을 보았다고는 할 수 있다. 그러나 이것도 근대적 민족의식의 자각에 값하는 것은 아니었다.

한국 민족이 완성된 것은 여말(麗末)에서 세종이 육진(六鎭)을 개척한 시기의 일이었다. 판도(版圖)에서나 여진족을 포함한 종족적 혼합이 최종적 선(線)을 그어 지연으로 혈연으로 또는 문화적으로 역사적으로 하나의 민족이라는 운명공동체를 형성한 것은 이 시기 뒤의 일이었기 때문이다. 그러나 이 시기에도 민족의식의 자각은 완전히 이룩되지 않았다. 세종대왕의 훈민정음을 비롯한 제반 문화정책이 민족의식을 보이긴 하였으나, 이성계의 대명(對明) 정책에 나타난 건국이념과 유교로 말미암은 사대모화주의는 민족의식 자각의 암이 되어 있었기 때문이다.

(2) 왜호양란(倭胡兩亂)과 근대의식

이런 의미에서 우리의 역사상에 민족의식과 민중의식의 자각으로써 근대의 방향으로 여명을 보게 된 것은 임진왜란과 병자호란이라는 양대 외적의 침략이 그 계기가 되었다고 할 수 있다. 이 왜호양란에는 그 침략민족의 앞잡이가 된 소수의 한간(韓奸)[1]이 있긴 하였으나 전국민의 모든 계급이 한 마음으로 항적(抗敵) 의식에 불탔던 것으로 특기할 만한 몇 가지 대첩(大捷)이 남긴 일화만으로도 속일 수 없는 사실이었고, 그러한 공동의식은 바로 타민족에 대한 자민족의 역사와 운명에 대한 공동의식의 자각적 발로에 지나지 않는 것이다. 이 왜호양란은 민족의식뿐 아니라 피지배계급의 민중의식의 자각을 동시에 자극하였다. 임란 당시 도성의 관청에 불을 지른 것이 그들이었고, 고관들이 평양을 후퇴할 때 평양시민들이 돌팔매질을 한 것이 모두 이런 의식의 표현이었다.

---

1) 편집자 주 : 한국인으로 일본의 앞잡이 노릇을 한 사람.

그 시대의 이러한 의식 — 민족의식과 민중의식이 단적으로 나타난 것은 《임진록》(壬辰錄)과 《홍길동전》(洪吉童傳)의 두 소설이다. 임진록은 저자 불명일 뿐 아니라 그 창작 연대가 임란 당시가 아니고 병자호란이 지난 훨씬 뒤의 것으로 추정되지만, 어쨌든 임진란을 소재로 하여 당시 승장 사명당(泗溟堂)을 주인공으로 삼아 그가 일본에 봉명사신(奉命使臣)으로 가서 자재(自在)한 신통력으로 왜인의 여러 가지 간계를 부수고 마침내 왜왕을 접복(慴伏)시켜 부자지국(父子之國)이라는 항서(降書)를 받고 온다는 줄거리로 된 점에서 임란 이후의 대왜(對倭) 감정과 강렬한 민족의식이 표현되어 있음을 볼 수 있다. 이 소설의 작자는 평민계급의 그다지 유식하지 않은 사람이었던 듯하다. 이 소설에는 서산대사(西山大師)가 처음 상경하여 임금께 아뢰는 장면에 김응서(金應瑞)[2]·강홍립(姜弘立)[3]은 다 죽고 다른 장수가 없음을 걱정한 나머지 자기 제자 사명당을 천거했고, 상감이 유성룡(柳成龍)을 시켜 사명당을 명초(命招)한 것으로 되어 있는데, 이 인물들의 생몰(生沒) 연대는 실상 김응서가 1580~1619, 강홍립이 1560~1627, 서산대사가 1520~1604, 사명당이 1544~1610, 유성룡이 1542~1607년인 것이다. 즉, 김응서·강홍립은 이들보다 10년 내지 20년을 나중 죽은 인물들인 것이다. 이런 오류가 당당히 씌어진 것을 보아도 이 소설의 작자는 식자층의 인사가 아닌 것 같다. 그러나 여기서 말하려는 것은 그런 것이 문제가 아니다. 임진의 왜구 침입으로 말미암아 전국토가 짓밟힌 치욕을 허구의 소설로 통쾌하게 보복한 이 소설의 테마의 바닥에 깔려 있는 강렬한 민족의식을 말하려는 것이다.

《홍길동전》은 광해군 때 허균이 지은 소설, 저자 허균(許筠, 1569~1618)은 이수광(李晬光, 1563~1628)·유몽인(柳夢寅, 1559~1623) 등으

---

2) 편집자 주 : 선조조의 무장으로 이여송과 함께 평양성을 탈환하였고 뒤이어 부산도 탈환한 장수.

3) 편집자 주 : 광해군, 인조조의 정치가로 淸에 항복하여 앞잡이가 되었다는 설과 淸에 있으면서도 절개를 지켰다는 설이 병존.

로 더불어 실사구시 학풍의 선구자의 한 사람이다. 이들 학풍이 공리 공론을 버리고 이용후생의 학문을 지향한 것이었던 만큼, 국가사회의 모순을 수술하고 개혁하여 새 질서를 세우는 것은 이들의 이상이기도 하였다. 홍길동전은 주인공 홍길동이 정승의 아들로서 학식과 재능이 절륜한 인물이었으나 종의 소생인 서자이기 때문에 멸시가 심하여 표연히 집을 나와서 의적(義賊)의 괴수가 되고 온갖 조화를 마음껏 부려서 양반계급에 복수하고, 나중에는 율도국(硉島國)의 왕(王)이 되기도 하는 내용이다. 저자 허균은 작중의 주인공 홍길동과 같은 서자인 점에서 이 소설은 곧 그의 이상을 그린 것이요, 그의 혁명정신을 작품화한 것이라 보겠다. 양반들의 횡포와 토색질, 백성들의 불평, 지도계급에 대한 비난을 중심으로 하여 계급 타파를 부르짖은 이 사회소설은 중국소설 《수호전》(水滸傳)의 영향을 많이 받은 것으로 보이지만, 이는 어쨌든 그 내용에서 근대소설의 선구가 되는 것만은 틀림없는 사실이다.

(3) 서양문물의 전래와 세계의 인식

이 임진·병자의 양대란은 사상적으로 이러한 민족의식과 사회의식의 각성을 불러일으켰을 뿐만 아니라 서구문물의 전래의 시기이기도 하였다. 과학문명의 무기인 조총(鳥銃)이 우리 나라에 처음 들어온 것은 왜란 발발의 2년 전인 선조 23년(1590년)에 일본국사(日本國使) 종의지(宗義智)에 의해서였으니, 일본보다 47년이 늦은 셈이요, 이 무기 수입에 뒤떨어진 것이 왜병에게 패한 중요한 이유이기도 하다. 왜란중 또는 난후에 새로운 무기와 훈련도감(訓練都監) 등 새로운 시설이 생겼고 5·60년을 지난 효종 5년에는 청국과 러시아(羅禪)가 흑룡강 방면에서 충돌했을 때 우리 군대가 조총을 잘 쏜다 하여 청국에서 청병(請兵)해 간 일이 있게 되었던 것이다.

선조 광해군 이전에는 중국만이 유일한 문명국이고 그밖에는 모두가 이적(夷狄)의 나라인 줄 알았고, 우리를 중화(中華)에 대한 소화(小

256

華)로 자처하여 자족하였다. 동북의 야인이나 동남의 왜인은 우리의
안중에도 없었던 것이 임진·병자의 두 난은 바로 이 문제시하지도 않
던 무리들에게 짓밟힘으로써 인식을 새로이 하지 않으면 안 되게 되었
던 것이다.

　서구의 문물이 처음 들어온 것은 16세기 초두다. 중종 3년(1508)
에 서양포(西洋布)가 중국으로부터 들어왔고, 중종 15년(1520)에는 통
사(通事) 이석(李碩)이 중국에 다녀와서 불랑기국(佛朗機國, 프랑스)을
이야기함으로써 서양에 관한 보고가 있었으나, 그때까지도 아직 서양
에 대한 확실한 지식은 몰랐고 그 위치가 어디에 있는지 어떠한 나라
들인지는 아주 몰랐던 것이다.

　우리 나라가 서양을 비로소 인식하기 시작한 것은 17세기 초두의 일
이다. 임진란 후 선조 36년(1603)에 이광정(李光庭)4)이 중국에 사신으
로 갔다가 보내온《구라파여지도》(歐羅巴輿地図) 1건 6폭을 보고 이수
광은 다음과 같이 말하였다. "소위 구라파는 서역에 있어 가장 절원(絶
遠)하여 중국으로부터 8만 리인데, 예로부터 중국에 통하지 않더니 대
명(大明)에 이르러 비로소 입공(入貢)하니 지도는 내기국사(乃其國使)
이마두(利瑪竇, Matteo Ricci)가 만든 것으로서 말단에 서문을 붙였는
데 … 구라파 세계는 남으로는 지중해에 이르고 동으로는 대내하(大乃
河)에, 서(西)으로는 대서양에 이르는데, 지중해는 천지의 가운데 있
는 고로 그같이 부르는 것이다"라고 하였다. 우리 나라가 세계를 인식
할 이 무렵은 콜럼버스의 아메리카 발견, 바스코다가마의 동방 항로
발견으로 서양의 해상 발전의 여파가 중국에 파급되고, 그 영향을 받
아 우리도 이 세계의 눈을 뜨게 된 것이다. 또, 이수광은 그 저서《지
봉유설》(芝峰類說)에서 그 무렵에 전해진《천주실의》(天主實義)에 대
해서 말하기도 하였다.

　서양인이 우리 나라에 처음 온 것은 선조 15년(1582) 마리이(馬里

4) 편집자 주 : 1552~1627. 선조·인조조의 명신으로 대사헌 재직시 연경에 다
녀옴.

伊)가 표착했다가 곧 중국으로 송치된 일이 있었고, 임진란중에는 왜 군을 따라온 야소교사(耶蘇敎士) 세스페데스(Cespedes)가 있었으나, 우리 나라와 최초 교섭을 가진 서양인은 인조 5년(1627)에 표착한 네 덜란드인 벨테브레(Jan Janse Weltevree, 朴燕 혹은 淵·延)와 효종 4년 에 표착한 네덜란드인 하멜(Hamel) 외 2명이다. 벨테브레는 한국에서 그 일생을 마친 최초의 서양인으로서 한국 부인을 얻어 남녀 각 1인을 낳았으나 그 자손의 존부는 알 길이 없다. 하멜은 탈출 귀국한 후 《표 류기》를 저술함으로써 14년 동안 한국에 잡혀 고역을 겪으며 견문한 바를 기록하여 한국을 널리 구라파에 소개한 맨 처음 사람이다.

박연(朴燕)이 표류한 4년 뒤인 인조 9년(1631)에는 정두원(鄭斗源)이 명으로부터 돌아올 때 서양식 화포·염초화(熖硝花)·천리경·자명종·자목화(붉은 목화)·도서 등을 가지고 와 헌납하였다. 이 중의 서적은 《치력연기》(治曆緣起)·《이마두 천문서》(利瑪竇 天文書)·《원경서》(遠鏡書)·《천리경설》(千里鏡說)·《직방외기》(職方外記)·《서양국풍속기》(西洋國 風俗記)·《서양국 공헌신위대경》(西洋國 貢獻神威大鏡) 각 1책과 〈천문도남북〉(天文圖南北)·〈천문광교〉(天文廣敎) 각 두 폭·〈만리전도〉(萬里全圖) 5폭·《홍이포》(紅夷砲) 제본(題本) 1책이었다. 이같은 서적과 서양 신문명의 이기(利器)는 우리 나라 사람들에게 큰 경이가 되었다. 우리의 과학사상·종교사상에 일대 변동을 일으키고 서양에 대한 지식과 호기심을 북돋워 주었다.

3) 실학파와 근대의식

임진·병자의 난을 겪고 서양의 문물에 접하면서부터 중국적 세계사 안에서 미몽에 잠겼던 한국은 그 소화(小華)의 관념에서 일대 경성(警醒)을 하기에 이르렀고, 따라서 이러한 추세는 고려 말 이래로 유일한 지도이념이요 움직일 수 없는 철칙의 원리이던 주자학(朱子學) 중심사상에 대해서도 반론이 일어났으니 왜호 양란으로 말미암아 더 한층 확대된 사회적·경제적 모순은 종래의 체제에 회의와 재검토를 필연적으로 오게 하기에 이르렀다. 이러한 자각과 반성이 미미하게나마 싹트기 시작한 것이 이른바 실학 ― 실사구시 학풍의 대두였다. 이 신학문의 근본 이념인 실사구시는 한서(漢書)의 《하간헌왕전》(河間獻王傳)에 나오는 "학문을 닦고 옛것을 좋아해 사실을 따라 올바른 것을 구한다"(脩學好古 實事求是)에서 온 것으로서, 공리공담의 죽은 학문이 아닌 이용후생(利用厚生)의 산 학문을 의미하는 것이었다. 그러므로 이 실사구시의 근본정신은 국가·사회의 모순을 개혁하는 데 있었고, 따라서 그것을 경국제세(經國濟世)의 학(學)으로서 성리학과 경학(經學)에 대립함으로써 부문위학(浮文僞學)의 대어(對語)로써 실사구시의 학을 설정하였던 것이다. 이러한 자각 운동은 그 바탕을 당시 근본적으로 파괴되어 있던 국력을 회복하자면 정치적·경제적 일대 개혁으로부터 시작해야 된다는 긴급한 시대적 요구 위에 두었던 것이다.

이 학풍의 선구자는 이수광(1563~1628)이다. 그는 임란 후에 3차나 연경(燕京)에 갔던 일이 있거니와, 서양문화 동양 전파의 중심지이던 그곳에서 그는 시야를 넓히고 신사상에 물들어 진보적 견해를 가지게 되었다. 그는 천주교를 최초로 소개한 사람이요(천주교 최초의 신자는 앞에서 나온 허균이다), 처음으로 유럽의 영길리국(永吉利國, 영국)과 불랑기국(佛朗機國, 프랑스)을 소개한 사람이며 신래의 서구문물을 최초로 설명한 사람이다.

이와 같은 시기에 또 한 사람의 진보적 학자로 구암 한백겸(久庵 韓百謙, 1552~1615)이 있으니, 그는 역사와 지리 연구에 고증학적 방법을 채용한 학자였다.

실학운동의 이론을 정치제도에 처음 시행한 이는 잠곡 김육(潛谷 金堉, 1580~1658)이다. 그는 인조 22년(1644)에 관상감제조(觀象監提調)로 있을 때 보양관(輔養官)으로 북경에 따라갔다가 탕약망(湯若望)의 헌력법(憲曆法)에 대한 서적과 수학에 대한 책을 사왔을 뿐 아니라 새로운 제도도 보고 왔던 것이다. 그 후 그는 대동법(大同法)을 호서(湖

西)에 시행하여 서민 생활의 향상에 이바지하였다. 대동법은 현물로 바치던 공물을 미곡으로 환산하여 전(田) 일결(一結)에 대하여 일정한 양을 바치게 한 법이다. 화폐경제의 이(利)를 말하여 포화(布貨)를 폐지하고 주전(鑄錢)할 것을 주장하니 효종 때 이의 실시를 보았으며, 이밖에 수거(水車)의 이(利)와 용거(用車)의 편(便)을 말하였고 《구황촬요》(救荒撮要)·《벽온방》(辟瘟方)을 간행하여 제도(諸道)에 나누기도 하였다.

그러나 이같은 학풍의 변천 속에서 국가·사회의 여러 부문에 걸친 학문적 연구의 이론으로써 변법개혁(變法改革)을 주장한 것은 반계 유형원(磻溪 柳馨遠, 1622~1673)을 시초로 삼는다. 그는 일생을 초야에 묻혀서 학문에 몰두한 이로서, 특히 경제면의 연구에 빛을 가져온 학자이다. 농본국인 한국의 경제적 개혁이 전제(田制)의 개혁에서 시작되지 않을 수 없는 만큼 그의 저서 《반계수록》(磻溪隨錄)은 주로 이 전제론(田制論)으로 이루어져 있는 것이다. 그는 전제의 근본적 개조를 부르짖어 그 방법으로서 과전제(科田制)의 실시를 주장하였다. 과전은 인민의 신분과 관직에 따라 국가가 일정한 전지(田地)를 과(科)하였다가 본인이 죽으면 이를 다시 국가에 환상하는 법이다. 전지는 육척사방(六尺四方)을 1보(步)로 하고, 백보를 1무(畝), 백무를 1경(頃)으로 하니 1경은 1만보(萬步, 지금의 약 2町步)인 바 4경을 1전(佃)으로 하여 4부(四夫)가 가지게 하되 매 1부에 1경을 주어 조세를 납부하게 하는 것이다. 또 1전(佃)에 병 1인(兵一人)을 내게 되어 4부 중 건장한 자가 병역에 복역하고 나머지 세 사람은 보포(保布, 예비역 상납)를 납부하게 된다. 이것이 전전법(佃田法)이다. 평민으로서 20세 이상의 자는 1부의 전을 받고 일가(一家)에 중남(衆男)이 있으면 16세 이상의 자에게는 따로 여전(餘田)을 준다. 전지를 받은 자가 죽으면 사대부는 사후 1년 안에, 인민은 백일 후에 반환한다. 고독자·유약자에게는 부전(父田)을 전급(傳給)하고 20세가 되기를 기다려서 과전을 주는 것이다. 처가 독존(獨存)할 때는 구분전(口分田)을 주되 과전의 반액으로 하고, 공상(工商)은 농부의 반액의 토지를 받고, 보포도 반으로 하고, 창우(倡優)·무격(巫覡)·승도(僧道)의 유(類)는 전지를 받지 못한다. 사족(士族)은 하학(下學, 邑學의 額外生)에 넣어서 2경을 상학(上學, 邑學의 額內生)에 오르면 4경을 주어 병역을 면하게 하고 관직을 얻으면 9품 이상 7품까지는 6경으로 하고 이상 체가(遞加)하여 정이품 정경(正卿)에 이르면 12경을 받게 되었다. 관직에 있을 때는 직록(職祿)을 받고 직관전(職官田)은 관을 파(罷)하고 가거(家居)하여도 종신토록 이를 거두지 않는다. 서리복예(胥吏僕隸)로 관에 사역되는 자는 종래 제도에 녹(祿)이 없으므로 이서(吏胥)가 나라를 문란하는 까닭이 된다 하여 이에도 녹을 주기도 하여, 재경자(在京者)는 녹을 우급(優給)하고 외방에 있는 자는 녹 외에 2인 1경의 전토를 주며 병역도 면제하였다. 또 공신·청백리·사절(死節) 전사자의 처에게는 전액(全額)을 주기로 하였다. 이 전법의 시행에는 경계(經界)를 방형(方形)으로 고치어 양전(量田)의 정확을 기하되 전(田)을 9등으로 나누고 세는 국세〔留稅〕·지방세〔漕稅〕를 합하여 40분의 1의 비율로 하였다.

이상이 반계의 전제개혁론의 골자인 바, 그는 고대의 정전법(井田法)을 당시에는 시행할 수 없다 하여 종래의 전제에서 오는 토지겸병(土地兼倂)으로 인한 심한 빈부의 차를 없이 하려는 데 주안점을 두었다. 그는 이 법의 실시에는 여러 가지 곤란이 따르지만 만난을 배제해서라도 실행하지 않으면 안 된다고 역설하였다. 당시의 국가경제와 양반들의 경제문제, 인구 증가에 따르는 급전(給田) 문제 등 그 이론의 실시에 부수하는 난문제를 해결하지 못했고, 무엇보다 사회계급을 인정했다는 점에서 그의 이론은 완전하다고 할 수 없으나 그 시대의 경제학설로서는 아주 선구적인 것이었다. 그는 이 전제론 외에도 교선(敎選)·임관지제(任官之制)·직관지제(職官之制)·녹제(祿制)·병제(兵制)에 관해서도 자기의 견해를 주장하였다.

이 실사구시 학풍을 계승하여 경제실용의 학을 주로 하고 전통적인 학문과 서양학술의 정밀함을 아울러 탐구함으로써 박학 다채(多彩)한 학풍을 일으키고 그것을 많은 사람에게 영향 주어 문하에 우수한 학자를 배출한 명실공히 실학파의 개조(開祖)가 된 사람은 성호 이익(星湖 李瀷, 1682~1764)이다. 그는 전제론, 곧 토지개혁 이론에 있어 정전법을 시행하지 못할 것이라 했을 뿐 아니라 반계의 학설도 실시 곤란이라 하여 균전법(均田法)을 주장하였다. 균전법은 민전평균(民田平均)의 경향을 조성함으로써 토지겸병에 의한 빈부의 차를 방지해야 한다는 것이 골자가 되어 있다. 사유 토지의 상황에 대하여 그 변혁을 강제하지 않고 국가가 1부(夫)의 영업전(永業田)을 정하여(면적은 명기하지 않았다), 현재 그 제한 이상의 전토(田土)를 소유하고 있는 자는 법정 영업전을 계출(屆出)케 하고 이를 관의 지적부(地籍簿)에만 올리고 지권(地券)을 소각하여 자손들이 매매를 못하게 한다는 것이다. 균전법은 실시되진 못했으나 그 학설의 근저에는 토지 국유 사상이 놓여 있다. 그러나 실시하기 쉬운 것을 주로 하였기 때문에 소극적이요, 고식적인 폐를 면치 못하였다.

성호의 학문은 여러 방면에 걸쳐 그가 끼친 영향은 다방면으로 컸다. 역사학의 안정복(安鼎福, 1712~1791)·한치윤(韓致奫, 1765~1814)·이긍익(李肯翊, 1736~1806), 지리학의 이중환(李重煥, 1690~)·정항령(鄭恒齡, 1700~), 언어학의 신경준(申景濬)·유희(柳僖, 1773~1837), 경제학의 정약용 등은 모두 다 이 학파의 우수한 학자들이다.

이와 같이 우리 자체 내에서 일어난 근대의식, 곧 실사구시의 학풍을 집대성하여 근대사상의 창도의 선구가 된 이는 다산 정약용(1762~1836)이다. 그는 가치관과 사고방식에 있어 종래의 것을 환골탈태한 대사상가였다. 그는 성호학파에서 나왔고 성호와 같은 남인학파에 속해 있었지만, 성호가 성리학문에서 이퇴계를 조술(祖述)한 데 비해서 그는 성리학의 사고방식 그 자체에 대한 근본적 회의를 포회하고 있었다. 그는 천주교 박해사건에 걸리어 19년 간이라는 장구한 유적생활중에 《다산전서》(茶山全書 ; 與猶堂全書) 500권이라는 방대한 저술을 남졌다. 시문·경전·의례·음악·지정·지리역사·의학에 정통하였고, 지구도설·역학·광학의 연구, 축성·병사·총포·조선·종두술·법의학·토지제도·도량형·수리사업은 물론 임정(林政)·축정(畜政)·광정(鑛政)·의정(醫政)까지 빠짐없이 열거 논급하였다. 국민개직(國民皆職)·국민개병론까지 주장하였으나, 다만 국민개학론(皆學論)은 언급되지 않았다. 그는 성호의 균전법에 자극되어 공산설(共産說)을 세웠으나 그것은 토지 몰수 국유론이 아니고 일종 사회 개량 정책이었다. 이와 같이 그는 진실로 근대사상에 값하는 안목과 방법론을 체득한 최초의 학자였으니, 그의 사상의 위대한 점은 관권신성(官權神聖)과 관주민권사상(官主民權思想)의 부정으로 민주민본주의·민의민권주의를 주장한 데 있다. 그가 집단적 생활을 정치사회의 전 단계에 둔 것은 개인을 출발점으로 한 18세기 개인주의 국가관·사회관에 비하여 일보 전진한 견해라 아니할 수 없다. 그의 출생 연대인 1762년은 루소가 봉건 전제와 왕권신수론(王權神授論)에 대항하여 사회계약설을 발표하던 해라는 것을 상기할 수 있을 것이다.

실학파는 서학(西學) 또는 북학(北學)으로 불리어지기도 한다. 그것은 우리의 근대학파인 동시에 서구학문 수입운동이었으며 그 서구학술의 수입은 천주교를 매개로 하였다. 서구의 종교개혁에서 패퇴한 천주교가 동양 선교에는 선편을 침으로써 동양의 종교개혁을 자극하였던 것이니, 그 동안 선교의 중심지인 청(淸)의 연경은 완연히 서양 학예(學藝) 전수의 지(地)가 되었다. 서학이고 북학이고 간에 실학은 이곳에서 파급된 것으로서, 청의 건륭년간(乾隆年間)의 찬란한 문화의 전성기는 우리 입연사(入燕使) 및 그 수행원으로 따라갔던 학자들이 그곳 학자와 교유하고 그곳 문물을 가져오게 되고 그들의 고증학풍을 배우게 된 것이다. 북학은 곧 청국을 배우자는 것으로서, 우리가 명나라에 대한 숭모와 절의(節義), 또는 병자의 국치에 앙앙(怏怏)하여 청국을 오랑캐로 멸시하다가는 아주 시대에 뒤떨어지고 말 테니 청을 배우자는 것이다. 이 북학론의 선구자는 연암 박지원(燕巖 朴趾源, 1737

~1805) 이다. 그는 사신을 따라 청에 가서 그곳 문물을 견문하고 《열하일기》(熱河日記)를 지었거니와, 그가 남긴 《호질》(虎叱)·《허생전》(許生傳) 등의 소설체 한문 수필은 부유(腐儒)에 대한 통격과 북벌론의 허망을 신랄하게 풍자하였던 것이다. 북학론은 초정 박제가(楚亭 朴齊家, 1750~1815)의 《북학의》(北學議)가 대표적인 것이다. 이덕무(李德懋, 1741~1793)·박제가·유득공(柳得恭)·이서구(李書九, 1754~1825)는 당대 4가(家)의 칭이 있었다. 지전설(地轉說)을 자득한 담헌 홍대용(湛軒 洪大容, 1731~1783)도 이 북학파의 대가이다.

서학파가 대개 정쟁에 불우하던 남인파들로 이루어진 데 비해서 이 북학파는 계급적으로 불우하던 서얼(庶孼)에 속하는 이가 많은 점은 우연한 일이 아닐 것이다. 실학, 곧 근대사상은 거기 참여한 인사의 성분부터가 개혁적 의욕에 불타는 사람들이었다는 것을 간과할 수 없는 것이다.

4) 반란사(叛亂史)의 근대적 전개

우리 역사상에는 성불성간(成不成間)에 수많은 대소의 반란이 기록되어 있다. 그러나 그 반란들은 거개가 왕조혁명 또는 왕위쟁탈이 아니면 정권쟁취를 골자로 한 반란이요, 이념적으로는 어느 것이나 다 새로운 정권 획득이란 점에서 공통된 것이었다. 노예의 반란, 의적의 도량(跳梁)[5] 등 특색이 있는 소수의 사건도 있긴 하지만 대부분은 논공에 대한 불평, 실세(失勢)에 대한 불평이 반란 거사의 계기로 되어 있다. 그러나 임진·병자란 이후 실학파 대두, 천주교 전래 이후인 영정조 이후의 반란은 이 점에 있어 색다른 성격을 띠고 있다. 다시 말하면, 반란을 선도한 사람의 내심의 이념은 어쨌든지 그것이 표방하고 민중에 호소하고 선동한 것은 정치에 대한 불평, 피지배계급의 불평, 단적으로 말해서 경제생활의 견딜 수 없는 가렴주구에 대한 불평의 폭

[5] 편집자 주 : 거리낌없이 함부로 날뜀.

발을 자극했다는 점이다.

영정(英正) 시대는 정치제도에 많은 개량이 있었고 실학파를 비롯한 문운(文運)의 부흥이 있었으나, 당쟁의 적폐는 근절되지 않은데다가 외척전횡(外戚專橫)의 세도정치가 발단되어 왕권은 차츰 미약해지고 종실은 더욱 무능해지게 되었다. 외척에 의한 왕권의 전천(專擅)은 마침내 정치의 부패와 국고의 탕갈(蕩渴)을 초래하여 백성만 죽을 지경에 이르고 만 것이다. 외척전횡의 실례는 일찍이 명종 때에 있었으나 그 뒤 외척의 폐단은 별로 없이 내려오다가 영정 시대를 거쳐 순조대에 이르러 완전히 세도정치가 되고 말았던 것이다. 정조 때의 홍국영(洪國榮), 순조 때의 김조순(金祖淳), 헌종 때의 조인영(趙寅永), 철종 때의 김문근(金汶根), 고종 때의 민승호(閔升鎬)를 대표로 하는 세도정치는 순조 이후 망국까지 왕의 처족 외척인 안동 김씨, 풍양 조씨, 여흥 민씨가 단독으로 또는 연계하여 교체 집권함으로써 국군(國君)은 허위(虛位)를 옹(擁)하고 실권은 그들 외척 일파의 수중에 장악되고 말았던 것이다

(1) 홍령래란의 성격

순조조가 되면서부터 외척의 세도정치는 왕권을 날로 미약하게 하고 부패한 정치로 민생을 도탄에 들게 하였다. 순조 11년(1811) 2월에는 곡산(谷山) 부사 박종신(朴宗臣)과 군민(軍民)이 결탁하여 창미(倉米)를 도출(盜出)하여 당시 기근 상태에 있던 평안도로 반출하여 모리(謀利)하려다가 부옥(府獄)에 구금당하게 되매 부민(府民) 박대성(朴大成) 등이 난민 수백명을 이끌고 관아에 돌입하여 그 부신(符信)을 뺏고 옥문을 깨뜨려 구감(拘監) 중인 죄수를 석방하는 일대 소요가 있었다. 이러한 민심의 동향이 그 후 얼마 안 되는 동년 12월에 평안도 일대에 걸친 일대 민란인 홍경래란으로 터져 대규모 민란의 선구가 되었다.

홍경래(洪景來, 1782~1812)의 반란의 표면적 이유는 그 격문을 보면 서북인을 정부의 문무 고관에 등용하지 않는다는 데 두었으나, 민심에

불이 붙은 더 근본적인 절실한 이유는 가렴주구에 대한 반항이었다. 그는 재능과 용력(勇力)이 과인(過人)한 사람이었으나, 당시의 상문비무정책(尙文卑武政策)과 서북인 불등용 정책에 희생되어 관계 진출이 막히게 되었고, 이러한 왕조 정책에 희생된 누대의 울분을 자극함으로써 혁명적 반란을 일으켰으나 관군과의 대전에 패하여 역적으로 처단되었다. 그는 자기의 영웅심을 주로 지방의식을 배경삼아 일어났던 것이므로 엄밀한 의미의 근대사회의 대변자일 수는 없었고 새로운 봉건왕조를 꿈꾸는 데 지나지 않았지만, 그 반란의 의의가 구 왕조의 부패한 제도에 반기를 든 점에서, 그 규모가 컸던 점에서 근대사상에 중대한 계기를 지은 것임에는 틀림이 없는 것이다. 지방차별·문무차별·적서(嫡庶) 차별·당폐(黨弊)·외척용사(外戚用事)·양반 폐습에 대한 그의 반항운동은 거병한 지 5개월, 정주성(定州城)에 농성한 지 백여일, 마침내 4월 19일에 정주성 함락과 함께 총에 맞아 죽음으로써 종언을 고한 것이다.

(2) 삼정소요(三政騷擾)라는 이름의 민란들

조선 말기의 극도로 피폐한 인민의 생활과 억울 불안한 감정은 주로 삼정(三政)의 문란에서 기인한 것이었다. 삼정은 전정(田正, 토지조세)·군정(軍政)·환곡(還穀, 細民에게 低利로 대여하는 곡물의 還納)을 이름이니, 곧 세무행정·병사행정·양곡행정이다. 이 세 가지는 민중 생활과 직접 결부된 것이고 그만큼 부패하기 쉬운 것은 현재에서도 마찬가지임을 봐도 알 것이다.

지세(地稅)는 전세(田稅)·삼수미(三手米, 殺手·射手·砲手의 경비 충당을 위한 과세)·대동미(大同米)·결전(結錢)6)의 4종이 주가 되고, 그밖에 결역가(結役價)7)와 부가세가 있었다. 그러나 그 취급이 곤란하

---

6) 편집자 주 : 징병 면제에 대한 대상으로 징수하던 부가세.
7) 편집자 주 : 경저리나 영저리에게 주던 급료를 마련하기 위해 백성들에게 받아들이던 지방세의 일종.

여 전세와 삼수미는 호조(戶曹)에, 대동미는 선혜청(宣惠廳)에, 결전은 균역청(均役廳)에 각각 출납케 되었다. 과세의 중점을 토지에 두게되니 지세의 가중이 필연의 세인데다가 임진란 후 둔전(屯田)[8]·아문전(衙門田)·관방전(官房田) 등의 면세지의 격증으로 국가 수입은 감소되고 죽어나는 것은 백성뿐이었다. 더구나 징세권과 경작권과 수익권의 매매가 동일한 형식으로 행해지고, 토지에 대한 권리와 제도가 아주 문란하게 되고 말았던 것이다.

군정은 영조 때 균역법을 실시하여 종래 2필(匹)씩이던 군포(軍布)를 1필씩으로 반감하고 어염세(魚鹽稅)·선박세와 은결(隱結)[9]의 결전(結錢)으로써 군사재정에 충당하였다는데, 차차 법이 해이하게 되어 사부(士夫)의 자제는 제아문(諸衙門)에 예속하지 않고 향반한족(鄕班寒族)들도 양반이라 하여 신역(身役)을 회피하니 군역은 세력없는 궁민(窮民)에게만 돌아가게 되었다. 이러한 궁민이 날로 증가하는 형세여서 군정의 재원은 점차 감소일로를 내리닫고 있었다.

환곡은 본디 일종의 구휼사업으로 시작된 것으로, 흉년의 구황에 대비하는 한편 물가조절의 역할을 하던 것이다. 임란 이후 가장 성할 때는 환곡미의 총 수량이 999만여 석에 달했고 그 이식(利息)만도 약 70만 석의 수입이 되어 국비의 대부분이 여기서 나오게 되었다. 이 환곡이 이익이 많았다는 반면에 그 폐가 많아지는 것은 필연의 세여서, 이 궁농구제(窮農救濟) 기관은 마침내 인민 착취 기관으로 변질되었다.

헌·철종 때에 이르면 지방관리의 양민 침학(侵虐)과 민재늑징(民財勒徵), 악형(惡刑)과 인민 남살(濫殺) 등이 자행되어 도처에서 민란이 터지게 되었으니 이 민란을 총칭하여 삼정소요라 한다. 조정에서는 암행어사를 밀파하여 악덕 관리를 축출하고 행정의 정화를 기했으나 나중에는 그 암행어사마저 직책을 다하지 않고 불법과 부정에 부동(附

---

8) 편집자 주 : 주둔한 군대의 군량이나 관청의 경비로 쓰기 위해 경작하던 토지.
9) 편집자 주 : 조와 세가 부과되는 땅인데 부정으로 양안에 올리지 않아 면세받은 토지.

同)하는 폐단이 생겨 삼정의 문란은 구할 수 없는 지경에 이르고 말았던 것이다.

이와 같은 관리의 탐학으로 말미암아 발발된 민란은 철종 말년에 이르러 도처에서 연쇄적으로 일어나 걷잡을 수가 없었다. 더욱이 경상·전라·충청의 삼남 일대와 함흥·제주지방이 현저하였다. 철종 13년(1862) 2월의 진주민란은 우도병마절도사(右道兵馬節度使) 백낙신(白樂莘)의 탐학 때문에 터진 것으로, 전(前) 교리 이명윤(李命允)이 주창하여 취중(聚衆) 궐기한 자칭 초군(樵軍)들에 의해서였다. 당시 안핵사(按覈使)10)로 실정을 조사하고 난민을 안무(按撫)한 부호군(副護軍) 박규수(朴珪壽, 1807~1876)의 치계(馳啓)를 보면 백낙신의 가렴과 인민의 궁상을 짐작하고 남음이 있다.

진주민란에 뒤이어 일어난 경상도 개령(開寧)의 민란은 현감 김후근(金厚根)의 학정 때문에 현민(縣民) 김규진(金奎鎭)이 수창(首唱)한 것으로, 수천명이 작당하여 이방·수교(首校)·하리(下吏)를 박살하고 전적문부(田糴文簿)11)를 불태웠으며, 이로써 정부는 현감 김후근을 파면하였던 것이다. 같은 무렵에 전라도 함평(咸平)에서 일어난 민란은 현감 권첨규(權僉奎)의 학정에 시달린 현민들이 정한순(鄭翰淳)의 수창으로 도당을 모아 죽창을 들고 현아(縣衙)에 돌입하여 현감을 축출했던 것이다. 이밖에도 익산(益山)·회덕(懷德)·공주(公州)·은진(恩津)·영천(永川) 등지에 민란이 속발하였다. 고종 19년(1882)의 임오군란도 삼정소요의 하나이다.

악덕 관리의 탐학 외에도 이러한 민란을 조성한 또 하나 다른 원인은 경제적 곤궁에 빠진 양반족속의 상민(常民) 침해·민산(民産) 강탈이라는 토호(土豪) 토색질이었다. 이는 양반계급 몰락의 전조로서 봉건계급주의와 봉건적 귀족국가의 붕괴를 초래한 전구(前驅) 현상이었

---

10) 편집자 주 : 지방에 일이 생겼을 때 그 일을 살피기 위하여 보내던 임시직.

11) 편집자 주 : 쌀을 사고 팔거나 빌려 준 것을 적은 문서와 장부.

268

던 것이다. 양반이란 관념은 조선 후기에 이르러 확립된 것으로, 국록
을 먹는 관리의 자손이라는 관료신분주의에 기인한 계보 관념과 유업
(儒業)에 전심하는 것을 자랑으로 알고 생업에 직접 참여하는 것을 수
치로 알던 이 부류는 본질적으로 비생산계급이요, 한정된 양반계급의
관직 자리는 증가되는 이 계급에 골고루 주어질 수가 없음으로써 그들
은 당쟁으로 정권 쟁탈전에 목숨을 걸고 덤비지 않으면 안 되게 되었
다. 그 계급의 경제적 기반은 오직 국가의 녹(祿)에 있었기 때문에 벼
슬하지 못하면 생산수단이 없는 그들은 몰락할 수밖에 없는 것이다.
그래서 벼슬할 수 없는 양반들은 필연의 세로 그 계급적인 신분을 이
용하여 상민 침해를 자행하기에 이른 것이다. 이 점에 있어 민란은 삼
정의 부패, 악덕 관리에 대한 반감과 동시에 차츰 평민 상민의 양반계
급에 대한 반항으로 불이 옮아 붙었던 것이다.

(3) 동학란과 동학사상

동학란의 발단이 된 고종 31년(1894)의 고부(古阜)민란은 지방관 학
정에 대한 민중의 궐기요 애초에 동학도의 난은 아니었다. 당시 고부
군수 조병갑(趙秉甲)은 전 충청관찰사 조병식(趙秉式),[12] 현 관찰사
조병호(趙秉鎬)[13]의 동족으로 탐관오리의 대표적인 인간이었다. 그가
착임(着任)하자 민재륵탈(民財勒奪)·부정취재로 사복을 채우던 중 기
존하는 만석보(萬石洑)의 시설에 하등의 손색이 없는데도 강제 부역으
로 신보(新洑)를 축역하고, 상답(上畓) 1두락에 2두(斗), 하답(下畓)
1두락에 1두씩 수세(水稅)를 강징하여 7백여 석을 사재(私財)로 하였

---

12) 편집자 주 : 구한말의 정치가로 방곡령을 선포하여 일본에 11만 원의 배상을
물게 하였고 충청 관찰사 부임시 동학교도의 교조의 신원청원서를 묵살하고
오히려 탄압하여 동학혁명이 발발하는 한 원인을 제공하였으며, 관찰사나 판
서로 있으면서 동학교도, 개화당을 박해하였고 독립협회를 무고하였음.
13) 편집자 주 : 구한말의 정치가로 안동과 성주의 민란을 진압하였고 개화당을 탄
압하고 사대당 정책 수행에 진력함.

다. 이때 태인현(泰仁縣) 향반 전봉준(全琫準, 1854~1895)이 일찍이 동학에 입도하여 고부 접주(接主)로 있었다. 전봉준이 군민 40여 명을 인솔하고 군수에게 진정하다가 쫓겨나고 그 뒤에도 누차 진정하다가 실패하자, 이듬해 2월 15일 1천여를 이끌고 군아를 습격하여 무기를 약탈하고 징수한 세곡을 원주(原主)에게 돌려주고 만석보 신보는 파괴하고 말았다. 고부에서 동학접주 전봉준이 창의(倡義)하여 지방관을 추방하였다는 소문이 퍼지자 인접한 태인·금구(金溝)·정읍(井邑)·부안(扶安)·무장(茂長) 등지의 동학교도들은 인민과 함께 일어날 기회를 엿보게 되고, 동학의 근거지인 충청·전라 양도가 동요하였다. 게다가 고부 안핵사 이용태(李容泰)는 고부민란의 죄를 모조리 동학교도에 돌려 교도를 샅샅이 체포하고 가옥을 소각하고 처자를 살육하는 등 갖은 탄압을 자행하였으므로 이에 격분한 전봉준·정익서(鄭益瑞)·김도삼(金道三) 등은 각 지방에 통문을 보내어 인민의 궐기를 선동하였다. 이에 향응한 동학교도 수천명이 집결하여 토벌군인 전라병사 홍계훈(洪啓薰)이 인솔한 영병(營兵)과 황토현(黃土峴)에서 싸워 이를 격파하고, 1894년 5월 13일에는 무장현(茂長縣)에 침입, 고부·태인·부안·정읍·흥덕(興德)·고창(高敞) 등 각읍 관청을 파괴하고 5월 31일에는 전주부(全州府)를 점령하였다. 6월 11일 마침내 전주를 포기하고 순창(淳昌)·남원(南原) 등지에 잠복하여 재거(再擧)의 기회를 엿보았으나, 전봉준은 그해 11월에 체포되어 서울에서 처형되었다.

이와 같이 동학란의 발전은 삼정소요의 한 형식이었으나 그것은 거기에만 멈추지 않고 한 걸음 나아가 당시 사회가 내포한 모순 총체(總體)에 대한 자각적 반항운동의 면이 두드러지게 나타났던 것이다. 동학란으로 말미암아 정부는 청국의 출병을 청하기에 이르렀다. 이홍장(李鴻章)은 신식 육군을 파견하여 그 선견(先遣) 부대가 6월 8일에 아산만에 상륙하게 되었고, 이 보도를 들은 일본 또한 6월 7일에 공사관과 거류민 보호란 명목으로 출병한다는 뜻을 통보하기에 이르렀다. 동학란은 결과적으로 청일 양국 세력을 불러들여 그 각축장이 되게 함으로써 일본 세력의 결정적 침투와 그 병탄(倂吞)의 바탕이 되게 하고만 셈이 되었으나, 그것이 근대의식의 집성적(集成的) 표현이었던 것만은 부인할 수 없는 사실이다.

우리가 여기서 밝혀 둬야 할 것은 동학란이 내세운 기치인 '제폭구민'(除暴救民)은 광제창생(廣濟蒼生)·포덕천하(布德天下)의 현실적 표현이었다는 점이다. 동학란은 당시 동학 제2세 교주 해월 최시형(海月 崔時亨, 1827~1898)이 처음에는 찬성하지 않았고, 전봉준이 창의(倡義)한 뒤에 좌시하여 동학의 분열을 바랄 수도 없어서 따라 일어난 것이다. 그는 전봉준의 전승(戰勝)의 보(報)를 듣고 공주와 진잠(鎭岑)을 점령하였으나 대세가 불리하자 그대로 해산하는 등 소극적 자세를 견지하였다. 그러므로 동학란은 전봉준이나 손병희의 인간적 기질의 표현이라 볼 수 있다.

동학교도가 이와 같이 직접적인 사회개혁운동에 폭동으로 참여하게 된 직접 원인은 기술한 사회 정세에 있었지만, 동학사상 그 내부에도 이런 행동으로 발전할 소인이 있었던 것이다. 이의 해명을 위하여 이제 그 동학사상의 발전 과정과 구성 상황을 살펴보기로 하자.

동학은 그 교조 수운 최제우(水雲 崔濟愚, 1824~1864)가 창조한 사상이다. 그의 동학사상에서 우리는 몇 가지 기본 인자를 추출할 수 있고, 그 기본 인자는 어느 것이나 다 그 당시 그가 경험한 혈통적·신분적·사회적·시대적 환경의 영향의 단적인 표현이란 것을 간과할 수 없을 것이다.

첫째, 그는 몰락하는 양반의 후예로 태어났다. 이 점이 그의 사상의 지적(知的) 면이 전통적 유교사상과 유교 술어(述語)로 나타난 까닭이 된다.

둘째, 그는 불우하고 멸시받는 서자로 태어났다. 이 점이 그의 인간평등사상과 인간 위에 어떠한 권위도 두지 않는 인간중심주의로 나타났고, 종을 며느리로 삼는 것 같은 계급 타파 사상을 과감히 실천케 한 것이다.

셋째, 그는 국선(國仙) 화랑 이래 고유 종교의 유속이 가장 많이 남아 있는 경주에서 났다. 이 점이 선도와 무교·검술·풍수·도참 등이 그 사상에 주요한 자리를 차지하게 한 까닭이 된다. 원효와 최고운(崔孤雲)은 동향의 선배로서 그 사상에 영향하였다.

넷째, 그 당시는 정치의 부패와 민생의 피폐가 격심한 때였다. 이러한 사회의 피폐를 개탄하고 그들의 구제를 발원하였으니, 이 점이 그의 사상으로 하여금 개인적인 가족주의 사상으로부터 사회에의 관심에로 확대되었고 국가 운명에로까지 전개된 것이다.

다섯째, 그 당시는 천주교가 전래하여 많은 순교자를 낸 시대였다. 그는 여기서 선지자(先知者)와 순교자의 피를 배웠고, 그의 사상이 천주의 뜻을 동(東)에서 받았으니 동학이란 착상의 신념을 얻었다. '시천주 조화정'(侍天主 造化定)이라는 그 주문 때문에 그는 천주교도 ― 서학으로 오해받아 몰려 죽었을지도 모른다.

여섯째, 그 당시는 천주교의 전래를 비롯하여 서양과 왜와 청에 의한 외세의 침입이 우려되는 때였다. 이 점이 그의 사상으로 하여금 민족주체사상에 확고히 뿌리박게 하였다.

일곱째, 그 당시는 병역(病疫)이 대유행하는 시기였다. 미신적 경향이 농후한 민중에게 궁을(弓乙)의 주부(呪符)14)를 소음(燒飮)15)하게 하는 주의술(呪醫術)16)과 송주강신(誦呪降神)17)의 샤먼적인 대검도무(大劍跳舞)18)는 큰 매력을 주었을 것이다.

어쨌든 그의 인내천의 인간중심주의, 지상천국의 현실중심주의는 민족적인 주체사상 및 민중적 생활 관념과 결부되어 많은 전근대적 요소를 지니면서도 후학들에 의하여 전형적인 한국사상, 첨단적인 근대사

---

14) 편집자 주 : 주문이 담긴 부적.
15) 편집자 주 : 태워서 재를 마심.
16) 편집자 주 : 주문 등 샤먼적 수법으로 병을 치료하는 것.
17) 편집자 주 : 주문을 읊어 신을 내리게 함.
18) 편집자 주 : 대검을 들고 추는 춤.

상으로 계승 발전될 계기를 지녔다고 보겠다. 그것은 그 사상이 지닌
바 민족적·민중적 의의와 현실적·사회적 성격이라 하겠다. 이 점이
동학란과 3·1운동에서의 그 신봉자의 방향을 제시한 점이다.

5) 한국 근대화 과정의 풍운

우리는 앞에서 우리의 근대의식의 성장한 자취와 근대사상 발전의
걸음과 근대사회의 모순에 대하여 별견(瞥見)하였거니와, 이는 주로
한국 근대화 과정을 그 자체 내부의 변천 과정에서 파악하고자 하였
다. 다시 말하면, 개화운동이 외국세력의 직접적 영향 없이 자발적이
고 자각적인 면에서 성장해 온 것을 고찰하려는 데 주안을 두었다는
말이다. 그러나 이러한 역사의 움직임이 개화운동이란 이름으로 표방
되고 시도된 것은 외국세력의 직접적 자극과 직접적인 배경 아래 대두
되었고, 또는 외국세력에 의하여 강제되고 교사(敎唆)되기도 하였다.
이제 그 개화운동이 부딪쳤던 암운과 장벽과 반동에 대하여 살피기로
하자.

우리 근대화 과정의 풍운은 사대보수주의와 청국세력, 독립개화주의
와 일본세력의 대립과 대원군 일파와 민비 일파의 알력이 두 세력을
타고 넘나들면서 번복(飜覆)되고, 여기에 천주교와 기독교를 앞세운
구미세력과 러시아의 남하 정책이 어울려 일으킨 파란만장의 풍운이었
음은 우리의 최근대사를 읽은 사람이면 누구나 다 아는 사실이다. 이
런 역사적 풍토에서는 개화주의나 쇄국주의가 다 함께 모험적인 독립
주의였다. 외국세력을 이끌어 독립하려는 것과 폐쇄 고립하여 독립을
보수(保守)하려는 것은 그만큼 각기 명분이 있으면서도 위험한 견해임
에는 마찬가지였다는 말이다. 더구나 개화주의가 마지막에는 친일세력
으로 전락하지 않을 수 없었던 우리 역사에서는 보수주의 양이사상(攘
夷思想)[19] 마저 근대적 성격을 띠고 민족주체운동에 공헌했던 것이니,
의병항쟁과 망명 임시정부의 주도세력이 보수주의 계통인 유림(儒林)

에 의하여 구성되었다는 사실이 이것을 증명한다.

(1) 대원군의 내정개혁과 쇄국주의

고종이 왕위 계승(1864년)으로 그 생부인 흥선 대원군 이하응(李昰應, 1820~1898)이 정권을 잡자, 일찍이 외척의 발호가 왕실 쇠미의 원인이 된 것을 익히 보아온 그는 먼저 외척을 물리쳐 왕실의 재흥을 꾀하여 과단한 독재정치를 실행하였다. 사색(四色)·귀천·지방의 차별 없이 수완과 재능에 따라 인재를 등용했고, 양반계급의 전횡을 배제하고자 수많은 서원을 철폐하였다. 서원은 노비와 많은 전답을 사유하고 특권을 향유하여 폐해가 막심했다. 서원 소유 전지는 면세가 되고 그 노비는 군역을 면하기 때문에, 서원은 양반유생의 도식기관(徒食機關)으로 국정을 비방하고 정쟁을 조장하며 인민의 침학을 자행하였을 뿐 아니라 인민들 중에는 일부러 원노(院奴)가 됨으로써 피역처(避役處)를 삼는 자가 많았다. 이러한 서원이 숙종조에 벌써 매도(每道)에 8, 90이 있는 형편이었다. 대원군은 고종 원년 7월에 드디어 서원과 향현사(鄕賢祠)[20]의 중설(重設)과 사설(私設)을 금하고 각종 특권을 회수함으로써 서원 탄압에 손을 대고, 그 이듬해 5월에는 서원 중에 가장 세력이 컸던 만동묘(萬東廟, 宋時烈의 遺命으로 세운 明의 神宗·毅宗廟)의 철폐를 명하였고 고종 8년 3월에는 8도에 명령하여 선유(先儒) 1인에 대하여 3개소 이상 중설된 서원과 향현사를 철폐하여 47개소만 남겼다. 유생들이 반대하는 자가 있었으나, 대원군은 "백성을 해하는 자면 공자가 부생(復生)해도 내가 용서하지 않을 것이다. 하물며 서원은 우리 나라 선유(先儒)를 제사지내는 곳인데 도수(盜藪)가 된 것을 그냥 두자는 말이냐"라고 단호히 조치함으로써 적폐(積弊)를 일소하였다. 그는 또 군제(軍制)를 개혁하여 의정부(議政府)의 직권을 부활시

---

19) 편집자 주 : 오랑캐, 특히 서양 오랑캐를 물리치자는 사상.

20) 편집자 주 : 이름난 학자, 충신 등의 공적과 덕행을 추모하고 기리기 위해 제사지내던 사당.

키고 비변사(備邊司)를 폐하여 삼군부(三軍府)를 둠으로써 정권과 군권의 소재를 분명히 했다. 포량미(砲糧米)의 징수, 연해제처(沿海諸處)에 요새(要塞) 설시(設施)와 포차(砲車) 배치, 러시아의 세력에 대비하여 무산(茂山)·원창(原昌) 등지에 둔전제도를 실시했고, 동래부(東萊府)의 성곽을 수리하고 연해 경비를 엄중히 하였다. 또 만주로부터 양마(良馬)를 수입하여 기마의 풍(風)을 장려하였다. 이밖에도 그는 문교정책을 진흥시켜 편수사업에도 용력했으니, 고종 2년에는 《대전회통》(大典會通) 6권을 편수케 하고, 《육전조례》(六典條例) 10권, 《삼반예식》(三班禮式) 1권, 《오례편고》(五禮便攷) 30권, 《종부조례》(宗府條禮) 1권, 《양전편고》(兩詮便攷) 2권 등을 편수케 했던 것이다. 의복제도를 개량하여 일상 용구에 이르기까지 사치 장대(長大)의 폐를 없이하고, 심지어는 화류계 풍기까지 간섭하여 관기와 창녀의 구별, 화대의 규정까지 하였다. 그는 또 왕실의 존엄을 위하여 임진왜란에 병화를 입은 경복궁을 중건하였으나, 건축비용 때문에 세종(稅種)을 가증(加增)하고 원납전(願納錢)이란 강제 기부금을 모았다. 허다한 곤란을 무릅쓰고 강행하여 고종 4년에 준공을 보았으나 공사 전비용이 8백만 냥의 거액이었다 한다. 백성의 원망과 국고의 궁핍이 말이 아니었다. 실가(實價) 20분의 1에 불과한 당백전(當百錢)이라는 새 화폐를 주조하여 통용케 했으나, 민간의 잠주사전(潛鑄私錢)[21]이 편만(遍滿)하여 물가는 등귀하고 새 화폐는 통용되지 않아 결국 실패하고 청국의 전화(錢貨)를 수입 통용하여 혼란을 약간 완화하였다. 그의 과감한 내정 개혁도 이 재정문제 때문에 폄(貶)을 받게 되고, 그의 군비 확장은 병인양요(丙寅洋擾, 1866년)의 로스(Ross) 제독이 인솔한 프랑스 함대와, 신미양요(辛未洋擾, 1871)의 로저스(J. Rodgers) 제독이 인솔한 미 함대를 격퇴함으로써 투지만만 쇄국양이(鎖國攘夷) 사상은 굳어 갔다.

천주교의 대탄압과 쇄국주의는 시세를 바라보지 못하는 그의 견식

---

21) 편집자 주: 주전을 감추고 사전을 통용함.

부족에서 온 것이다. 대원군은 원래 천주교에 대하여 반감이 있었던 것은 아니었다. 그의 부인 민씨는 천주교와 관계를 가졌었고 고종의 유모 박씨는 천주교의 독신자였으므로 그의 주위에는 천주교의 분위기가 떠돌았던 것도 사실이다. 다만 그는 천주교가 유교 도덕과 맞지 않음을 회의하였고, 전제군주적인 성격에다 미묘한 러시아와의 관계를 계기로 해서, 그리고 청국의 천주교 금압의 보도를 듣고 천주교 탄압의 철퇴(鐵槌)를 내린 것이다. 그의 쇄국주의도 조대비(趙大妃)와 조두순(趙斗淳)·김병학(金炳學) 등 대신의 배외사상과 고루한 유학자들의 존화양이(尊華攘夷) 사상에 부동(附同)한 정책이었다. "서양 오랑캐가 침범하니 싸우지 않으면 곧 화하는 것이요, 주화는 매국이다"(洋夷侵犯 非戰則和 主和賣國) 12자의 경구는 쇄국주의의 골자였다.

(2) 개화당의 삼일천하

　이러한 내외의 정세 아래 양성된 한국의 근대화의 기운이 직접 현실적 운동으로 폭발한 것은 갑신정변(甲申政變)이란 이름으로 불리는 1884년의 쿠데타로부터였다.

　구미세력이 아직 동아에 침투되지 않았을 때는 청국은 조선에 대해서 그다지 이해관계를 느끼지 않았기 때문에 조선은 형식적인 종속관계만 가졌지 자주국가나 다름이 없었다. 그러나 구미세력이 물밀듯이 들어오고 겸하여 신흥 일본이 조선을 넘보게 되자, 청국은 자신의 안전 보장 때문에 조선 사정의 추이에 크게 관심하지 않을 수 없었다. 특히 임오군란(壬午軍亂) 후 청국은 조선을 청의 1성(省)으로 하자거니 명실공히 속국으로 만들어 외교군사의 실권을 차지하자는 등의 강경책이 논의되기도 하였다. 제물포조약 체결 후 조선 정부는 내정의 재편을 계획하고 청에 의뢰하여 관세와 외교사무에 능통한 고문을 초빙하기로 하였다. 이홍장(李鴻章)은 마건상(馬建常)과 독일인 목인덕(穆麟德, P. Georg von Möllendorf)을 보내어 이들은 고종 19년 11월에 내조(來朝)하여 내외아문(內外衙門)의 고문관이 되었던 것이다. 정부

는 이에 앞서 대원군이 복구시켰던 신설 관청을 폐하고 임오군란 이전
의 제도로 고치고자 기무처(機務處)란 것을 두고 조영하(趙寧夏)·김
윤식(金允植)·홍영식(洪英植)·어윤중(魚允中) 등으로 하여금 품의
(稟議)하게 하던 바, 마(馬)·목(穆) 양인이 내도하자 통리아문(統理
衙門)·통리내무아문을 두게 하고, 뒤에 다시 통리교섭통상사무아문
(약칭 外衙門)과 통리군국사무아문(약칭 內衙門)이라 개칭하였다. 전자
는 청국의 총리각국교섭통상사무아문을 본받은 것이요, 후자는 종전의
삼군부 비변사(三軍府 備邊司)의 후신 같은 것으로서 군국기무(軍國機
務)와 내정 일체를 관장하는 것이었다. 그 직원은 조영하·민영익(閔
泳翊)·김홍집(金弘集, 1842~1886)·김만식(金晩植)·김옥균(金玉均,
1851~1894)·민태호(閔台鎬, 1834~1884)·김윤식(金允植)·홍영식(洪
英植)·어윤중(魚允中) 등과 목인덕이었다.

   이 때 종실과 민씨·조씨 일파는 청의 힘을 빌려 그 세력을 유지하
려 했기 때문에 이를 사대당 또는 수구당이라 하고, 홍영식·박영효·
김옥균·서재필(徐載弼, 1866~1951) 등은 일본의 힘을 빌려 청국의 세
력을 구축하고 독립하려 했기 때문에 이를 독립당, 또는 개화당이라
하여 두 갈래의 반대 진영으로 나뉘어지게 되었다. 그러나 당시 정계
의 중요 인물이던 김홍집·김윤식·어윤중 등과 외척의 대표적 인물
민영익은 학식과 역량이 있을 뿐 아니라 혁신적 사상을 가진 사람이었
으면서도 전기 개화당 인사들과는 뜻이 서로 맞지 않아 대원군을 배척
하고 민승호·조영하 등과 손을 잡아 청의 힘을 빌려서 점진적 혁신을
꾀하게 되었다.

   이 척족(戚族) 사대당과 독립당 사이의 대립 항쟁이 노골화한 것은
당시 정부가 계획하던 당오전(當五錢) 발행과 외채 모집의 시비가 계
기가 되었다. 민씨 일파와 고문 목인덕은 당오전 발행을 주장하고, 김
옥균 일파의 독립당은 외채 모집을 주장하였다. 전자는 민씨 일파에
막대한 이익을 주는 것이고 외채의 성공은 독립당에 이롭기 때문이다.
고종은 목인덕의 권고로 민태호를 주전소 당상(鑄錢所 堂上)을 삼아

당오전을 발행케 하는 동시에 김옥균에게도 국채 모집의 위임장을 주어 일본에 파견했다. 그러나 김옥균은 외채 모집에 성공하지 못했고 당오전의 남주(濫鑄)는 경제계의 파탄을 일으키어 독립당과 수구당 사이의 대립은 더욱 악화되었던 것이다.

갑신정변이 터진 고종 21년(1884)은 사대당이 왕비의 동의를 얻어 독립당의 타도를 꾀하자, 이를 알아차린 독립당은 먼저 손을 써서 수구당을 몰살하기로 하고 일본공사 죽첨진일랑(竹添進一郎)과 밀의(密議)하여 운동자금을 일본에서 얻고 무기를 일본에서 밀수입하고, 직접 행동할 사람은 김옥균이 일본에 파견하였던 유학생 출신자로 하여 동년 10월 17일에 열리는 우정국(郵政局) 개설 축하 만찬회를 기하여 쿠데타를 단행하기로 결정하기에 이르렀던 것이다.

우정국(현 견지동) 개설 만찬회는 예정대로 10월 17일(양력 12월 4일) 오후 7시경 낙성된 신청사에서 초대받은 외교관과 조선측 빈객들의 참석 아래 열리었다. 안동(安洞) 별궁은 건물이 견고할 뿐 아니라 경계가 삼엄하여 예정 계획인 방화가 뜻대로 되지 않았으므로 부득이 우정국 북측 민가에 방화하여 연회중에 화재 소동을 일으켰다. 민영익이 먼저 귀가하다가 자객에게 피습 중상을 입고 도로 들어오매 그날 밤 계획은 실패로 돌아가고 말았다. 그러나 김옥균·박영효·서광범(徐光範) 등은 창덕궁으로 급히 입궐하여 중대 사실의 발생을 고종에게 고하고 국왕과 왕비·왕세자·왕세자빈을 경우궁(景祐宮)으로 옮기게 하였다. 이리하여 우정국에서 실행하지 못한 수구파의 주살(誅殺)은 경우궁에서 단행하게 되었으니, 국왕을 배종(陪從)한 윤태준(尹泰駿)과 뒤따라 입궐한 한규직(韓圭稷)·이조연(李祖淵)이 먼저 피살되고 민영목(閔泳穆)·민태호·조영하 등의 입아(入衙)를 기다려 이를 대문 안에서 차례로 살해하였다. 한편 일본병에게 연락하여 경우궁을 호위하게 하고 외부와의 연락을 끊었던 것이다. 다음날에는 각국 공사·영사에게 신정권(新政權)의 성립을 통고하고, 국왕은 다시 이재원(李載元)[22] 사제(私弟) 계동궁으로 옮긴 다음 좌의정에 이재원, 우의

정에 홍영식을 비롯하여 박영효·서광범·김옥균·박영교(朴泳敎)[23]
·서재필·윤치호(尹致昊, 1865~1946)·변수(邊樹)[24] 등으로써 신정
부를 수립하였으니, 이 신정부에는 독립당 이외의 사람으로는 척족에
게 밀리었던 이재원·이재면(李載冕)[25]·이재완(李載完)[26]·이재순(李
載純)[27] 등이 기용되었다. 10월 19일에는 14조의 혁신령(革新令)이 기
안되었는데, 그 혁신령의 내용은 다음과 같다.

1. 대원군을 조속히 환국시킬 것 (大院君 不日陪還事, 임오군란 끝에
   淸의 直隸省 保定府에 안치됨).
1. 문벌을 폐지하고 인민의 평등한 권리를 제정하고 사람으로써 관
   을 택하게 하고 관으로써 사람을 택하게 하지 말 것 (廢止門閥 以
   制人民平等之權 以人擇官 勿以官擇人事).
1. 내시부를 혁파하고 그 중에서 뛰어난 재능이 있는 자를 등용할
   것 (內侍府革罷 其中如有優才 通同登用事).
1. 전국의 지조법(地租法)을 개혁하여 간사한 관리를 근절하고 백성
   들의 곤궁함을 펴게 하며 국가의 재정을 유족하게 할 것 (革改通
   國地租之法 杜吏奸 而敍民困 兼裕國用事).
1. 전후 간탐(奸貪)하여 나라를 병들게 함이 가장 현저한 자는 정죄
   (定罪)할 것 (前後奸貪 病國尤著人 定罪事).

---

22) 편집자 주 : 대원군의 조카, 병조와 이조판서를 역임.
23) 편집자 주 : 1849~1884. 박영효의 형으로 갑신정변을 일으킨 후 사대당에 살
    해됨.
24) 편집자 주 : 정객으로 갑신정변 때 많은 활약을 했고 이후 일본에 망명.
25) 편집자 주 : 대원군의 장남. 형조·병조판서와 육군부장 등을 역임했고 완흥군
    에 피봉됨.
26) 편집자 주 : 대사헌, 이조판서를 역임하고 완순군에 피봉되었고 한일합방 후 일
    본으로부터 후작을 받음.
27) 편집자 주 : 왕족 영평군 경응의 아들. 궁내부 대신 등을 역임했으며 청안군에
    피봉.

1. 각도의 환상을 영구히 정지할 것 (各道還上 永永臥還事, 還子 곡식
   은 뉘어 두고 해마다 秅穀만 받는 것).
1. 규장각을 혁파할 것 (奎章閣 革罷事).
1. 급히 순사를 두어 절도를 막을 것 (急設巡査 以防竊盜事).
1. 혜상공국(보부상 관장 부서)을 혁파할 것 (惠商公局 革罷事).
1. 전후의 시기에 유배, 금고의 형을 받은 죄인을 재조사하여 석방
   할 것 (前後配流禁錮之人 酌放事).
1. 4영(營)을 합하여 1영으로 하고 1영 중에서 장정을 뽑아 근위대
   를 급히 설치할 것 (四營合爲一營 一營中抄丁 急設近衛事).
1. 무릇 국내 재정은 모두 호조에서 관할하고 그밖의 재무관청은 폐
   지할 것 (凡屬國內財政 總由戶曹管轄 其餘一切 財簿衙門 革罷事).
1. 대신과 참찬(參贊)은 날을 정하여 합문(閤門) 안의 의정소에서
   회의하여 정령을 의정, 집행할 것 (大臣與參贊 課日會議于閤門內議
   定所 以爲稟政 而布行政令事).
1. 정부 육조 이외의 쓸데없는 관청을 폐지하고 대신과 참찬이 이를
   심의 처리할 것 (政府六曹外 凡屬冗官 盡行革罷 令臣 參贊 酌議以
   啓事).

우정국 사변이 일어나자 주재 청국 관리들은 강경론과 자중론으로
논의하다가, 마침내 오조유(吳兆有)·원세개(袁世凱)·진수당(陳樹棠)
등은 사태를 방치할 수 없다 하여 솔병(率兵) 입영케 되었고 궁궐을
호위하고 있던 일병(日兵)과 충돌하게 되었으니, 10월 19일 오후 3시
경부터 창덕궁과 창경궁 후원 일대에서 교전하였다. 그러나 일병은 과
병(寡兵)으로 싸우다가 어두워지자 싸움을 중지하고 철병(撤兵) 하였
다. 박영효·김옥균·서광범·서재필·변수·유혁렬(柳赫烈) 등도 일
병을 따라서 일본공사관으로 피난하지 않을 수 없었다. 고종은 이 때
왕비가 있는 북관왕묘(北關王廟)로 가 있었는 바, 이에 배종(陪從) 하
였던 홍영식과 박영교 및 사관생도 약간명은 고종을 찾아 달려온 원세

개 병사에게 피살되었다. 같은 날 일본공사관은 조선병에게 습격을 당하고 일본경비대 본부에 남아 있던 개화당 인사는 마침내 일본으로 망명하게 되고, 이로써 개화당 혁명정부는 거사한 지 사흘 만에 완전 좌절되었으니, 이것이 곧 개화당 삼일천하란 것이다.

개화당의 뜻한 바 혁명은 우리가 앞에서 살펴본 당시 국가사회의 피폐와 정부 및 지방관리의 부패와 무능무용・번폐(煩弊)・혼란한 제도기구의 집약 혁신 및 혁파 간소화를 주로 한 구폐(舊弊)의 개혁에 치중되었고, 거기에 인민평등권과 민족의식 선양이 곁들여 있었다. 이 혁신안의 정신은 다음 10년 뒤에 오는 갑오경장의 시정요목(施政要目)에 그대로 계승 편입되었다.

(3) 갑오경장의 개혁요목

동학란의 발발로 말미암아 고종 31년(1894) 6월 5일에 청장(淸將) 엽지초(葉志超)가 군함 제원・양위(濟遠・揚威)를 거느리고 인천에 입항하고, 뒤이어 일본 포함 적성(赤城)이 인천에 입항하였으니, 당시 인천에는 이미 중국함 평원(平遠), 일본 순해함 대화(大和)・축자(築紫)와 합중국 순양함 발티모어(Baltimore)가 와 있었다. 6월 9일에는 청군이 아산에 상륙하고 12일에는 육병(陸兵)과 군수품을 양륙(揚陸)하니, 당시의 청병은 2,700명에 달했다. 7월 19일에는 일본의 육전대(陸戰隊) 400명이 서울에 들어왔던 것이다. 이와 같이 청일의 전운이 급박해지자 원세개(袁世凱)와 대조공사(大鳥公使) 사이에는 공동 철병 교섭이 논의되었으나 회담은 결렬되고 말았다. 그러나 대조(大鳥)는 본국 외무대신의 승인을 받아 강압정책을 고지(固持)하는 데 반해서, 원(袁)은 본국 정부와 의견이 맞지 않아 고립에 빠지게 되고, 10년 간 반일정부의 중심인물로서 청일간의 국교가 단절되는 경우 일본군의 수중에 들어 있는 자신의 입지가 극도로 두려웠던 그는 7월 19일에 몰래 서울을 빠져나와 군함 양위를 타고 천진(天津)에 급항(急航)하고 말았다. 7월 19일 원세개가 귀국한 후 대원군의 제 3 차 집정이 성립되었던 것이다. 대조는 7월 20일 청-한(淸韓) 종속관계의 파괴를 요구하는 최후통첩을 발하였는데, 이는 일본정부의 대한정책으로서의 조선국 내정개혁 방안의 강행 의도 아래 행해진 것이었다. 다시 말하면, 내정의 개혁이란 이름 아래 고문정치(顧問政治)와 통신·철도·광산 등의 이권 획득을 성취하자는 데 그 본의가 있었다는 말이다.

더구나 그들의 요구하는 내정개혁방안 강목(綱目)이라는 것은 결의와 실행에 기한을 붙임으로써 철도·전신의 건립을 10일 이내에 결의하라는 따위의 당시로서는 전연 실행 불가능의 사실을 강요했으니, 이는 조선정부가 이를 거절할 때 개혁의 성의가 없다는 구실 아래 단독개혁에 착수할 구실을 얻으려 함에 불외(不外)하였다. 그리하여 내정개혁과 청-한 종속 관계의 폐기는 무력으로 강행할 시기가 도래하였다. 그러나 그들은 일시적인 군사행동만으로써는 이것이 불가능한 것을 알았기 때문에, 친청(親淸) 사대당인 외척 민씨 중심의 세도정권을 무너뜨리고 이에 대신할 강력한 정치가를 물색하지 않을 수 없었다. 그 후보자로서 대원군을 지목하고 일본은 대원군을 방문하여 신정권의 수뇌가 될 것을 권고 설득하고자 했으나 대원군은 쉽게 움직이지 않았던 것이다.

7월 23일 오전 3시경 일본의 대도혼성(大島混成) 여단장은 대조공사와의 협의 아래 2대(隊)에 나누어 서울에 진입하니, 1대는 서대문으로부터 영추문(迎秋門)에 이르고 1대는 광화문으로부터 건춘문(建春門)에 이르러 입영하려다가 한국 위병과 충돌하게 되었다. 특히 평양병(平壤兵)이 경무대(景武臺)를 지켜 일병(日兵)을 사격하여 50여 명을 죽였다 한다. 친일당이 왕명을 사칭하여 정전(停戰)을 명한 때문에 한병(韓兵)은 산주(散走)하고 일병은 궐문을 지켜 궁 안팎을 차단하였다.

이날 강본용지조(岡本龍之助)와 회견한 대원군은 마침내 입궐집권(入闕執權)을 승낙하기에 이르고, 일본은 무력으로 사대당 친청파를 축출하고 정권을 수립시키는 데 성공한 것이다. 7월 25일에는 영의정 김병시(金炳始, 1832~1898)가 사직하고 김홍집이 그 후임이 되었다. 7

월 28일에는 군국기무처(軍國機務處)를 두고 영의정 김홍집이 군국기
무처 회의 총재관(總裁官)을 겸하고 대조는 자신이 고문이 되었으며,
28일에는 청-한(淸韓) 조약을 파기하고 군국기무처 관제를 제정하였으
며, 30일에 관제와 직장(職掌)을 새로 편성하니, 이것이 갑오 신정부
였다. 군국기무처의 진용은 김홍집·박정양(朴定陽)28)·김윤식·김종
한(金宗漢)29)·조희연(趙羲淵)30)·이윤용(李允用)31)·김가진(金嘉
鎭)32)·안경수(安駉壽)33)·정경원(鄭敬源)34)·박준양(朴準陽)·이원
긍(李源兢)35)·김학우(金鶴羽)36)·권형진(權瀅鎭)·유길준(兪吉濬)37)
·김하영(金夏英)·이응익(李應翼)·서상집(徐相集) 등이었다.

---

28) 편집자 주 : 김홍집 내각에 참여하여 개혁을 주도하였으며 독립협회에도 참여
   하였다. 한말에 불편부당한 온건중립파로 처신하며 이상재 등 개화파의 뒤를
   돌보았음.
29) 편집자 주 : 원문에 宗으로 나왔으나 鍾의 오기로 보임. 예조판서를 거쳐 한일
   합방 후 남작에 이름.
30) 편집자 주 : 1856~1915. 김홍집 내각에 참여하였고 합방후 중추원 고문으로
   임명되었고 남작을 받았으나 사퇴하였음.
31) 편집자 주 : 한말의 매국노로 이완용과 더불어 아관파천을 단행하였고 중추원
   이관, 궁내부 대신 등을 역임했음.
32) 편집자 주 : 한말의 정치가, 독립운동가로 공조판서 등을 거쳐 한일합방 후 일
   본이 남작을 주었으나 거절하고 3·1운동에 가담하고 상해에 망명하여 임시
   정부 요인으로 활동.
33) 편집자 주 : 국정 개혁에 뜻을 두고 개혁에 참여하였으나 고종의 양위를 꾀하
   려다 발각되어 망명하였다가 귀국하여 사형당함.
34) 편집자 주 : 김홍집 내각에 참여하였으며 동학군을 진압하는 선무사로도 나갔
   음.
35) 편집자 주 : 김홍집 내각에 참여하였고 일본의 침략이 노골화하자 대한협회에
   참여하고 국민교육회를 조직하여 국권 회복에 힘씀. 국학자 이능화의 부친.
36) 편집자 주 : 김홍집 내각에 참여하였다가 전동석에게 암살당함.
37) 편집자 주 : 한말의 정치가, 개화운동가로 구미 각국을 유람하고 《서유견문》을
   최초로 국한혼용문으로 저술하였으며 흥사단, 한성부민회 등을 통하여 국민계
   몽운동을 전개하였다. 일제가 남작을 주었으나 사퇴하고 병으로 죽음.

갑오경장이란 이름의 개혁은 처음에는 정부의 기구 개혁을 목표로 하였으나 필연지세로 사회경제기구의 개혁에까지 이르게 되었던 것인데, 정부기구(議政府·宮內府) 개혁과 경제기구(화폐) 개혁은 차치하고 사회기구의 개혁을 잠깐 살펴보기로 하자.

삼한시대 이래 2천 년의 역사를 가진 이 사회기구의 근본적 개혁을 목표로 하는 제1안은 갑오년 7월 29일 군국기무처 회의에 부의하여 그날로 품결(稟決)되어 품재(稟裁)를 거쳐 시행되었으니, 전문 23조는 다음과 같다.

1. 이금(爾今) 내외공사(公私)의 문첩(文牒)에 개국기원을 쓸 것.
2. 청국에 대한 조약을 개정하고 각국에 전권공사를 특파할 것.
3. 문벌·양반·상민 등의 계급을 타파하여 귀천에 불구하고 인재를 선용(選用)할 것.
4. 문무존비(文武尊卑)의 제(制)를 폐하고, 다만 품계에 따라 경례상견의(敬禮相見儀)를 규정할 것.
5. 죄인 자신 밖에 일체 연좌(緣坐)의 법을 베풀지 말 것.
6. 적처(嫡妻) 및 첩에 다 자녀가 없을 때에 한하여 양자를 취할 것.
7. 남녀의 조혼(早婚)을 엄금하고 남자는 20세, 여자는 16세 이후에 가취(嫁娶, 혼인)할 것.
8. 과부의 재가(再嫁)는 귀천을 물론하고 기(其) 자유에 맡길 것.
9. 공사노비의 법전(法典)을 혁파하고 인신을 판매함을 금할 것.
10. 평민 중에 하모(何某)라도 국리민복이 될 의견이 있으면 기무처에 상서(上書)하여 첨의(僉議)에 부(附)케 함을 허할 것.
11. 조관례제(朝官禮制)에는 폐현(陛見, 임금을 알현하는 것)하는 공복(公服)을 사모장복(紗帽章服, 사모와 벼슬아치들이 입던 공복)과 반영착수(盤領窄袖)로 하고 연거의복(燕居衣服, 한가히 거처할 때의 의복)은 칠립(漆笠, 검은 옻칠을 한 갓)·답호(褡護, 예복 밑에

입는 조끼형의 옷)·사대(絲帶, 천으로 만든 띠)로 하고, 병변례제
(兵弁禮制, 무관과 병졸들이 갖추어야 할 예)는 근제(近制)에 따르
되 장졸(將卒)이 이복(異服)하지 않게 할 것.

12. 각 아문의 관제와 직장(職掌)은 7월 20일까지 정할 것.

13. 경무관제(警務官制)와 직장은 내무아문에 속할 것.

14. 대소관(官)의 공사행(公私行)에 혹승혹보(或乘或步, 가마를 타거
나 걷거나)를 종편자유(從便自由)로 하되 평교자(平轎子) 초헌
(軺軒, 종이품 이상의 벼슬아치가 타던 수레로 긴 줏대에 외바퀴가
달려 있음)은 영구히 폐하고 재관(宰官)의 부액(扶腋, 곁부축)하
는 예도 영구히 폐함. 단 총리대신 및 증경의정대신(曾經議政大
臣)은 궐내에서 남여(藍輿)를 탐을 허락할 것.

15. 대소관과 사서인(士庶人)의 등마(等馬, 待避)의 절(節)을 제폐
(除廢)할 것 (무릇 높은 관리와 마주쳤을 때 단지 길을 양보하면 된
다— 凡遇 高等官에 只可讓路).

16. 각부 아관원(衙官員)의 수행인원을 정한(定限)할 것 (총리대신 수
행 4인, 贊成 및 각 아문대신 3인, 協辦 2인, 司憲 및 參議 1인).

17. 궁내성(宮內省)으로 재능이 유한 자는 외조(外朝)에 통용함이
일체 무관할 것.

18. 범재관친피(凡在官親避, 무릇 관에 있으면서 근친 사이에는 서로
시관과 과생이 되기를 피함)하는 규례는 다만 자서(子婿), 친형
제, 숙질 외에는 구애치 말며, 혐의를 강(講)하여 규피(規避)하
는 습관은 일체 영구히 폐지할 것.

19. 장(臟, 공금횡령)리(吏)의 율(律)은 구전(舊典)에 의하여 징판(懲
判)을 엄히 하며 장금(臟金)은 변상하게 할 것.

20. 조관(朝官)의 품급은 자일품(自一品, 일품에서)으로 지이품(至二
品, 이품에 이르기까지)은 정(正)과 종(從)이 유하고, 자삼품(自
三品, 삼품에서)으로 지구품(至九品, 구품에 이르기까지)은 정종
의 별이 무할 것.

21. 역인(譯人)·창우(倡優)·피공(皮工, 짐승의 가죽을 다루는 장인)
    은 다 면천(免賤)함을 허할 것.
22. 무릇 관인은 비록 고등관을 지낸 자라도 휴관(休官)한 후는 자
    유로 상업을 경영할 수 있을 것.
23. 과거(科擧)로 취사(取士)함은 조가(朝家)의 정제(定制)이나 문
    장에만 의하면 실재(實材)를 수용키 어려우니, 과거의 법(法)은
    상재(上裁)를 주청(奏請)하여 적의개정(適宜改正)하고 겸하여
    선임조례(選任條例)를 정할 것.

이제, 이 내용을 검토 분석해 보면 1·2조는 민족주의에 대한 선언
이요, 3조~10조와 21·22조는 명백한 인권 옹호 선언이다. 특히 10
조와 22조에서 민권사상의 싹을 내밀고 있다. 11조~20조 및 23조는
관습적인 제도상의 적폐를 혁신 간소하려는 데 목적이 있었으나, 그
주안점은 역시 인권에 있었으니, 11조·14조~18조의 6조가 다 그러
하고, 오직 12·13·19·23의 4조만이 관제직장(官制職掌)의 시대에
맞는 개편과 이도(吏道, 관리의 도리) 쇄신·선용개혁(善用改革)을 위한
적폐의 광정(匡正)에 있었다.
이와 같이 갑오경장의 개혁요목 23조는 민족주권에 대한 것이 2조
(제1·제2), 폐정(弊政) 개혁에 관한 것이 2조(제19·제23), 관제직
장에 관한 것이 제2조(제12·제13), 도합 6조를 제외한 나머지 17조
는 모두 인권과 민권에 관한 혁신규정이다. 그러므로 이 사회기구 개
혁요목은 갑오경장의 3대 개혁 중 가장 중요한 안목(眼目)이 되는 것
이다. 다시 말하면 의정부 및 궁내부에 관한 신관제인 정치기구 개혁
이라든지 국가재정 정리와 통화 정리를 위한 경제기구 개혁에 비하여
2천년래 전통을 근본적으로 뒤엎는 이 사회기구 개혁이야말로 갑오경
장의 핵심적 의의가 되는 것이다. 그러나 이와 같은 공전(空前)의 개
혁을 시도한 이 법령은 그것이 뿌리깊은 관습의 변혁인 만큼 중대한
반발에 부딪쳤을 뿐 아니라, 이 법령을 발포(發布)한 정권이 민중의

신망을 얻지 못한 약체 정권이었고 또 그것이 외국세력의 강제로 인하여 발포된 것이기 때문에 국민의 신용을 잃어 공문(空文)으로 돌아간 것이 많았다. 양반·상민의 계급 폐지, 양자제도의 개선, 과부 개가의 허용은 의연히 시행되지 않았다. 다만 문무관리의 존비와 죄인 연좌의 법, 공사노비의 폐지는 실행된 셈이었다.

앞에서 고찰한 바로서 갑오경장의 개혁요목은 그 내용이 전반적으로 당시의 우리 현실이 지니고 있던 적년(積年)의 모순을 척결한 것이요, 따라서 그것은 우리 민족사회 자체 내부에서 싹터온 근대의식의 현실적이요 의욕적인 표현임을 알 수 있다. 비록 형식적으로는 일본세력을 빌려서 발포된 개혁안이라 할지라도 그 내용면에서는 갑오경장의 3대 개혁, 곧 정치기구·사회기구·경제기구의 개혁은 우리의 제도와 현실을 참작하여 이루어진 것이요, 어디에도 비조선적(非朝鮮的)인 관념 또는 일본적인 것은 조금도 없다는 것을 알 수 있다. 그러므로 갑오경장은 형식적으로는 외세에 의하여 이루어졌어도 내용적으로는 민족주체적이란 말이다. 다시 말하면, 갑오경장의 혁신이념은 실학운동 이래 삼정소요·동학란 이래의 점진적으로 성장해 온 민중사회의식의 그 요구가 반영된 것으로 개혁의 불가피성이 깃들여 있다. 바꿔 말하면, 갑오경장은 동학란으로 집약된 민중의 무언의 함성의 표현이었다는 말이다. 다만 민중의 요구가 계급 타파·탐관오리의 제거로 표현되었을 뿐 구체적 세목으로 전개되지 않았던 것을 위정자가 논리적으로 정리 전개했다는 것뿐이다.

갑오경장의 요인이 이렇게 표현되기까지에는 일본을 통해 들어온 구미의 근대사상과 제도가 자극한 개화사상이란 모체가 있었던 것이다. 다시 말하면, 개화사상은 '안으로부터의 근대화'란 민족 현실의 요청으로서의 '밑으로부터의 민중의 요구 항쟁'과 '밖으로부터의 근대화'란 외국세력의 요구가 합일된 시점에 이루어진 '위로부터의 지도층의 근대화 추진' 운동인 것이다.

6) 개화사상의 본질

갑오경장은 우리 역사상에 공전의 진탕(震盪, 몹시 울려서 흔들림)을 가져왔다. 이는 국가제도나 국민생활의 제반에 걸쳐 근대화의 발전이 되었을 뿐 아니라, 그의 영도자·매개자로서 문화의 모든 영역도 이 새로운 시대기운의 영향을 받아 격렬한 동요와 함께 힘찬 고무(鼓舞)가 시작된 것이다. 우리는 앞에서 이러한 근대화운동이 표현되기까지의 역사적 배경을 파악하기 위해서 개화운동이 대두하기까지 이를 향해 걸어온 우리 역사의 주체적 발전의 몇 개 중요한 전환기를 찾았고, 동시에 거기 부동(附同)된 외래사조와 외국세력의 자극을 발견하였다.

그 사상적 계보는 실학운동·천주교 전래·개화사상이라는 3단계요, 정치적 배경은 왜·호 양란, 병인·신미양요, 청일전쟁이요, 그 사회요구는 홍경래란·삼정소요·동학란으로 표현되었음을 보았다.

우리는 특히 실학운동·천주교 전래·개화사상이란 사상적 계보가 서구의 문예부흥·종교개혁·계몽사상의 3단계에 견주어지는 것을 느낄 수 있다. 이 세 가지 공통점은 근대화·민중화의 지향이다. 이 삼자 중 최후의 것인 개화사상의 본질을 찾아보기로 하자.

갑오경장의 특질은 이른바 시민혁명적 의욕을 그 이면적 본질로 하면서도 표면적으로는 먼저 종주국 청국에서 벗어나려는 민족혁명을 성취하려는 점에 있었다. 갑오경장은 근대화의 발단이면서도 그것은 흔들리는 주권에 대한 왕권 확립 운동이었고, 이 시대정신은 한 말로 말해서 독립정신이라 할 수 있다. 다시 말하면 개혁요목 23개조 중 17개조가 사회개혁에 놓여 있으면서도 그것은 독립이란 계기를 통해서 이루어질 부차적인 것이었다는 말이다.

개화사상의 본질은 민중주의·민권주의·민주주의를 바탕으로 하면서도 국제적 자주(自主) 제외국(諸外國)과의 접촉, 시민사회의 발흥의 필요라는 명제로 나아가게 되었음을 알 수 있다. 그러므로 개화사상은

밖으로 선진문명의 섭취와 국권 신장이라는 민족적 의의를 표방하고
안으로 민주사회의 출현, 시민문화의 구성이라는 민중적 의의를 기도
함으로써 이루어진 것이다.

개화사상이 문화면에 준 제약은 먼저 서구문명의 섭취 소화라는 사
실에 있었다. 물론 이와 같은 강렬한 구풍(歐風) 모방에 지향이 있은
반면에 유학자 말류(末流)에 의해서 전통적·복고적 경향이 병존하지
않았던 것은 아니지만, 이러한 경향은 비록 정치에서 수구당의 위세
또는 쇄국주의의 횡포로 나타나서 경시할 수 없었음에도 불구하고 일
반 문화의 면에서는 그 세력이 급속히 조락(凋落)하지 않을 수 없었던
것이다.

대체 우리는 개화라는 말에 표상된 개념을 세 가지 기본 인자로 나
눌 수 있다. 첫째, 과학적 계몽사상, 둘째, 기독교적 도덕사상, 셋째,
정치적 민권사상이 그것이다. 이로써 개화사상이란 곧 다름아닌 서구
문명 섭취운동이란 말의 동의어임을 알겠거니와, 동시에 우리가 간과
할 수 없는 것은 서구문명 섭취사상의 근저에는 언제나 이 개화사상과
일견 모순되는 듯한 국가적 관념 또는 민족의식이 함께 움직이고 있다
는 점이다. 구화(歐化)사상이 아니라 섭취로서의 자기화(自己化)사상,
다시 말하면 막연한 국제주의의 추수(追隨)가 아니라 자유로운 국민주
의의 연결이란 뜻이 아닐 수 없으니, 이러한 개화운동의 사상적 흐름
은 신문화의 내용에 대해서 언제나 제약적 세력이 되었던 것이다.

이와 같이 신문화의 사상적 배경은 민족적으로 전통적·복고적 경향
을 동반하였다. 물론 한문적(漢文的) 전통사상은 서구적 진취사상에
패퇴되었으나 그 진취사상의 계승자로서 복고사상은 곧 민족적 주체
발견 운동에 불외(不外)하기 때문이다. 다시 말하면 한문학(漢文學)사
상이나 또는 어느 다른 외국문화사상의 공식(公式) 고수는 추수적인
동시에 보수적이지마는 자기 전통의 발견 수립은 언제나 창조적이요
진보적이기 때문이다. 이러한 생각이 민족문화 계몽기인 개화사상에서
발아하였다는 것은 당연하다 할 것이니, 사학·어학 연구의 발흥으로

고전 간행 및 과학적 연구의 시험은 저간의 사실을 증명하는 바 있다. 원래 신문화의 사상적 배경은 민중적이므로 구신적(求新的)이요 진취적 경향이 주안이 되었지만, 이것이 봉건적 사상과 문화적 사상을 파쇄(破碎)하는 선봉이 될 수 있었던 것은 독립사상으로서의 개화사상이 외래문화의 전적인 추수를 거부하고 민족문화의 주체적 환원의 발견이라는 이념을 바탕으로 했기 때문이다. 이와 같이 개화사상은 진취주의를 경(經, 날)으로 하고 환원주의를 위(緯, 씨)로 하여 이루어진 민족문화 부흥사상이었던 것이다.

이 개화사상의 일면의 표현인 신문학을 예로서 들더라도 그렇다. 신문학이 아무리 전대의 문학에 대한 반발로 시작되었다 하더라도 그것을 역사적으로 말할 때 우리는 전대에서부터 흘러온 문학적 전통을 간과할 수 없다. 다만 우리의 신문학이 지극히 빠른 기간에 비약했다는 것은 인정할 수 있으나, 부분적으로는 전대 문학의 계승적 발전임을 보이는 점이 있고, 또 그러한 기간을 경과하지 않을 수 없었기 때문이다. 다시 말하면 신문학의 내용은 그 진화가 자연적 이행으로 전대 문학에 대한 반발이 그 총체적 경향이라 보는 것이 타당하지만, 신문학의 형식은 그 개혁의 의식적 노력에서 이루어졌다고 보지 않을 수 없다는 말이다. 특히 문학관과 문학 기교에서 그 취미와 성격, 문장과 형식의 면은 상당히 오랜 기간을 두고 점진적 변모를 했고, 전대 문학의 유교적 권선징악의 윤리라든지 희작적(戲作的) 문학으로서 연문학적(軟文學的) 경향은 쉽게 탈각되지 않았던 것이다.

신문학의 태반은 조선문학에 있었다. 조선의 문학에서 한문학을 제외하면 시조·가사와 창극·연문(軟文)·전기(傳奇)·풍자소설 정도밖에 무슨 떳떳한 문학적 유산이 남은 것이 없거니와, 이러한 문학적 전통에서 육성된 신문학이 비록 내용적으로 자유민권주의의 계몽개화사상을 급격히 받아들였다 해도 형식에서 조선문학의 타당성을 일조에 버리지 못하는 한 일종의 조잡한 정치소설을 낳았다는 데 불과한 것은 당연한 추세인 것이다. 우리는 신문학의 이러한 고충을 이해할 때 그

빈약한 역경에서 새로운 초석을 놓은 이들에게 경의를 가지지 않을 수 없으나, 시대적 의의의 충실만으로는 세월의 마멸에 견딜 수 있는 작품을 낳지 못한다는 좋은 교훈을 이들에게서 배웠다는 것도 알 수 있는 것이다.

갑오경장이 우리 문화운동에 지대한 관련의 자극을 준 것은 그 사회사상적 사조의 면에서도 큰 것이 있으려니와, 보다 더 특기할 것은 관공용 문서에 국문을 쓰기 시작한 것이다. 비록 국한문혼용이었다 할지라도 이는 현대문학의 기반이 되는 언문일치(言文一致) 문장운동의 발달이 되는 것이요, 사상적으로도 민족자립·민중주권의 모체가 되는 것이기 때문이다. 이 때의 김홍집을 수반으로 한 내각이 세운 정강은 오늘 봐서는 주장하는 것조차 우스울 정도로 지극히 마땅한 정책이지만, 그 당시로 봐서는 파천황(破天荒)의 개혁정책을 단행함으로 말미암아 마침내는 민중의 폭동에 희생되고 말았다. 그러나 조선의 현대문화 발흥기운을 촉진시킨 공로는 먼저 그들에게 돌리지 않으면 안 될 것이요, 이 운동을 버금하여 일어난 것이 독립협회의 민중운동이다. 이로써 경향(京鄕)에는 신교육운동이 일어나게 되고, 계몽연설·신문 잡지 발행과 철(轍)을 같이하여 우리의 신문화운동은 싹트기 시작하였던 것이다. 서재필(徐載弼)·이승만(李承晩)·이상재(李商在)·윤치호(尹致昊)·신흥우(申興雨)·안창호(安昌浩)·이갑(李甲)38)·유길준(兪吉濬)·지석영(池錫永)·주시경(周時經)·장지연(張志淵)·신채호(申采浩)·최남선(崔南善)·이인직(李人稙)·나철(羅喆)·오혁(吳赫)·김교헌(金敎獻)39) 등은 개화사상의 문화면의 선구자로서 새로운 정치·교육·언론·학예·종교운동의 기초를 닦는 데 공헌한 인물들이다.

---

38) 편집자 주 : 안창호와 함께 신민회를 조직하였고 시베리아에 망명하여 독립운동을 계속함.
39) 편집자 주 : 大倧敎의 2대 교주.

VI. 한국예술의 이해

1. 한국예술의 원형
— 한국예술사상사의 기본 성격

우리의 고대 예술문화를 고구(考究)하면 대개 네 가지 기본적인 전형을 찾을 수 있다. 우리의 예술은 역사로 봐서 아득한 원시에서 삼국시대를 거쳐 통일신라 이후 고려와 조선을 통하여 몇몇 나라의 기복(起伏)에 의한 변천과 외래세력의 허다한 요소가 가해져서 이루어졌으므로 그 시대적 특색을 쉽사리 논단할 수는 없으나, 정치사적 시대 구분의 관점에 구애되지 말고 이를 통틀어 예술문화사의 눈으로 볼 때 왕조의 기멸(起滅)과는 달리 예술전통의 계기로 말미암은 몇 개의 전형을 찾을 수 있는 것이다. 우리는 이를 '힘의 예술', '꿈의 예술', '슬픔의 예술', '멋의 예술'의 네 가지로 나누고자 한다. 그리고 우리는 다시 이 네 가지 전형에서 앞의 두 가지를 건설 창조의 시대, 뒤의 두 가지를 계승 모방의 시대라 부를 수 있을 것이다.

1) 힘의 예술

노예 획득 부족동맹을 거쳐 국가를 형성하기에 이른 고구려·백제·신라의 초기 예술까지를 우리는 힘의 예술이라 본다. 힘의 예술은 그 결구(結構)가 웅건하고 절조(節調)가 장엄하며 표현이 요약적임을 특색으로 한다. 세부에 치심(致心)치 않고 위의(威儀)에 치중하는 이 예술은 곧 권력과 정신력의 강대유장(强大悠長)·광활(廣濶)에서 유래하는 것이다. 이에서 우리는 노예 획득에서 부족국가로, 다시 통일국가에 이르려는 힘의 평면적·공간적 확장 충만의 의욕을 찾을 수 있으니, 이 힘의 예술에서 우리는 비조각적(非彫刻的)인 가구(架構) 조형의 발달은 볼 수 있으나 예술적 사고로서의 명상의 정서를 볼 수는 없으며, 독재적 국가의 권력과 신앙적 신의 위력이 합일되어 연관적 조화를 이룬 것은 찾을 수 있으나, 그 창작 의욕이 권력의 과장적 표현에 있었다는 것도 쉽사리 간파할 수 있는 것이다. 그러므로 이 힘의 예술은 우리 예술 건설의 기초를 이루었을 뿐 아직 완전한 고전적 형태를 이루지 못했음도 알 수 있는 것이다.

2) 꿈의 예술

노예사회에서 발달된 힘의 예술이 본격적 예술의식의 태동에 의하여 일어난 것이 꿈의 예술이다. 우리는 꿈의 예술이 이루어지기까지에는 불교의 전래라는 사실을 잊을 수 없다. 물론 불교를 받아들일 수 있는 신앙적 기반은 샤머니즘을 근간으로 한 민간신앙에서 준비되어 있었겠으나, 이 세련된 외래문화인 불교의 법열과 신흥 의욕에 불타는 국민적 야성(野性)이 혼연 합일되어 이루어진 이 꿈의 예술은 봉건사회에로의 전화 과정이란 시대적 각광을 받아 난만히 꽃피기 시작한 것이다. 이의 예술정신이 정치적 및 무력적 면에서 이루어진 것이 화랑도라는 것을 우리는 간과할 수 없으며, 꿈의 예술의 사상적 근거가 화엄사상에 통하여 있다는 사실도 우리는 주의하지 않으면 안 된다. 문무왕(文武王) 이후 흥덕왕(興德王) 대까지를 이 꿈의 예술에 넣기로 한다.

이 꿈의 예술에서 우리는 생동하는 정신(내용)과 이상(理想)하는 육체(형식)의 표현이 균정(均整)됨을 볼 수 있으니, 토함산 석굴 속의 팔부중(八部衆)1) · 양인왕(兩仁王)2) · 사보살(四菩薩)3) · 구면관음(九面觀音)4) · 십대제자(十大弟子)5)의 정연한 배열 위에 이의 통제로서 진좌(鎭座)한 석가상의 위용을 보라. 우리는 여기서 풍양(豊壤)하고 밝은 명상하는 정서를 볼 수 있으니 온화하면서도 결코 무력하지 않은 실로 하나의 크나큰 법열의 영혼을 찾을 수 있다. 여기에서 우리의 예술은 비로소 조각적인 응결을 얻었고 예술적인 정서를 찾았으며 산만한 구상을 버리고 도상적(圖像的) 수법을 뛰어넘어 자유로운 신흥의 의욕에 살기 시작하였던 것이다. 우리 민족의 통일적 연원을 이룸으로써 모든 문화의 고전적 형태가 이 때에 이루어졌던 것과 같이 예술의 고전적 형태도 이 때에 이루어진 것이다. 서구예술의 고전형태인 그리스 미술을 '기품 있는 단순과 고요한 위엄'(Eine edle Einfalt und eine Stille Grösse)이라고 한 빙켈만의 말과 같이, 우리 예술의 고전적 형태로서의 꿈의 예술 또한 정히 이와 같은 특징을 지니고 있는 것이다. 규격

---

1) 편집자 주 : 佛法을 수호하는 천, 용, 야차, 아수라, 가루라, 건달파, 긴나라, 마후라가의 여덟 신장.

2) 편집자 주 : 불법을 수호하는 금강신으로 대개 사문의 양쪽에 상을 만들어 세운다.

3) 편집자 주 : 법화경에 나오는 상행보살, 무변행보살, 정행보살, 안립행보살로 이들 보살은 말대의 탁란한 세상에 법화경을 널리 퍼뜨리라는 부처님의 명령을 받았다 함. 또 태장계 만다라에서는 만다라의 중앙 팔엽원의 네 귀에 있는 보현, 문수, 관자재, 미륵의 네 보살을 말한다. 석굴암의 경우 후자에 해당.

4) 편집자 주 : 아홉 얼굴을 가진 관세음보살의 형상.

5) 편집자 주 : 석존의 제자 가운데 가장 뛰어난 자질을 가졌던 사리불, 목건련, 대가섭, 아나률, 수보데, 부루나, 가전연, 우바리, 라후라, 아난타의 열 제자를 가리킴.

은 밝고 호흡은 상칭(相稱)되었으며 구상은 화려하고 기법은 교치(巧緻)하며 흐름은 조화되었으니, 이에서 우리는 당시 봉건사회의 이상적 표현을 엿볼 수 있는 것이다. 통제적 배열(排列)이란 곧 봉건사회의 이상이 아니었던가. 우리는 무열왕 이전의 기념비적 분묘에서 힘의 예술을 볼 수 있고, 문무왕 이후의 조각적 분묘에서 이 꿈의 예술의 전형을 볼 수 있는 것이다.

3) 슬픔의 예술

꿈의 예술이 그 정신에 내포한 힘을 상실함으로부터 슬픔의 예술은 싹트기 비롯하였던 것이다. 봉건사회의 포화에서 일어나는 도시문화와 귀족문화의 타락은 곧 그대로 통제 없는 해이(解弛)의 예술, 보람 없는 저회(低徊)의 예술을 낳지 않을 수 없었으니, 봉건제후의 배반과 혼란의 질곡에 대한 불평과 원망 등, 이 모든 사회 현상이 슬픔의 예술을 키워 온 것을 부인할 수는 없을 것이다. 병란과 착취 속에 허덕이는 민중의 절망은 무상관(無常觀) 속에서 허무주의적 색채로 물들게 되었으니, 슬픔의 예술이 정토(淨土)사상과 선(禪)사상에 연결되는 것도 당연한 추세라 할 것이다. 통일신라 후반기에서 고려의 5백 년을 흘러내린 애련측측(哀憐惻惻)한 슬픔을 보라. 고려의 건국이상은 비록 통일에 있었지만, 그것이 신라와 같이 정복에 의한 것이 아니고 회유에 있었으므로 부패한 봉건귀족으로서 신라귀족을 그 자체 내에 받아들인 것이니, 그 웅위(雄偉)해야 할 이상에 어긋나는 저회(低徊)하는 정신이 초기부터 계승될 것은 필연의 사실이었다.

슬픔의 예술에서 우리는 무엇을 새로 찾을 수 있는가. 위의(威儀)는 몰락되고 명랑은 퇴색하여 그의 정신은 허무와 비애에서 향락적 낭만으로 기울어졌고, 규격은 산란되고 절조는 저회하여 그 기법은 불균정(不均整)해서 비상칭(非相稱)에로 흐르기 시작했던 것이다. 그러나 그 허무한 슬픔 속에서 항시 반성과 명상, 희구와 신앙, 체념과 달관, 이런 착잡한 감정이 순화되어 별다른 이상계를 예술작품 속에 찾고 세웠으므로 허무의 사색은 그들의 아프고 괴롭고 고단한 속에 이룩한 낭만의 고향이요 희구하는 이상향이기도 하였다. 허무의 슬픔은 정숙의 미를 이루고 비상칭 불균정의 정신은 자연한 인공의 극치를 나타내어 우리 예술이 세계에 자랑할 수 있는 한 경지를 연 것이다. 고려자기(高麗瓷器)가 풍기는 그윽하고 깨끗하며 깊고 아름다우며 맑고 고요한 향기는 모두 자유롭고 자연스러운 세장(細長)한 선을 통하여 나타난 것이다. 〈가시리〉·〈청산별곡〉·〈만전춘〉(滿殿春)의 고려가사에서도 우리는 이 슬픔의 모습을 찾을 수 있는 것이다.

4) 멋의 예술

슬픔의 예술이 힘보다는 꿈에 치우친 데 대한 반발로서 일어나기 시작한 것이 멋의 예술이라 할 것이니, 조선 5백 년을 흘러내린 예술이다. 조선의 건국이상은 실상 고려에 비하여 매우 협소한 것이었으나 그것이 무력에 의한 혁명이었고 정치사상에도 변혁이 있었으므로, 신라 말엽에서 고려로 넘어오던 때와 같은 전철을 밟지 않고 처음에는 새로운 의욕이 보였던 것은 사실이다. 정확한 의미의 조선문학을 이루게 한 정음 창제 등 위대한 업적도 찰나의 꿈이 되고 그 비굴한 건국정신은 마침내 왕실의 골육상잔·사화당론을 양성함에 채찍질했던 것이니, 여기에 일어난 것이 멋의 예술이다. 멋의 예술의 바탕을 이루는 것은 유교정신이다. 여말의 요사화(妖邪化)한 불교를 탄압하고 유교를 국시로 삼음으로써 당시의 사치·연약에 대한 소박·건실의 정신이 그 시대이념으로 대치되었던 것이다. 그러므로 멋의 예술은 먼저 소박미와 율동미를 그 바탕으로 마련되었던 것이다. 그러나 이와 같은 의도도 이내 위축되고 말아 문화는 질식되기 시작했던 것이다. 여기에 일어난 것이 처사도(處士道)를 근간으로 한 은일(隱逸)사상이었다.

멋의 예술에서 우리는 무엇을 볼 수 있는가. 대의에 벗어날 땐 들어가 숨는 동양 사도(士道)의 한 전형인 소극적 반항을 찾을 수 있고, 유교적 충군애국의 비분강개를 풍월에 붙여 소우(消憂)하려는 자연에의 귀환으로서 귀고(歸故) 수졸(守拙)의 피번(避煩) 사상을 볼 수 있으니, 굴원(屈原)·도잠(陶潛)·한유(韓愈)·소식(蘇軾) 등의 중국문학사상의 섭취에서 우리말의 멋스러운 율조에 어울린 자연시의 한 국면을 잡을 수 있다. 그러나 조선의 정치이념이 사대모화사상에서 정주학(程朱學) 획일주의의 공식에 빠졌던 것과 같이 예술사조에도 이의 획일주의를 볼 수 있는 것이다. 조선의 혁명적 건국정신이란 것이 구경에는 여말에까지 명맥을 이어온 전통적 자주이념의 완전 소멸이라는 비참한 결과를 재래(齎來)할 따름이었음을 알 수 있을 것이다.

멋의 예술은 슬픔 속에 신념의 힘을 갖춘 것이 그 자랑이요, 소박하고 구수한 가운데 밝고 휘영청거리는 것이 그 특장이다. "朔風은 나무 끝에 불고", "한산섬 달 밝은 밤에"와 "壁上에 칼이 울고" 등의 시조에서 멋의 예술의 힘을 느낄 수 있으며, "재 너머 成勸農 집에"·"짚방석 내지 마라"든지 "조으다 낚싯대 잃고" 등의 시조에서 멋의 예술의 풍류를 느낄 수 있으며, 백자(白磁)의 태깔에서 소박미의 한 형태를 잡을 수 있는 것이다. 멋의 예술은 슬픔의 예술의 고고성보다는 오히려 평민성에 통하는 것으로 속(俗)과 아(雅)의 경계선 위에 넘나드는 자연적 율동인 것이다. 그리고 우리는 '멋'의 어원이 '맛'에 있음을 생각할 수가 있다. 파랗다와 퍼렇다에서 그 색채의 감차(感差)를 느끼듯이 맛과 멋에서 또한 그 차를 느낄 수 있으니 맛은 아담(雅淡)이요 멋은 풍류인 것이다. 그러므로 맛은 깊을수록 상품이요 멋은 떨어질수록 고품인 것이다. 슬픔의 예술이 자조·절망·원한에 사무쳐 퇴폐 또는 기원(祈願)에 살았음에 반해서, 멋의 예술은 은둔·반발·기대에 이어져 강개(慷慨)와 신념에 일관됨을 또한 볼 수 있는 것이다.

이상의 네 가지 예술의 전형으로써 간략하게나마 우리 예술문화의 전통을 살펴보았다. 요컨대 상대(上代)는 가구(架構)에서 통제로, 회유(懷柔)에서 울결(鬱結)로, 근대는 반발에서 은일로 — 이러한 특색의 과정을 밟았으며, 신라의 예술은 고전주의적, 고려의 예술은 낭만주의적, 조선의 예술은 자연주의적이라 할 수 있고, 아울러 신라는 조각적, 고려는 회화적, 조선은 음악적 예술이라 할 수 있다. 끝으로 부언할 것은 이를 서구의 예술사조와 비교할 때 우리의 그것이 다른 점은 낭만주의적인 것과 회화적인 것, 자연주의적인 것과 음악적인 것이 결부되었다는 사실이다.

　여기서 우리의 당면한 예술문화 건설의 지향을 찾는다면 우리는 마땅히 꿈의 예술의 창조적 계승으로써 새로운 르네상스를 가져야 한다는 것을 강조하고 싶다. 힘과 꿈의 합일에서만이 슬픔과 멋의 예술이 지닌 약점을 지양할 수 있으며, 이로써만이 민족예술 당면의 과제가 해결될 것이다.

〈참고문헌〉

拙　稿, "民族文化의 性格"(이 책에 수록)
高裕燮, "新羅와 高麗와의 藝術文化의 比較試論"(《四海公論》 1936. 9월호)

2. 반세기(半世紀)의 가요문화사

― '개화가사'로부터 '해방의 노래'까지

한 시대의 생활 감정과 세태 인심이 여실히 반영되어 민중의 가슴속에 공감의 선풍을 일으킴으로써 널리 파급·반향되는 것은 노래보다더한 것이 없을 것이다. 문학과 미술과 음악의 그 수많은 갈래가 아무리 높고 깊은 세계를 창조한다 해도 이는 사람마다 할 수 있는 일이아니요, 또 사람마다 이해가 되는 것도 아니다. 다시 말하면, 거기에는 전문적 기술과 표현의 자료 용구(用具)와 어느 정도의 교양의 기초가 갖추어지지 않고는 창조와 이해와 감상이 불가능한 것이다. 그러나노래란 것은 잘 부르든 못 부르든 부르고 싶은 충동만 있으면 좋든 나쁘든 생래의 악기인 목청만 있으면 제대로 짓고 부르고 즐길 수 있는가장 보편하고 소박한 예술적 감흥의 파동이기 때문에, 대중매체의 특별한 매개가 없이도 눈으로 보고 귀로 듣고 입으로 퍼져서 일세를 풍미하는 힘이 있다. 이 점에서는 연극과 영화도 노래를 당하진 못한다.

노래는 인류의 역사와 함께 비롯되었다. 아득한 옛날 원시시대부터민요와 신가(神歌)로 시작되어 그 때, 그 지역, 그 종족의 생활상에서대질리는 대로 생겨나고 변하고 사라지고 하여 왔다. 노래는 그 시대인의 생활 감정과 호흡에 일치하기 때문에 변화가 많다. 경쾌하던 고대, 완만하던 중세의 가락도 근대로 접어들면 쾌속조가 된다. 거의 재즈풍으로 넘어가는 현대의 대중가요에 이르기까지 그것은 어느 것이나다 역사의 템포에 맞추어진 것이다.

고대는 덮어 두고 우리 나라의 근대 ― 개화 80년의 노래의 변천상을살펴보기로 하자.

우리 나라가 근대적 개혁의 의욕을 보인 것은 1884년의 갑신정변부터이다. 그러나 이 개화당 내각은 3일천하로 무너지고 말았고, 비록 외세에 의해서 위로부터의 근대화나마 제도상에 처음 시도해 본 것은 1894년의 갑오경장 때부터라는 것은 전기(前記)한 사실이다. 갑오경장을 분수령으로 하여 노래에도 근대의 여명이 온 것이다.

갑신정변 개화당의 한 사람으로 미국에 망명했다가 돌아온 서재필이 1896년에 창간한《독립신문》은 당시의 민중 계몽에 빛나는 업적을 끼쳤거니와, 서재필은 한국 근대문화운동의 최초의 선구자로서 그가 주동이 된 '독립협회'는 이 시대사상의 선봉이요 또 대변자였다. 이러한 시대 가운데 호응하여 민중의 입으로부터 터져 나온 노래가 있었다. 나는 이를 '개화가사'(開化歌辭)라 이름지었다.

개화가사는 전통적 가사 형식인 4·4조, 연가체(連歌體)의 낡은 형식에 자주독립·경제자립의 애국애족사상에 넘치는 새로운 의욕을 담은 노래로서《독립신문》제 3 호부터 자주 실리기 시작하였다. 논자에 따라서는 이것들을 창가에 넣기도 하고(白鐵·趙演鉉), 신체시(新體詩)에 넣기도 하지만(朴鍾和), 이것들은 그 내용이 창가나 신체시의 초기작과 공통하다뿐이지 조사(措辭)와 조격(調格)이 전혀 고가사적(古歌辭的)이어서 나는 이를 개화가사라 하며, 그 다음에 오는 창가와 신체시의 동근병행(同根並行)과는 구별한다.

대죠션국 건양원년　　즈쥬독닙 깃버ᄒ세
텬디간에 사ᄅᆷ되아　　진츙보국 뎨일이니
님군ᄭᅴ 츙성ᄒ고　　　정부를 보호ᄒ세
인민들을 ᄉ랑ᄒ고　　　나라긔를 놉히달세
나라도을 싱각으로　　　시죵여일 동심ᄒ세
부녀경디 즈식교육　　　ᄉᆞᄅᆷ마다 홀거시라
집을각기 흥ᄒ려면　　　나라몬져 보젼ᄒ세
우리나라 보젼ᄒ기　　　자나ᄭᅢ나 싱각ᄒ세
나라위ᄒ 죽ᄂᆫ죽엄　　영광이제 원한업네
국태평　가안락은　　　ᄉᆞᄅᆼ공상 힘을쓰세

300

우리나라 홍흥기를   비느이다 하느님씌
문명기화 열린세샹   말과일과 ゞ게흐세
아모것도 몰은사룸   감히일언 흐옵내다

이 노래는《독립신문》제 3 호(1896. 4. 11)에 실린 〈셔울 슌쳥골 최
돈셩〉의 글이다. 《독립신문》제 15 호(1896. 5. 9) "잡보"란에는 〈학부
쥬ᄉ 니필균 씨가 대죠션 ᄌ쥬 독립 이국흐는 노리를 지엿는데〉

아셰아에 대죠션이
ᄌ쥬독립 분명흐다
(합가) 이야이야 이국흐세
         나라위히 죽어보세
분골흐고 쇄신토록
츙군흐고 이국흐세
(합가) 우리졍부 놉혀주고
         우리군면 도와주세
깁흔잠을 어셔ᄭᅵ여
부국강변(병) 진보흐세
(합가) 눔의쳔디 밧게되니
         후회막급 업시흐세
합심흐고 일심되야
셔셰동졈 막아보세
(합가) ᄉ롱공샹 진력흐야
         사룸마다 ᄌ유흐세
남녀업시 입학흐야
셰계학식 비화보자
(합가) 교육히야 기화되고
         기화히야 사룸되네
팔괘국기 놉히달아

      륙디쥬에 횡힝ᄒ세
      (합가) 산이놉고 물이깁게
          우리ᄆ음 밍셰하셰

　합가는 〈合歌〉, 곧 제창 후렴구이다. 위의 두 가지 개화가사는 어느 것이나 다 그 내용만이 개화사상을 담았다뿐이지 가락은 구태의연한 고가사조(古歌辭調)이다. 따라서 이러한 개화가사는 모두 전래의 타령조・낭독조나 가야금・거문고에 맞춘 것이 아니면 쾌지나칭칭나네식 민요조로 한 사람이 매기고 중인(衆人)이 받아서 군창(群唱)하는 형식을 취했을 것이 자명하다. 창가와 같이 서구 또는 일본가곡이나 신체작곡(新體作曲)이 붙지 않았기 때문에 당연히 창가와 구별되어야 하고 육당(六堂)의 신체시와도 구별되어야 한다.
　어쨌든 이 개화가사는 1894년에서부터 10여 년 간을 일세를 휩쓴 당시의 유행가였다. 독립가(獨立歌)・동심가(同心歌)・신문가(新聞歌)・교육가(敎育歌) 등 이 개화가사는 그 내용면으로 보아서는 애국가라고 통칭할 성질이었으니, 현존하는 애국가도 사상적 계보로서는 여기에 든다 할 것이다. 그러나 지금 우리가 부르는 애국가는 형식에서는 창가(唱歌)이다.

　　시가사(詩歌史)에서의 개화가사의 위치는 소설사(小說史)에서의 이인직・이해조 등의 신소설의 위치에 해당된다. 육당의 신체시와 춘원의 소설이 황석우(黃錫禹)・주요한의 시와 김동인・전영택(田榮澤)의 소설이 같은 위치에서 대비된다. 이것도 종래의 설과 달리한 나의 견해이다.

　1900년의 첫머리는 뒤늦게 깨어난 우리 나라의 신교육・신문화운동이 전성기에 들었을 무렵이자 국권은 이미 기울기 직전에 이르렀다. 경향(京鄕)에 신교육기관이 족출(簇出)하고 독립애국사상이 극도로 고조되었을 때였다. 상투는 잘랐으나 갓을 쓰고 긴 담뱃대를 물고 앉아 국·한문으로 된 만국지지(萬國地誌)와 산학(算學) 등 신학문을 가르치고 바지 저고리에 감발을 하고 '차렷'·'앞으로 갓'·'구보로 갓'·'돌아 우향앞으로 갓' 등의 구령을 부르며 조련(操鍊)을 하던 시절이지만, 가르치는 이나 배우는 이의 기개가 넘치고 있었다. 신문관(新文館)·광문회(光文會)가 고전을 간행하고 학부(學部) 발행의 신교과서가 현채(玄采)에 의하여 쏟아져 나왔다.

이러한 시대상을 배경으로 유행하기 시작한 노래가 창가이다. 창가는 우선 그 가사 형식이 종래의 개화가사의 4·4조와는 다른 7·5조, 6·5조, 8·5조 등인데다가 연가체가 발달하여 차츰 절 구분이 생기고 후렴구가 붙어 창가형식을 완성하게 되었으며, 남의 나라 곡조를 빌렸을망정 음보를 붙여 일정한 가창의 형식이 따르게 되고, 또 교육을 통하여 보급되기 시작하였다. 이리하여 한국 창가는 음악교육의 필수 형식으로 남게 되었던 것이다. 이 창가의 형식에는 기독교 찬송가의 번역과 그 곡조가 크게 영향했음을 간과할 수는 없을 것이다. 초기 창가의 작곡에는 이상준(李尙俊)의 공이 크다. 우리 나라 최초의 창가는 아마 1908년(융희 2년) 3월에 최남선이 발간한 〈경부철도가〉일 것이다 (경부철도 개통은 1904년).

〈경부철도가〉

1. 우렁탸게 토하난, 긔덕소리에
   남대문을 등디고, 써나나가서
   발니부난 바람의, 형세갓흐니
   날개가딘 새라도, 못싸르겟네

2. 늘근이와 덟은이, 셕겨안젓고
   우리네와 외국인, 갓티탓스나
   내외친소 다갓티, 익히디너니
   됴고마한 쏜세상, 멸로일윗네 (後略)

로 시작된 이 노래는 그 예언(例言)에

◎ 이 노래는 학도 모댜를 쓰고 담바귀를 불느고 책보댜기를 끼고 홍씌여라를 노래하난 아해들노 하여곰 시맛[詩趣]과 댜미를 맛보게 하고 아울너 우리 나라 남반편(南半區)의 디리ㅅ디식(地理的 知識)을 듀기 위하여 디은 것이다.

◎ 이 노래는 예년부터 나려오는 〈八ㅅ댜박이〉 격됴와 다르니 나는 이러한 격됴를 〈八에 五〉라 일흠코댜 하노라.

라고 하였다. 학생 모자를 쓰고 담바귀타령을 부르는 소년들에게 시취와 아울러 지식을 주기 위함이라는 말은 창가의 계몽시가로서의 교육 가요의 본질을 말하였고, 그 격조가 구래의 팔자박이, 곧 4·4조와 다른 신조(新調)라고 한 것은 작가가 처음 시험한 격조임을 뜻한다. 그는 이를 〈8에 5〉라 이름지었다. 〈8에 5〉는 8·5조의 뜻이다. 그러나 이 〈경부철도가〉는 실제는 8·5조가 아니고 7·5조이다. 그가 7·5조를 굳이 8·5조로 자칭한 것은 일본 명치년간의 창가 신체시 7·5조의 영향을 받았음을 기휘(忌諱)함이 아닌가 한다.

이 〈경부철도가〉보다도 육당의 창가로서 더 널리 불리어진 것은 1914년 《청춘》 창간호에 실린 〈세계일주가〉이다.

〈세계일주가〉
漢陽아 잘잇거라 갓다오리라
압길이 질펀하다 수륙십만리
4천년 옛도읍 평양지나니
굉장할사 압록강 큰쇠다리여

칠백리 遼東벌을 바로 뚤고서
다다르니 奉天은 옛날瀋陽城
東福陵 저솔밭에 잠긴연기는
이백오십년동안 꿈자최로다 (後略)

　율조(律調)의 웅장하고 미끄러움이 〈경부철도가〉에 비하여 월등할 뿐 아니라 예문에서 보는 바와 같이 빠른 속도로 스쳐 지나가는 동남 고금(東南古今)의 역사의 신기한 자취는 매력적이었다. 지금도 40대 이상이면 술자리에서 흘러간 노래로 이 〈세계일주가〉가 튀어나오기도 한다. 특히 "쿵덕쿵덕 넘어간다 평양 정거장"이라는 구절이 ….

　　7·5조는 전통적 律調가 아니다. 김소월을 비롯하여 민족적 情恨을 노래한 우리 신가에 7·5조가 많아서 7·5조는 한국적 율조의 대표처럼 되었지마는 실상 이것은 六堂을 통해서 수입된 일본의 율조다. 7·5조는 4·3·5조 또는 3·4·5조로 분석되는 1句 3音步이다. 우리 나라 전통적 가요는 거개 1구 4음보로서 4·4조 또는 3·4조가 기본이 된 8·8조, 8·7조, 7·8조, 6·7조 등이 그 일반 형식이다. 더구나 1구의 末音步가 5로 끝나는 예는 정읍사(井邑詞)를 비롯한 소수의 고가요에 간혹 있을 뿐 우리 노래의 일반적 형식이 아니다. (졸고, "七·五調考" 참조)

　7·5조라는 새 형식을 바탕으로 생겨난 창가는 1자를 가감하여 8·5조, 6·5조, 8·6조를 이루게 되었고 5·5조도 있었다. 그러나 이렇게 형식의 다양성에 비해서 가사는 도리어 전근대적으로 후퇴하기도 하였다.

　　　少年은 易老하고 學難成하니
　　　一寸의 光陰인들 不可輕이라
　　　池塘에 春草夢을 未覺하여서
　　　階前에 梧葉이 已秋聲이라

는 권학가(勸學歌) ― 주자(朱子)의 시에 현토(懸吐)만 한 것이다(3행은 未覺池塘春草夢의 차례 바꿈).

> 學徒야 學徒야 靑年學徒야
> 壁上에 掛鐘을 들어보시오
> 한소래 두소래 가고못오니
> 人生의 百年가기 走馬같도다

는 6·5조라는 것뿐이지 내용은 개화가사와 오십보 백보 사이다. 마치 신소설에 있어 이해조나 최찬식(崔瓚植, 1881~1951)의 소설이 그보다 먼저 나온 이인직의 것보다 낡았던 것과 같다.

창가가 남의 곡조를 빌리거나 새로 소박한 작곡이나마 붙어 널리 불리게 되면서부터 전래의 4·4조의 창가도 생기게 되었다.

> 청산속에 묻힌 玉도
> 갈아야만 광채나고
> 落落長松 소나무도
> 깍아야만 棟樑되네

라든지

> 옛 桃花洞 한 가정에
> 그 食口 세 사람
> 앞못보는 아버지와
> 철모르는 딸이라
> 그 어머니 沈淸이를
> 낳으신지 7일에 … (後略)

가 그 예이다. 특히 뒤의 것 〈심청가〉는 클레멘타인의 곡조를 빌려 널리 불리어졌던 것이다. 이것은 8·7조다.

1920년 말까지 전국의 초등학교 특히 사립학교에서 많이 가르친 창가는 〈표모가〉(漂母歌) 등 수편이 있다.

山谷間에 흐르는 맑은 물가에
저기 앉은 저 漂母 방망이 들고
이웃저웃 빨적에 하도 바쁘다
해는 어이 짧아서 西山을 넘네

(〈漂母歌〉1절)

뒤엣일은 생각말고 앞만 향하여
前進前進 나아갈 때 활발스럽다
　　　〈後未詳〉
靑年에 가는 앞길은 泰山과 같이 險하다
고생함을 생각말고 앞만향하여
　　　〈後未詳〉　　　　　　　　　(〈前進歌〉1절)

〈전진가〉는 행진곡으로서 뒤에 우리 〈독립군가〉가 이런 곡조였다.

만화방창 꽃동산 그 맑은 향기
오너라 불러보아 나의 친구라
계수나무 가지에 봄바람이요
맑은 물을 마시는 옥토끼로다 (下略)

라든지

꽃 綠陰 단풍이 꿈결에 지나고
가장 느낌많은 올해도 또 저무련구나
눈이불 속에서 핑핑도는 체바퀴
또한번 돌쩍에 …

는 서정가로서 특히 후자는 찬송가 〈고요한 바다로 저 천당 향할 때〉

의 곡조를 빌린 것으로, 고요한 감상(感傷)의 매력이 있었다.

> 三秋에 깊이든 정 一時에 놓기
> 섭섭기는 古今이 일반이로세

는 〈이별가〉(離別歌)

> 同窓에 공부하던 우리學友를
> 세월이 如流하야 오날 當했네
> 보내는 者 가는 者 彼此 나뇌니
> 惜別하는 情懷는 가이없도다

> 同窓에 공부하던 우리학우들
> 한말씀건 하노니 명심하소서
> 業을 닦고 가는 者 事業힘쓰고
> 業을 닦고 있는 者 工夫힘쓰소

는 〈졸업가〉 ― 한국판 '형(螢)의 광(光)'이다. 이 이별가 가락은 구슬프기가 고금이 일반이었다.

창가에는 외국가요, 특히 일본 노래의 번안 또는 번역이 진작부터 시험되었고 그것은 대개가 명역(名譯)에 속했다.

> 1. 갈지라도 갈지라도 바다 또한 바다
>   하늘끝에 다은 물결 망망도 하구나
>   바다도 건너랴면 능히 건너리라
>   저어가세 저어가세 일심을 모아서
> 2. 배화가도 배화가도 깊고 또 깊도다
>   깊더라도 나중에는 엿흘날 잇나니
>   쉬지안고 배화가면 능히 배우리라

배화가세 배화가세 일심을 모아서

(大韓帝國 學部 編纂《普通唱歌集》)

는 〈行けども 行けども 海又海〉에서,

中天에 높히 떠서 우난 저 새와
절벽에서 나리는 장쾌한 폭포
天然의 音樂을 아뢰이난듯
끊이잖는 저바다의 파도소리

(〈天然의 美〉의 일부)

는 〈空に さえずる 鳥の聲 峰より おつる 瀧の音〉에서

둥근달 밝은 밤에 바닷가에는
엄마를 찾으려고 우는 물새가
남쪽나라 먼고향 그리울 때에
늘어진 날개까지 젖어 있고나

는 〈青い 月夜の 濱邊には 親を さかして 鳴く 鳥が〉를 번역한 것들이다.

한바퀴 두렷한 달 中天에 솟았네
흰이슬 가을밤이 낮과 같이 밝도다

도 원문 첫머리가 기억나지 않으나 〈虫の聲聲 ちんちろりん…〉하는 그 노래의 번역인 줄 안다.

이리하여, 1925년대를 넘어서면 이 창가는 쇠퇴시대에 든다. 거기에는 네 가지 이유가 있다. 첫째, 우리말 교육이 차츰 줄어들도록 눌리어졌고, 둘째, 창가의 계몽성, 애국적인 민족사상의 고취가 감시 탄압 아래 놓이게 되었고, 셋째, 가요가 예술적으로 세련되어 창가는 유치하게 느껴졌고, 넷째, 퇴폐사조와 함께 물들어 온 하염없는 애수(哀愁)의 새 대중가요가 유행하게 되었기 때문이다.

해방 전에 이 민족을 울리고 이 민족에게 힘을 주고 깨우쳐 주고 신념을 주던 노래가 몇 편 있었다. 그러나 그것은 아는 사람만이 알 뿐 옛날의 창가처럼 일세를 휩쓸지 못하던 노래들이다.

첫째, 〈애국가〉! 이별가의 가락에 실린 이 슬픈 애국가는 뜻있는 소년들이 수첩에 깨알같이 베껴 가지고 깊은 산속에서나 불러보던 노래이다. 지금 40대만 해도 해방 전에 이 애국가 전편을 다 외는 사람은 흔치 않았다.

가장 힘을 주던 노래는 〈독립군가〉! 지금 이 노래를 아는 사람은 5, 60대 인사에도 드물다. 전편을 소개해 보자. 국내의 신문 잡지에도 오르지 않은 현대판 구비문학이니까.

1. 遼東滿洲 넓은 들을 쳐서 破하고
   淸川江에 隋兵百萬 沒殺하옵던
   東明王과 乙支文德 勇敢法대로
   우리들도 그와같이 원수쳐보세

   (후렴)
   나가세 전쟁장으로 나가세 전쟁장으로
   劍水刀山을 무릅쓰고 나아갈 때에
   獨立軍아 용감力을 더욱 분발해
   억천만번 죽더래도 원수쳐보세

2. 閑山島에 倭賊을 쳐서 破하고
   女眞國을 討伐하여 凱旋하옵신
   忠武公과 姜邯贊의 용감법대로
   우리들도 그와같이 원수쳐보세

3. 배를 갈라 萬國會에 피를 뿌리고
    六穴砲로 伊藤博文 銃殺하옵던
    李儁씨와 安重根의 義俠心대로
    우리들도 그와같이 원수쳐보세

4. 黃濱大阪 무찌르고 東京드러쳐
    東에 갔다 西에 번뜩 모두 한칼로
    國權을 回復하는 우리 獨立軍
    勝戰鼓와 萬歲소리 天地震動해

    곡조는 〈전진가〉(前進歌) 곡조, 제4절의 기개는 정말로 통쾌하였다. 1920년대 말에는 〈적기가〉(赤旗歌)와 〈메데 노래〉도 한때 풍미했으나 민족의 심금을 울리지는 못하였다. 이 일본말을 번역한 노래들과《프롤레타리아 가곡집》도 카프 문학의 전성기에 청소년의 가슴을 흔들었던 것만은 사실이다.

    약한 자야 너 일홈은 농민이로다
    그렇지만 나아가면 강한 자 되네
    호미들고 낫들고 춤을 출 때에
    무궁화 동산에 새꽃이 피네

는 〈농민가〉(農民歌)의 후렴이요

    산에서 금이 나고 바다에 고기
    들에서 쌀이 나고 면화도 난다
    먹고 남고 입고 남고 쓰고도 남을
    물건을 낳아주는 삼천리 강산

은 〈물산장려가〉(物産獎勵歌)의 첫 절이다. 특히 이 〈물산장려가〉는 1920년대 조만식(曺晚植)·명제세(明濟世) 씨 등에 의하여 일어난 국산장려운동에 현상당선된 노래였다. 그 지은이는 당시 15세의 소년 윤석중(尹石重) 씨여서 상으로 탄 자개 책상을 앞에 놓고 찍은 작자의 사진이 당시의 소년잡지 《어린이》에 났던 것이 기억난다.

백두산 뻗어나려 반도 삼천리
무궁화 이 동산에 역사 반만년
대대로 이어사는 우리 삼천만
빛나도다 그의 이름 조선이로세

는 〈조선의 노래〉 ─ 이 노래는 〈대한의 노래〉란 이름으로 지금도 불리는 것을 가끔 듣는다. 그러나, 감명 깊던 〈어린이날 노래〉(지금 것은 해방 후에 새로 지은 것), 그 처음 것은 아주 잊혀지고 만 것 같다.

1. 기쁘고나 오늘날 어린이날은
   우리들 어린이 명절날일세
   복된 목숨 길이 품고 뛰어 노는 날
   오늘이 우리들의 날

   (후렴)
   동무여 동무여 손을 잡고서
   앞으로 앞으로 나아갑시다
   아름다운 목소리와 기쁜 맘으로
   노래를 부르며 나아가세

2. 기쁘고나 오늘날 어린이날은
   반도정기 타고난 우리 어린이

312

　길이길이 뻗어날 새 희망 품고
　즐거웁게 뛰어 노는 날
　오늘이 우리들의 날

　1930년대에 넘어들면서 어린이날 기념행사도 이내 금지되고 말았다. 이리하여 우리 가요는 〈반달〉을 비롯한 수많은 동요곡에 명곡을 남기고 비운에 잠겼다.

　정이월 다가고 삼월이라네
　江南갔던 제비가 돌아오면은
　이 땅에도 또다시 봄이 온다네
　아리랑 아리랑 아라리요
　아리랑 강남을 어서나 가세

　라는 〈그리운 강남〉은 김석송(金石松) 시, 안기영(安基永) 곡 — 강남 갔던 제비는 해마다 왔어도 민족의 봄은 오지 않은 채 저 유명한 〈봉선화〉의 애처로운 가락만 남기게 되었다.

　울밑에선 봉선화야 네 모양이 처량하다
　길고긴날 여름철에 아름답게 꽃필 적에
　어여쁘신 아가씨들 너를 반겨 놀았더라

　는 추억의 눈물과 함께 소생의 날을 기다리는 절치(切齒)의 아픔은 많은 사람을 울리었던 것이다. 김형준(金亨俊) 작사, 홍난파(洪蘭坡) 곡으로 불후(不朽)의 고전이 되었다.
　창가와 동요, 가요의 뒤를 이어 민중의 마음을 울린 대중가요는 어떠했는가, 그 역정(歷程)을 아는 대로 대충 더듬어 보자.
　흘러간 노래로 유행가 중 가장 오랜 것을 찾으려면 역시 〈장한몽〉

(長恨夢)의 노래로부터가 아닐까.

大同江邊 浮碧樓下 산보하는
李守一과 沈順愛의 兩人이로다
握手論情 하는 것도 오늘뿐이요
步步行進 散步함도 오늘뿐이라
守一이가 학교를 마칠 때까지
順愛야 어찌하여 못참았더냐 (中略)
順愛야 반병신된 李守一이나
이래뵈도 당당한 意氣男兒다
理想의 나의 妻를 돈과 바꾸어
外國留學하려 하는 내가 아니다 (下略)

이것은 주지하는 바와 같이 일본 미기홍엽(尾崎紅葉)의 소설 《금색야차》(金色夜叉)를 일재 조중환(一齋 趙重桓)[1]이 〈장한몽〉(長恨夢)이란 이름으로 번안하여 초창기 신파극으로 상연했던 것 "熱海の海岸 散步する 貫一 お宮の 二人つれ 共に語るも 今日限り 共に 步くも 今日限り"의 번역인데, 조사(措辭)가 완연히 개화 가사조인 것은 그만큼 그 시대의 오램을 나타낸다. 아다미[熱海] 해안을 평양의 대동강변으로, 주인공 이름들도 아주 이수일과 심순애로 하여 외국작품인 줄 까맣게 모를 만큼 되어 한때 이 소설과 연극이 독자를 많이 울린 바 있다.
우리 나라 대중가요도 처음부터 연극영화의 주제가로 퍼진 것이 많았던 것은 예나 지금이나 마찬가지다.

강남달이 밝아서 임이 놀던 곳
구름 속에 그의 얼굴 가리워졌네 (下略)

---

1) 편집자 주 : 1863~1944. 근대의 신소설 작가로 주로 일본의 작품을 번안하였음.

는 〈낙화유수〉(落花流水)의 노래. 한때를 휩쓴 노래다.

　　지나간 그 옛날에 푸른 잔디에
　　꿈을 꾸던 그 시절이 언제이던가

는 〈세 동무〉의 노래. 그리고 잊을 수 없는 〈아리랑〉은 나운규(羅雲奎)의 저항의식을 통해 한층 더 민족의 심금을 울리었다.

　　카추샤 애처럽다 이 이별을 어이해

는 〈부활〉(復活)의 노래로 일본어 역, 많이 불린 노래다.
　무엇보다 이 시대를 상징하는 것은 다음의 두 노래일 것이다.

　　피식은 젊은이 눈물에 젖어
　　落望과 悲憤에 병든 몸으로
　　北極寒雪 오로라를 끝없이 가는
　　가이 없는 이 心思를 누가 알꺼나

는 절망과 퇴폐에 쫓긴 이의 하염없는 눈물을 돋우었다.

　　광막한 황야에 달리는 인생아
　　너의 가는 곳 그 어데이냐
　　쓸쓸한 세상 험악한 고해에
　　너는 무엇을 찾으려 하느냐
　　행복 찾는 인생들아 너 찾는 것 죽음

　이것은 〈사(死)의 찬미(讚美)〉란 노래 — 소프라노 윤심덕(尹心悳)이 그의 연인인 극작가 김수산(金水山)과 함께 현해탄에 투신 자살하기 전에 남긴 노래로 유명하다.

초기 유행가에는 이러한 슬픈 노래 외에도 간혹 흥겨운 것이 있기도 하였다.

> 붉은 등불 파란 등불 사월 초파일 밤에
> 거리거리 늘어진 사랑의 붉은 빛
> 등불 타는 등불 좀이나 좋으나
> 마음대로 주정해라 고운이 만나면

그 때는 아직도 사월 초파일이면 종로에 관등(觀燈)놀이가 있을 때였다. 크리스마스보다는 초파일이 더 명절이던 시절의 유행가라니 아득한 옛날같이 신기하다.

> 여자 치마 짜르고 남자 바지는
> 한자 두치 넓이로 나팔통일세

는 모든 남녀 의상의 세태를 보여 주는 노래. 여자 치마가 무릎 가까이 올라가고 남자 바지통은 구두 앞뒤를 다 덮으리 만치 넓은 통이 유행하던 시절이 있었다. 긴 머리털에 캡을 비스듬히 쓰고 몽둥이 지팡이를 짚는 것이 멋이던 때의 노래다.

> 오동나무 열두대 속에
> 신선선녀가 하강을 하네
> 에라 요것이 사랑이란다
> 아하 이것이 설움이란다

라든지, 〈노들강변〉 같은 신민요도 나왔던 것이다.

황성 옛터에 밤이 되니 월색만 고요해
폐허의 설운 회포를 말하여 주노라
아하 가엾다 이내 몸이 그 무엇을 찾으려
덧없는 밤의 거리를 헤매여 있나니

성은 허물어져 빈 터인데 방초만 푸르러
세상이 허무한 것을 말하여 주노라
아하 가엾다 저 나그네 그 무엇을 찾으려
덧없는 밤의 거리를 헤매여 있나니

나는 가리로다 끝이 없이 이 발길 닿는 곳
산넘고 물을 건너서 정처가 없이도
아하 한 많은 이 心思를 가슴속에 깊이 품고
이 몸은 가리라 흘러서 가노니 옛터야 잘 있거라

는 〈황성(荒城)의 달〉! 연극인 왕평(王平)의 작사였던가 한다. 그는
무대 위에서 연극을 하다가 쓰러진 사람. 이 노래는 해방 전에 일제에
의해서 금지되었던 노래다.
　흘러간 나그네는 타향살이에서 돌아오지 못한 채 늙어 갔다.

타향살이 몇해던가 손꼽아 헤여보니
고향떠나 십여년에 청춘만 늙고
부평같은 내 신세가 혼자도 기막혀서
창문 열고 바라보니 하늘 먼 저쪽

고향앞에 버드나무 올봄도 푸르련만
호들기를 꺾어불던 그때도 옛날
타향이라 정이 들면 내 고향 되는 것을
와도그만 가도그만 언제나 타향

이리하여 마침내 망명한 우리 가요는 1945년에 애국가와 함께 귀향했다. 지하에서 나온 옛 노래와 만난 감격의 포옹! 그것은 개화가사 이래 반세기 만의 감격이었다.

어둡고 괴로워라 밤이 길더니
삼천리 이 강산에 먼동이 텄네
동무여 자리차고 일어나거라
산넘어 바다건너 태평양넘어
아 자유의 자유의 종이 울린다

해방의 감격을 처음 뒤흔든 이 〈독립행진곡〉도 7·5조였다.

附 記

심심풀이 삼아 쓴 것이 너무 길어졌다. 아무 재료도 없이 기억에만 의지했기 때문에 많이 소홀하다. 음악도나 국문학도 중에 가요를 자세히 조사하여 연대순으로 정리하는 이가 있어 줬으면 하는 것이 나의 소망이다.

318

3. 고전국문학 주해(註解) 문제
― 고어학, 한문학, 문예학적 기초에 대하여

고전문학의 해독은 주로 세 가지 각도에서 논의될 수 있다. 첫째, 면밀한 어학적 연구로서 해독(解讀)의 완성이요, 둘째, 문학적 연구로서 작품의 내용과 형식의 비평적 연구요, 셋째, 이를테면 사학적 연구로서 작품과 작가의 배경론 연구가 그것이다. 이 세 가지 중 둘째와 셋째는 첫째 문제의 성과를 발판으로 하는 데서만 그 정당한 출발을 시험할 수 있으므로 우리 고전문학 해독의 당면과제는 주로 어학적 연구인 주해(註解) 문제에 놓여 있지 않을 수 없다는 것은 한 상식이다. 그런데 국문학뿐 아니라 우리 문화 모든 부문의 고전연구란 것이 해방 전에는 극히 소수의 학자에 한정되어 있었기 때문에 그 업적이 우선 양적으로 미미하였고, 해방 후에는 국학 연구의 지향이 우연히 일어난 편이었으나 그 발표된 성과를 즐겨 모아본 결과 그 일반적 경향은 이런 연구가 일조(一朝)의 졸연한 일이 아님을 느끼게 하였다.

이제 다시 침체해진 이 방면 공부의 재건을 위해서 여기에 새로 뜻 두는 이를 위하여 미리 마련하지 않으면 안 될 기본 과제 몇 가지를 제시하려 한다. 이 몇 가지 기본 과제란 것이 국문학 주해(註解)에 뜻 두는 사람에게 얼마나 필요한 것인가를 보이기 위하여, 나는 감히 사학전문가(斯學專門家)의 주해서에서 간단한 몇 가지 오류를 인례(引例)하는 것을 주저하지 않는다. 이는 그분들의 학적 권위를 폄(貶)하려는 것이 아니요, 오로지 사학후진(斯學後進)의 전차지계(前車之戒)를 삼게 하려는 데 본의가 있음을 먼저 말해 둔다.

첫째, 현대어에 대한 지식이 풍부해야겠다. 특히 현행의 방언에는 살아 있는 고어(古語)가 한없이 많아서 우리가 고어의 개념 규정에 당황할 때가 많은데, 현대에 살아 있는 말은 물론 없어져 가는 말이라도 아직 방언에 남아 있는 것을 잘못 주해해서는 이건 고전주석(古典註釋)이 아니라 현대어석(現代語釋) 감당도 못할 것이기 때문이다. 이미 오래 전 일이요 다른 분도 지적한 바 있지만, 김태준(金台俊) 주석(註釋)의 《고려가사》의 '드레우므레'를 '노출(露出)된 우물에'(雙花店 註)라고 주(註)한 것이라든지 '하마'를 '공외(恐畏)컨대'(鄭瓜亭 註)라고 주한 것은 물 긷는 '드레박'이라든지 '벌써', '이미'의 뜻으로 쓰는 '하마'라는 현대어(주로 嶺南방언)도 모르는 셈이 된다.

둘째, 고어에 대한 상식과 그 전거를 찾는 노력이 성실해야겠다. 고대문학을 주석하는 데 고어 지식은 너무나 당연한 일이지만, 여기서 말하는 고어 상식이란 손쉽게 찾을 수 있는 고어를 말함이다. 전문가 아닌 사람으로도 고어를 운위하게 되면 곧 알 수 있는 정도의 단어가 버젓이 주석서에 그릇 주해되어서야 학구의 성실성을 의심하지 않을 수 없다. 해방 후 나온 고전주석서의 통폐가 이 고어에 대한 기초에 있어서 실망을 주는 점이 적지 않았다는 것이다. 가령 윤곤강 편주(編註)《근고가요선주》(近古歌謠選註)에 '나조해'를 '낮에'("賞春歌" 條)라고 주한 것이라든지 '못슬믜니'를 '싫어졌다'("關東別曲" 條)로 주한 것은 그 좋은 예가 된다. '나조해'는 '황혼에'의 뜻으로 저녁 석(夕)자를 지금에도 노인들은 '나조 석'이라고 부르는 이 있으며, 《유합》(類合)1)에 '염'(厭)을 '슬믤 염'이라고 달아 있는 것으로 '못슬믜니'는 '싫어지지 않아서'로 주석해야 할 것을 정반대의 뜻으로 '싫어져서'라고 했으니 이건 고어주석의 전거(典據) 섭렵(涉獵)에 소홀했다는 책을 면할 수가 없다. 문학작품의 오주(誤註)는 그 작품의 본의를 그르침에 이른다. 또 신영철 저 《고문신석》(古文新釋)을 보면 〈월인천강지곡주〉(月印千江之曲註)에 '만히머그닌 양재셩가시더니'의 '셩가시더니'를 '更'의 뜻으로 주한 것은 '셩가시더니'가 '초췌'(憔悴, 《字會》·《類合》 참조)의 뜻임을 살피지 않은 데서 온 오주였다. 고전주석에 지레짐작이 금물임을 알리

1) 편집자 주 : 조선조의 한문 학습서로 서거정이 지었다 함. 한자 각 자마다 音과 訓을 달아 놓았음.

320

는 좋은 방증이 된다.

셋째, 한문학에 대한 지식이다. 이것은 고대문학의 거의 전부가 중국의 고사숙어 투성이로 이루어졌음을 생각할 때 아주 기본적인 문제다. 한문 교양이 빈곤한 3, 40대의 학도에게 이에 대한 오류가 많은 것도 불가피한 일이겠으나 전문가가 되기 위해선 상식적 교양을 체득하지 않고는 안 된다. 한시의 형식, 곧 염[平仄]이라든지 운(韻)에 대한 상식의 결여 때문에 인용하는 한시의 착란(錯亂)은 말이 못 된다. 이응수(李應洙) 편주《김립시집》(金笠詩集)은 어느 작품이 과연 김립의 작인가도 문제되지만 한시 규격에 벗어나는 착오가 상당한 수에 달한다. 또 한학 지식의 심오한 경지를 얻는 것은 졸연한 일이 아니라고 하더라도 상식적인 숙어가 국문학 주해서에서 오주되어서는 안 된다는 생각이다. 지헌영(池憲英) 저《향가여요신석》(鄕歌麗謠新釋) 중 "한림별곡"(翰林別曲) 중에 반고(班固)의 문집《난대집》(蘭臺集)을 미상이라 주한 것이라든지 방종현(方鍾鉉) 교주(校註)《송강가사》의 "관동별곡" 중에 나오는 '천근(天根)을 못내보와'의 '천근'이 28수(宿) 중 '저성'(氐星, 28宿의 셋째별)의 별명임을 밝히지 않고 송나라 소옹(邵雍)의 시만 인례(引例)해 둔 것은 모두 이 방면 섭렵의 소홀이라 보지 않을 수 없다. '난대'가 후한(後漢)의 관명(官名)이요, 한대(漢代) 제실문고(帝室文庫)의 이명(異名)이라는 단서만 있으면 이것이 후한사가(後漢史家)의 문집이라는 추리도 성립될 수 있는 것이요, '천근'도 그 앞에 나오는 '두우'(斗牛, 北斗星인 두성과 우성)가 별임으로써 이내 성명(星名)에 착안될 수 있는 것이기 때문이다.

넷째, 민족문화학, 주로 민속과 역사에 대한 조예를 마련해 두어야겠다는 것이다. 이는 바른 주석에 도움이 될 뿐 아니라 국문학 배경론 및 작품 감상의 거점이 되기 때문이다. 우리의 국문학 해석은 아직 어학적 연구에 머뭇거릴 뿐 문예학적 연구라든지 사상사적 연구가 처녀지 그대로 있는 형편이지만, 이러한 문제는 후일로 미루고라도 민족학, 역사학의 상식은 당면한 어구의 주석에도 큰 도움이 되는 것이다.

이병기 교주(校註) 《의유당일기》(意幽堂日記)의 "북산루"(北山樓)에 나오는 "서편 창호를 여니 누하의 저자버리던 집이 서울의예 지물가가갓고"의 '서울의예'는 '서울외예'라 보고 '서울성 밖에'라고 주가 붙어 있다. 도시(都是) 여염의 즐비함을 묘사하는 대문에 서울 성외의 비유가 타당하지 않을 뿐 아니라 서울 성외에 지물 가게가 늘어섰었다는 것도 합당하지 않다. 그러므로 나는 원본을 보지 못했으므로 거기 '의'로 되어 있는지 '외'로 되어 있는지를 모르겠으나 아마 '의'일 것이라고 믿는다. 이 '의'는 육의전(六矣廛, 六注比廛)의 '의'(矣)라고 추단된다. 육의는 옛 서울 종로 십자로 부근에 섰던 육대상점가 즉 선전(縇廛, 비단을 팔던 전)·백목전(白木廛, 면포전이라고도 하며 무명을 팔던 전)·지전(紙廛, 종이 전)·면주전(綿紬廛, 명주를 팔던 전)·저포전(紵布廛, 모시를 팔던 전)·내외어물전(內外魚物廛, 어물을 팔던 전)의 총칭이었기 때문이다.

다섯째, 문학에 대한 감성과 작품 파악의 통찰력의 함양이 요청된다. 이 힘이 고전주석에 난해구(難解句)의 단서를 잡는 구실을 하는 수가 많기 때문이다. 여기에 시인 경력으로서 이 점에서는 누구보다도 유리한 양주동(梁柱東) 씨의 저서에서 특히 이 점의 소홀에 유래하는 오류를 몇 곳 지적해 보려 한다.

먼저 "청산별곡"에 나오는 '나마자기구조개랑 먹고'를 '나마자기구 조개랑 먹고'로 분절을 뗀 것이 잘못이라 함은 양씨 자신도 근자에 인정하였거니와 'ᄂᆞ자기 구조개랑먹고'로 떼어 읽어야 할 것은 해방 전부터 나의 주장이었고 해방 후부터 나는 교단에서 이렇게 얘기해 왔다.

양씨와 같은 시인 출신 학자가 "청산별곡"의 운율적 구성을 대번에 파악했더라면 'ᄂᆞ자기구 조개랑 먹고' 식으로 해독하여 '구'자를 '밥이고 떡이고'하는 '고'의 전음(轉音) '구'로 읽지는 않았을 것이다. 왜 그러냐 하면, 만일 이런 뜻으로 '구'를 썼다고 하면 '구'가 쓰일 것이 아니라 응당 '멀위랑 다래랑'의 '랑'자를 써서 'ᄂᆞ랑자기랑 조개랑먹고'로

322

했을 것이다. '랑'자를 여기서 약한 것은 벌써 'ᄂᄆ자기' 넉 자에서 오는 음수(音數) 때문이어늘 하물며 '랑'자를 빼고 '구'자의 사족을 붙일까닭이 없다. 그러므로 "청산별곡"의 음율을 감수(感受)한 사람이면 누구나 다 이 구절에 와서 'ᄂᄆ자기 구조개랑먹고'로 아니 읽을 이가 없을 것이니, 연후에 'ᄂᄆ자기'와 '구조개'가 무슨 뜻이냐의 해명이 문제되는 것이다.

또 하나, 양씨의 〈관동별곡〉(安軸) 주석에 '아야족'(我也足)을 '어야차'로 읽은 것은 좋았으나, '석암회'(石嵓回)를 '돌바회'로 음독하지 않은 것은 실수다(바횟방=岩房,《용비어천가》47쪽). 그보다도 '玉簪珠履 三千徒客 爲又來悉何奴日是古'를 '또 오다 하노니잇고'라 해독한 것은 확실히 오독이다. 이는 마땅히 '또 오실 어느 날잇고'로 읽어야 할 것이니, 가의(歌意)로 봐서 '옛 신선(花郎 國仙) 놀던 자리 그들 언제 예와 다시 놀고'의 뜻으로 파악해야 되겠기에 말이다. 이 노래의 작자 안축(安軸)의 "영랑호시"(永郎湖詩)에 '古仙若可作 於此從之遊'의 구가 있으니 이와 조응될 뿐 아니라 정송강(鄭松江)의 "관동별곡"에 나오는 '三日浦를 차자가니 丹書는 완연하되 四仙은 어대가니 ―仙遊潭 永郎湖 거긔나 가잇난가 ―'와 심서(心緒)나 가의(歌意)가 같은 것으로 회고시의 한 전형에 속해 있기 때문이다.

끝으로 "모죽지랑가"(慕竹旨郎歌)의 '蓬次叱巷中宿尸夜音有叱下是'의 '蓬次叱巷'을 '다봇굴형'이라 읽든지 '다봇마술'로 읽든지 간에 그 뜻을 '이항'(里巷, 마을, 촌리), '가항'(街巷, 거리)으로 본 것도 수긍할 수 없다. 졸견(拙見)에는 가의로 봐서 이를 '무덤'이란 뜻으로 보고 '다봇마술'은 '고리'(蒿里)의 이두아역(吏讀雅譯)이라 본다. '고리'가 또한 '다보ᄉ마술'로 읽어질 수 있는 것이요, 이것이 무덤의 뜻임은 바로《삼국유사》"광덕엄장조"(廣德嚴莊條)에도 그 용례가 있으니 '… 이튿날 광덕의 거처를 찾아가니 광덕이 과연 죽었다. 이에 그 아내와 함께 유해를 거두어 장사를 지냈다'(… 明日歸訪其居 德果亡矣 於是乃與其婦收骸 同營蒿里)가 그것이다. 필자가 이렇게 보는 까닭은 이 가의의 파악에 있어 양주동 씨와는 달리한 점이 있으니, 이 "모죽지랑가"는 '죽지랑'(竹旨郎)의 사후 '득오'(得烏)의 추모만가(追慕挽歌)로 보기 때문이다. 더구나 동가의 '目煙廻於尸七史伊衣 逢烏支惡知作乎下是'가 '눈돌릴 사이에 만나게 되리라'는 뜻, 다시 말하면 한문의 제문(祭文)이나 만사(輓詞, 죽은 이를 추도하기 위해 지은 글)에 나오는 '비불기시'(悲不幾時)와 뜻이 부합됨으로써 더욱 그러하다. 이런 의미에서 이 노래의 해독은 재고가 요청되지 않을 수 없다.

이상으로써 필자는 국문학 고전의 주해에 뜻두는 사람에게 이 다섯 가지 기초를 닦으면서 착수해 줄 것을 요청한다. 요즘 주해의 경향을 보면 모르는 것은 밝히지 않고 아는 것만 밝히는 것이 많으니, 이렇게 되면 학문에 발전이 없을 것이요 그렇다 해서 독단과 부회(附會)와 미봉으로 꾸려 넘어가서는 모험이 아닐 수 없다. 예리한 안광으로 이 때까지 모르던 것을 하나라도 찾아내어야 할 것이요, 치밀한 탐색으로 이 때까지 알려져 있는 것이라도 더 바르고 자세하게 풀이해야 할 것이다. 말하자면, 고전 국문학의 해석은 어학적 연구, 문학적 연구, 사학적 연구의 3단계로 나눌 수 있으나, 이 3단계는 그 하나하나가 각기 이 3방면을 내포한 기초 위에 이루어져야 하는 것이다.

芝薰 趙東卓 先生 年譜

1920. 12. 3. 경북 영양군(英陽郡) 일월면(日月面) 주곡동(注谷洞)에서 부
　　　조헌영(趙憲泳, 제헌 및 2대 국회의원, 6·25 때 납북됨) 모 유노미
　　　(柳魯尾)의 3남 1녀 가운데 차남으로 출생.
1925.~1928. 조부 조인석(趙寅錫)으로부터 한문 수학(修學), 영양보통학교
　　　에 다님.
1929. 처음 동요를 지음. 메테를링크의 〈파랑새〉, 배리의 〈피터팬〉, 와일
　　　드의 〈행복한 왕자〉 등을 읽음.
1931. 형 세림(世林;東振)과 '꽃탑'회 조직. 마을 소년 중심의 문집 〈꽃
　　　탑〉 꾸며냄.
1934. 와세다대학 통신강의록 공부함.
1935. 시 습작에 손을 댐.
1936. 첫 상경(上京), 오일도(吳一島)의 시원사(詩苑社)에서 머무름. 인사
　　　동에서 고서점(古書店) '일월서방'(日月書房)을 열다. 조선어학회에
　　　관계함. 보들레르·와일드·도스토예프스키·플로베르 읽음. 〈살로
　　　메〉를 번역함. 초기 작품 〈춘일〉(春日)·〈부시〉(浮屍) 등을 씀. "된
　　　소리에 대한 일 고찰"발표함.
1938. 한용운(韓龍雲)·홍로작(洪露雀) 선생 찾아봄.
1939. 《문장》(文章) 3호에 〈고풍의상〉(古風衣裳) 추천받음. 동인지 《백
　　　지》(白紙) 발간함[그 1집에 〈계산표〉(計算表), 〈귀곡지〉(鬼哭誌)
　　　발표함]. 〈승무〉(僧舞) 추천받음(12월).
1940. 〈봉황수〉(鳳凰愁) 추천받음(2월). 김위남(金渭男;蘭姬)과 결혼함.
1941. 혜화전문학교 졸업(3월). 오대산 월정사(月精寺) 불교강원(佛敎講
　　　院) 외전강사(外典講師) 취임(4월). 상경(12월).

1942. 조선어학회 〈큰사전〉 편찬원(3월). 조선어학회 사건으로 검거되어 심문받음(10월). 경주를 다녀옴. 목월(木月)과 처음 교유.

1943. 낙향함(9월).

1945. 조선문화건설협의회 회원(8월). 한글학회 〈국어교본〉 편찬원(10월). 명륜전문학교 강사(10월). 진단학회 〈국사교본〉 편찬원(11월).

1946. 경기여고 교사(2월). 전국문필가협회 중앙위원(3월). 청년문학가협회 고전문학부장(4월). 박두진(朴斗鎭)·박목월(朴木月)과의 3인 공저《청록집》(靑鹿集) 간행. 서울 여자의전(女子醫專) 교수(9월).

1947. 전국문화단체총연합회 창립위원(2월). 동국대 강사(4월).

1948. 고려대학교 문과대학 교수(10월).

1949. 한국문학가협회 창립위원(10월).

1950. 문총구국대(文總救國隊) 기획위원장(7월). 종군(從軍)하여 평양에 다녀옴(10월).

1951. 종군문인단(從軍文人團) 부단장(5월).

1952. 제2시집《풀잎 단장(斷章)》간행.

1953. 시론집《시의 원리》간행.

1956. 제3시집《조지훈 시선》간행. 자유문학상 수상.

1958. 한용운(韓龍雲) 전집 간행위원회를 만해(萬海)의 지기 및 후학들과 함께 구성함. 수상집(隨想集)《창에 기대어》간행.

1959. 민권수호국민총연맹 중앙위원. 공명선거 전국위원회 중앙위원. 시론집《시의 원리》개정판 간행. 제4시집《역사 앞에서》간행. 수상집《시와 인생》간행. 번역서《채근담》(菜根譚) 간행.

1960. 한국교수협회 중앙위원. 세종대왕 기념사업회 이사. 3·1 독립선언 기념비건립위원회 이사. 고려대아세아문제연구소 평의원.

1961. 세계문화 자유회의 한국본부 창립위원. 벨기에의 크노케에서 열린 국제시인회의에 한국대표로 참가. 한국 휴머니스트회 평의원.

1962. 고려대 한국고전국역위원장.《지조론》(志操論) 간행.

1963. 고려대 민족문화연구소 초대 소장. 《한국문화사대계》(韓國文化史大系) 제 6 권 기획. 《한국민족운동사》 집필.

1964. 동국대 동국역경원 위원. 수상집 《돌의 미학》 간행. 《한국문화사대계》제 1 권 〈민족·국가사〉 간행. 제 5 시집 《여운》(餘韻) 간행. 《한국문화사서설》(韓國文化史序說) 간행.

1965. 성균관대 대동문화연구원(大東文化研究院) 편찬위원.

1966. 민족문화추진위원회 편집위원.

1967. 한국시인협회 회장. 한국 신시 60년 기념사업회 회장.

1968. 5월 17일 새벽 5시 40분 기관지 확장으로 영면(永眠). 경기도 양주군 마석리(磨石里) 송라산(松羅山)에 묻힘.

1972. 남산에 '조지훈 시비'가 세워짐.

1973. 《조지훈 전집》(全 7권)을 일지사(一志社)에서 펴냄.

1978. 《조지훈 연구》(金宗吉 등)가 고려대학교 출판부에서 나옴.

1982. 향리(鄕里)에 '지훈 조동탁 시비'를 세움.

가 족 사 항

미망인 김위남(金渭男) 여사(73세)

장남 광열(光烈, 미국 체류, 51세)	자부 고부숙(高富淑, 51세)
차남 학열(學烈, 성산양행 상무이사, 48세)	자부 이명선(李明善, 44세)
장녀 혜경(惠璟, 44세)	사위 김승교(金承敎, 48세)
삼남 태열(兌烈, 외무부 통상2과장, 41세)	자부 김혜경(金惠卿, 39세)

趙芝薰 전집 7

한국문화사 서설

1996년 3월 15일 발행
2007년 10월 25일   3쇄

著　者 : **趙 芝 薰**
發行人 : **趙 相 浩**

發行處 : **(주) 나 남**

4 1 3 -7 5 6　　경기도 파주시 교하읍 출판도시 518-4

전화 : (031) 955-4600 (代),　FAX : (031) 955-4555

등록 : 제 1-71호 (79. 5. 12)

http://www.nanam.net

post@nanam.net

ISBN 978-89-300-3447-0　　책값은 뒤표지에 있습니다.